OMNIBUS

Patrick Redmond

L'ALLIEVO

Traduzione di Piero Spinelli

MONDADORI

Il nostro indirizzo Internet è:
http://www.mondadori.com/libri

ISBN 88-04-46381-3

TITOLO DELL'OPERA ORIGINALE
THE WISHING GAME
I EDIZIONE MAGGIO 1999

L'ALLIEVO

A mio padre
Peter William Dawson Redmond
(1931-1991)
con amore, sempre

LETTERA PUBBLICATA DAL "TIMES"
17 ottobre 1957

The Old Rectory
Havering, Kent

Sono da più di trent'anni un fedele lettore del suo giornale, di cui ho sempre ammirato l'equilibrata visione del mondo. In effetti, ho finito per considerarlo un vecchio amico, a tal punto che un giorno trascorso senza la sua garbata compagnia mi sembrava incompleto.

Per questo motivo, ho letto con allarmata incredulità, sul numero di lunedì scorso, l'articolo di Colin Hammond *Prigionieri del privilegio*.

Ancora oggi, dopo dieci giorni, non riesco a capire come lei possa avere pubblicato un articolo del genere. Chiaramente Mr. Hammond è uno di quei "giovani arrabbiati" di cui si legge oggigiorno; uno sciocco arrogante la cui sola possibilità di distinguersi sta nel denigrare tutte le istituzioni care al Paese. Come ha potuto offrirgli una ribalta da cui rendere pubbliche le sue sciagurate opinioni?

L'articolo di Mr. Hammond è uno dei più deteriori esempi di giornalismo in cui mi sia imbattuto. Dopo averlo letto, posso solo concludere che Mr. Hammond non sia sano di mente, oppure che il suo desiderio di notorietà sia così grande da spingerlo a dissacrare impunemente ogni cosa pur di affermarsi.

Come può sostenere che i terribili eventi occorsi a Kirkston Abbey siano da imputare al sistema delle *public schools*? Come ex allievo di una di tali scuole (Ferrers College, 1919-1924) devo protestare contro questo insulto recato a un'istituzione per la quale ho sempre nutrito il massimo rispetto. La mia scuola, come altre dello stesso tipo, era un posto decoroso e felice, non la prigione brutale e piena di paura che Mr. Hammond vorrebbe farle credere.

I ragazzi al centro di tutto il sordido affare di Kirkston Abbey, non furono "corrotti dal sistema" né "vittime del loro ambiente". Descriverli in questi termini è un errore gravissimo.

Nulla può giustificare l'incontestabile orrore di ciò che essi hanno fatto. Non esistono scuse per un simile comportamento. Nulla – né la giovane età, né la solitudine, né la separazione dalla famiglia – può redimerli nemmeno in parte. Ciò che hanno fatto non è l'opera di ragazzi fuorviati, ma di autentici mostri.

È già abbastanza grave che Mr. Hammond cerchi di difenderli. Il fatto che si spinga oltre e tenti di attribuire la colpa a una stimata istituzione di questo paese, è un atto spregevole che coprirebbe di vergogna qualsiasi persona rispettabile.

Non leggerò più il suo giornale. Non intendo abbonarmi a un organo di stampa che pubblica siffatte deformazioni della verità.

Distinti saluti

Charles Malverton

PROLOGO

Londra, gennaio 1999

Un vento pungente sibilava fuori dalla finestra, ma il riverbero della fiamma faceva sembrare confortevole la stanza. Il giovane seduto in poltrona fissò l'orologio sulla mensola. Le sue guance erano colorite per il calore del fuoco.

Le dodici e dieci minuti. L'ospite non arrivava.

No! Verrà. Deve venire. È in ballo la mia vita!

Si alzò in piedi e si aggirò per la stanza, controllando per l'ennesima volta che tutto fosse come doveva essere.

Era una bella camera: soffice tappeto rosso, pareti azzurro pallido, soffitto alto e grandi finestre da cui si vedevano i marciapiedi e i passanti che camminavano frettolosi, avvolti nel cappotto, chinati controvento. Gli arredi della stanza erano costose riproduzioni di mobili Luigi XV; alle pareti erano appesi acquerelli di navi sul mare.

Su ciascun lato del caminetto c'era una poltrona e, accanto a una di esse, un tavolino su cui erano posati due libri rilegati e un fascio di fotocopie di articoli di giornale.

L'acqua nel bollitore era calda, le tazze e i piattini erano sul vassoio, i biscotti su un piatto di portata. Tutto era pronto. C'era tutto.

Mancava soltanto l'ospite.

Le dodici e un quarto.

Mise un altro ceppo sul fuoco. Sentiva il calore come due mani ardenti posate sul viso. Fissò le fiamme e le guardò danzare davanti a sé. Aveva la gola arida e calda.

L'orologio sulla mensola continuava a ticchettare. I secondi divennero minuti che a loro volta sarebbero diventati ore. Il tempo fuggiva inesorabile, indifferente al fatto che ogni secondo scoloriva un poco di più le sue speranze e i suoi sogni.

Le dodici e trenta. L'orologio batté un colpo per segnalare la mezz'ora. Qualcuno bussò alla porta. Un'onda di sollievo lo percorse; il flusso di adrenalina gli fece sentire la testa leggera. Andò svelto alla porta in fondo al corridoio. Tirò il chiavistello e aprì.

Un uomo di mezza età, alto, secco, dai capelli radi, stava sulla soglia. Indossava un cappotto frusto. I suoi occhi irradiavano diffidenza: gli occhi di un animale che fiuta la vicinanza del pericolo.

«Mr. Webber?» La voce era profonda e sommessa, tanto che il giovane dovette tendere l'orecchio per udirla.

«Sì, sono Tim Webber. Entri, la prego.»

Accompagnò l'uomo nella stanza e gli indicò con un gesto la poltrona accanto al tavolino. «Vuole accomodarsi?»

L'uomo sedette, ma tenne indosso il cappotto e ricusò l'offerta di una tazza di tè o di caffè. Prese un libro e ne esaminò la copertina.

Tim sedette sull'altra poltrona e osservò l'ospite, mentre alla gioia subentrava un senso di delusione. Si era aspettato un tipo dall'aria imponente, ma l'individuo che aveva davanti sembrava del tutto impersonale. Era prevedibile, si disse, la conseguenza inevitabile di quarant'anni spesi ad assicurarsi l'anonimato.

«Qual è il libro che sta osservando?» domandò.

«Quello di Martin Hopkins, *Una scuola piena di segreti.*»

«L'ha letto?»

«Certo.»

«Dev'essere strano.»

«Strano?»

«Leggere di se stessi.»

L'uomo non rispose. Il silenzio ristagnava nell'aria come nebbia. Innervosì Tim a tal punto da farlo andare subito al sodo. «Sono contento che lei abbia deciso di venire» disse in tono allegro, ma rimpianse immediatamente quelle parole.

«Lei non mi ha lasciato molta scelta.»

«Non volevo farla sentire sotto pressione. Non era mia intenzione, davvero...» La frase gli si spense in bocca. Non convinceva nessuno dei due.

Gli occhi circospetti lo scrutarono attentamente. «Non credo a questa affermazione. Lei mente, secondo me.» La voce era decisa, ma in essa tremava un filo d'incertezza. Tim sentì ritornare la fiducia.

«No, lei non la pensa così. Se no, perché sarebbe venuto?»

«La polizia ha fatto un'indagine esauriente, tutti i giornali ne hanno parlato. Sono stati scritti dei libri sull'argomento. Lei sa che cosa ho fatto. Che cosa abbiamo fatto.»

Tim scosse il capo. «Io so ciò che i giornali dicono di lei. Conosco la versione che la polizia ha dato loro. Ma la polizia non ha riferito l'intera storia, vero?»

«Invece sì. Aveva condotto un'indagine assolutamente scrupolosa.»

«Non ne dubito. Però non ha reso pubblico tutto ciò che ha scoperto, vero? Ha taciuto i particolari che non voleva far conoscere al pubblico.»

«Sciocchezze! Quali particolari?» La voce rabbiosa suonava comunque insicura.

Tim si permise di accennare un sorriso. «Mi racconti tutto» disse.

«Ma è assurdo! Lei non sa di cosa sta parlando!» L'uomo fece l'atto di alzarsi in piedi.

Tim capì che era il momento.«Ha mai sentito nominare la casa di riposo Elmtrees?»

L'uomo lo fissò con sguardo vacuo. «La... che cosa?»

«La Elmtrees. Un pensionato per anziani, appena fuori Colchester.»

«No. Perché dovrei saperne qualcosa?»

«Ci sono stato tre mesi fa. Avevo avuto l'incarico di scrivere un articolo per una rivista, solo un riempitivo sul tema delle strutture residenziali per gli anziani. Io finsi di essere parente di un ospite del pensionato per avere il pretesto di entrare, parlare a qualcuno di loro, scoprire qualcosa di commovente di cui scrivere.»

«E che c'entro io?»

«In quell'occasione conobbi un vecchio, un certo Thomas Cooper. Era fragilissimo, ma ancora lucido. Stava in quella casa da parecchi anni. Sua moglie era morta da un pezzo, e il suo unico figlio viveva in Canada. Non aveva nessuno che andasse a trovarlo o che si occupasse di lui. Era un uomo vecchio e solo; voleva soltanto trovare qualcuno disposto a interessarsi a lui e ascoltare le sue storie.

«Mi raccontò tutto della sua vita. Parlò a lungo, molto a lungo. Era roba noiosa, e io stavo cercando un pretesto per andarmene. A quel punto lui cominciò a narrarmi una vicenda che catturò di colpo la mia attenzione.

«Quel Thomas era originario di Colchester, ma era cresciuto nel Norfolk. La sua famiglia era povera. Lui faceva il cameriere dall'età di quattordici anni in una casa di persone importanti a Yarmouth, e aspirava a diventare maggiordomo. Là conobbe Ellen e la sposò. Lei lavorava in cucina come apprendista cuoca.»

L'uomo sospirò con irritazione. «Dove vuole arrivare con questo?»

Tim ignorò la domanda. «Qualche anno dopo, quando lui ed Ellen ebbero imparato tutto ciò che potevano, se ne andarono dalla casa di Yarmouth. Potremmo dire che scelsero l'indipendenza. Trovavano facilmente lavoro come coppia di domestici presso famiglie abbienti. Ellen cucinava e badava alla casa; lui serviva a tavola e faceva lavori disparati. Se la cavavano molto bene. Passarono parecchi anni con una ricca famiglia di Norwich, che era contentissima di loro. A un certo punto però la famiglia decise di trasferirsi in Francia. Thomas e sua moglie furono invitati a seguirla, ma poiché non desideravano vivere all'estero la famiglia trovò loro un altro impiego, ancora migliore, nella casa di Jeremy Blakiston» e il giovane fece una pausa per enfatizzare ciò che stava per dire, «il vescovo di Norwich.»

Gli occhi, stretti per la diffidenza, ora si allargarono per l'inquietudine. Tim si sentì pervadere da un senso irresistibile di sollievo. Aveva tanto temuto che il racconto fosse solo la fantasia di un vecchio. Ora sapeva che non era così.

«Nel 1949 Thomas ed Ellen andarono a lavorare dal vescovo e ci rimasero per cinque anni: cinque anni felici. Il vescovo era un buon padrone, gentile, cordiale. "Era un piacere servirlo" usava dire Thomas. Blakiston era quello che si potrebbe definire un prelato piuttosto mondano. Gli piaceva dare ricevimenti, aveva una quantità di amici. Si godeva in pieno la vita... fino alla notte in cui tutto cambiò.

«Un pomeriggio del dicembre 1954 Thomas rispose a una chiamata del distretto di polizia di Norwich. Stavano indagando su certi fatti accaduti in una scuola nel nord della contea, un collegio chiamato Kirkston Abbey. Una gran brutta faccenda. Impressionante. Thomas rammentava che la gente non riusciva a parlare d'altro.

«Al centro dell'indagine c'erano due ragazzi, e la polizia li stava interrogando. L'interrogatorio durava da parecchi giorni. Ora volevano che il vescovo si recasse al comando e ascoltasse la storia narrata da uno dei due giovani.

«Gli chiesero di andarci di sera, con la protezione delle tenebre, in modo che la stampa non scoprisse il suo incontro con il ragazzo. Il funzionario non aggiunse altro. A tutte le domande di Thomas si limitò a rispondere che il vescovo si doveva presentare quella sera al comando.

«Il vescovo ci andò. Prima di partire scherzò sulla convocazione. Disse che si aspettava un mucchio di scemenze e che sarebbe tornato entro un'ora. I due domestici rimasero alzati ad aspettarlo, ed Ellen gli tenne in caldo la cena. Restò invece fuori tutta la notte; quando ritornò, all'alba, aveva un'aria smarrita, sembrava invecchiato di dieci anni. Non rispose alle loro domande. Disse soltanto che nessuno doveva sapere della sua visita alla polizia e li impegnò sotto giuramento a mantenere il segreto. Poi si chiuse nello studio e ci passò il resto della giornata.

«Da quel momento in poi fu un uomo diverso. Cambiato, come se un'altra personalità si fosse impossessata di lui. Era sempre stato allegro ed estroverso, ma divenne solitario e chiuso in se stesso. Non vedeva quasi più nessuno; aveva periodi di depressione durante i quali sedeva da solo nel suo studio, a volte per giorni interi, a guardare le pareti. Cominciò ad avere incubi; ogni tanto Thomas ed Ellen lo udivano gridare nel sonno. In capo a tre mesi ebbe un esaurimento nervoso e dovette dimettersi dall'incarico. Andò a stare a casa di un fratello in Cornovaglia, dove morì pochi anni dopo.

«Thomas ed Ellen mantennero il giuramento. Non dissero

ad anima viva ciò che era accaduto quella notte. Ellen portò il segreto con sé nella tomba, ma Thomas voleva parlarne a qualcuno prima di morire. Quando lo incontrai non era lontano dalla fine. Morì due settimane dopo il nostro colloquio, e credo che avesse sentito il bisogno di togliersi quel peso dal cuore prima di uscire da questo mondo.

«Ho fatto qualche controllo presso la polizia di Norwich. Ho avuto conferma che Jeremy Blakiston rinunciò alla dignità episcopale nell'aprile del 1955 in seguito a una forma di esaurimento nervoso. La polizia ha anche confermato che due coniugi, Thomas ed Ellen Cooper, lavorarono a casa del vescovo finché lui non si ritirò. Ho controllato tutti gli articoli dei giornali su Kirkston Abbey, e in nessuno è detto che il vescovo la incontrò. Per quanto riguarda la stampa e il pubblico, quel vostro colloquio non c'è mai stato. È questo che la polizia voleva, non è vero?

«Ho letto i servizi dei giornali, ho letto i libri. So che cosa lei ha fatto o, quanto meno, la versione che ne ha dato la polizia. Ciò che lei ha fatto è terribile, ma non al punto di provocare un esaurimento nervoso. No, a meno che la storia che lei ha raccontato al vescovo fosse molto più terrificante di quella che la polizia ha riferito alla stampa.»

Tim fece una pausa e sbuffò tra i denti, tanto da sollevare il ciuffo di capelli sulla fronte. Percepiva i battiti del proprio cuore. Si sentiva intensamente vivo.

«Voglio conoscere la vicenda come lei l'ha raccontata a Jeremy Blakiston. Voglio sapere che cosa accadde veramente a Kirkston Abbey.»

L'uomo lo fissò. Ormai la collera se n'era andata, sostituita dal rimorso e da una stanchezza tremenda. «È successo più di quarant'anni fa. Appartiene al passato.»

«Col cavolo! Quanti casi hanno stimolato così fortemente la fantasia del pubblico? Questa storia somiglia al caso di Brady e Hindley o a quello di Mary Bell. Tutta colpa di certe fotografie. Ancora adesso riescono a sconvolgerci. Il male nascosto sotto la maschera dell'innocenza infantile. Non c'è chi non le riconosca, anche le persone nate, come me, parecchi anni dopo i fatti.»

L'uomo scrollò la testa. «È acqua passata» ripeté. «Lasci perdere.»

«Non posso! Questo è uno di quegli scoop che si presentano una volta sola nella vita. Potrebbe fare di me il giornalista più famoso del paese.»

«È questo che vuole? Il successo? La fama?»

«Sì! Cristo, sì! Ho aspettato abbastanza. Faccio il giornalista da dieci anni e li ho passati tutti a scrivere servizi su case di riposo per anziani, matrimoni, riunioni dei consigli comunali e, insomma, la spazzatura di cui nessun altro si vuole occupare!»

L'uomo fece un gesto per indicare la stanza in cui sedevano. «Mi sembra piuttosto remunerativo!»

«Lei crede che io mi possa permettere una casa come questa? Appartiene ai genitori della mia ragazza. Loro mi disprezzano. Sono via, in crociera, altrimenti non avrei mai potuto mettere piede qui dentro. La mia casa è un alloggio squallido a Lewisham, e dovrò viverci per sempre se la mia carriera continuerà nello stesso modo. Voglio liberarmene e averne una simile a questa. La sua storia è il mio biglietto vincente!»

«E io sono colui che glielo potrebbe fornire» commentò l'uomo con voce sommessa.

«La pagherò. Metà di tutto ciò che mi farà guadagnare. Ci saranno giornali, rotocalchi, certamente un libro, interviste alla televisione. Forse anche i diritti per ricavarne un film. Stiamo parlando di centinaia di migliaia di sterline.»

L'uomo lo guardò negli occhi. «A che mi serve il denaro?»

«Potrebbe ripartire da capo, costruirsi una nuova vita lontano di qui. Io proteggerei il più possibile il suo anonimato. Lei non figurerà nell'articolo. No, se non vorrà.» In cuor suo Tim sapeva che non era vero, ma non gliene importava. Che c'entrava la verità in tutto questo? Avrebbe promesso qualunque cosa utile a fargli ottenere ciò che voleva.

«Una nuova vita? La mia esistenza si concluse quando la polizia venne a Kirkston Abbey. Non può esserci una nuova vita per me. Tutto il denaro del mondo non basterebbe a cambiare la mia situazione.»

Il cervello di Tim ronzava. Doveva continuare a insistere sul lato finanziario, oppure passare alle minacce? O lei mi dice tutto o io non le darò pace finché lei non avrà accettato la mia richiesta. Se lei crede che la sua vita sia disgraziata, io posso renderla cento volte peggiore. Non mi fermerò finché non avrò ottenuto ciò che voglio. Decise di fermarsi all'argomento del denaro, e di tenere, per quanto possibile, la discussione sul piano della cortesia. Aprì la bocca per parlare...

E udì la voce dell'uomo: «D'accordo».

L'euforia lo travolse, intensa come un orgasmo. «Sul serio?»

L'uomo annuì.

«Mi racconterà tutto ciò che disse al vescovo?»

«Sì. Dopo quella sera non ne ho parlato ad anima viva. Ho sempre conservato il segreto. Mi farà bene raccontarlo a qualcuno, anche a una persona come lei.»

Tim ignorò l'insulto. «Non se ne pentirà, glielo assicuro. C'è in ballo una vera fortuna. Più denaro di quanto lei possa immaginare.»

«Non lo faccio per il guadagno. Non ci sarà denaro. Né per lei né per me.»

«Che cosa vuol dire? Certo che ce ne sarà. Una dannata fortuna!»

L'uomo scosse la testa e, per la prima volta, sorrise. «Niente denaro. Niente fama. Solo la verità.» Una luce strana comparve nei suoi occhi, una luce cupa che Tim non seppe identificare e che lo innervosì. Ebbe la sensazione improvvisa che fra loro due si fosse spostato, in qualche modo, l'equilibrio del potere. Nella sua testa una voce sussurrava: *Non dovrebbe essere così facile.*

Mise da parte le perplessità e si concentrò sul lavoro. «Dovrò registrare ciò che lei mi dice. È d'accordo, vero?»

L'uomo fece un cenno affermativo. Tim prese un registratore da dietro la poltrona e lo posò sul tavolo. Inserì una cassetta. Il meccanismo cominciò a girare. Un leggero ronzio si diffuse nella stanza.

Sedevano l'uno di fronte all'altro davanti al fuoco: il giovane giornalista animato dal calore dell'ambizione e l'uomo scarno, di mezza età, con gli occhi misteriosi, che un tempo era stato lo studente più infame d'Inghilterra.

Tim si passò la lingua sulle labbra e cominciò l'intervista.

«Martin Hopkins, nel suo libro, sostiene che i fatti del 9 dicembre 1954 furono solo il culmine di una catena di eventi iniziata un po' di tempo prima.»

L'uomo confermò con un cenno del capo.

«Hopkins colloca l'inizio nei primi giorni di novembre, subito dopo la vacanza di metà trimestre. È giusto?»

«Sotto un certo aspetto.»

«Cioè?»

«Per capire veramente ciò che è successo, lei deve tornare più indietro.»

«Quanto indietro?»

«Un mese. A una mattina dei primi di ottobre e a un evento che fu il vero inizio di tutto.»

«Che cosa accadde quella mattina?»

«Una cosa normalissima, o così parve allora.» L'uomo sorrise di nuovo. «Nei film di oggi gli inizi sono sempre molto drammatici: un'esplosione, un omicidio. Si può quasi udire il rullo dei tamburi mentre si alza il sipario. A Kirkston Abbey non avvenne nulla di simile, ma un inizio ci fu: l'incidente di quella mattina. Da cui scaturì tutto ciò che accadde in seguito.»

«Mi parli di quella mattina.»

«Era una mattina come tutte le altre a Kirkston Abbey. Ed era un lunedì...»

Parte prima

IL LEGAME

1
Norfolk, ottobre 1954

Ogni cosa ha il suo inizio. Il libro più lungo esordisce con una parola. Il viaggio più lungo comincia con un passo.

A Kirkston Abbey il primo passo fu un imprevisto atto di cortesia; una chiazza di un azzurro perfetto venuta ad allietare il grigiore di un giorno di ottobre. Con il tempo quell'azzurro si sarebbe spento, imbruttito, corrotto e avrebbe contagiato il resto del cielo.

Il servizio religioso del mattino stava per finire. Nella cappella della scuola aleggiava il suono di trecento voci adolescenti che maltrattavano, ma senza distruggerne la bellezza, uno dei più edificanti inni inglesi:

Portatemi il mio arco d'oro lucente!
Portatemi le mie frecce del desiderio!
Portatemi la mia lancia! O nubi, apritevi!
Portatemi il mio carro di fuoco!
Non desisterò dalla mia lotta mentale,
Né dormirà la spada nella mia mano
Finché non avremo costruito Gerusalemme
Nella verde, gentile Inghilterra.

Le voci si spensero, gli echi fluttuarono nell'aria e s'infransero contro le travi del soffitto.

«Preghiamo» intonò Mr. Howard, il preside, dal suo seggio davanti ai banchi del coro. La scolaresca s'inginocchiò di colpo, con il rumore sordo dei deretani che si appoggiavano al bordo dei sedili di legno.

«O Signore, posa lo sguardo sui tuoi servi qui riuniti in questo giorno. Concedici la forza di compiere la Tua opera e di obbedire ai Tuoi comandamenti, oggi e sempre. Nel nome di Gesù Cristo nostro Signore. Amen.»

«Amen» ripeterono i ragazzi.

Trenta secondi di silenzio: un'opportunità per pregare, per pensare con tristezza al weekend appena finito o al panico per il compito non ancora fatto.

L'organo riprese a suonare, e le note della *Toccata e fuga* riempirono la cappella. Gli studenti si alzarono in piedi, classe dopo classe, fila dopo fila. Ognuno si voltò chinando la testa rispettosamente verso l'altare prima di passare nella corsia tra i banchi e uscire nell'aria frizzante della mattina autunnale.

Si incamminarono verso il complesso dell'istituto: ragazzi in blazer blu con l'emblema della scuola, pantaloni grigi con la piega impeccabile e lucide scarpe nere. Una massa di uniformità ben ordinata, ravvivata dalle chiazze di colore delle giacche dei prefetti – gli studenti anziani con mansioni disciplinari – che erano autorizzati a vestirsi a modo loro. Il vento sibilava attraverso il paesaggio piatto e tra i rami dei faggi che costeggiavano il viale; un vento aspro, dal sapore di sale, che veniva dal mare cinque chilometri più a nord.

Il viale si biforcava. Alcuni ragazzi presero il tratto che portava ai boschi, a Heatherfield e a Monmouth House, le due residenze (o Case) nascoste tra gli alberi. Gli altri proseguirono oltre i campi di rugby per raggiungere l'edificio principale, una grande costruzione in stile gotico-vittoriano che tuttavia sembrava minuscola sotto la volta immensa del cielo del Norfolk.

In effetti era un complesso di due edifici collegati da un chiostro. Quello di destra ospitava la maggior parte delle aule e la sala delle riunioni. Quello di sinistra comprendeva altre due Case: la Abbey House e la Old School House. I ragazzi entrarono nelle rispettive Case a prendere i libri di cui avevano bisogno per le lezioni del mattino.

Jonathan Palmer, studente del quarto anno, si pigiava fra gli altri ragazzi della Old School House che passavano attraverso il chiostro per andare alle aule.

Era un bel ragazzo alto e snello, capelli castano chiaro e lineamenti delicati. Tre mesi prima aveva festeggiato il quattordicesimo compleanno.

Passò oltre la sala delle riunioni e percorse un lungo corridoio pavimentato di pietra. Intorno a lui i ragazzi si spintonavano rumorosamente, scambiandosi notizie e insulti, spendendo gli ultimi resti dell'energia accumulata nel weekend prima di sottoporsi alle fatiche che li aspettavano nel corso della settimana. L'aria era greve per l'odore dei detersivi, per i suoni delle voci e il rimbombo di centinaia di paia di scarpe. Le aule si aprivano sui due lati del corridoio, ciascuna con un nome scritto sulla porta in caratteri dorati: Drake, Walpole, Pitt e Melbourne, i personaggi che avevano contribuito ad aggiungere l'aggettivo Grande al nome Bretagna.

Jonathan entrò nell'aula Melbourne, con le sue file di vetusti banchi doppi, simili a gabbie tra le fredde pareti bianche. Quelle gabbie si stavano riempiendo di ragazzi; alcuni parlavano con i vicini, altri fissavano i propri libri o guardavano nel vuoto, tutti in attesa della lezione di latino in programma per la prima ora. I muri riecheggiavano degli stessi commenti che avevano udito negli ultimi cento anni e che avrebbero riascoltato nei prossimi cento.

«Non è giusto. Tutti sanno che io sono più bravo, ma suo fratello è il capitano della squadra, così ha scelto lui...»

«Non sono riuscito a fare il compito di matematica. Mi presti il tuo?...»

«Dovresti dividere uno studio con lui...»

«... e mio padre ha detto che possiamo andare a Londra a vedere una rivista...»

Jonathan sedeva al suo solito banco, un reperto particolarmente malandato, con il sedile che minacciava di crollare da un momento all'altro. Sulla parete di fronte a lui era appeso il ritratto della regina: uno sfoggio di patriottismo per l'incoronazione avvenuta l'anno precedente, che nessuno aveva ancora staccato dal muro. Aveva passato la giornata di vacanza con sua madre e i suoi vicini, tutti affollati nell'unica casa della via che aveva un televisore. Era la prima volta che Jonathan vedeva la televisione.

Il posto accanto a lui restava vuoto, e anche il banco doppio davanti al suo: si attendeva l'arrivo di Nicholas Scott e dei gemelli Perriman da Monmouth House. La loro assenza faceva sentire Jonathan isolato e vulnerabile. Fissò il foglio spiegazzato e i suoi tentativi di traduzione delle frasi che avrebbero studiato nei prossimi quaranta minuti. Erano in gran parte sbagliati, ma non aveva importanza. Nicholas avrebbe avuto le risposte giuste. Le aveva sempre.

La superficie del banco era piena di graffiti: nomi e date incisi nel legno. Ne percorse i contorni con le dita sottili. John Forrest 1937, Peter Ashley 1912, Charles Huntley 1896: allievi che si erano lasciati da un pezzo alle spalle i giorni di scuola ed erano diventati uomini.

I ragazzi continuavano a entrare nell'aula. Il livello del rumore aumentava. Richard Rokeby arrivò con i libri sotto il braccio e si diresse al suo solito banco doppio vicino alla finestra. Dal fondo dell'aula, James Wheatley e George Turner stavano lanciando pallottole di carta a Colin Vale, che tentava vanamente di buttarla in ridere.

Stephen Perriman entrò seguito dal fratello Michael. Presero posto sul banco davanti a quello di Jonathan e lo fissarono con gli occhi celesti.

«Dov'è Nick?» domandò loro.

Michael mimò un forte attacco di nausea.

«Ha vomitato tutta la notte» spiegò Stephen. «L'abbiamo portato in infermeria. Dicono che forse si è beccato un virus.»

Jonathan sentì un colpo al cuore. Ovviamente si preoccupava per la salute dell'amico, ma ancora di più per il pessimo stato della propria traduzione.

«Abbiamo provato a tradurre le frasi» gli disse Michael, «ma non ne abbiamo azzeccata nemmeno una.»

«Abbiamo?» protestò Stephen.

Jonathan notò che aveva un piccolo livido sopra l'occhio destro. «Come te lo sei fatto?»

«Ieri sera siamo stati aggrediti da quelli del quinto anno. Volevano suonarle a quelli del terzo, che però si erano già barricati in camerata.»

«Ci hanno disfatto i letti» aggiunse Michael. «Poi hanno deciso di giocare all'autoscontro con i cesti della roba da lavare. Hanno messo Julian Archer in un paniere e volevano ficcare me nell'altro, ma Stephen ha detto che ci si sarebbe messo lui.

Hanno fatto tanto rumore che Mr. Soper è venuto a vedere. Quelli del quinto sono fuggiti attraverso i gabinetti, ma Stephen e Julian erano ancora nei cesti. Mr. Soper li ha tirati fuori e ha domandato a Stephen che cosa era successo.»

«Glielo ha detto?»

Stephen guardò fisso Jonathan come se fosse un ritardato mentale. «Oh, certo! Proprio come tu lo diresti se Wheatley e la sua banda una sera decidessero di prendersela con te.»

Jonathan si voltò a guardare James Wheatley che, con gli occhi accesi dall'eccitazione, continuava a tirare palline di carta a Colin Vale. Il quale si sforzava ancora di prenderla sullo scherzo, ma fu lì lì per piangere quando uno dei proiettili lo colpì in un occhio. Jonathan ebbe un fremito di rabbia per il povero Colin.

E anche un piccolo senso di colpa.

Almeno non è toccato a me.

«Confrontiamo le risposte» propose Stephen.

Si accingevano a farlo quando Mr. Ackerley entrò con aria altera nell'aula, alto e diritto, con la toga che sventolava dietro di lui. Nell'aula ci fu subito il silenzio.

Gli inquisitivi occhi grigi di Henry Ackerley, profondamente infossati nel pallido volto aristocratico, passarono in rassegna la classe e si fermarono sullo spazio vuoto vicino a Jonathan. «Dov'è Scott?»

«È malato, signore» spiegò Stephen.

«Vedo. Confido che tutti abbiate fatto il compito.»

«Sì, signore» risposero gli allievi in coro, alcuni più convinti di altri.

«Bene.» Ackerley sedette alla cattedra. «Aprite il libro di testo a pagina cinquantasei.»

Jonathan lo fece e si trovò, sbalordito, a fissare un disegno geometrico di triangoli intersecanti. Solo in quel momento si rese conto di avere preso il libro sbagliato. Sentì il cuore precipitare al fondo dello stomaco. Di tutte le lezioni, doveva sbagliare proprio in questa! Maledicendo la propria stupidità, alzò una mano.

Mr. Ackerley, che stava per dare inizio alla lezione, notò la mano alzata e sbuffò con irritazione. «Che c'è, Palmer?»

«Chiedo scusa, signore. Ho dimenticato il libro. Posso andare a prenderlo?»

I duri occhi grigi si alzarono verso il cielo. «Sai che lezione è questa, vero, Palmer?»

«Sì, signore.»

«Allora perché hai preso il libro sbagliato? Libro di latino per la lezione di latino. Abbastanza facile, non credi, anche per uno come te.»

Jonathan sentì ridacchiare qualcuno e arrossì. Era prudente non dire nulla, ma la consapevolezza del fatto che Mr. Ackerley non ne avrebbe fatto una storia così lunga, se il colpevole fosse stato qualcun altro, lo mise sulla difensiva. «Ho portato il libro di matematica, signore. Ha lo stesso colore e la stessa dimensione del testo di latino, è facile sbagliarsi.» Mentre parlava si rese conto del proprio accento dello Yorkshire che diventava sempre più pronunciato e rimpianse di non essere stato zitto.

«Per amor di Dio, Palmer, smetti di pigolare con quella stupida voce! Ciò che stai dicendo non interessa a nessuno!» Il professore scrutò l'aula cercando un posto vuoto. «Va' a sedere vicino a Rokeby. Userai il suo libro.»

Jonathan si alzò in piedi con il viso ancora congestionato, infastidito dalla sensazione di essere osservato da tutti. Michael Perriman colse il suo sguardo e gli lanciò un breve sorriso di solidarietà.

Passò davanti alla classe per andare al banco dove Richard Rokeby sedeva da solo, guardando dalla finestra i campi sportivi dietro l'edificio.

Richard Rokeby era il solitario della scuola, un ragazzo che trattava tutti gli altri con malcelato disprezzo. Non aveva amici e parlava con pochissime persone. Sembrava non aver bisogno di compagnia all'infuori della propria.

Quel modo di fare era sempre sembrato strano a Jonathan. Sua madre gli aveva detto che i tipi solitari tenevano gli altri a distanza perché soffrivano di un senso d'inferiorità. Per lei era una grande verità perché l'aveva letta in una delle sue riviste. Jonathan se ne era convinto, ma era difficile immaginare in che cosa Richard Rokeby potesse sentirsi inferiore. Era intelligentissimo, splendidamente sicuro di sé e, nelle rare occasioni in cui si degnava di dimostrarlo, possedeva un'eloquenza notevole.

Inoltre, particolare più visibile di tutti gli altri, era di una bellezza incredibile: alto e atletico, capelli neri dai riflessi turchini, lineamenti armoniosi e marcati, occhi azzurri profondi e penetranti che scintillavano sdegnosi, come se lanciassero una sfida permanente al mondo intero.

Jonathan sedette al fianco di Richard rivolgendogli un sorriso imbarazzato. Lui rispose con un distratto cenno del capo, fece scorrere il libro di testo al centro dello scrittoio e continuò a guardare fuori dalla finestra.

Gli occhi di Mr. Ackerley vagarono attraverso la classe. «Upton, traduci la frase numero uno.»

La lezione ebbe inizio. Adam Upton, brillante ed entusiasta, si attenne alla procedura standard della traduzione leggendo una parola latina, poi enunciandone la traduzione in inglese, e così via, una parola dopo l'altra, fino a completare la frase. Gli altri studenti attesero con apprensione, agitandosi sui sedili, sperando di non essere chiamati. Jonathan teneva gli occhi fissi sul proprio tentativo fallito, sicuro di essere scelto e pregando che non gli toccassero la frase cinque o la otto.

Frase due: Colin Vale. Altro successo. Frase tre. Michael Perriman. Così così. Michael infilò un errore dopo l'altro e dovette tendere l'orecchio ai suggerimenti bisbigliati da Stephen. Mr. Ackerley si arrabbiò. «Dio santo, Perriman, dovevi preparare questa traduzione! E se tuo fratello continua ad aiutarti, finirà in castigo. Vedi di fare bene il tuo lavoro, la prossima volta!»

Frase quattro: Stuart Young. Non brillante, ma meglio di Michael Perriman.

Frase cinque. Ackerley scrutò la classe. Jonathan, con gli occhi puntati sullo scrittoio, sentì su di sé lo sguardo del professore. Si tese per l'apprensione.

«Rokeby!»

Richard Rokeby spostò lo sguardo su Mr. Ackerley. «Signore?»

«Rokeby, mi dispiace disturbarti. Vorresti fare a noi tutti il grande onore di tradurre la frase numero cinque, oppure preferisci continuare a guardare gli addetti al campo che tracciano le linee del terreno di gioco?»

Nell'aula ci fu una servile esplosione di risa. Ackerley annuì molto lentamente, come per accusare ricevuta dell'applauso.

«Preferirei guardare gli addetti al campo, signore», rispose Rokeby.

Un'altra risata generale, non più servile, e subito repressa.

«Prego?» disse Mr. Ackerley, convinto di avere udito male.

«Ho detto che preferirei guardare la tracciatura del campo, signore.»

Gli occhi di Ackerley si spalancarono, il sorriso si spense sul suo volto. «Stai facendo dello spirito?» domandò. Gli altri studenti si contorsero nervosamente sui banchi. Vedevano addensarsi nubi tempestose all'orizzonte.

Quella prospettiva non sembrava turbare Richard Rokeby. «Sto rispondendo alla sua domanda, signore» replicò freddamente. «Credevo che fosse questo che lei voleva sapere. Se no, perché l'avrebbe formulata?»

«Non stai cercando di farmi passare per stupido, vero, Rokeby?» chiese Mr. Ackerley. La sua voce aveva un tono di calma irreale.

Richard Rokeby rifletté sulla questione. Infine disse: «Non deliberatamente, signore».

La classe trattenne il fiato. Tutti erano tesi e aspettavano l'esplosione.

Che non ci fu. Mr. Ackerley fece un gigantesco sforzo per trangugiare la collera. Jonathan, stupito, si voltò e vide che Richard ricambiava lo sguardo feroce dell'insegnante con una compostezza che non si sarebbe lasciata scuotere da una voce rabbiosa.

«Frase cinque, Rokeby» disse Mr. Ackerley.

«A che proposito, signore?» domandò educatamente Richard.

«Traducila!»

Richard emise un sospiro, leggero ma abbastanza forte per essere udito da tutti. Abbassò gli occhi sul libro di testo.

Lesse l'intera frase ad alta voce e proseguì con quella che sembrava una traduzione perfetta.

«Ottimo, Rokeby» dichiarò Ackerley in tono un po' forzato.

Richard chinò la testa con garbo, poi si voltò per continuare a guardare fuori dalla finestra. Il furore ribolliva nella faccia dell'insegnante. Sembrava sul punto di dire qualcosa, ma evidentemente ci ripensò.

La lezione andò avanti.

Frase sei: Sean Spencer. Discreto.

Frase sette:. Henry Osborne. Eccellente, ma non c'era da stupirsene, Henry aveva vinto il premio di latino l'anno precedente.

Frase otto. «Molto difficile» annunciò Ackerley. «Chi è il valoroso a cui daremo l'incarico di affrontarla?»

Gli studenti che erano già stati interrogati guardavano fiduciosi davanti a sé. Tutti gli altri fissarono lo scrittoio sforzandosi di non farsi notare. Jonathan sentì come la puntura di due spilli roventi gli occhi di Mr. Ackerley che passavano in rassegna la classe.

Non me, per favore. Dio, ti prego, non me.

«Palmer.»

«Signore?» Si sentiva male, ma si sforzò di sembrare fiducioso. In quel genere di situazione si affidava a Nicholas, che questa volta non c'era.

«Traduci la numero otto.»

«Sì, signore.» Guardò lo spazio vuoto del foglio. Vuoto come la sua mente.

«Sbrigati, Palmer. Non abbiamo tutta la giornata a disposizione. Ci hai già fatto perdere abbastanza tempo.»

Jonathan guardò le parole stampate sul libro. Incomprensibili. Avrebbero potuto essere in lingua cantonese.

«Palmer, forse nella scuola secondaria sarà uso corrente rispondere alla domanda di un insegnante restando a bocca spalancata con un'espressione stolida sul viso, ma non è l'uso di questo istituto. Sbrigati.»

Scoppiò una risata generale. Jonathan si accorse di arrossire di nuovo. Si passò una mano sulle guance e sentì la pelle tesa sugli zigomi. Rimpianse di arrossire così facilmente.

«Palmer, quando si traduce una frase, si comincia con l'identificazione del soggetto. Soggetto, verbo, complemento. In questo ordine. Qual è il soggetto di questa frase?»

Fissò le parole. Non ci vedeva nessun soggetto.

«Andiamo, Palmer. Non startene lì a girare gli occhi come un pesce.»

Altre risatine compiacenti.
«Non lo sto facendo, signore» disse. Il suo cuore batteva ancora più veloce.
«Allora, qual è il soggetto?»
«Ehm...» Scrutò le parole sforzandosi di identificare quella giusta.
«No, Palmer, non è ehm. La parola ehm non figura nel testo.»
Le risate si facevano sempre più fragorose. Jonathan poté udire James Wheatley, nell'ultima fila, ridacchiare come un folletto malevolo. Fece un tentativo.
«Suvvia, Palmer, nemmeno tu puoi essere così stupido. Provaci ancora.»
Fissò di nuovo la pagina sforzandosi di non sentire le risate. Il rossore sembrava propagarsi dal viso al resto del corpo.
«Palmer, sto aspettando!»
«Sì, signore.»
«Dunque, qual è il soggetto? Se non sai rispondere a una domanda così elementarea, vuol dire che sei fuori posto in questa scuola!»
Guardò di nuovo le parole sulla pagina. Il soggetto poteva essere una qualsiasi di loro. Il suo cuore galoppava. Cominciava a sentirsi smarrito per il panico.
«PALMER, QUAL È IL SOGGETTO? Ti avviso: se sbagli, sarai in punizione dopo l'orario per tutto il resto del trimestre!»
I suoi occhi si concentrarono su una parola. Aprì la bocca.
O Dio, fa' che sia quella giusta, ti prego. Ti prego, ti prego...
Qualcuno bussò alla porta dell'aula.
«Avanti!» urlò Mr. Ackerley.
Un allievo del terzo anno entrò portando un foglio. «Per cortesia, signore, il preside desidera sapere se lei è d'accordo sul cambiamento degli orari per la prossima settimana.»
Mr. Ackerley prese il foglio e lo studiò. L'allievo del terzo anno stava tranquillo accanto alla cattedra, ignaro dell'atmosfera di tensione che regnava nell'aula.
Jonathan sentiva troppo stretto il collo della camicia. Sembrava che il sangue gli passasse davanti agli occhi impedendogli di mettere a fuoco i caratteri. Udiva un brusio di voci dietro di sé, e sentiva che tutti lo stavano guardando. Richard

Rokeby, distaccato da quell'agitazione, sembrava intento a scarabocchiare su un foglio di carta.

Jonathan si voltò verso i Perriman. La bocca di Stephen gli stava trasmettendo un messaggio silenzioso che lui non riuscì ad afferrare. Sentì un colpetto sul braccio. Lo ignorò continuando a sforzarsi di capire il suggerimento muto. Si sentì toccare un'altra volta e si voltò.

Richard Rokeby aveva spinto davanti a lui un foglietto su cui era scritta quella che sembrava la traduzione completa della frase.

I loro occhi s'incontrarono. Richard fece cenno di sì con il capo.

Lo studente del terzo corso stava uscendo dall'aula. Ackerley si rivolse di nuovo a Jonathan. «Sto sempre aspettando, Palmer.»

Jonathan studiò il foglietto posato sullo scrittoio. Questa volta al panico era subentrata la confusione. Era uno scherzo? Forse, ma lui stava per affogare ed era abbastanza disperato per afferrare qualunque pagliuzza. Lesse la prima parola e attese l'esplosione.

Non ci fu. Continuò a recitare il resto della frase, alzando gli occhi per osservare Mr. Ackerley che annuiva dicendo «Giusto, Palmer» con voce che suonava delusa.

Giunse alla fine. Il sollievo scuoteva la sua persona in ondate così violente da farlo quasi tremare.

La lezione continuò. Jonathan sedette e guardò il libro, respirando adagio, profondamente, aspettando che il viso si decongestionasse e il cuore rallentasse i battiti.

Frase nove: Malcolm Usher. Esito mediocre. Frase dieci: Timothy Watham. Scorrevole, conclusa esattamente quando suonò il campanello che annunciava la fine della lezione.

Ackerley uscì impettito dall'aula. I ragazzi si mossero più lentamente, raccogliendo i libri e preparandosi a passare alla lezione di geografia.

Jonathan si voltò verso Richard Rokeby, colmo di gratitudine che voleva a tutti i costi esprimergli. «Non avrei mai saputo tradurre quella roba! Senza il tuo aiuto sarei in punizione. Ti sono veramente grato. Io...»

Richard Rokeby lo ignorò completamente. Si alzò in piedi,

passò davanti a lui per uscire dal banco e si avviò verso la porta. Mentre camminava fu apostrofato da James Wheatley, il cui viso furbo brillava di autentica ammirazione. «Ehi, Rokeby, sei stato fantastico! Pensa all'espressione sulla faccia di Mr. Stronzo! Vorresti...» Richard ignorò anche lui senza nemmeno fermarsi. James Wheatley rimase in piedi, con aria furiosa e imbarazzata.

I Perriman erano in attesa sulla soglia. Jonathan corse da loro. «C'era da scommettere che Mr. Stronzo ti avrebbe dato la più difficile» commentò Stephen mentre si avviavano lungo il corridoio. «Ce l'ha veramente con te.»

Jonathan annuì, osservando la folla che si muoveva intorno a lui: una massa di studenti in blazer blu che si spostavano da una classe all'altra, simili a formiche che passano da una cella all'altra in un grosso formicaio. Nell'aria risuonavano centinaia di voci, che a turno si alzavano per poi confondersi con le altre, producendo un brusio incoerente che restava sospeso sulle loro teste come una nuvola.

Era il suono della scuola, la poderosa macchina composta da molti elementi, che funzionava in modo fluido ed efficiente come aveva sempre fatto. La scuola di cui faceva parte. La scuola a cui aveva il privilegio di appartenere.

La odiava.

Seguì i Perriman verso l'aula della lezione di geografia.

Andò a trovare Nicholas Scott durante la mezz'ora di intervallo tra il pranzo e l'attività sportiva.

Nicholas era nell'infermeria, unico ospite di una stanza che odorava di minestra e di disinfettante. Sedeva nel letto e stava leggendo un libro. I suoi piccoli occhi scuri, rimpiccioliti ulteriormente dalle lenti spesse, si illuminarono appena vide Jonathan. «Speravo che tu venissi.»

Jonathan sedette sul bordo del letto. «Che cosa stai leggendo?»

«*Amore nella corsia dieci*.» Nicholas fece una smorfia. «È ambientato in un ospedale. Me l'ha prestato l'infermiera Clark. È un romanzo, l'unico libro che è riuscita a trovare.»

«Avrei dovuto portarti qualcosa, ma non ci ho pensato. Scusami.»

«Non importa. Com'è andata stamani con il latino?»

Jonathan raccontò all'amico ciò che era successo. «Odio Ackerley. Perché deve prendermi di mira ogni volta? Che cosa c'è di terribile nel provenire da una scuola di provincia?»

«Nulla. Agli altri professori non importa affatto.»

«Non sono nemmeno l'unico. John Fisher, del terzo anno, viene da una scuola di provincia dalle parti di Yarmouth. Ha un accento così spesso che ci potresti piantare le patate, e in latino va peggio di me, ma Ackerley non lo maltratta nemmeno la metà di quanto fa con me.» Sfregò le scarpe contro le gambe del letto, e tutto il senso di umiliazione lo investì di nuovo. «Lo odio! E odio anche questo maledetto posto!»

«Non è poi tanto brutto» mormorò Nicholas in tono suadente.

«No?»

«Non permettere a quell'uomo di rovinarti la vita, Jon. Non ne vale la pena.»

Jonathan non rispose. Si guardò le scarpe consumate e si accorse di ripensare al giorno in cui loro due si erano conosciuti.

Era successo l'anno precedente, il suo primo giorno a Kirkston Abbey. Un giorno da incubo pieno di colloqui, giri e campanelli, un giorno di infelicità sempre più profonda mentre lui tentava di trovare un senso a quell'istituto strano e militaresco che era la sua nuova casa.

Rammentava di essere rimasto in piedi nell'immensa palestra percorsa dalle correnti d'aria, in maglietta e mutande, in attesa di essere pesato e misurato, tremante dal freddo mentre uomini dall'aria severa, muniti di fischietti, ruggivano comandi. Lui era uno dei sessanta ragazzi nuovi riuniti nella palestra, ma tutti gli altri venivano da collegi che evidentemente li avevano preparati a quel mondo aspro, governato da regole severe, mentre la sua scuola aveva, stranamente, omesso di insegnargliele. Era rimasto lì ad aspettare, circondato dagli altri ma sentendosi più solo di quanto si fosse mai sentito in vita sua.

Infine si era deciso a osservare un gruppo di tre altri candidati poco distante da lui: un ragazzo piccolo e magro con il viso scarno e gli occhiali, e due gemelli identici dai capelli biondi. Quando il ragazzo sparuto, notando il suo sguardo, aveva alzato un sopracciglio con aria interrogativa, Jonathan si era sentito in imbarazzo e aveva abbassato gli occhi. Ma quando aveva arrischiato un altro sguardo, il ragazzo gli aveva sorriso invitandolo con un cenno a unirsi al trio.

Lui si era avvicinato timidamente e aveva scoperto di trovarsi subito a suo agio, di sentirsi uno di loro, tanto che alla fine di quel giorno raccapricciante i quattro ragazzi erano diventati un'unità, un gruppo di amici che si sarebbero aiutati a sopravvivere in quello strano mondo nuovo.

Il ricordo, giunto così inaspettatamente, accese un senso di calore in lui, insieme a uno slancio improvviso di affetto per il ragazzo occhialuto e serio accanto a cui sedeva. «Sbrigati a guarire, non siamo di buon umore quando tu non ci sei.»

«Dovrei uscire di qui domani» annunciò Nicholas.

«Basta che tu sia fuori sabato prossimo.»

«Sabato?»

«Nella cappella c'è stata una comunicazione. Sabato pomeriggio avremo una conferenza. Il generale Collinson verrà a parlarci della guerra. Sono certo che sarà molto interessante.»

«Ne sono sicuro. Perché dovremmo desiderare una noiosa mezza giornata di libertà quando possiamo trascorrere quattro ore affascinanti con il generale Collinson a rivivere gli sbarchi in Normandia?»

Si sforzarono di essere seri, ma non ci riuscirono a lungo. Presto scoppiarono entrambi a ridere, facendosi il saluto militare e spernacchiando il motivo di *Land of Hope and Glory*.

«Quando ero alla scuola preparatoria» disse Nicholas, «un uomo della polizia militare venne a parlarci di politica. Tirò avanti all'infinito. Parlò per tutto il pomeriggio e avrebbe continuato anche la sera se un ragazzo di prima, un certo Peter Bowen, non si fosse addormentato.»

«Cosa avvenne? Santo Dio, attaccò a russare?»

«No, molto meglio! Ebbe un incubo! Sognò di essere un personaggio dei fumetti inseguito nella giungla da ragni giganti. L'uomo della polizia militare chiese se c'erano domande, e Peter Bowen cominciò a strillare: "Aiuto, aiuto! Mi stanno mangiando le palline!".»

Risero di nuovo, così forte che l'infermiera Clark si affacciò dalla soglia e gridò loro di non fare chiasso.

«Non dovresti andartene?» domandò Nicholas quando ebbero finito di ridere. «Non devi prepararti per giocare?»

Jonathan guardò l'orologio. «No, non ancora. Perché? Vuoi dormire?»

«No, vorrei che tu rimanessi. Sono contento che tu sia qui.»

«Lo sono anch'io.»

Sedettero in silenzio per qualche minuto. Un silenzio caldo, confortevole come una scarpa vecchia.

Poi Nicholas aprì il libro che stava leggendo. «Questa parte è proprio divertente. Ascolta...»

Ore ventuno e trenta. Jonathan chiuse il rubinetto e uscì dalle docce.

Rimase fermo, con l'acqua calda che gli colava dal corpo sul pavimento, e allungò la mano per prendere l'asciugatoio. Se lo legò intorno alla vita e attraversò gli spogliatoi della Old School House, accompagnato dall'odore sgradevole di indumenti sporchi e dal vocio degli altri ragazzi che si preparavano ad andare a letto.

Indossò il pigiama e la veste da camera e si avviò nel corridoio buio verso l'atrio principale. Passò oltre la bacheca, la vetrina dei trofei, il tavolo dove veniva depositata la posta del mattino, e salì le scale. Le pantofole, nuove e troppo grandi per i suoi piedi, a ogni passo risuonavano come schiaffi sul pavimento.

Giunse in cima alla scala, passò nel corridoio dove i prefetti avevano le loro camere-studio e aprì la porta del dormitorio della quarta classe.

Era un locale lungo e stretto, con il pavimento di legno. Sedici letti disposti in due file di otto, ciascuno con la coperta verde regolamentare e l'armadietto a fianco. La stanza era vuota; c'erano solo Colin Vale e William Abbott, già rannicchiati nei loro letti, intenti a leggere.

Jonathan camminò lungo la corsia e uscì dalla porta a sinistra per andare ai servizi. Sei lavandini, un gabinetto solitario, uno scaffale di legno alla parete con boccali per gli spazzolini da denti e ganci per i sacchi della lavanderia.

Si lavò i denti lentamente e scrupolosamente. Udì dietro di sé le porte che sbattevano ogni volta che venivano chiuse e aperte, il suono delle voci, i ragazzi che uscivano dalla camerata dormitorio ed entravano, tutti in veste da camera, a prendere gli spazzolini da denti o estrarre maglie dai sacchi della lavanderia, eseguendo il rituale di Kirkston Abbey prima di coricarsi.

Si avvicinò al suo letto, si tolse la vestaglia e si infilò tra le lenzuola. Erano state cambiate quella mattina e così pesantemente inamidate da sembrare delle assi di legno che premevano su di lui per tenerlo fermo.

Prese il libro che teneva nell'armadietto, *Silas Marner*, lettura obbligatoria per il corso d'inglese. Tentò di immergersi nel testo, ma il suo cuore non era partecipe, perciò rimase disteso a osservare l'attività che si svolgeva intorno a lui.

All'estremità opposta del dormitorio Stuart Barry sedeva sul letto e chiacchierava con James Wheatley. George Turner li raggiunse. Stuart e George, la banda di James. Stuart: alto, biondo, bello ma insulso, il vero gregario. George: grande, di ossatura forte, lineamenti grossolani, un ciuffo di capelli scuri sulla testa rotonda. Troppo stupido per essere un capo.

E poi Jame: piccolo, snello, viso furbo e maligno, occhi acuti e cattivi. Occhi che in quel momento sembravano ispezionare, lentamente e deliberatamente, il dormitorio.

Non guardarlo. Evita il contatto visivo.

Jonathan abbassò gli occhi e finse di leggere il suo libro; era teso e si chiedeva quali divertimenti James e i suoi ruffiani avevano in programma per quella notte, e se lui ne sarebbe stato un riluttante partecipe.

Ricordava la sera di tre settimane addietro, quando James aveva stabilito di essere stato offeso da William Abbott. Avevano aspettato che venissero spente le luci prima di tirare fuori William dal letto, comprimerlo in una cesta della lavanderia, chiudere il coperchio e farlo rotolare giù dalla scala antincendio, con il risultato che il ragazzo era stato ricoverato per tre giorni in infermeria con lesioni alle costole.

Uno dei prefetti, Neil Archer, era entrato a precipizio nella camerata a chiedere chi era il responsabile di quell'iniziativa, rammentando loro che angariare un compagno era contrario al regolamento. Aveva minacciato di portarli tutti, per una settimana, a correre la mattina presto, finché i colpevoli non avessero confessato.

James e i suoi amici non avevano detto nulla, e anche gli altri avevano taciuto, condannandosi ad alzarsi prima dell'alba per una settimana intera e a correre per un'ora attraverso campi fangosi prima di colazione. Avevano mantenuto il silenzio perché non potevano fare altrimenti.

Non potevano, perché l'unica norma veramente importante di Kirkston Abbey era la legge non scritta secondo cui non si doveva mai denunciare un compagno. Qualunque cosa ti avessero inflitto, non dovevi mai, assolutamente mai, fare la spia.

La porta del dormitorio si aprì e comparve Brian Harrington. Brian, alto e imponente, capitano della squadra di rugby della Casa. Ora aveva l'autorità ulteriore di essere capo della Casa stessa. La carica che era stata di Paul Ellerson finché...

Ma non voleva pensare a questo.

Gli occhi di Brian scrutarono la camerata, osservando quelli che non erano ancora a letto e adesso ci stavano andando d'urgenza. «Bene, buonanotte a tutti.» «Buonanotte, Harrington» fu la risposta corale. Brian spense la luce e uscì, tirandosi dietro la spessa porta di legno. Lasciandoli soli al buio, soli fra loro.

Dapprima ci fu il silenzio, interrotto soltanto dal vento che veniva dal mare e faceva sbattere le finestre.

Poco dopo l'oscurità cominciò a riempirsi di ronzii sommessi: dialoghi sussurrati provenienti da voci timorose di essere udite e castigate. Jonathan taceva, tendendo l'orecchio per afferrare la voce di James Wheatley e comprenderne le intenzioni. Infine individuò il suo timbro acuto e secco e ci si concentrò ansiosamente, ma sentì solo uno sbadiglio e un "buonanotte" indirizzato a Stuart. Si rilassò, per quella notte non ci sarebbero stati guai.

Giacque raggomitolato sul fianco, ad ascoltare le altre voci che si spegnevano man mano che i ragazzi si addormentavano. Colpi di tosse, sbuffi, starnuti, il cigolio delle molle del letto di chi si sistemava più comodamente per dormire. Il gorgoglio occasionale del tubo dell'acqua calda che correva lungo la parete. Un buio fitto e claustrofobico.

Continuavano a venirgli in mente ricordi di Paul Ellerson. Tentò di scacciarli, di pensare ad altro. A qualunque altra cosa.

Pensò a quanto detestava quel dormitorio, la mancanza di privacy, la sensazione di essere continuamente osservato. Avrebbe voluto avere una stanza tutta per sé, come gli studenti che alloggiavano nella Abbey House. Camere singole, con serrature. Serrature che potevano vietare l'accesso a tipi come James Wheatley e George Turner. Che permettevano di dormire tranquilli, senza chiedersi quali sorprese avrebbe portato la notte. Rimpianse di non essere nella Abbey House. Era lì che stava Richard Rokeby.

Si girò sulla schiena e fissò il soffitto rammentando la lezione di latino di quella mattina. Ripensò al modo in cui Richard aveva parlato a Mr. Ackerley. A come aveva snobbato James Wheatley. E al fatto che, non richiesto, gli fosse venuto in soccorso.

Mentre ci pensava, nella sua mente si formò un'idea nuova e strana, l'idea di un'amicizia tra loro due.

Perché no? Il fatto che, dopo la lezione, Richard lo avesse ignorato non significava nulla. Doveva avere fretta, tutto lì.

Cominciò a preparare un piano. L'indomani avrebbe attaccato discorso con Richard. Avrebbe cercato di farlo parlare, di scoprire qualcosa su di lui. Di trovare un terreno comune tra loro due, una base su cui poter costruire.

Però, mentre elaborava questo progetto, finì per vedere la pecca fondamentale del proprio ragionamento. Richard non era come lui, Richard non aveva bisogno di amici. Era forte. Aveva bisogno solo di se stesso.

L'idea svanì in fretta come era venuta, trafitta dalla fredda lancia della logica, lasciandogli solo un senso di vuoto e un piccolo, bruciante desiderio.

Voglio essere come lui. Dio mio, darei qualunque cosa per essere come lui.

Rimase coricato sulla schiena a fissare le tenebre, ad ascoltare il vento e il silenzio greve che lo circondava, sognando di essere molto, molto lontano.

2

Clive Howard, preside di Kirkston Abbey, guardò dalla finestra del suo studio.

Il corpo cadetti della scuola, splendido nell'uniforme cachi, stava all'esterno del chiostro per formare la guardia d'onore al generale Collinson e a sua moglie, lungo il percorso fino alla sala delle riunioni. Un gruppo numeroso di ragazzi arrivava dalle Case Heatherfield e Monmouth, e camminava adagio controvento. Il preside sorrise per il sollievo: tutto procedeva secondo i programmi.

Andò allo specchio vicino alla porta ed esaminò il proprio aspetto. Era un uomo alto e massiccio, più vicino ai cinquanta che ai quarant'anni, capelli brizzolati, viso serio e gentile. Constatò che la cravatta era abbastanza diritta e che i capelli non avevano bisogno di essere pettinati una seconda volta.

Udì un suono di passi che si avvicinavano, leggeri e discreti. Sua moglie, Elizabeth, entrò nella stanza. Era una bella donna, dai lineamenti delicati e dagli occhi vivaci, dieci anni più giovane di lui. Indossava un vestito blu che ne metteva in risalto la snella figura. Girò su se stessa. «Vado bene?»

Clive, nel guardarla, ebbe un brivido di piacere. Ancora adesso, dopo quindici anni di matrimonio, stentava a credere che quella creatura fiabesca, incantevole fosse sua moglie. «Sei molto bella» disse con tenerezza. «Nessun'altra può reggere il confronto con te.»

«Anche tu non sei troppo male, ma quella cravatta va raddrizzata.» La sistemò e gli passò un dito nei capelli. «Così va meglio. Adesso sei quasi presentabile.»

Lui le diede un bacio leggero sul naso. «Allora non ti vergogni di farti vedere con me?»
«Un poco, ma si sa: ognuno ha la sua croce!»
Risero insieme, e lui la baciò di nuovo. «Sei nervoso?» domandò lei.
Lui annuì.
«Non devi. Andrà tutto liscio.»
«Non posso fare a meno di preoccuparmi. Sto sempre in ansia da quando Paul Ellerson...»
«Appartiene al passato» si affrettò a dire Elizabeth.
«Davvero?»
«Certo!» replicò lei con energia. «E devi smettere di sentirti in colpa. Non c'era nulla che tu potessi fare.»
«Ero il suo preside. Lui era sotto la mia responsabilità. L'ho tradito.»
«Non l'hai tradito, Clive. Il ragazzo aveva diciotto anni. Era adulto, abbastanza grande per prendere le sue decisioni. Nessuno l'ha costretto a fare ciò che ha fatto.»
«Continuo a pensare che avrei potuto adoperarmi di più, anche dopo. Santo Dio, non abbiamo nemmeno tenuto un servizio religioso alla sua memoria.»
«Sono stati i suoi genitori a deciderlo, non tu.» Gli carezzò una guancia. «È stata una tragedia, lo spreco terribile di una vita umana, ma non ne hai colpa. Non ne sei responsabile e non voglio che continui ad accusarti. Sei un uomo buono, Clive Howard, e Kirkston Abbey è fortunata ad averti come preside. Non dimenticarlo mai.»
Lui l'abbracciò e le diede un bacio sulla guancia. «Oh, Lizzie, che cosa farei senza di te?»
Lei rise, un suono dolce come un lontano squillo di campane. «Non oso pensarlo! E tu non preoccuparti: questo pomeriggio sarà un successo. Faremo in modo che lo sia.»

Jonathan entrò nella sala delle riunioni insieme agli altri ragazzi della Old School House.
La sala era un enorme locale rettangolare dal soffitto alto: alle pareti rivestite di pannelli di rovere erano appesi i ritratti degli ex governatori dell'istituto e degli ex allievi che si erano distinti in qualche modo. Il locale era pieno di sedie, disposte

in due settori divisi da una corsia centrale. I ragazzi di Heatherfield e di Monmouth avevano già occupato i loro posti. Jonathan passò oltre e vide Nicholas Scott insieme ai gemelli Perriman. Nicholas gli sorrise e Michael soffocò con la mano uno sbadiglio immaginario.

Raggi di sole scendevano dalle alte finestre illuminando i granelli di polvere che danzavano nell'aria. Jonathan sedette in prima fila, a disagio nell'abito della domenica e depresso al pensiero del tetro pomeriggio che lo attendeva. Avrebbe voluto essere fuori, lontano dalle rigide formalità di quella riunione. Lanciò un'occhiata ai ritratti appesi alle pareti. Decine di occhi freddi e opachi lo fissavano con aria di disapprovazione, come a rimproverarlo del suo scarso spirito di attaccamento alla scuola.

Qualcuno gridò: «Attenti!». Come un sol uomo, la scolaresca scattò in piedi.

Mr. Howard risalì la corsia accompagnato da un ufficiale dalla statura imponente, dai capelli bianchi, in alta uniforme. Mrs. Howard li seguiva, sorridendo gentilmente come sempre, insieme a una donna grassottella dalla faccia arcigna, con un abito a pallini. I ragazzi del corpo cadetti marciavano dietro di loro, in divisa cachi, con gli stivali lucidati fino a brillare. In coda venivano gli altri professori, tutti in toga, soli o accompagnati dalle mogli.

I cadetti e il corpo insegnante si sistemarono, in piedi, nella fila davanti a Jonathan. Gli Howard insieme agli ospiti salirono sul palcoscenico dove erano state messe delle poltrone. Clive Howard fece segno a Mr. Ballantyne, l'insegnante di musica che sedeva al pianoforte di fianco al palcoscenico. Il maestro cominciò a suonare, e tutti cantarono in coro l'inno nazionale.

Dio salvi la nostra graziosa regina!
Lunga vita alla nostra nobile regina!
Dio salvi la regina!
La mandi, vittoriosa, felice e gloriosa
A regnare a lungo su di noi.
Dio salvi la regina!

Gli studenti sedettero. Mr. Howard venne avanti sul palcoscenico e pronunciò un breve discorso introduttivo, rammentando a tutti quanto erano fortunati ad avere un oratore importante come il generale Collinson. Jonathan, già innervosito, si guardò attorno. Alla fine i suoi occhi si posarono sulla signora Jepson, moglie del professore di chimica, che sedeva guardando davanti a sé con un'espressione di grande entusiasmo stampata sul viso. Si chiese se era annoiata quanto lui.

Notò Mr. Ackerley che si fissava i piedi, con la bocca tesa in un'espressione dura. La sedia a fianco della sua era vuota. Dov'era Mrs. Ackerley? Era malata?

Mr. Howard era tornato al proprio posto. Il generale Collinson si alzò e venne al centro del palcoscenico. Dalla sala esplose un applauso.

Il generale accolse l'applauso per un momento, poi alzò una grossa mano per chiedere il silenzio. «Sono sicuro» tuonò «che parecchi di voi ragazzi seduti in sala si stanno chiedendo "Perché dobbiamo rinunciare a una bella mezza giornata di vacanza per stare ad ascoltare un vecchio soldato?". Dico bene?»

Dal pubblico si levò un coro di "no". Jonathan restò in silenzio, rimpiangendo di non avere avuto il coraggio di dire "sì".

«Senza dubbio» riprese il generale «alcuni di voi pensano che non c'è assolutamente nulla da imparare da un vecchio rudere come me. Ebbene, si dà il caso che io la pensi diversamente, però sono anche convinto che un volontario è meglio di dieci individui costretti. Quindi, se uno di voi non prova interesse e ha qualcosa di meglio da fare, è libero di andarsene.»

Il pubblico rise, questa volta spontaneamente. Uscire davvero? Inconcepibile. Anche il generale, a dispetto del suo discorso, lo considerava impensabile. Senza neppure fermarsi a riprendere fiato, aprì la bocca e ricominciò a parlare. «La prima cosa che voglio dire è...» Jonathan, la cui mente stava già vagando altrove, si lasciò andare contro lo schienale della sedia. Mentre lo faceva, notò con la coda dell'occhio un movimento.

Si voltò a guardare, come tutti gli altri.

Richard Rokeby si era alzato in piedi e stava andando verso il fondo della fila in cui sedeva.

Passò nella corsia e proseguì verso la porta. Si muoveva con agilità e sicurezza, la testa alta, le spalle indietro e gli occhi che guardavano freddamente davanti a sé. In lui non c'era il minimo segno d'imbarazzo, ma neppure il desiderio di richiamare l'attenzione degli altri. Era soltanto se stesso, tranquillo, controllato, del tutto indifferente all'opinione altrui.

Nella sala si fece il silenzio: il silenzio esterrefatto di ragazzi costretti a guardare un compagno che firma la propria condanna a morte. L'unico suono era il battito dei tacchi di Richard sul pavimento di pietra.

Giunse alla porta al fondo della sala. Uscì lasciando oscillare i due battenti dietro di sé. Il suono dei suoi passi continuò a echeggiare nel corridoio, sempre meno forte, fino a svanire.

Silenzio completo. Un silenzio così denso che sembrava avere forma concreta.

Lentamente tutti gli occhi tornarono a guardare il palcoscenico. Mrs. Howard stava sussurrando qualcosa alla moglie del generale. Mr. Howard, il volto rosso cupo come un bicchiere di Porto, stava guardando il pavimento come se desiderasse vederlo aprirsi per inghiottirlo.

Quanto al generale Collinson, stava in piedi da solo, sul palcoscenico, a fissare con espressione incredula, la bocca spalancata, la porta da cui Richard Rokeby era passato poco prima. Non avrebbe potuto avere un'aria più stupefatta nemmeno se Hitler in persona fosse comparso nella sala ad annunciare che era uscito dalla tomba e si accingeva a lanciare una nuova invasione.

Il silenzio durò per un altro minuto. Un silenzio assolutamente sbalordito.

Poi un allievo del terzo anno ridacchiò.

Fu un suono breve, acuto, più nervoso che divertito. Il ragazzo era nell'età del cambiamento di voce; la risata partì su una nota bassa, si alzò all'improvviso di due ottave e poi ricadde, tutto in meno di cinque secondi.

L'uditorio ritornò in vita, con un'esplosione di bisbigli uniti a scoppi di risa frettolosamente repressi. Jonathan si guardò attorno a osservare le molteplici reazioni. James Wheatley e George Turner sghignazzavano, quasi piegati in due. Henry Blake sembrava sconvolto: suo padre era morto in guerra. William Abbott scuoteva la testa come se fosse convinto che Richard Rokeby era impazzito. I professori parlottavano sottovoce con le mogli. I cadetti guardavano doverosamente impassibili davanti a sé.

«SILENZIO!» ruggì Mr. Howard.

Tutti sussultarono, anche il generale. Jonathan ebbe una fugace visione dell'anziano ufficiale che cadeva dal palcoscenico. Sentì un bisogno prepotente di ridere, e si morsicò un dito.

La calma, o quasi. Il generale Collinson si ricompose. «La prima cosa che voglio dire è...» Il pubblico si sforzò di dimenticare ciò che era accaduto e di concentrarsi sul discorso.

La conferenza durò un'ora e mezzo. Il generale parlò della guerra, di Dunkerque e del D-Day, del coraggio dei soldati britannici, "uomini di cui voi tutti dovete essere orgogliosi". Dissertò sull'importanza della disciplina e della devozione. Infine concluse: «Spero di avervi dato materia di riflessione».

Thomas Cody, capo della scuola, scattò in piedi gridando: «Scuola! Tre urrà per il generale Collinson!». Tre gridi entusiastici risuonarono nella sala. Clive Howard accompagnò il generale a prendere il tè con i professori e le loro mogli. Gli studenti uscirono ordinatamente dalla sala, fila dopo fila, a godersi il sole calante e gli ultimi spiccioli del giorno.

Quella sera non si parlò d'altro che dei fatti del pomeriggio. La visita del generale aveva fornito ai ragazzi di Kirkston Abbey gran copia di materiale su cui meditare.

Ma non fu il suo discorso l'argomento principale delle loro conversazioni.

Domenica mattina. Il servizio religioso era terminato da mezz'ora.

Clive Howard sedeva nel suo studio, dietro la scrivania. Richard Rokeby stava di fronte a lui.

Il preside respirava lentamente e profondamente. Disse a se stesso che era calmo e che tale doveva rimanere.

La sera prima sarebbe stato tutto diverso. Lo shock del comportamento di Richard Rokeby, aggiunto alle tre ore che aveva speso nel tentativo di rabbonire l'adirato generale, lo aveva portato all'estremo del furore. Se Rokeby fosse stato davanti a lui cinque minuti dopo la partenza del generale, gli avrebbe levato la pelle.

Ma adesso Clive Howard aveva avuto il tempo di rilassarsi e l'opportunità di sentirsi dire da sua moglie che, *tecnicamente*, Richard Rokeby non aveva contravvenuto a nessuna regola.

Esaminò il giovane che stava davanti a lui con la schiena dritta, il mento fieramente alzato, il viso attraente, i freddi occhi azzurri che lo guardavano con un'indifferenza che rasentava il disprezzo. Si sentì teso.

Questo ragazzo è un guaio.

Però Howard faceva l'insegnante da vent'anni e aveva già affrontato un bel po' di portatori di guai. Conosceva il modo di trattare i tipi come Richard Rokeby.

«Che cosa puoi dire in tua difesa?» domandò.

Gli occhi azzurri lo fissarono con aria insolente. «Che cosa intende, signore?»

«Non fare lo spiritoso, Rokeby. Sai benissimo a che alludo.»

«A quanto ricordo, signore, il generale disse che se qualche ragazzo» fece una pausa come se si sforzasse di ricordare «non provava interesse per i discorsi di un vecchio rudere come lui, era libero di andarsene. Io non provavo il benché minimo interesse per ciò che il generale aveva da dire, signore, perciò me ne andai.»

Mr. Howard inspirò profondamente sforzandosi di dominare la collera, che non avrebbe risolto nulla.

Tuttavia la voce era così provocante, con quel tono di estrema educazione condita di spregio... Come un dolce al cioccolato spolverato di sale.

«Rokeby, tu sai bene quanto me che il generale Collinson non pensava ciò che ha detto.»

«Allora perché l'ha detto, signore?»

«Il perché non ha importanza! Il fatto è che non lo pensava, e tu ne eri perfettamente consapevole!»

Gli occhi si abbassarono un poco. Mr. Howard sorrise Tra sé. Aveva fatto qualche progresso.

Poi si alzarono di nuovo.

«Lei vuole dire che il generale stava mentendo, signore?»

«No, certamente no! Non essere così maledettamente sfacciato! Non permetterti...» Si calmò. Non avrebbe consentito a se stesso di cedere alla provocazione.

«Rokeby, il tuo contegno è stato molto offensivo per un ospite di riguardo. Che ti piaccia o no, tu sei uno dei rappresentanti di Kirkston Abbey, e hai il dovere di comportarti in modo da fare onore alla scuola. Ieri sera il generale se n'è andato di qui portando con sé una pessima impressione dell'istituto, e di questa impressione tu sei completamente responsabile. Che cosa hai da dire in proposito?»

«Nulla, signore.»

Mr. Howard sentì salire di nuovo la collera, e si sforzò di reprimerla. «Non te ne vergogni?»

«No, signore.»

«Rokeby, il generale Collinson ha combattuto per la patria. È un uomo molto valoroso e non meritava di essere trattato con la mancanza di rispetto che tu hai esibito ieri pomeriggio.»

Richard Rokeby lo guardò senza batter ciglio. «Se lo dice lei, signore.»

Mr. Howard non intendeva lasciarsi trasportare. Era deciso a non perdere il controllo dei nervi.

Però quegli occhi lo colpivano. Occhi che dicevano: "Ti disprezzo. Disprezzo tutto ciò che rappresenti".

Era troppo! Non poteva sopportarlo. Doveva far capire a quel ragazzo che la sua condotta era inaccettabile.

Si era imposto la norma di non ricorrere ai colpi bassi. Però ogni regola ha le sue eccezioni.

«Rokeby, degli uomini hanno perso la vita difendendo questo paese! Decine di migliaia sono morti in battaglia, e altre migliaia, che Dio li aiuti, sono morti nei campi di prigionia. Pensa, se tuo padre fosse uno di loro!»

«Mio padre?» Una piccola smagliatura nell'imperturbabilità del ragazzo. Una nota di autentica sorpresa.

«Sì, tuo padre. In uno di quei campi! Prigioniero di quei mostri! Picchiato, torturato, soffrendo Dio sa quali umiliazioni, lottando per restare in vita malgrado la denutrizione e la brutalità. Che cosa penseresti, in quel caso, di uomini come il generale? Credi che saresti stato così maledettamente offensivo nei suoi riguardi?»

Gli occhi si spalancarono. La bocca si socchiuse, ma non ne uscì una parola. Poi la testa si abbassò.

Mr. Howard stava in piedi a osservarlo, provando un misto sgradevole di colpevolezza e di soddisfazione.

«Ebbene?»

La testa rimase abbassata.

«Ebbene?»

La testa cominciò a rialzarsi. Mr. Howard aprì la bocca preparandosi a impartire il finale della reprimenda. Fissò il viso di Rokeby, e le parole gli si spensero di colpo in gola.

Gli occhi del ragazzo bruciavano di rabbia, una rabbia esplosa dalle pupille che lo perforavano come due punte di trapano.

La voce che rispose alla domanda non conservava traccia della compostezza precedente. Assolutamente nessuna.

«VUOLE CHE LE DICA COME MI SENTIREI? SAREI CONTENTO DI SAPERE CHE HA SOFFERTO! SAREI CONTENTO DI SAPERE CHE È MORTO! VORREI DARE MEDAGLIE A TUTTI I TEDESCHI CHE HANNO AIUTATO AD AMMAZZARLO!»

Per un momento il corpo tremò, come se fosse impotente a contenere le emozioni violente che infuriavano al suo interno. Poi, rapida come se n'era andata, la compostezza ritornò. Il corpo smise di tremare. Gli occhi, di nuovo freddi e limpidi, rimasero fissi sul preside.

Mr. Howard controllò l'impulso di fare un passo indietro. Nella sua mente ritornò il pensiero formulato prima.

Questo ragazzo è un guaio.

Ma adesso era eclissato da un concetto nuovo. Più cupo, più inquietante.

Questo ragazzo è pericoloso.

Lasciò perdere il resto della ramanzina. Dimenticò di esigere una scusa per quelle dichiarazioni forsennate. Dimenticò tutto, tranne il desiderio di porre fine a quel dialogo.

«Rokeby, tu scriverai una lettera di scuse al generale e la presenterai al mio segretario domattina. E non ti comporterai mai più con tanta insolenza nei confronti di un ospite della scuola. È chiaro?»

«Sì, signore. Certamente, signore.»

«È tutto, puoi andare.»

Richard Rokeby uscì dalla stanza. Mr. Howard lo guardò allontanarsi. Inspirò profondamente e si rese conto di avere il batticuore.

Passò un minuto, poi qualcuno bussò alla porta. Era sua moglie. «Com'è andata?»

Lui scrollò la testa. «In quel ragazzo c'è qualcosa di sbagliato. Forse dovrei scrivere a suo padre e chiedergli di portarlo via da questa scuola.»

«Perché, Clive, che cosa è successo?»

Glielo raccontò. «Come ha potuto parlare in quel modo di suo padre?»

«Cerca di non essere troppo duro con lui» disse lei con dolcezza. «Conosci la sua situazione.»

«Non giustifica le sue parole!»

«Questo non è vero, Clive! Non sai che cosa tu stesso potresti dire se fossi nelle sue condizioni.»

Di nuovo Clive Howard scosse il capo. «Lizzie, ti dico che c'è qualcosa di anormale in Richard Rokeby. Qualcosa di cattivo dentro di lui. Qualcosa di distruttivo.»

«È soltanto un ragazzo, Clive. Tutto lì. Un ragazzo di quattordici anni che si sente solo.»

«Si sente solo? Non lo è affatto! Santo Dio, è lui che tratta i compagni come se fossero lebbrosi!»

«Ciò non significa che non si senta solo, non nel profondo. Tutti hanno bisogno di qualcuno, Clive.»

Lui rispose con una risata aspra. «Anche Richard Rokeby?»

«Anche Richard Rokeby. Nessuno può passare attraverso la vita come se fosse un'isola. Se lo fai, in te muore qualcosa.»

Clive stava per contraddirla, ma all'improvviso guardò il volto adorato di sua moglie e si domandò come sarebbe stata la sua esistenza senza di lei. Non riusciva a immaginarla. Senza di lei non poteva esserci vita, solo morte vivente. Turbato da questa constatazione, abbracciò Lizzie e l'attirò a sé. «Io so una cosa» disse con dolcezza. «So che morirei dentro, se non avessi te. Non potrei continuare la mia vita se tu non ne facessi parte.»

Si baciarono teneramente nello studio silenzioso.

Richard Rokeby sedeva al banco nella quiete dell'aula deserta.

Guardava davanti a sé, ma non vedeva nulla; la sua attenzione era concentrata su uno schermo immaginario dietro i suoi occhi.

Su quello schermo vedeva un'unica immagine: suo padre. L'immagine di un uomo sano, prospero, in pace con il mondo e con se stesso. Si concentrò sull'immagine che lampeggiava come un sole al centro della sua mente.

Mentre la guardava sentì nascere l'odio, simile a un blocco di ghiaccio che, partendo dalla bocca dello stomaco, si diffondeva nel suo organismo come un veleno e soffocava ogni sua emozione. Cancellandola con un freddo, pulito bagno spietato.

Sedeva guardando davanti a sé. Inspirò lentamente, profondamente, e sentì ritornare il proprio equilibrio. Il momento di debolezza era passato. Era di nuovo se stesso.

Si alzò e uscì nel corridoio, passò davanti alle altre aule e alla sala di riunione, camminando verso i suoni della vita. Come sempre, si muoveva svelto e sicuro, la testa alta, le spalle indietro, gli occhi puntati direttamente davanti a sé.

Giunse al chiostro. I ragazzi erano riuniti in gruppi e aspettavano il suono della campanella del pranzo chiacchierando, prendendosi a gomitate, ammazzando il tempo. Quando lui comparve, si voltarono a guardarlo. Fu bombardato di domande e di battute sarcastiche: «Cosa è successo, Rokeby? Che cosa ti ha fatto?». Forse l'ha frustato. Se lo merita, il piccolo presuntuoso. Lui ignorò tutti quanti.

Andò verso Abbey House, distaccato, fiducioso, misurato, sicuro di sé.

E, come sempre, solo.

3

Quarta ora di scuola, martedì mattina. La lezione era appena terminata.

Jonathan sedeva al suo banco, con il saggio davanti a sé, e guardava gli altri ragazzi che si spingevano per uscire dall'aula e andare a godersi una delle poche ore libere della settimana. Nicholas Scott, l'ultimo a uscire, gli strizzò l'occhio prima di passare nel corridoio. L'eco delle voci si riverberò nell'aula prima di spegnersi nel silenzio.

Mr. Alan Stewart, l'insegnante di storia, puliva la lavagna sollevando nuvole di polvere nell'aria chiusa dell'aula. Era un uomo alto, atletico, che non aveva ancora trent'anni, con un viso forte e quadrato, quasi bello. Il suo braccio si muoveva sulla lavagna descrivendo ampi archi, come se si riscaldasse i muscoli per lanciare il giavellotto. Quando ebbe finito, sedette alla scrivania e fece segno a Jonathan di avvicinarsi.

«Allora» disse, «parliamo del tuo saggio.»

Jonathan, a disagio, si contorse, aspettando che continuasse.

«È ottimo, Palmer. Un lavoro di prim'ordine.»

Il ragazzo arrossì. «Grazie, signore.» Il suo tono era un misto di orgoglio e di imbarazzo.

«Non ringraziarmi. Onore al merito. In biblioteca c'è almeno una dozzina di libri sulla Regina vergine, e si direbbe che tu li hai studiati tutti.»

«Non proprio tutti, signore» obiettò Jonathan con modestia.

Alan Stewart sorrise. I suoi occhi castani irradiavano calore. Indossava il blazer della scuola, e per questo sembrava più un prefetto anziano che un membro del corpo insegnante. Era uno dei pochi professori che non portavano la toga. «La storia è la tua materia preferita?» domandò.

Jonathan annuì.

«Perché?»

La domanda, fatta proprio da quell'insegnante, lo stupì. «Solo perché mi piace, signore.»

«E perché ti piace?»

«Perché è emozionante.»

«Che cosa ci trovi di eccitante? Le guerre? Le congiure?»

Fu tentato di dire di sì. Però Stewart gli era simpatico e lui non voleva mentirgli. «No, signore, è qualcosa di più. È...»

«È?»

«Non lo so, signore. Difficile metterlo in parole.»

«Provaci.»

Jonathan sorrise, si strinse nelle spalle e non disse nulla.

«Prova, Palmer. Vorrei saperlo.»

«Perché sembra tutto così vivo.»

«Vivo? E come?»

«Le persone di cui leggo. I grandi personaggi della storia. Quando penso alla loro vita, a ciò che hanno fatto, a tutti i pericoli che hanno dovuto affrontare...» Si interruppe, sforzandosi di chiarire il suo pensiero. «Quelle persone non si sono limitate a esistere. Hanno veramente vissuto la propria vita. Solo leggendo su di loro, mi sono sentito vivo anch'io.»

Mr. Stewart si appoggiò alla spalliera della sedia e sorrise a Jonathan. «So come ti senti. Quando ero studente, i miei compagni non riuscivano mai a capire perché mi piacesse la storia. Per loro era un argomento morto, ma per me era più vivo di tutte le altre materie messe insieme.»

«Vero. È come leggere un romanzo, ma meglio ancora perché sono cose realmente accadute.»

«Tu leggi molto?»

Jonathan assentì con entusiasmo. «Sempre.»

«Si vede dal tuo saggio. Che cosa stai leggendo in questo momento?»

«Un libro sull'uomo con la maschera di ferro.»

«È un buon libro?»

«Fantastico! L'ho cominciato domenica. Ho letto per tutto il pomeriggio. È il modo migliore di passare un pomeriggio domenicale, immergersi in un buon libro.»

«Ti aiuta a dimenticare le delizie del lunedì mattina?»

«Mi aiuta a dimenticare di essere qui!»

Si fermò di colpo, rendendosi conto di ciò che aveva detto. Mortificato, abbassò gli occhi e si guardò le scarpe. Avevano bisogno di una buona pulita. Udì in lontananza gli allievi della terza che recitavano verbi francesi.

«È questo che desideri, Palmer? Dimenticare che sei qui?»

«No, signore.»

«Ne sei sicuro?»

«Sì, signore.»

Alzò con cautela lo sguardo. Mr. Stewart lo stava studiando con attenzione, ma i suoi occhi esprimevano simpatia. In essi brillava una domanda, ma Jonathan sapeva che non l'avrebbe formulata. Non si facevano certe domande a Kirkston Abbey.

Jonathan attese di essere autorizzato a sedersi.

«Poi le cose migliorano» disse Alan Stewart all'improvviso. «Man mano che passi alle classi superiori. Quanto più anziano diventi, tanto più migliora la situazione. So che non ti consolerà molto, in questo momento, ma è la verità.»

Quelle parole, così benintenzionate, lo toccarono in un punto ancora dolorante.

«Non mi credi?»

Jonathan fece segno di sì.

Mr. Stewart sentì la sua riluttanza. «Però?»

«È ciò che diceva sempre Paul Ellerson, signore.»

Quel nome, ormai menzionato di rado, rimase sospeso nell'aria come un blocco di piombo. Jonathan udì il respiro affannoso del professore, poi il silenzio.

«Il tuo saggio è eccellente, Palmer» concluse infine Stewart. «Ottimo davvero.» Guardò Jonathan con un debole sorriso. «Mi dispiace di averti trattenuto. Puoi andare.»

«Sì, signore. Grazie, signore.» Si voltò e mosse verso la porta.

Prima di uscire dall'aula lanciò ancora un'occhiata al professore che, seduto alla cattedra, guardava pensieroso nel vuoto.

Alan Stewart aveva avuto simpatia per Paul Ellerson. Ellerson piaceva a tutti.

Solo che nessuno menzionava più il suo nome. Non dopo ciò che era accaduto. Adesso era come se Paul Ellerson non fosse mai esistito.

Jonathan uscì camminando in fretta, come per sfuggire alle emozioni intense che cominciavano a ribollire dentro di lui.

La biblioteca di Kirkston Abbey era un'immensa sala rivestita di pannelli di quercia, al primo piano dell'edificio scolastico principale. Le sue finestre davano sui campi di rugby e sulla cappella. Era deserta, fatta eccezione per una mezza dozzina di allievi del quinto anno che lavoravano, ridendo tra loro, a uno dei tavoli. Non c'era traccia del prefetto di turno.

Jonathan passò oltre i ragazzi e proseguì verso il "cimitero degli elefanti", com'era soprannominata la sezione riservata agli studi religiosi: un'alcova con un sedile nel vano della finestra, nascosta nell'estremo angolo sinistro della sala.

Fino al 1942 gli studi religiosi erano stati una presenza importante nel curriculum di Kirkston Abbey. Il reverendo Johnson, cappellano della scuola, apparteneva alla scuola di teologia apocalittica. Persuaso che i giovani fossero particolarmente vulnerabili alle tentazioni del demonio, aveva dedicato le proprie lezioni all'analisi dei tomi ecclesiastici di cui era piena la biblioteca, alla vivida descrizione dei tormenti che aspettavano i peccatori nei gironi dell'inferno. Esortava gli allievi a pregare Dio perché avesse misericordia delle loro anime indegne.

Nel 1942 Dio si era mosso a compassione per i ragazzi di Kirkston Abbey. Il reverendo Johnson era andato a trovare suo fratello a Londra ed era morto, vittima di un bombardamento aereo. Il suo sostituto, il reverendo Potter, pensava più a condurre una vita tranquilla che non a salvare le anime degli studenti. Lo studio dei testi ecclesiastici divenne cosa del passato. Adesso le lezioni consistevano in riassunti delle parti principali della Bibbia, insieme a generosi consigli per l'esame finale. La maggior parte dei libri nella sezione religiosa non conosceva da anni il tocco di una mano. Quel settore della biblioteca era il posto ideale per le persone che volevano stare sole.

Jonathan si diresse verso l'angolo. Ma quando ci arrivò poté constatare che era già occupato.

Richard Rokeby sedeva accanto alla finestra. Aveva i gomiti appoggiati sulle ginocchia e si teneva il viso tra le mani. Stava guardando fuori; i suoi occhi seguivano le gocce di pioggia che scivolavano pigramente lungo il vetro.

Come lo vide, Jonathan si sentì un intruso. Si voltò per andarsene silenziosamente prima che la sua presenza venisse notata.

Al tempo stesso udì nella propria testa una voce che lo sollecitava a dire qualcosa.

La ignorò. Sicuramente Richard Rokeby non aveva voglia di parlare con lui.

La voce insisté, come un sussurro gentile e seducente.

Di' qualcosa. Qualunque cosa, tanto per iniziare una conversazione. Desideravi parlare con lui. Questa è la tua occasione.

Voleva andarsene, ma sapeva che si sarebbe disprezzato se avesse deciso di ritirarsi. Si voltò verso Richard, sentendosi nervoso come se fosse in procinto di affrontare un esame importante.

«Salve, Rokeby.»

Sembrò che Richard non lo sentisse. Jonathan tentò di nuovo, con voce più decisa. «Salve, Rokeby.»

Questa volta lo udì. Sussultò lievemente, poi si voltò verso di lui. I suoi occhi erano così ostili che Jonathan fu intimidito e disse, senza riflettere, la prima cosa che gli venne in mente: «Non leggi, vero?».

«Ti sembra che stia leggendo?»

Jonathan si concesse una breve risata, sforzandosi di mascherare la propria timidezza.

«Che cosa vuoi?» domandò Richard.

«Io...» Si spremette le meningi cercando qualcosa da dire. «Io volevo ringraziarti.»

«Ringraziarmi?»

«Per la settimana scorsa, quando mi hai aiutato con la traduzione.»

Richard non proferì parola; rimase seduto a guardarlo, facendogli sentire che doveva giustificare la sua presenza. «Non avrei mai saputo tradurre la frase che Ackerley mi aveva assegnato. Ti sono riconoscente per il tuo aiuto.»

Richard alzò le spalle. «Scordatene.» Si voltò di nuovo verso il vetro rigato di pioggia; per quanto lo riguardava, il discorso era chiuso.

Jonathan rimase dov'era, strascicando i piedi, cercando di pensare a qualche altra cosa da dire. Richard, sentendo che era ancora lì, si voltò. «Insomma, che cosa vuoi?» La sua voce era secca e irritata.

Nulla, fu sul punto di rispondere, e l'avrebbe fatto se la domanda che gli bruciava dentro non fosse scaturita dalla sua gola prima che potesse fermarla:

«Perché non parli con nessuno?»

Gli occhi di Richard si allargarono appena. «E questo ti riguarda in qualche modo?»

«No.»

«Allora perché lo domandi?»

«Perché voglio saperlo.»

«Perché?»

«Perché non ha alcun senso, in una persona come te.»

«Una persona come me?»

«Potresti fare amicizia con chiunque ti interessi.»

«Amicizia?» Il viso di Richard esprimeva incredulità. «Amicizia» ripeté in tono tra sprezzante e divertito. Accennò una risata, poi tornò a voltarsi verso la finestra.

«Perché no?»

«Vattene, Palmer.»

«Perché no?»

Richard sbuffò con energia. «Vattene.»

«Ma perché no?» Ormai nella sua voce si era insinuata la frustrazione. «Perché odi tutti? Cosa c'è che non va in tutti noi?»

«Siete delle pecore.»

«Io non sono una pecora!» Fu improvvisamente scosso dall'indignazione.

Richard si voltò verso di lui. Non disse nulla, ma il suo sguardo era sprezzante. Sollevò un poco un sopracciglio.

«Non lo sono!»

«Sì, lo sei.»

«Non è vero!» Si sentì il viso in fiamme per la rabbia.

«Certo che lo sei. Tu e tutti gli altri. Fate ciò che la scuola vi ordina di fare, pensate ciò che la scuola vi ordina di pensare! Siete solo delle pecore!»

«Non è vero!»

«Certo che lo è. Nessuno di voi sa pensare con la propria testa. Questo posto è pieno di zombie. Non siete più vivi di quanto lo sia Paul Ellerson!»

«NON PERMETTERTI DI PARLARE DI PAUL ELLERSON!» gridò Jonathan. Il furore della sua voce stupì lui non meno di Richard. Il suo cuore galoppava. «Non permetterti di parlare di Paul Ellerson!» ripeté con voce più controllata. «Mai!»

«Perché no?» domandò Richard. Di colpo i suoi occhi penetranti erano ravvivati dall'interesse. «Perché? Perché non dovrei parlare di lui?»

«Non farlo, e basta!»

«Perché?»

«Perché non sai niente di lui.»

«E tu, invece?»

«Ne so più di te.» Deglutì. All'improvviso si sentì la gola arida.

«Come mai?»

«Perché era il capo della mia Casa.»

«Questo lo so» esclamò Richard con impazienza, «ma non vuol dire nulla.»

«Ero il suo galoppino, l'anno scorso.» Deglutì di nuovo. Sapeva quale sarebbe stata la prossima domanda.

«Tu sai perché l'ha fatto?»

Jonathan non voleva entrare in quell'argomento. Era pericoloso. Voleva andarsene.

Ma adesso gli occhi di Richard erano fissi su di lui, lo ipnotizzavano, lo catturavano in uno sguardo da cui non riusciva a staccarsi.

«Lo conoscevo solo di vista» osservò Richard. «Com'era?»

«Diverso dagli altri. Non era una pecora. Tu puoi dire ciò che ti pare su tutti, ma Paul Ellerson era diverso.»

«In cosa era diverso?»

La sua testa si stava riempiendo di ricordi, ricordi che si era sforzato di tenere sepolti perché troppo dolorosi. Combatté contro di essi, ma era come voler fermare un'inondazione con un dito. Si alzavano davanti a lui come onde che vengono a infrangersi su una spiaggia.

E con loro, infine, vennero le lacrime.

Vergognandosi di quel dolore, sgomento per la propria debolezza, si voltò e uscì a precipizio dall'alcova.

Corse attraverso la biblioteca, oltre gli allievi del quinto anno, troppo occupati a scherzare tra loro per fare caso a lui. Giunse alla porta, la spalancò e si scontrò con due ragazzi che stavano entrando.

«Fa' attenzione!» esclamò uno dei due, così forte che quelli del quinto anno smisero di ridere e si fermarono a guardare che cosa stava accadendo.

Jonathan si trovò sotto gli occhi irritati di Courtney e Fisher, allievi come lui del quarto anno, ma in una classe diversa. Mormorò una scusa e fece per passare oltre.

«Sta piangendo!» esclamò Courtney.

«Non è vero.» Spinse di nuovo per passare.

Ma adesso Courtney stava piantato davanti a lui e gli chiudeva la strada. Era un ragazzo alto, dall'aria violenta, con orecchie enormi che uscivano praticamente ad angolo retto dalla testa. «Sta piangendo!» gridò. «Guardate!»

«Non è vero» insisté Jonathan. Il suo cuore stava accelerando il ritmo. Sentiva su di sé l'attenzione di tutto il gruppo della quinta classe che, dimenticato completamente il proprio lavoro, guardava con occhi scintillanti quella che prometteva di diventare una rissa fra ragazzi di quarta. Jonathan tentò per la terza volta di passare oltre Courtney.

Ma lui continuava a impedirglielo; i suoi stretti occhi porcini osservavano la vittima con un misto di disprezzo e di maligno divertimento. Si era accorto di avere un pubblico, e cominciò a recitare a beneficio degli spettatori. «Tu stai piangendo!» insisté dando a Jonathan uno spintone così forte che il ragazzo perse l'equilibrio e cadde indietro, sbattendo contro l'angolo del tavolo, attorno al quale i presenti stavano in attesa come avvoltoi che aspettano un cadavere. «Per cosa stai piangendo, piccolo coniglio?»

«Lascialo stare» disse una voce dietro di loro.

Richard Rokeby era uscito dall'alcova e stava osservando la

scena. «Va' fuori dalle palle, Rokeby» rispose Courtney in tono conclusivo.

«*Ho detto*, lascialo stare.»

Courtney non gli fece caso. Assestò a Jonathan un pugno nel gomito, un colpo brutale che gli intorpidì tutto il braccio.

«LASCIALO STARE, RAGAZZO ELEFANTE!»

Courtney si fermò.

Uno del quinto anno sibilò tra i denti, un suono sommesso e maligno.

Courtney lo udì. I suoi occhi guizzarono verso il tavolo, poi si posarono di nuovo su Richard. «COME MI HAI CHIAMATO?»

«L'hai sentito» replicò freddamente Richard.

Courtney fece un passo verso di lui. «Ti ho fatto una domanda, Rokeby!» Jonathan, che stava tra i due, era teso per l'apprensione.

Invece Richard era completamente rilassato. Fece un passo avanti.

«Tu non sei sordo, vero, Courtney?» Cominciò a sorridere. «Sordo, proprio tu!»

«No, non sono sordo!»

«Bene. Essere ritardati mentali è già un handicap sufficiente.»

Qualcuno sogghignò.

Di nuovo gli occhi di Courtney guizzarono verso il tavolo. Aveva ancora un'espressione rabbiosa, ma cominciava a sentirsi a disagio. «Chiudi il becco, Rokeby!» disse con aria feroce.

«Se no?»

«Se no te lo farò chiudere io» rispose Fisher intervenendo per la prima volta nel dialogo.

«Dio mio, sa parlare. Credevo che fosse lì solo per decorazione.» Lo sguardo di Richard passò sul volto di Fisher con aria indifferente, poi si puntò di nuovo su Courtney. «E come pensi di farmi chiudere il becco?»

«Vedrai!»

«No, dimmelo tu.» Di colpo Richard fece un altro passo avanti. Adesso il suo sorriso era largo e i suoi occhi brillavano. «Come conti di chiudermelo? Forse facendomi un occhio nero? O fratturandomi il naso?» Scoppiò a ridere. «O sarebbe più appropriato un orecchio gonfio?»

Altri sogghigni, non di una sola persona: tutti i presenti stavano ridendo.

Il furore si era spento sulla faccia di Courtney, sostituito dalla confusione. «Chiudi il becco» lo ammonì con tutta la ferocia che riuscì a racimolare, «se no ti manderò i denti così giù nella gola che potrai morderti il culo!»

«Non eccitarti, Courtney. La rabbia ti fa sbattere le orecchie; se la tua bocca producesse dell'altra aria calda, rischieresti di decollare.»

Adesso le risatine erano divenute sghignazzate. Courtney, completamente stordito, non trovò nulla da rispondere. Aprì e chiuse la bocca come un pesce che cerca l'aria.

La porta della biblioteca si aprì bruscamente. Mr. Huntley, insegnante di geografia, entrò a grandi passi nella stanza, con il bocchino della pipa stretto tra i denti ingialliti dal fumo. «Cos'è tutto questo fracasso?» tuonò sbuffando nell'aria acri zaffate di fumo. «Questa è la biblioteca, non la sala di ritrovo degli studenti. Voi del quinto, via! Tornate in classe.»

Gli allievi si alzarono in piedi con riluttanza e andarono alla porta. Mr. Huntley guardò con aria furiosa i quattro ragazzi in piedi vicino al tavolo. «Che cosa ci fate voi?» latrò. «Se non state lavorando, uscite!» Indicò la porta.

Courtney, visibilmente grato nel vedersi offrire la possibilità di ritirarsi senza vergogna, si alzò per andarsene. «Tu sei morto!» sibilò a Richard.

«Sicuro!» rispose Richard sprezzante.

«Devi solo aspettare» disse Courtney prima di seguire Fisher oltre la porta che Mr. Huntley teneva aperta per loro.

«Anche voi due» disse Mr. Huntley fissando con aria severa Jonathan e Richard. Jonathan fece l'atto di andarsene.

«Ma noi stiamo lavorando, signore» puntualizzò Richard. «A un progetto di storia. Riguarda la congiura delle polveri. Mr. Stewart ci ha mandati qui a cercare alcuni libri.»

«Davvero?» Huntley sembrava diffidente.

«Se non ci crede, lo chieda a Mr. Stewart» disse Richard. «In questo momento è nella sua aula.»

Mr. Huntley scosse il capo. «Allora riprendete la ricerca e

non fate altro rumore», poi uscì impettito. Jonathan e Richard rimasero soli nella stanza silenziosa.

Jonathan sentiva il cuore battere a velocità folle, come se avesse appena finito di correre la Cinque miglia. «Non avresti dovuto dire quelle cose a Courtney» obiettò rivolto a Richard.

«Perché?»

«Perché si vendicherà su di te.»

«Ma no.»

«Lo farà, invece. Hai sentito che cosa ha detto.»

«Sono soltanto parole. Fa il bullo con chi ha paura di lui. Non oserebbe mai attaccare qualcuno capace di reagire.»

«Continuo a pensare che non avresti dovuto dirglielo.» Fece una pausa, poi aggiunse con imbarazzo: «Grazie».

Richard, che aveva continuato a tenere d'occhio la porta, si voltò verso di lui. D'un tratto Jonathan ebbe la strana sensazione che quegli occhi lo vedessero per la prima volta come una persona. Le sue emozioni confuse si cristallizzarono in un'unica sensazione – *contatto* – che si dissipò rapidamente come si era formata, lasciandolo immerso in un silenzio che non sembrava più scomodo, e con la convinzione di pronunciare le parole che contavano veramente.

«Vorrei essere come te. Darei qualunque cosa per essere come te.»

Richard lo guardò incuriosito. «Davvero lo vorresti?»

Jonathan annuì.

«Perché?»

Jonathan arrossì e abbassò lo sguardo.

«Perché?»

«Per le cose che fai.»

«Quali cose?»

«Tutte. Tutto ciò che fai. Tutto ciò che dici. Il modo in cui hai appena parlato a Courtney. Come hai risposto ad Ackerley la settimana scorsa. Come sei uscito dalla conferenza del generale sotto gli occhi di tutti. Darei qualunque cosa per avere il coraggio di fare ciò che tu fai.»

«Credi che io sia coraggioso?»

«Sì. Santo Dio, sì! Voglio dire, io non potrei mai parlare ad Ackerley come gli hai parlato tu.»

«Sì, potresti.»

Jonathan scosse il capo.
«Potresti, se lo odiassi abbastanza.»
Quell'affermazione lo colse alla sprovvista. «Ma io lo odio.»
«Non è vero.»
«Certo che è vero.»
Richard scosse la testa.
«Lo odio!»
«No, tu non lo odi. Tu vuoi la sua approvazione. Vuoi che abbia una buona opinione di te. Io me ne sbatto altamente di ciò che pensa di me. È questa la differenza fra noi due. Non ha nulla a che fare con il coraggio.»
«Ma io lo odio» insisté Jonathan. «Odio il modo in cui mi tormenta.»
«Allora devi farglielo vedere. Devi dimostrargli che lo odi e che qualunque cosa lui faccia non potrà cambiare il tuo sentimento.» Il volto di Richard si incupì. «Dio, se facesse a me una di quelle battute...»
«Ma non lo farebbe mai» obiettò Jonathan sottovoce. «Non a te. È questa la vera differenza tra noi due.»
Una luce si accese all'improvviso negli occhi di Richard, una luce più calda di quanto Jonathan avesse mai visto prima. Aprì la bocca per parlare.
Poi, di colpo, si fermò. Il suo viso divenne una maschera. Si voltò a guardare la finestra sul lato opposto della biblioteca. Adesso la pioggia era cessata, sostituita dal pallido sole d'autunno.
Suonò la campanella del pranzo. Jonathan sapeva che Nicholas e i Perriman lo stavano aspettando davanti alla porta del refettorio. «Devo andare. Grazie per avermi difeso.»
Richard lo ignorò. Jonathan, ferito, fece per andarsene.
«Palmer.»
Si voltò prontamente. «Sì?»
«Tu vuoi piacere alle persone. Vuoi inserirti, appartenere. È questa la tua debolezza, da cui Ackerley e tutti gli altri attingono la propria forza. Tu devi imparare a odiare loro e tutto ciò che rappresentano. È così che diventi forte, è così che vinci.»
Jonathan sorrise con aria mesta. «Lo fai sembrare così facile...»
«È facile.»

4

Domenica pomeriggio, ore quattordici e trenta. Jonathan stava nel suo studio nella Old School House e parlava con Giles Harrington.

Giles era un bel ragazzo alto, di quindici anni, e sembrava che avesse già stampate sulla fronte le parole "Futuro capo della Casa". Voleva assicurare la presenza plenaria al discorso di suo fratello maggiore, Brian, sull'importanza dello spirito della Casa.

Lo spirito della Casa era un tema delicato per i ragazzi della Old School. Il pomeriggio precedente la loro squadra di rugby, di cui Brian Harrington era capitano, aveva subìto una sconfitta schiacciante da parte della Heatherfield House. La disfatta, cui aveva assistito tutta la scuola, era stata motivo di stupore. La reputazione di quella casa in campo sportivo era paragonabile solo a quella di Enrico VIII in fatto di armonia domestica.

Però Heatherfield House aveva un asso nella manica, nella persona del nuovo allievo Basil Carter. Benché avesse solo sedici anni, Basil misurava un metro e novanta di statura ed era dotato di muscoli poderosi, nonché di una fluidità di movimento che un danzatore classico gli avrebbe potuto invidiare. In più correva rapido come il vento. Ogni volta che la squadra di Heatherfield conquistava la palla, la passava a Basil che partiva alla carica verso la linea di meta, abbattendo gli avversari come birilli e portando la propria formazione alla vittoria.

La sconfitta, una grossa pecca nell'ego collettivo della Old School, era stata imputata al tifo insufficiente nella zona della linea di meta. Questo aveva provocato l'imminente predicozzo di Brian.

«Il discorso avrà inizio alle tre» disse Giles a Jonathan. «Procura di essere puntuale. Brian non gradisce dover aspettare i ritardatari.»

Jonathan annuì.

«Bene. Lo spirito della Casa è importante. Lo capisci, vero, Palmer?»

Jonathan annuì di nuovo. Giles lo guardò con diffidenza. Era figlio di Sir Richard Harrington, che possedeva terreni in tutto il Norfolk. Gli Harrington potevano far risalire la propria ascendenza alla guerra delle Due Rose. Brian e Giles erano la quinta generazione dei maschi della famiglia che studiava a Kirkston Abbey, dove Giles si aggirava con la disinvolta arroganza di chi è consapevole di avere il diritto di trovarsi là.

Jonathan lo detestava.

«Naturalmente» rispose. «Sono sicuro che avremmo travolto Heatherfield se tutti noi avessimo fatto un tifo un po' più impegnato.»

Rimpianse quelle parole appena le ebbe pronunciate. Giles avrebbe certamente annotato quella battuta sarcastica e l'avrebbe ripetuta al fratello. Però Giles era dotato di quella specie di stupidità gagliarda e atletica che è tipicamente britannica; pertanto non registrò nulla se non l'acquiescenza. «Esatto.»

«Quanto pensi che durerà il discorso di tuo fratello?»

«Tutto il tempo che lui vorrà» rispose Giles con aria severa. Jonathan annuì rassegnato e rammentò che una volta aveva udito per caso Giles lamentarsi con un amico dei problemi che suo padre aveva con i mezzadri.

«Sono dei fannulloni tremendi! Non conoscono il significato di una solida giornata di lavoro!» Ebbe l'immagine rapida di Giles, con il blazer della scuola e un paio di stivali di gomma, che zampettava in un campo di grano picchiando i braccianti con una mazza da cricket. Ebbe voglia di ridere e si morsicò il labbro per non farlo.

Qualcuno bussò. «Sì?» gridò Giles, presumendo che la persona venisse per lui.

Non era così. La porta aperta rivelò Richard Rokeby.

Jonathan fu colto di sorpresa. Loro due non si erano più

scambiati una parola dopo l'incontro avvenuto il martedì precedente in biblioteca. Ogni tanto in classe aveva incontrato lo sguardo di Richard e arrischiato un cenno amichevole del capo, ma il destinatario non l'aveva ricambiato.

Lo studio non era abbastanza grande per ospitare confortevolmente tre persone, perciò Richard rimase appoggiato al montante della porta. «Cosa fai questo pomeriggio?» domandò a Jonathan.

«Viene a sentire il discorso» lo informò Giles.

Richard lo ignorò. «Allora, cosa fai?» domandò ancora.

«Ti ho già detto che cosa farà» sbottò Giles che non sopportava di vedersi ignorato. «Adesso levati dai piedi, Rokeby. Non vogliamo tipi come te da queste parti.»

«Si tratta del discorso di Brian Harrington? Ho visto l'annuncio nella vostra bacheca.»

Jonathan annuì. «È sullo spirito della Casa.» Represse l'impulso di fare una smorfia.

«Di cui sicuramente tu non sai nulla» aggiunse Giles.

«Proprio così» confermò Richard con aria affabile. «A differenza di tuo fratello.»

La bonomia proveniente da un personaggio simile mise Giles all'erta. «Che cosa vuoi dire?» domandò.

«Ciò che ho detto. Tuo fratello è proprio il tipo che straripa di spirito della Casa. Sappiamo entrambi che sta tenendo questa conferenza solo perché lo disturba il fatto che gli allievi più giovani non amano questo convitto quanto lo ama lui. I sentimenti personali non hanno nulla a che fare con questo.»

«Quali sentimenti personali?»

«Sentimenti di umiliazione» suggerì Richard «per essersele prese di santa ragione da una squadra che è solo una barzelletta.» Fece una pausa. «Soprattutto quando il miglior giocatore di quella squadra è un negro.»

Un'espressione di assoluto imbarazzo si diffuse sul volto di Giles. «Questo non c'entra per niente!» gridò.

«Lo so che non c'entra.»

«Non c'entra!»

«Lo so, Harrington. Non hai bisogno di convincermi.»

Le ripetute conferme servirono solo a mettere Giles sempre

più sulla difensiva. «Mio fratello non ha niente contro i negri!»
«Lo so.»
«Non ce l'ha con loro!»
«Lo so.»
«È vero.»
«Ti ho detto che lo so!»
«È come ti dico!»
«Difatti.» Insinuò Richard. «Forse sarebbe giusto dire che li ammira.»
«Non è vero.»
«Li ammira enormemente.»
«Assolutamente no!»
«In effetti, mi sa che vorrebbe essere un negro anche lui.»
«È vero!» gridò Giles. «È vero... No! Maledizione, non è vero affatto! Lui...» Si fermò rendendosi conto di essere caduto ciecamente in una trappola, tanto che non avrebbe vinto né con l'una né con l'altra risposta. Lottò per conservare la propria dignità. Si raddrizzò in tutta la sua statura e guardò Richard con occhi di fuoco. «Tu sei una vergogna totale per questa scuola, Rokeby. Questo non è assolutamente il tuo posto!»
Richard strabuzzò gli occhi producendosi in un'imitazione di Al Jolson. «Ohi, badrone, *Massa* Harrington, tu mai deve dire questo!»
Giles lo fissò cercando di fargli abbassare gli occhi, ma era completamente sconcertato. Dopo tutto, lui era uno Harrington, la materia prima di cui erano fatti gli eroi della scuola. Era abituato a essere oggetto di ammirazione, guardato dal basso in alto. Essere così apertamente disprezzato non faceva parte della sua esperienza.
«Tu mi fai pena, Rokeby» annunciò con aria grandiosa prima di uscire impettito dallo studio.
Richard entrò e si chiuse la porta alle spalle.
«Non avresti dovuto dire quelle cose» protestò Jonathan.
«È il commento che hai fatto l'altra volta» rispose Richard.
«Lo so.»
I due si guardarono.
Scoppiò la risata. Cominciarono nel medesimo istante, pie-

gati in due per l'ilarità. Per più di un minuto dondolarono avanti e indietro, ridendo come iene, incapaci di fermarsi.

Richard fu il primo a ricomporsi. Jonathan tentò di imitarlo. Si raddrizzò e fissò di nuovo Richard.

«Allora, cos'è che fai questo pomeriggio?» domandò di nuovo Richard.

La conferenza era dimenticata. Tutto era dimenticato nell'intensità improvvisa di quel momento.

«Nulla» rispose, «assolutamente nulla.»

«Andiamo via di qui. Allontaniamoci di un bel po' di chilometri e dimentichiamo tutto di questa scuola per il resto del pomeriggio. Sei d'accordo?»

Jonathan annuì. L'eccitazione vibrava in tutta la sua persona. Si sentiva assurdamente felice.

Richard si voltò e uscì per primo.

Elizabeth Howard sedeva con Henry e Marjorie Ackerley nel salotto della loro casa a Bowerton.

Bowerton era un piccolo villaggio sulla cresta di una collina, a un paio di chilometri dai cancelli della scuola. Consisteva in mezza dozzina di vie convergenti tutte sul prato pubblico del villaggio, ottimamente tenuto, e su un pub del Cinquecento chiamato "The Fleece". Il pub e un piccolo ufficio postale erano gli unici simboli di attività commerciale a Bowerton. In compenso l'architettura delle case in pietra era bella, l'atmosfera era tranquilla, e la posizione relativamente elevata offriva una splendida vista sulla campagna che si stendeva ondulata verso l'orizzonte. Era la sede prediletta dei membri del personale di Kirkston Abbey che non abitavano nella scuola.

«Mi dispiace di non essere venuta da voi domenica scorsa» disse Elizabeth accettando una seconda tazza di tè offerta da Marjorie.

«Non importa» rispose Marjorie. «Sono sicura che hai avuto abbastanza pensieri con quel giovane Randall che si era permesso di uscire dalla sala delle riunioni.»

«Si chiama Rokeby» la corresse il marito. «Richard Rokeby.»

«Va bene. Me l'hai già detto, Henry. Molto stupido da parte mia.» Marjorie rivolse al marito un sorriso di scusa e restituì a

Elizabeth la tazza nuovamente piena. «Che gesto terribile. Tu e Clive vi sarete sentiti mortificati.»

«È vero» rispose Elizabeth con solennità. «Tremendamente mortificati.» Si sforzava di sembrare seria, ma non riuscì a sopprimere il sorriso che era tanta parte della sua personalità. «Ma non quanto il generale.» Scoppiò a ridere. «Il povero Clive ha passato ore a lisciargli le penne arruffate. Alla fine sembrava distrutto!»

«Che ne sarà di Rokeby?» domandò Marjorie. «Sarà punito?»

«Dovrebbe essere espulso!» esclamò Henry con veemenza improvvisa.

«Perché pensi una cosa simile?» domandò Elizabeth stupita dalla passione che vibrava nella voce di lui.

«Perché è insopportabile. La sua arroganza è incredibile.»

«Ma non si può espellere un ragazzo solo perché è arrogante.»

«Non si tratta soltanto della sua arroganza, ma di tutto ciò che lo riguarda. Tu non hai mai avuto occasione di fargli scuola, Elizabeth. Non sai com'è. Segnati ciò che ti dico. Quel ragazzo è un problema!»

Elizabeth scosse il capo. «È solo un ragazzo.»

«Giusto, Henry» intervenne Marjorie con garbo. «Che problemi può dare un ragazzo da solo?»

«E che diavolo ne sai tu?» sbottò Henry.

Marjorie arrossì. Per un momento fissò suo marito, spalancando gli occhi offesi. Poi si voltò e si diede da fare con le tazze.

Appena ebbe pronunciate quelle parole brusche, Henry sembrò rimpiangerle. Guardò sua moglie e fu sul punto di dire qualcosa, ma poi ci rinunciò. Prese un cucchiaino e rimescolò il suo tè. Riuscì a sorridere a Elizabeth, ma fu un gesto stanco che distese a malapena i muscoli della bocca, senza giungere agli occhi.

Elizabeth, a disagio, lasciò vagare lo sguardo nel soggiorno. Era una bella stanza, squisitamente arredata. Marjorie aveva ottimi gusti. Elizabeth avrebbe voluto ammirare gli arredi, ma la sua attenzione fu attratta dall'angolo opposto, dal tavolino su cui era posato il ritratto di una bambina sull'altalena, una bimba dai riccioli d'oro che gridava per l'eccitazione e guardava con occhi ridenti verso il cielo.

Fissò la fotografia finché sentì di essere osservata. Riportò frettolosamente lo sguardo sui padroni di casa. Entrambi adesso le stavano sorridendo. L'espressione offesa se n'era andata dal viso di Marjorie, celata sotto la facciata cordiale dell'ospitalità, nello stesso modo in cui la spazzatura viene nascosta sotto il tappeto.

«Com'è stato il discorso del generale?» domandò Marjorie.

«Molto noioso. Hai avuto fortuna a non sentirlo, anche se mi dispiace che siano stati problemi di salute a impedirti di venire.»

«Roba da niente.»

«Come puoi definire roba da niente l'emicrania? Mia zia ne soffre da tempo, e dovresti sentire come ne parla! Tu devi essere molto più stoica.»

Marjorie scosse il capo con modestia. «Non proprio. Ne soffro molto di rado. Sarei venuta comunque, ma Henry non ha voluto saperne.» Posò gentilmente la mano su quella del marito in un gesto di affetto un po' nervoso.

«Non volevo che si stancasse» precisò Henry. Rivolse a sua moglie un rapido sorriso, ma poi tolse la mano da sotto quella di lei. Prese un cucchiaino e cominciò a rigirarselo fra le dita sottili. Mentre lo muoveva, il cucchiaino batté contro la sua fede nuziale. La mano di Marjorie rimase ferma nell'aria per un attimo, poi cominciò a carezzare il proprio anello.

Elizabeth sedeva in silenzio, perplessa, a osservarli entrambi.

Poche fra le persone che lei conosceva meritavano l'aggettivo "bella", ma Marjorie Ackerley era una di loro. Benché avesse superato di poco i quarant'anni, i suoi capelli conservavano gran parte del loro fulgore dorato, messo in ulteriore evidenza dal caldo colore nocciola dei suoi occhi, nello stesso modo in cui i lineamenti regolari erano valorizzati dal fascino delle sue maniere e dalla dolcezza della voce.

Marjorie le era piaciuta fin dal loro primo incontro. Era successo tre anni prima, al cocktail-party organizzato per dare a Clive e a lei il benvenuto a Kirkston Abbey. Ricordava ancora di essere stata accanto al marito sulla soglia di una sala affollata, sentendosi terribilmente insicura mentre affrontava i sorrisi forzati e gli occhi freddamente inquisitivi delle mogli degli insegnanti, tutte pronte a disapprovare la giovane nuova arrivata che avrebbe avuto un grado superiore al loro nella gerarchia scolastica. Poi Marjorie era venuta fuori da quella folla con un sorriso di sincero benvenuto sul volto, pronta a presentarla a tutti e a farla sentire accettata. Pronta a esserle amica.

Negli anni seguenti aveva cercato di fare amicizia con altre mogli, però erano sempre state relazioni superficiali, inibite dalla sua posizione superiore, dall'imbarazzo e dal risentimento che provocava in loro. L'unica persona per cui provava sincero affetto era Marjorie.

Erano amiche intime. Avrebbero potuto essere inseparabili, se non fosse stato per il marito di Marjorie.

Desiderava provare simpatia per Henry Ackerley, aveva tentato di farselo piacere. Non c'era nessun motivo evidente per trovarlo sgradevole. Clive descriveva Henry come uno stupido altezzoso, ma poi aggiungeva che era una persona abbastanza a posto. Forse aveva ragione lui.

Però c'era in Henry qualcosa che la disturbava. L'avvertiva nello stesso modo in cui a volte si sentiva una stretta alla testa e sapeva che si stava avvicinando un temporale. Certe volte fissava quel freddo viso aristocratico e vedeva ombre profonde muoversi negli occhi grigi, tanto più preoccupanti perché la loro forma continuava a essere un mistero per lei.

Marjorie le stava offrendo un'altra tazza di tè. Avrebbe voluto scusarsi e andare via, lasciandosi alle spalle quell'atmosfera difficile. Però gli occhi di Marjorie la imploravano e Marjorie era la sua amica. Le sorrise e tese la propria tazza.

Thorley Park era a circa sei chilometri da Kirkston Abbey, una grande distesa boscosa che portava il nome di un vecchio castelletto, ora distrutto, a cui era appartenuta un tempo.

Richard e Jonathan spinsero le biciclette lungo i sentieri di Thorley Park, calpestando foglie secche che crepitavano sotto i piedi. Infine le lasciarono appoggiate al tronco di una grande quercia e si arrampicarono sull'albero. Sedettero l'uno di fronte all'altro su un grosso ramo, con le gambe penzoloni e il fiato che si condensava davanti ai loro visi, formando nuvolette simili a piccoli fantasmi che danzavano nel vento.

«Avevo bisogno di uscire» disse Richard. «Non potevo aspettare fino a domani.»

«Domani?»

«C'è il funerale della mia prozia.»

Ora Jonathan rammentò che venerdì Richard ne aveva informato uno dei professori. «Mi dispiace.»

«A me no. Tutto ciò che perdo è una moneta da mezza corona e un bacio bavoso a Natale. Il funerale è una buona scusa per stare un giorno fuori dalla scuola.»

«Perché i tuoi genitori ti hanno mandato qui?»

«Perché sono un Rokeby, naturalmente. I Rokeby vengono da Upchurch. È a soli ventiquattro chilometri, perciò Kirkston Abbey è il college locale. Mio padre l'ha frequentato, e anche mio zio e mio nonno. Tutti i miei antenati, su su fino ai dinosauri!»

«Non ti riesce strano?»

«Strano?»

«Stare seduto nell'aula e pensare che forse cent'anni fa un tuo trisavolo sedeva allo stesso banco e ascoltava la stessa lezione.»

«Magari tenuta dallo stesso professore!»

Risero insieme. «Però dev'essere una sensazione curiosa» insisté Jonathan.

Richard alzò le spalle.

«Al posto tuo mi darebbe i brividi.»

«Immagino che la famiglia Palmer non abbia mandato i suoi figli a Kirkston Abbey fin dalla notte dei tempi.»

Jonathan scosse la testa. «I dinosauri da cui discendo non potevano permetterselo.»

Risero di nuovo. «Allora, perché sei qui?» domandò Richard.

«Non dovrei?»

«Non sei un allievo tipico di Kirkston Abbey.»

«Nemmeno tu» ribatté Jonathan.

«Però lo è Giles Harrington. Forse dovremmo aspirare entrambi a essere come lui. È un gran coglione come suo fratello?»

«Peggio. La nostra Casa sarà uno stato completamente fascista quando lui ne sarà il capo.»

Altre risate. «Allora, perché i tuoi genitori ti hanno mandato qui?» domandò Richard.

«Un'idea di mio padre. Lui vuole che io faccia bella figura nella vita. Che abbia successo. Pensa che la scuola mi aiuterà a realizzare questi obiettivi.»

Richard alzò gli occhi al cielo.

Jonathan sorrise. «È buffo, non ti pare? Però mio padre ci crede. La sua famiglia era molto povera. Mio nonno lavorava in un calzaturificio. Anche i miei zii entrarono nella fabbrica, ma mio padre era più intelligente degli altri. Fu bravo a scuola e poi andò a lavorare in banca. Adesso è direttore. So che non è nulla a confronto dei padri della maggior parte dei ragazzi che studiano qui, ma è comunque un bel risultato. Se l'è cavata bene e desidera che io faccia altrettanto. Ha cominciato fin dal giorno della mia nascita a mettere da parte i soldi, in modo da potermi mandare in una scuola come questa.»

«Sa che detesti stare qui?»

Jonathan fece segno di no. «Non potrei mai dirglielo. Significa tanto, per lui, avere un figlio in un istituto come questo. Non voglio guastargli la soddisfazione.»

«E lui non arriva a indovinarlo? Voglio dire, quando viene a trovarti non vede quanto sei infelice?»

«Non è ancora venuto a trovarmi.»

Richard rimase a bocca aperta. «Ma sei qui da oltre un anno!»

«Mio padre vive a Londra. Dice che è un viaggio troppo lungo.»

«Che idiozia!»

«Non è il vero motivo. Il vero motivo è la mia matrigna. Mio padre l'ha sposata un anno e mezzo fa, e lei è gelosa di me. Papà e io siamo molto uniti, e questo la disturba. Patisce a vederci insieme. Lo vuole tutto per sé.»

«Ma sicuramente tuo padre desidera vederti. Perché le dà retta?»

«Perché è pazzo di lei, che è molto bella e più giovane di lui. Io l'ho vista una volta sola. Siamo andati tutti insieme a prendere il tè, ma è stato terribile. Mio padre continuava a guardarla con occhi da pesce lesso. Lei faceva un grande sfoggio di gentilezza verso di me, ma era tutta una finzione. Tanti sorrisi, ma il suo cuore non c'era.» Ebbe un brivido a quel ricordo.

«E tua madre, si è risposata?»

«No.»

«Dove abita?»

«Appena fuori Leeds.»

«Allora tu passi le vacanze e il tuo tempo libero con lei.»

Jonathan annuì.

«Andrai a casa sua per le vacanze di metà trimestre?»

«No, starò con mio padre.» Il suo viso si illuminò.

«Come mai? E la tua matrigna?»

«Va a trovare i suoi genitori nel Devonshire. Papà ha scritto proponendo che io vada a Londra a stare con lui. In un primo momento avrei voluto dirgli di no. La mamma è sola. So che anche lei desidera vedermi e non volevo offendere i suoi sentimenti. Però lei ha insistito. Sa che papà mi manca e ha detto che devo andare a Londra. Non vedo l'ora! È passato più di un anno dall'ultima volta che siamo stati insieme. Ho tante cose da dirgli.»

«Tu vuoi veramente bene ai tuoi genitori, vero?»

La domanda colse Jonathan di sorpresa. «Naturalmente! Non è così per tutti?»

Richard non rispose. Si appoggiò al tronco dell'albero e guardò il cielo. Un uccello si mosse in alto svolazzando tra i rami e facendo cadere qualche foglia secca sul terreno. «Sì» mormorò. «Credo di sì.»

Espirò lentamente. Nella testa di Jonathan si stavano formando delle domande, ma l'istinto gli disse di non esprimerle. Non ancora.

«Tu non puoi limitarti ad accettare questa situazione» disse all'improvviso Richard.

«Devo. Non posso farci nulla.»

«Lui è tuo padre. Devi far capire alla tua matrigna che non può tenervi separati.»

Jonathan fece un segno di diniego. «Non potrei fare una cosa simile. Comunque lei non mi ascolterebbe.»

«Allora devi obbligarla ad ascoltarti. Io lo farei. Perdio, non permetterei a nessuno di separarmi da una persona a cui voglio bene.»

«Ma tu sei tu, ricordi? Io non sono come te.»

«Potresti esserlo.»

«L'hai detto anche l'altra volta, ma non è vero.»
«Lo è.»
«No, non lo è. Detto da te sembra facile, ma non lo è. Quanto meno, non lo è per me. Noi due siamo diversi. Quando tu parli, la gente ti ascolta. Quando parlo io, gli altri mi danno sulla voce.»
«Ma se tu non fai nulla, lei vincerà e ti porterà via tuo padre.»
«Non può fare una cosa simile» protestò Jonathan con energia. «Mio padre non lo permetterebbe.»
«Ma non è ciò che sta accadendo in questo momento?» domandò Richard con gentilezza.
Jonathan non disse nulla. Era una domanda a cui non si arrischiava a rispondere.
Rimasero seduti in silenzio ad ascoltare gli uccelli. Quando la conversazione ricominciò, parlarono di altri argomenti.

Ore cinque e un quarto del pomeriggio.
James Wheatley si mise in mezzo agli altri ragazzi della Old School House mentre uscivano dalla sala di riunione degli studenti. Come sempre aveva al proprio fianco George Turner e Stuart Barry.
«Che bastardo!» esclamò.
«Zitto!» sibilò Stuart. «Se no Giles ti sentirà e andrà direttamente a dirlo a Brian.»
La faccia di James era rossa per il furore. «Non mi importa niente se lo fa! Noi ce ne stiamo qui per più di un'ora ad aspettarlo e solo a quel punto lui manda un messaggio per informarci che ha deciso di andare a giocare a golf! Che stronzo! Rimpiango che quel negro Basil Carter non gli abbia rotto le ossa quando ne ha avuto l'opportunità. Vorrei che gli avesse pestato le palle!»
Stavano davanti al corridoio che portava agli studi del quarto anno, una fila di stanzette chiamate "gli stalli" perché non erano molto più grandi di un gabinetto; anche l'odore non era molto più gradevole. «Vieni nel mio» disse Stuart. «Ho una bottiglia di gazzosa e il resto del dolce che mi ha mandato mia madre.»
«Ma adesso è ora di cena» obiettò George.

«Io non mangio quelle schifezze!» dichiarò James con energia.

«Ma io ho fame!»

«Vattene, allora. Stuart e io mangeremo la torta per conto nostro.» Stuart annuì e andò nel suo studio a preparare la tavola.

George spostò goffamente il peso da un piede all'altro, come una scimmia che si prepara a fare una giravolta. «Non ho detto che sarei andato in refettorio!»

«Me ne sbatto. Fa' ciò che ti pare.»

George continuò a dire che non sarebbe andato. I piccoli occhi di James scrutarono le facce degli altri ragazzi che si muovevano intorno a lui.

All'improvviso quegli occhi si allargarono.

Jonathan Palmer e Richard Rokeby erano insieme vicino alla porta d'ingresso della Casa. Entrambi indossavano il soprabito; avevano le guance accese dal freddo e dall'esercizio fisico. Anche loro stavano osservando gli altri ragazzi. Mentre lo facevano, Richard disse qualcosa a Jonathan ed entrambi scoppiarono a ridere.

«Possiamo prendere del pane in cucina» stava dicendo George. «Ci ho nascosto mezza pagnotta a colazione.»

James lo ignorò, troppo occupato com'era a osservare quella scena inattesa.

«Così potremo anche farci dei sandwich. Io ho del paté di carne. C'è solo un po' di muffa in superficie.»

James gli fece segno di tacere.

George se ne andò. James rimase dov'era a guardare Richard e Jonathan. Jonathan aveva appena detto qualcosa e i due stavano di nuovo ridendo.

Non riusciva a capirlo. Che cosa ci faceva Richard Rokeby con Jonathan? Richard, che non voleva avere nulla a che fare con nessuno.

Richard, che non voleva avere a che fare con lui.

Non era per mancanza d'impegno da parte sua. Aveva fatto di tutto per richiamare l'attenzione di Richard. Era sempre il primo a ridere quando Richard affrontava un professore, il primo ad applaudire quando Richard ne ridicolizzava qualcuno. Se Richard era poco distante, James cercava sempre di essere circondato da uno stuolo di amici in adorazione, pronti a ridere fragorosamente di ogni sua battuta. Richard avrebbe sicuramente udito, e si sarebbe reso conto di che splendida persona era James Wheatley.

Lui voleva che Richard fosse nel suo gruppo, lo desiderava fin da quando aveva posato gli occhi su di lui tredici mesi prima. Tutto in Richard lo distingueva come un individuo da cercare, coltivare, acquisire. James era molto preoccupato dell'immagine che presentava al mondo. Essere intimo di un tipo come Richard poteva soltanto aumentare il suo prestigio.

Aveva tentato e ritentato, sbattendo sempre nello stesso muro di indifferenza. Quanto più a lungo quel muro resisteva, tanto più lui si accaniva a volerlo sfondare: un accanimento sempre più motivato da desideri segreti, la cui natura non voleva confessare nemmeno a se stesso.

Ma adesso Richard era con Jonathan Palmer. Jonathan Palmer, una nullità proveniente dalle secondarie. Jonathan Palmer, che era riuscito dove lui aveva fatto fiasco.

Come poteva essere accaduto?

Richard disse qualcosa a Jonathan che se ne andò, diretto al corridoio della quarta classe. Passò oltre James, sfilandosi di dosso il soprabito. Lo avrebbe lasciato nel proprio studio, poi lui e Richard sarebbero andati a cena insieme, come si fa tra amici.

Ma come poteva essere successo?

Richard se ne stava da solo vicino alla porta ad aspettare Jonathan. James andò da lui come aveva fatto tante volte in passato.

«Salve, Rokeby. Noi mangiamo qualcosa nello studio di Barry. Perché non vieni anche tu?»

Richard non si prese neppure la pena di guardarlo. I suoi occhi fissavano un punto lontano sopra la spalla destra dell'interlocutore.

«Va' a farti fottere, Wheatley» rispose in tono annoiato.

Due ragazzi della terza che passavano udirono quello scambio di battute. Se ne andarono via di corsa ridacchiando.

James si voltò e andò al corridoio della quarta classe. Si sentiva rabbioso e umiliato, come gli era successo innumerevoli volte. Ma adesso era anche confuso.

Come entrò nel corridoio, sbatté contro qualcuno che stava correndo nella direzione opposta: Jonathan Palmer, senza soprabito, andava a cena insieme al suo nuovo amico.

«Scusami» esclamò Jonathan, e riprese a correre.

James si fermò a guardare. Jonathan Palmer a cena con Richard Rokeby! Richard Rokeby che non degnava lui di uno sguardo.

Perché? Perché? Perché?

Ore dieci e mezzo di sera. Henry Ackerley entrò nell'ingresso di casa sua.

Rimase silenzioso ad ascoltare suoni e movimenti. Marjorie era ancora alzata? Certamente no. La domenica andava sempre a letto prima delle dieci. Guardò su per le scale, ma non vide luci accese. Era addormentata, ne era sicuro.

Entrò nel soggiorno dove, quello stesso pomeriggio, loro due avevano ricevuto Elizabeth Howard. Accese la luce e andò alla credenza. Prese la bottiglia di scotch, se ne versò una buona dose e la trangugiò. Bruciava, ma scaldava anche. Era la cosa di cui aveva bisogno.

Stava per versarsene dell'altro, quando udì dei passi. In piedi sulla soglia c'era Marjorie, in vestaglia, i capelli sciolti che le formavano un alone dorato intorno alla testa. Come sempre i suoi occhi erano inquieti. Un tempo, un milione di anni addietro, erano stati pieni di gioia e di allegria, ma lui non voleva ricordare quel tempo.

«Dove sei stato?» domandò lei.

«In nessun posto.»

«Ero preoccupata. Non sapevo dov'eri.»

«Ho solo passeggiato.»

«Con questo tempo? Dicono che questa notte gelerà.»

«Volevo un po' d'aria.»

«Ma, i tuoi polmoni! Ricordi il raffreddore che ti sei preso l'anno scorso? Il dottor Pearson ti aveva raccomandato di stare attento!»

La sua voce era come velluto, una ninnananna recitata anziché cantata.

«Sto benissimo. Non sono un bambino, Marjorie.»

«So che non lo sei. Io...» Lui avvertì la nota familiare di sofferenza. «Io mi preoccupo per te, tutto qui.»

«Non devi farlo.»

«Mi preoccupo quando non so dove sei. Comincio a immaginare delle cose.»

«Ad esempio?» gridò lui in tono improvvisamente aspro. «Che io me ne sia andato? Per non tornare mai più?»

Erano parole che volevano ferirla, ma questa volta la voce di lei fu ferma. «No, Henry» rispose con calma. «Non penso questo. So che tu ritornerai sempre.»

Si voltò e andò via chiudendo la porta dietro di sé.

Lui guardò il bicchiere che teneva in mano. Fu colto dal desiderio violento di sbatterlo contro il muro. Non sarebbe servito. Nulla sarebbe servito.

Posò il bicchiere respirando profondamente e lentamente.

Ma le sue mani erano chiuse a pugno e lui, dentro di sé, stava urlando.

Fu solo quando uscì dal bagno e si diresse verso il suo letto che Jonathan si accorse di essere osservato.

James Wheatley stava seduto sul proprio letto e lo fissava.

Appena Jonathan notò il suo sguardo, James sorrise, fece un cenno del capo, poi immerse il naso nel libro che teneva fra le mani.

Per un momento Jonathan fu allarmato. James stava progettando qualcosa? Era lui il bersaglio per quella notte?

L'allarme si spense. L'istinto gli diceva che quella notte non ci sarebbero stati guai. Aveva passato abbastanza mesi in quel dormitorio per sapere che si poteva fidare del proprio istinto.

Si infilò tra le lenzuola inamidate e tentò di trovare la pagina nel libro che aveva preso in biblioteca.

James Wheatley, seduto nel suo letto, lo osservava. Non sorrideva più.

5

Lunedì mattina. La funzione nella cappella era appena finita. I ragazzi della Old School House uscivano dai loro studi portando i libri di cui avrebbero avuto bisogno per le lezioni del mattino.

Jonathan se ne stava da solo nel proprio studio, con un'espressione perplessa sul viso.

Il suo libro di latino non c'era.

Per la terza volta si chinò a frugare nell'armadietto in cui teneva i libri, a cercare l'odiato volume dalla copertina rossa. Fuori udiva le voci rissose dei suoi compagni diminuire di volume man mano che raggiungevano le aule. Sarebbe arrivato in ritardo.

Fu colto dal panico. La prima lezione era quella di latino e Mr. Ackerley era proprio l'insegnante con cui non doveva mai essere in ritardo.

Si impose di calmarsi. Il libro doveva esserci. Lo aveva messo lì la sera prima, dopo un'ora spesa inutilmente a cercare di capire il senso della traduzione che avrebbero discusso in classe quella mattina.

Però adesso non c'era. L'unico volume con la copertina rossa era il suo libro di matematica, che gli aveva causato tanto imbarazzo due settimane prima.

Ma dov'era?

Si alzò in piedi. I suoi occhi scrutarono la piccola stanza con lo scrittoio decrepito, l'armadio malandato e le squallide tende che incorniciavano sui due lati la triste finestra con vista sulle cucine della scuola. Non c'era nessun posto in cui nascondere un libro, neanche volendo.

Qualcuno doveva averlo preso in prestito. Se l'era portato via senza chiedergli il permesso e aveva dimenticato di restituirglielo. Ma chi?

Non poteva scoprirlo adesso. Tutti i potenziali colpevoli erano seduti nell'aula Melbourne ad ascoltare Mr. Ackerley.

Avrebbe dovuto esserci anche lui.

Ma non c'era niente da fare. Doveva prendere con sé il libro di matematica tanto per avere qualcosa e poi, senza dare nell'occhio, leggere sul testo di Nicholas.

Prese il libro e uscì di corsa dalla stanza.

Si fermò.

A metà del corridoio vuoto c'era un libro di testo dall'aspetto familiare, con la copertina rossa.

Lo raggiunse, si chinò e alzò la copertina cercando la scritta sul risvolto.

Jonathan Palmer, Classe IV M, Settembre 1954.

Come mai era nel corridoio? Chi ce l'aveva messo?

Accantonò la domanda. Non c'era tempo. Afferrò il volume e partì di corsa verso l'aula.

Solo mentre passava correndo oltre la sala delle riunioni si rese conto che non aveva bisogno di affrettarsi.

Mr. Ackerley sarebbe stato in ritardo di un quarto d'ora. Li aveva avvertiti alla fine della lezione precedente. In sua assenza dovevano stare seduti in silenzio e lavorare alla traduzione.

Meno male!

Percorse il corridoio; i suoi passi solitari echeggiarono sul pavimento di pietra. Passò davanti a un'aula dopo l'altra, ognuna con i suoi occupanti e il suo ritmo; gli allievi del terzo anno che recitavano verbi francesi con un'annoiata cantilena dall'accento inglese; gli studenti di matematica del quinto anno che si meravigliavano per gli usi infiniti di un logaritmo; gli studenti di filosofia del sesto anno che consideravano lo stato mentale di Amleto e le intuizioni che forniva sulla condizione umana. Passò oltre tutte queste aule, andando verso la porta socchiusa della Melbourne.

Mentre si avvicinava udì una moltitudine di voci che parlavano contemporaneamente, tutte nello stesso tono soffocato.

Entrò nell'aula e fu accolto da un silenzio immediato. I ragazzi avevano creduto che fosse Ackerley.

Si accorse di arrossire, sorrise con aria di scusa a nessuno in particolare e andò verso il banco dove Nicholas Scott lo stava aspettando. Sapeva che le voci avrebbero ripreso subito a parlare.

Invece non lo fecero.

La classe rimase in silenzio mentre lui si infilava al proprio posto.

Si voltò stupito a guardare attorno. Il resto della classe lo stava osservando. Alcuni erano seri, altri sorridevano. Tutti sembravano in attesa. Che cosa stava succedendo?

Irritato, rivolse di nuovo l'attenzione al proprio scrittoio, sforzandosi di trovare la pagina giusta del libro. Però il tremito delle mani gli impediva di mettere a fuoco i numeri. Il silenzio continuò, interrotto solo da un occasionale sogghigno.

Sentì il proprio viso congestionarsi sotto la pressione di tutti quegli occhi che lo scrutavano. Per la disperazione, si voltò verso Nicholas.

Anche lui lo stava fissando. Il suo viso non esprimeva attesa, ma solo una tacita scusa.

Jonathan non disse nulla. Lasciò che i suoi occhi facessero la domanda.

Nicholas fece un cenno del capo verso la lavagna.

Lui si voltò. Quando vide che cosa c'era sulla lavagna si sentì gelare.

Sulla liscia superficie nera, era stato tracciato con il gessetto bianco un disegno in cui figuravano due ragazzi.

Uno dei due poteva essere chiunque. Guardava verso la classe con le mani in tasca e un'espressione annoiata sul viso. Una figura anonima, se non ci fosse stato l'enorme fallo che spuntava dai pantaloni e gli arrivava quasi alla fronte.

Il secondo ragazzo, nelle intenzioni dell'autore, voleva essere proprio Jonathan. Era ritratto di profilo, con lineamenti delicati, quasi femminei, e un cappello a larga tesa come quello dei contadini. Un filo di paglia gli usciva dalla bocca: un'allusione alle sue origini provinciali.

La bocca era curvata in un sorriso lascivo, gli occhi erano grandi e ansiosi, meravigliati della grandezza del pene che impugnava con le mani tese.

L'essenza dei suoi lineamenti era stata resa alla perfezione. Il disegno era rozzo, ma anche ben fatto. La capacità figurativa che ci si aspetta da un allievo che ha vinto un premio. Il vincitore del premio di belle arti dell'anno scorso.

James Wheatley.

Jonathan si voltò a guardare James che sedeva nell'angolo della classe insieme a George Turner. James gli sorrideva con gli occhi piccoli e cattivi che luccicavano di gioia.

I pensieri di Jonathan erano in fermento. Perché James aveva fatto una cosa simile? Perché pensava questo di lui? Che cosa aveva fatto per dare modo a lui o a chiunque altro di immaginarlo in quel modo?

Adesso la risata era esplosa, in raffiche aspre e secche che lo colpivano da ogni parte. Mentre la udiva, i motivi cessarono di avere importanza. Tutto ciò che contava era cancellare alla vista quella oscenità.

Corse verso la lavagna seguito da un coro di lazzi e di fischi. Afferrò la cimosa dalla vaschetta e cancellò la caricatura crudele del proprio viso.

La porta dell'aula si spalancò ed entrò Mr. Ackerley.

«CHE DIAVOLO SUCCEDE?»

Il suo arrivo, dieci minuti prima del previsto, colse tutti di sorpresa. Le risate di scherno cessarono di colpo, sostituite da un silenzio atterrito. Gli occhi, prima fissi sullo spettacolo, adesso si concentravano sulle pagine dei libri di testo. Una abdicazione generale alla responsabilità.

Gli occhi di Mr. Ackerley si puntarono su Jonathan fermo davanti alla lavagna, immobile come una lepre nel fascio di luce dei fari di un'automobile. «Palmer, cosa credi di fare?»

Poi vide l'immagine sulla lavagna.

Inspirò aspramente con le narici che si allargavano. Fissò il disegno per circa dieci secondi, poi si rivolse di nuovo a Jonathan, con espressione schifata.

«Come osi fare questo?»

Jonathan impiegò qualche momento per afferrare le implicazioni di quella domanda.

«IO?»

«Come osi violare gli oggetti della scuola con le tue sporche...»

«Ma non sono stato io! Io non ho fatto questo disegno! Lo stavo solo cancellando!»

«E ti aspetti che io ti creda!»

«Non è stato lui, signore» esclamò una voce dall'aula: la voce di Nicholas.

«Silenzio!»

«Ma, signore, non è stato lui! Sta dicendo la verità!»

«SILENZIO!» ruggì Mr. Ackerley con tanta violenza che l'intera classe sussultò. Si rivolse a Jonathan con occhi che lampeggiavano. «Non mi sarei mai aspettato una cosa simile, Palmer. Nemmeno da te!»

Jonathan ignorò l'insulto. Tentava disperatamente di proteggere la propria dignità.

«Non sono stato io, signore! Sul serio, non sono stato io!»

«Allora chi è stato?»

«È stato...»

Si fermò mordendosi la lingua così frettolosamente che sentì il sapore del sangue.

Soffocò il nome che stava per uscire dalla sua gola.

Non poteva infrangere la regola cardinale di Kirkston Abbey.

«Allora, Palmer, chi è stato?»

Non denunciare mai nessuno. Qualunque cosa ti facciano, non devi mai, mai, fare la spia.

«Non lo so, signore.» Tutta la forza se n'era andata dalla sua voce. Suonava vuota e sconfitta.

«Così pensavo anch'io. Sei stato tu, non è vero, Palmer? Chi altri potrebbe fare una cosa tanto disgustosa.»

Jonathan scosse la testa.

«Allora, chi è stato?»

«Non lo so, signore.»

Ackerley sbuffò con rabbia.

«Basta così. Sarai punito per questo. Durante l'intervallo andrò a parlare con il direttore del convitto, Mr. Bryant. Gli dirò che cosa hai fatto e gli chiederò di annullare la tua vacanza di metà trimestre. Forse questo ti insegnerà ad avere più rispetto per le proprietà della scuola.»

Tutta la classe trattenne il fiato. Jonathan era troppo scosso per dire qualcosa.

«Adesso esci e sta' nel corridoio. Sparisci dalla mia vista.»

Jonathan ritrovò la voce. «Non può farmi questo!»

Il viso di Mr. Ackerley si fece più scuro. I suoi occhi si strinsero come fessure. «COME OSI DIRMI CHE COSA POSSO O NON POSSO FARE!»

«Ma non sono stato io!» Il grido uscì come un lamento virtuale.

«Va' fuori! E considerati fortunato se non vado dal direttore a farti espellere.»

«Signore, non sono stato io! Per favore, lei mi deve credere!»

«Allora chi è stato?»

Non rispose. Invece si voltò verso l'angolo dell'aula in cui James Wheatley lo stava fissando. I suoi occhi trasmisero un'implorazione silenziosa di aiuto.

James distolse lo sguardo.

«Sto aspettando, Palmer. Chi è stato?»

«Non posso dirlo, signore.»

«Ebbene, Palmer. Voglio essere leale. Se tu sei davvero innocente non dovrai essere punito. Perciò avrai tempo fino alla fine dei compiti di questa sera per dire a Mr. Bryant chi è il colpevole di questo oltraggio. Se non lo farai, la tua vacanza di metà trimestre sarà annullata.»

Era in trappola. Non avrebbe mai potuto denunciare James. Avrebbe dovuto subire la punizione. Però la punizione era così tremenda che non poteva sopportarla. Guardò con aria implorante la faccia rabbiosa del suo accusatore.

Notò che gli occhi di Ackerley scintillavano.

Ackerley sapeva.

Sapeva che lui era in trappola e ne era contento. Ackerley voleva che fosse lui a essere punito.

«Adesso prendi i tuoi libri e va' fuori. Che io non ti veda più.»

Jonathan, sconvolto com'era, poté solo obbedire.

Nella confusione del corridoio, tra una lezione e l'altra, si precipitò da James Wheatley. «Devi dire ad Ackerley che sei stato tu!»

«Io non devo fare nulla» rispose James, e fece per andarsene.

Jonathan lo afferrò per un braccio. «Ti prego! Hai sentito che cosa mi vuol fare!»

«E allora? Non è un problema mio.»

James tentò di staccarsi da lui e fece segno a George Turner di intervenire.

Nicholas Scott venne davanti a loro. «Mi fai venire il vomito» disse a James con energia.

«Levati dai piedi, mezza cartuccia con gli occhiali!»

Nicholas rimase coraggiosamente dov'era. «Perché? Tu mi fai schifo! Ti credi tanto grande, ma sei troppo codardo per ammettere ciò che hai fatto. Se io fossi Jonathan andrei a dire tutto ad Ackerley e tanto peggio per te!»

George strappò gli occhiali dalla faccia di Nicholas e li buttò facendoli scivolare sul pavimento lucido. Nicholas, accecato momentaneamente, lanciò un grido. Si mise a quattro zampe cercandoli fra la massa di gambe in movimento per impedire che le lenti venissero calpestate.

«Bastardo!» sibilò Jonathan e si mosse per aiutare l'amico.

George l'afferrò e lo sbatté contro il muro con tanta violenza da fargli scricchiolare la testa contro il muro di pietra. Jonathan gemette.

James andò verso di lui e si chinò finché i loro visi furono quasi l'uno contro l'altro. La sua voce era sommessa, poco più di un sussurro. «Se tu dici anche solo una parola ad Ackerley o a Bryant o a chiunque altro, la tua vita non meriterà di essere vissuta. Denunciami e io ti renderò l'esistenza così infelice che rimpiangerai di essere nato.»

Poi se ne andò, seguito come sempre da George. Jonathan, massaggiandosi la testa, andò ad aiutare Nicholas.

Ore tredici. Ora di pranzo. Le pareti del refettorio riverberavano il suono di centinaia di voci adolescenti che gridavano, ridevano, discutevano, mentre divoravano il pasto di metà giornata. Il corpo insegnante sedeva a un tavolo sopraelevato in fondo alla sala, parlando con aria solenne di politica e del curriculum personale, sforzandosi di ignorare il frastuono. Il personale di cucina, in squallidi grembiuli blu, passava fra i tavoli a riempire d'acqua le caraffe. L'odore di cibo cattivo era sospeso nell'aria, denso come colla.

Jonathan sedeva nell'angolo di uno dei tavoli del quarto anno, chino a parlare con Nicholas Scott e i Perriman.

«Non puoi denunciare Wheatley. Sarebbe una pazzia» gli stava dicendo Stephen Perriman.

«Deve farlo» ribatté Nicholas.

«Perché? Non gli annulleranno la vacanza di metà trimestre.»

«Lo faranno» insisté Nicholas.

«Ci penserà Ackerley» aggiunse Jonathan. Guardò il suo cibo ancora intatto: cotolette di montone, patate stracotte e cavolo, il tutto coperto da una salsa gelatinosa che aveva la consistenza di un budino. Il solo odore gli diede la nausea.

«Non gli toglieranno la vacanza» continuò Stephen, cercando invano di rassicurarlo. «Al più ti daranno un castigo nel doposcuola o qualcosa di simile.»

«Lo faranno» insisté Nicholas. «È già successo a Roger Brooke.»

«Chi?»

«Roger Brooke.» Nicholas si aggiustò gli occhiali sul naso. «È quel tale del quinto anno di Heatherfield con i capelli lisci e i dentoni. L'anno scorso ha avuto una discussione con la governante e l'ha conclusa mandandola a farsi fottere. Lei l'ha denunciato al capo del convitto, e lui gli ha annullato la vacanza. Brooke è dovuto restare qui con i ragazzi d'oltremare.»

Stephen rifletté per un momento. «D'accordo, ma non può fare la spia. Non con un tipo come James Wheatley.»

Il volto teso di Nicholas aveva un'espressione decisa. «James Wheatley merita questo e altro.»

«Certo che se lo merita. È un bastardo! Malgrado questo, non puoi farlo, Jon.»

«Tutti ti odieranno» disse Michael, inserendosi per la prima volta nella conversazione.

«Non è questo il punto» sbottò Stephen. «Il punto è che cosa James Wheatley e la sua banda gli faranno se parla.»

«Non gli faranno nulla» rispose Nicholas. «Niente, se noi lo sosteniamo.»

Stephen alzò gli occhi al cielo. «Sai che differenza può fare!»

«Potrebbe farla!» replicò Nicholas con aria fiera.

«Oh, sicuro! In che modo? Vuoi andare da George Turner e dirgli "Devi smetterla" sperando che lui crepi dal ridere?»

«Nicholas ha fatto molto più di noi due» commentò Michael sottovoce.

«Oh, smettila, Michael! Tu non ci stai aiutando!» Stephen fece segno al fratello di stare zitto.

«Dobbiamo tentare» disse Nicholas con determinazione. «È il nostro amico.»

«Ci rideranno sul muso» insisté Stephen. «Sai che lo faranno. E anche se non lo facessero, potremmo aiutarlo solo durante il giorno.»

Si sporse attraverso il tavolo verso Jonathan.

«Noi non siamo nella tua camerata, Jonathan. Non siamo nemmeno nella tua stessa Casa. Invece James Wheatley c'è. Lui, con George Turner e Stuart Barry e con chiunque altro decida di reclutare. Tu sarai solo, dall'inizio dello studio serale fino all'ora di colazione, ogni notte della settimana per il resto del trimestre. Dovrai dormire nella stessa camerata in cui c'è James Wheatley. Se lo denunci, quanto pensi di poter dormire?»

Jonathan non rispose. Fissò il suo piatto. Si sentiva ancora la nausea. Però non era colpa dell'odore della pietanza.

Le otto e venti di sera. Dieci minuti prima della fine dei compiti.

Jonathan sedeva da solo nello studio. La luce del soffitto era spenta. La sua debole lampada da tavolo faceva correre ombre sulle pareti.

Guardò l'orologio da polso posato sullo scrittoio. I suoi occhi seguivano la seconda lancetta che descriveva lenti cerchi, riducendo con ogni piccolo scatto la possibilità di salvare la sua vacanza di metà trimestre.

Ma quella possibilità era già perduta. Aveva preso la propria decisione all'ora di pranzo. I commenti di Stephen avevano semplicemente confermato ciò che lui già sapeva. Adesso la scuola era il suo mondo, la sua vita – e quella vita sarebbe stata indegna di essere vissuta se lui avesse denunciato James Wheatley.

L'indomani la direzione della scuola avrebbe informato della punizione suo padre, che l'avrebbe accettata senza protestare. Se la scuola riteneva giusto che Jonathan saltasse la vacanza di metà trimestre doveva avere motivi validi. Dopo tutto era una splendida scuola. Suo figlio era fortunato a esserci stato ammesso.

Così suo padre sarebbe andato nel Devon con la nuova moglie, la donna che odiava Jonathan e che avrebbe sfruttato la situazione a proprio vantaggio.

Gli pareva di sentire la voce di lei, dolce, suadente, distruttiva. "So quanto è importante Jonathan per te. So quanto contate l'uno per l'altro. Ma adesso lui ha guastato le cose per entrambi. Forse non voleva veramente vederti. Forse tu significhi per lui meno di quanto pensi."

Avrebbe detto queste parole e suo padre le avrebbe creduto perché lui non sarebbe stato presente per ristabilire la verità.

La matrigna avrebbe vinto, proprio come avrebbe vinto James Wheatley. Come avrebbe vinto Ackerley.

Era sconfitto e non poteva farci niente.

Le otto e venticinque.

Sollevò l'orologio e le sue dita toccarono la scritta incisa sulla cassa. Lo voltò per leggerla.

"A Jonathan con affetto. Papà. Natale 1951."

Allora, all'improvviso, si sentì colmo di una rabbia inaspettata, una collera che gli saliva dal fondo dello stomaco, una palla bruciante e ribollente di nera furia.

Non avrebbe accettato questo. Non sarebbe stato privato della possibilità di vedere suo padre, dell'occasione che sognava da più di un anno. Non avrebbe sofferto in silenzio solo perché il sistema stabiliva che quella era la cosa giusta da fare. Se era quello il modo in cui funzionava il sistema, allora era tutto sbagliato.

Non intendeva farsi frenare da questo.

Si alzò in piedi.

Uscì dallo studio, percorse il corridoio verso la sala centrale e l'altro debolmente illuminato, con il tappeto rosso, che portava allo studio di Mr. Bryant.

Il corridoio era deserto, fatta eccezione per Henry Blake che stava in piedi sulla soglia dello studio di William Abbott; si parlavano sottovoce per non farsi sentire da un prefetto.

Henry guardò a bocca spalancata l'arrivo di Jonathan. In un primo tempo fu troppo sbalordito per fare qualcosa, poi si staccò dallo studio di William e corse lungo il corridoio bussando alle porte. Voleva essere il primo a dare la notizia.

Venti minuti alle nove. Jonathan uscì dallo studio del direttore del convitto.

Mr. Bryant, tradizionalista, rispettabile e limitato, aveva ascoltato con gravità ciò che Jonathan gli aveva detto. Nell'udire il nome di James Wheatley sospirò e scosse la testa. Non approvava un ragazzo che lasciava ricadere su un altro la colpa delle proprie azioni. Tuttavia, essendo un prodotto tipico del sistema delle *public schools*, non approvava nemmeno le denunce.

Ora stava accompagnando fuori Jonathan. James Wheatley era in fondo al corridoio, e scalpitava con impazienza. Mr. Bryant lo vide. «Vieni qui, per favore, Wheatley. Palmer, puoi andare.» La sua voce era fredda, incolore. Era difficile dire quale dei due ragazzi disapprovasse di più.

Si sfiorarono nel corridoio e James rallentò un attimo per fissare Jonathan. Non disse nulla. Non ce n'era bisogno. Il veleno nei suoi occhi era abbastanza eloquente.

Le nove e mezzo.

Jonathan, in pigiama e vestaglia, sedeva su una panca in un angolo dello spogliatoio, inspirando lentamente e profondamente.

Gli spogliatoi erano vuoti. Gli allievi del quinto anno non andavano a letto fino alle dieci meno un quarto, e quelli del quarto anno si erano già cambiati e stavano nel dormitorio. Avrebbe dovuto essere con loro, ma si era trattenuto nel proprio studio ad attendere che non ci fosse più nessuno in circolazione. Non si sentiva pronto a vedere i compagni.

Aveva fatto la cosa giusta. Non potevano pretendere che lui

soffrisse in silenzio e perdesse la possibilità di incontrarsi con suo padre. Aveva ragione. Lo sapeva.

Ma adesso che l'aveva fatto, non ne era più così sicuro.

Presto si sarebbe trovato di fronte a loro, ad affrontarli e subire la punizione, qualunque essa fosse, che lo aspettava.

Si alzò in piedi, uscì dallo spogliatoio e andò fino all'atrio principale. Lo attraversò, passò davanti alla bacheca e alla vetrina dei trofei, poi salì la scala che portava al dormitorio. Si sentiva le gambe pesanti come piombo. Come sempre le pantofole troppo grandi schioccavano a ogni passo. Però in quel momento gli sembrava che quel suono fosse soffocato dal battito violento del suo cuore.

Giunse alla porta del dormitorio. Sentì delle voci dietro i battenti. Stavano parlando di lui? Forse stabilivano ciò che dovevano fargli? I suoi testicoli si ritirarono nell'inguine. Il desiderio di voltarsi e fuggire era prepotente, ma era un pensiero disperato. Non aveva nessun posto dove andare.

Aveva fatto la cosa giusta. Entro quattro giorni avrebbe visto suo padre. Non aveva paura.

Aprì la porta ed entrò nella fossa dei leoni.

Si trovò davanti a una scena che aveva visto innumerevoli volte nell'ultimo anno. Alcuni ragazzi erano a letto, intenti a leggere o a cercare di dormire, mentre altri camminavano avanti e indietro parlando con gli amici. Tutti alzarono gli occhi quando lui entrò. Le conversazioni cessarono, ma ricominciarono subito. Ognuno continuò a fare ciò che stava facendo. Sembrava una sera come tutte le altre.

Camminò lungo la corsia fra i letti per andare ai servizi. Non c'era nessuno. Nel silenzio del locale si lavò i denti e il viso. Mentre si spruzzava addosso l'acqua fredda, guardò fuori dalla finestra e vide la luna quasi piena che saliva alta nel cielo limpido del tardo autunno. Uno dei prefetti di Abbey House stava passando; fischiettava mandando nuvolette bianche nell'aria. Si chiese se quella notte ci sarebbe stato il gelo. Poteva vedere il proprio riflesso nel vetro. I suoi occhi erano spalancati e attenti, quasi troppo grandi per il suo viso.

Non aveva paura.

Chiuse il rubinetto, tornò nella camerata e andò verso il suo letto. Si sfilò la vestaglia e si coricò. Prese il libro che aveva cominciato, una raccolta di storie di fantasmi. Trovò la pagina. I proprietari della zampa di scimmia stavano per esprimere il primo dei loro tre desideri. Avrebbe voluto sapere di che desiderio si trattava e se si sarebbe avverato.

Non aveva paura.

Il suo sguardo si staccò dalle parole sulla pagina e vagò nervosamente nella stanza. James Wheatley sedeva sul letto di Stuart Barry, che continuava a passarsi le mani nei folti capelli biondi. Era molto fiero del proprio aspetto fisico. James lo prendeva sempre in giro per questo, anche se, per la verità, la sua bellezza non reggeva il confronto con quella di Richard Rokeby. Jonathan si chiese com'era andato il funerale della prozia di Richard. Sperava che l'amico non fosse troppo afflitto.

Non aveva paura.

George Turner raggiunse James e Stuart. I tre risero insieme di qualcosa. Di lui? Continuò ad aspettarsi che si voltassero a guardarlo, ma non lo fecero. Forse James aveva accettato di avere torto e deciso di lasciar perdere; forse aveva ammesso che si sarebbe dovuto denunciare da solo al momento giusto e impedire che il caso si ingrandisse. Forse Jonathan l'avrebbe passata liscia, malgrado tutto.

La porta si aprì. Brian Harrington entrò, come ogni sera, a spegnere la luce. «Tutti a dormire.»

James, l'ultimo a muoversi, si alzò dal letto di Stuart e andò lentamente verso il suo.

Mentre lo faceva, si voltò verso Jonathan e gli strizzò l'occhio.

Brian spense la luce e uscì chiudendosi la porta alle spalle. Erano lasciati alle tenebre e a se stessi.

Jonathan stava coricato a fissare il soffitto, nell'oscurità che lo avvolgeva.

Attese di udire voci, sussurri, il suono dei movimenti mentre loro venivano da lui.

Invece non ci fu nulla, soltanto il buio e un silenzio pieno d'aspettativa, sospeso sopra di lui come una nube di tempesta.

Aveva fatto la cosa giusta. Non aveva paura.

Udiva il cuore battere nel petto come una campana, scandendo i secondi, che diventavano minuti, un quarto d'ora, mezz'ora. Continuava a esserci soltanto il silenzio.

Giaceva immobile nel letto, in attesa. Lo stesso pensiero continuava a sbatacchiare nel suo cervello come un passero intrappolato in una gabbia.

Ho paura. Ho paura. Oh Dio, ho tanta paura.

Si svegliò con un sussulto.

Era ancora coricato sulla schiena. L'oscurità continuava ad avvilupparlo. Quanto tempo aveva dormito?

Non aveva importanza. Adesso era completamente sveglio. Ogni terminazione nervosa del suo corpo, ogni istinto lanciava un grido d'allarme. Stavano per cominciare.

Udì rumori, movimenti, lo scricchiolio di un listello di legno del pavimento, risa soffocate. Tese l'orecchio per udire che cosa stava accadendo, ma la tenebra tendeva ad attutire i rumori, come una coperta posata sulle sue orecchie. Tutto era indefinito.

Gocce di sudore cominciarono a formarsi sulla sua fronte. Temette di vomitare e farsela sotto al tempo stesso. Le sue mani si posarono sulle coperte. Cominciarono a cincischiare nervosamente il risvolto del lenzuolo inamidato in modo così rigido che le sue dita produssero un suono stridente contro il tessuto.

Poi, di colpo, lenzuolo e coperte non ci furono più, strappati dal letto, lasciandolo scoperto a tremare nel freddo della stanza. Si alzò a sedere, pronto a difendersi, poi udì un sibilo nell'aria. Un guanciale piombò sulla sua tempia. Lo shock del colpo lo disorientò, tanto che in un primo tempo non si difese mentre veniva afferrato con una stretta al collo e tirato fuori dal letto. Intorno a lui gli altri ragazzi dormivano o fingevano di dormire.

La porta dei servizi si aprì. La luce si accese. James Wheatley stava sulla soglia. Un'altra figura più piccola era in piedi dietro di lui. Jonathan fu costretto a camminare verso la porta. Le sue gambe sbatterono contro i letti mentre avanzava. Venne spinto nel locale delle docce e cadde pesantemente sul pavimento lastricato di pietra, torcendosi una caviglia e quasi battendo la testa contro un lavabo. Udì la porta chiudersi dietro di lui. Si alzò in piedi, trasalendo per il dolore alla caviglia e si voltò a guardare i suoi aggressori.

Davanti a lui c'era James Wheatley, fiancheggiato da George Turner e da Stuart Barry. Il trio che aveva previsto.

Accanto a Stuart c'era William Abbott, il mite, inoffensivo William Abbott. Che cosa faceva lì? Anche lui era partecipe di quell'iniziativa?

Come per rispondere alla sua domanda, James fece un segno a William. «Esci e fa' la guardia in corridoio. Se senti qualcosa, vieni a dircelo.»

William esitò. I suoi occhi fissarono Jonathan e poi James. «Che cosa volete fargli?» La voce era poco più di un bisbiglio.

«La stessa cosa che faremo a te se non muovi subito le chiappe!»

William obbedì, ma prima guardò di nuovo Jonathan. Mi dispiace, dicevano i suoi occhi. Io non voglio entrarci. Però, vedi come sono messo? Non ho scelta.

«Hai la faccia sporca, Palmer» disse James appena la porta si chiuse dietro William. «Non ci piace avere ragazzotti sporchi in questa scuola. Siamo costretti a lavarti.»

Allora lui seppe che cosa gli avrebbero fatto. Il panico che gli ribolliva sotto la superficie, adesso s'impossessò di lui. Cercò di fuggire, di andare alla porta, ma George gli bloccò il passaggio, con gli occhi scintillanti al pensiero di ciò che stava per accadere. Tentò di lottare, ma era impotente contro individui che avevano ognuno quindici centimetri e dodici chili di vantaggio su di lui. Ancora una volta fu afferrato per la gola, con la mano sinistra bloccata dietro la schiena, e costretto a camminare verso il gabinetto. Stuart aprì la porta. George lo spinse avanti e lo costrinse a inginocchiarsi, mentre Stuart e James si piazzavano dietro. La faccia di Jonathan fu sbattuta nella tazza, la sua fronte colpì la superficie smaltata. Lui gridò per il dolore. Il sangue gli affluì alla testa. Il suo naso e la sua bocca furono premuti contro la superficie interna che puzzava di disinfettante e di orina. Jonathan rischiò di vomitare.

Udì il rumore della catena che veniva tirata, poi l'acqua esplose tutto intorno alla sua testa, penetrandogli negli occhi, nel naso, nelle orecchie, nella bocca fin quasi a soffocarlo. L'effetto aspirante gli diede la sensazione di essere trascinato giù nel tubo e di restarci imprigionato per sempre.

La catena fu tirata di nuovo, ma questa volta provocò soltanto un colpo metallico. Udì Stuart esclamare: «Che impianto scadente!».

«Non importa» fu la risposta di James. «Conosco un altro modo di lavargli la faccia.» I tre scoppiarono a ridere. Jonathan udì un suono sibilante, poi sentì il viso bagnato e l'odore di ammoniaca. James gli stava pisciando in testa.

Tentò di dibattersi, ma aveva le braccia tenute strette dietro la schiena. Chiuse gli occhi per proteggerli, mandando indietro lacrime di umiliazione.

La catena fu tirata di nuovo. Per la seconda volta la tazza si riempì d'acqua, otturandogli tutti gli orifizi facciali, e lui fu convinto di affogare.

Gli tirarono fuori la testa dalla tazza. Lo rimisero in piedi e lo fecero uscire dal gabinetto e camminare nel locale dei servizi.

Venne spinto contro il muro, con George che gli teneva un braccio e Stuart che gli teneva l'altro. L'acqua gli colava dai capelli negli occhi, rendendolo quasi cieco. James si avvicinò a lui lentamente, con deliberazione. «Ti avevo avvisato» disse sottovoce, «ma tu non mi hai dato ascolto. Eri troppo stupido per credermi. Ackerley ha ragione. Sei stupido e sei fuori posto in questo istituto. Avresti dovuto continuare nella tua stupida scuola superiore.»

Scoppiò a ridere. «Scommetto che daresti qualunque cosa per essere di nuovo là in questo momento!»

James tirò indietro il pugno per sferrare un colpo. Jonathan, impossibilitato a difendersi, tentò di scansarlo. Invece il pugno di James si fermò a pochi centimetri dal suo viso. Un dito scattò e lo colpì seccamente sul naso. George e Stuart stavano ridendo.

«Hai paura, Palmer? Sei spaventato?»

Lui tremava come se avesse la febbre, ma un resto di orgoglio lo costrinse a scuotere la testa in segno negativo.

James gli sorrise; un sorriso lento e malvagio. «Dovresti essere spaventato. Nessuno fa la spia su di me.» I suoi occhi lampeggiarono. «Nessuno. Tu credi che questo sia brutto? Non è niente. Tu dovrai rimpiangere molto più di quanto immagini ciò che hai fatto. Io sarò il tuo incubo per il resto dei tuoi giorni!»

Fece un passo indietro e ripeté lo stesso rituale, fermando il pugno solo per dargli un'altra stecca sul naso. «Hai paura, adesso, Palmer?» domandò piano. «Sei spaventato?»

Lo era. Era terrorizzato. L'istinto gli diceva di fare un cenno affermativo solo per far finire quell'incubo.

Però, in qualche parte, sepolta profondamente in fondo alla sua paura, c'era una scintilla di furore per l'ingiustizia di ciò che stava accadendo. Ora, mentre affrontava il sorriso sarcastico di James, quella scintilla si accese cancellando la paura, distruggendola in un'esplosione di rabbia assoluta.

Di colpo tutto ciò che avrebbero potuto infliggergli non ebbe più importanza. Che facessero il peggio. In quel momento contava solo una cosa: cancellare il sorriso dalla faccia di James Wheatley.

«TI ODIO!» gridò. «SEI UN VIGLIACCO! AVRESTI DOVUTO DENUNCIARTI AD ACKERLEY. AVRESTI DOVUTO DIRGLIELO, MA ERI TROPPO SPAVENTATO! PROPRIO COME SEI TROPPO SPAVENTATO PER AFFRONTARMI DA SOLO. VA BENE, VA' AVANTI, FAMMI TUTTO IL MALE POSSIBILE, MA QUESTO NON CAMBIERÀ NULLA! SARAI SEMPRE UN PATETICO, PICCOLO VIGLIACCO E IO TI ODIO A MORTE!»

Il sorriso si spense. Le sue parole avevano toccato il segno. Era pazzia, ma una parte dentro di lui stava ridendo.

James gli sferrò un calcio nei testicoli.

Il dolore fu terribile. Un fuoco salì ruggendo dall'inguine nello stomaco. Lanciò un urlo mentre le gambe si piegavano sotto di lui. Sarebbe caduto a terra se Stuart e George non lo avessero sostenuto.

James andò verso di lui. I suoi occhi erano spietati, come quelli di un animale consumato dalla sete di sangue.

«Tenetelo in piedi» disse, e avanzò per dare il colpo di grazia.

Il campanello aveva suonato per la seconda volta dieci minuti prima. Adesso il dormitorio era vuoto. I suoi occupanti si stavano vestendo nello spogliatoio o scendevano nel refettorio per la colazione. Le tende erano ancora chiuse, ma la luce cruda del sole d'autunno passava attraverso il tessuto mandando disegni di luce fredda a decorare il pavimento e i letti.

Jonathan era nel locale dei servizi deserto, davanti allo specchio vicino ai lavandini, a fare l'inventario dei danni.

Il suo corpo era una massa di lividi. Il colore roseo della pelle era variegato per la presenza di un patchwork di chiazze blu e violette che si fondevano l'una nell'altra come in un dipinto astratto. Si voltò a destra e a sinistra davanti allo specchio del lavabo per controllare come meglio poteva il proprio aspetto. Si muoveva lentamente. Un gesto troppo brusco bastava a fargli correre il dolore in tutto il corpo. Cercava di non inspirare troppo profondamente, perché ogni respiro gli faceva male.

Aveva un livido sulla fronte nel punto che aveva battuto contro la tazza del gabinetto. A parte questo, il suo viso non portava altri segni. Erano stati attenti. Feroci, ma attenti. Tutti gli altri segni rivelatori sarebbero stati coperti dall'uniforme.

Si guardò nello specchio con gli occhi appesantiti dal dolore e dal sonno perduto. Si ripeté che aveva fatto la cosa giusta. Ancora quattro giorni e sarebbe stato con suo padre. Era un tempo molto breve.

Sempre che fosse sopravvissuto fino ad allora.

Uscì dal dormitorio e scese le scale per andare agli spogliatoi. Si mosse più sveltamente che poté. Anche gli spogliatoi erano praticamente vuoti. C'era solo un paio di allievi del quinto anno che avevano deciso di saltare la colazione, troppo occupati a rimpiangere di non essere più a letto. Non gli badarono. Jonathan si vestì rapidamente, ansioso di non far vedere a nessuno le sue ferite. Se ne vergognava come se fosse stato marchiato. L'attrito degli indumenti contro la pelle aggravava il dolore. Cercò di ignorarlo. Erano soltanto lividi. Si sarebbero schiariti. Nessun danno permanente.

Per adesso.

Uscì dallo spogliatoio e si avviò verso il suo studio a radunare i libri per le lezioni del mattino. L'atrio centrale era vuoto. Gli altri ragazzi erano a colazione, ma sarebbero tornati presto. Quel pensiero gli fece accelerare l'andatura.

Passò davanti al tavolo vicino alla scala. La posta del mattino era già arrivata. Vide una busta bianca indirizzata a lui. La calligrafia di suo padre. Le disposizioni per il viaggio di metà trimestre. Le stava aspettando. Aprì la busta e cominciò a leggere la lettera mentre camminava lungo il corridoio deserto verso il suo studio:

Mio caro Jonathan,

Ho cattive notizie. La tua matrigna non sta bene. Si è presa l'influenza un paio di settimane fa. Sembrava essersi ristabilita, ma all'improvviso la malattia è ricomparsa. Lei non vuole che chiami il medico, ma si è confinata a letto e mi sembra veramente poco in forma.

Naturalmente le ho raccomandato di annullare il viaggio nel Devon. Lei insiste a dire che tu e io non dobbiamo modificare i nostri piani per colpa sua, ma ogni volta che la vedo è scossa dai brividi e dalla tosse, e mi rendo conto che non è in condizioni di avere un ospite per casa.

Ciò premesso, temo che non potrai passare le tue vacanze di metà trimestre con noi. Sono certo che sarà una grossa delusione per te come lo è per me, ma ovviamente la salute della tua matrigna deve avere la precedenza. So che capirai.

Contatterò tua madre e le spiegherò la situazione. Sono sicuro che sarà felice di vederti in vece mia.

Grazie della tua ultima lettera. Sono lieto di apprendere che il trimestre continua ad andare bene. La tua matrigna ti saluta affettuosamente. Scrivi e facci sapere se ti occorre qualcosa.

Un abbraccio come sempre *Papà*

Era arrivato alla porta del suo studio. L'aprì ed entrò.

La stanza era un disastro. La scrivania rovesciata. La lampada da tavolo, gettata sul pavimento, aveva la lampadina rotta. La porta dell'armadietto era aperta. Il contenuto era sparpagliato dappertutto: libri con le copertine lacerate, lettere fatte a pezzetti; una piccola fotografia in cornice dei suoi genitori con il vetro rotto.

Le tende erano strappate. Su un pezzo di carta appiccicato alla minuscola finestra era scritta un'unica frase:

Questo è solo l'inizio.

Jonathan chiuse la porta. Appoggiò la schiena al muro e si lasciò scivolare a terra, con le ginocchia premute contro il petto. Fuori dalla stanza udiva le voci dei suoi vicini che stavano tornando dalla colazione e si preparavano per il servizio del mattino nella cappella. Le lacrime sgorgavano lente e silenziose. Sentiva nella bocca il sapore del sale. Con la mano appallottolò la lettera di suo padre.

Rimase seduto così per quello che gli parve un secolo. Non si prese la pena di asciugare le lacrime che gli bagnavano il viso. Non gli importava che il mondo intero le vedesse.

Qualcuno bussò piano alla sua porta. Lo ignorò.

«Palmer, sono io, Rokeby.»

Non rispose. La porta si aprì ugualmente. Richard entrò e contemplò il disastro.

«Gesù!»

Chiuse la porta e si accovacciò di fronte a Jonathan; i suoi piedi scivolavano sui libri e sulle carte stracciate che coprivano il pavimento. «Stai bene?»

Jonathan annuì.

«Ho sentito i pettegolezzi a colazione. Perché non mi hai detto niente? Il funerale è stato all'ora di pranzo. Alle sei e mezzo ero di nuovo qui. Avresti dovuto dirmelo.»

«Che differenza avrebbe fatto?»

«Avrei potuto proteggerti.»

«Come?»

«Avrei trovato il modo.»

«Perché ha fatto quel disegno? Perché pensa una cosa simile di me? Non lo capisco.»

«Io sì» rispose calmo Richard.

Un campanello suonò. Fuori si poteva sentire il rumore di passi affrettati lungo il corridoio. Era l'ora della funzione religiosa del mattino. A quella prospettiva Jonathan si sentì male fisicamente. Tornarono le lacrime. Il ragazzo nascose il viso fra le ginocchia, vergognandosi della propria debolezza.

«Va tutto bene» disse gentilmente Richard. «Piangi, se vuoi. A me non importa.»

Jonathan si asciugò gli occhi. «Cos'è successo a Wheatley? Gli è stata annullata la vacanza di metà trimestre?»

«Per adesso.»

Guardò Richard. «Per adesso?»

«Lui è James Wheatley, ricordalo. I suoi genitori fanno parte del consiglio direttivo. Hanno scucito migliaia di sterline per fare rimettere a nuovo quella trappola mortale che è la palestra. Lui telefonerà a sua madre e le dirà quanto sia ingiusta l'intera faccenda, così lei telefonerà al direttore del convitto lasciando intendere che la sua generosità verso la scuola potrebbe cessare se al suo caro James non sarà consentito di tornare a casa per la vacanza di metà trimestre.»

«E credi che possa funzionare?»

Richard alzò un sopracciglio. «Credimi, venerdì James farà la sua valigia come tutti noi.»
Quelle parole, innocentemente pronunciate, fecero a Jonathan più male di qualunque violenza fisica. Porse a Richard il foglio appallottolato che teneva stretto nel pugno. Richard lo lisciò e lesse. Emise un leggero fischio fra i denti.
«Cosa farai? Andrai da tua madre?»
«E dove altro?»
«Potresti venire a stare con me.»
«Con te?»
Richard annuì. «Se ti va.» Jonathan non disse nulla. «Verresti?»
Jonathan non sapeva cosa rispondere. Quella prospettiva lo eccitava, ma lo allarmava un poco.
«Verresti?» domandò di nuovo Richard.
«Non posso.»
«Perché no? Preferisci vedere tua madre?»
Jonathan scosse il capo.
«Ti capirei se tu tenessi a rivederla. Non è che abbiamo tante occasioni di evadere di qui.»
«Non è per questo. È che ci sono solo tre giorni di tempo. Troppo pochi per informare la tua famiglia.»
«No, non è così.»
«Sarebbe sconveniente. Non voglio disturbare i tuoi.» Sapeva che stava tentando di convincersi a non accettare, ma provò sollievo quando Richard insisté. «Sarà bello. Non ti preoccupare. Chiamerò casa all'ora di pranzo e sistemerò tutto. Verrai?»
Jonathan annuì. «Sì.»
Richard sorrise. «Bene.» Gli occhi penetranti lo scrutarono facendolo sentire un poco a disagio.
Jonathan abbassò la testa e fissò il foglio che Richard teneva in mano. «Così lei vincerà, non è vero? Proprio come avevi detto.»
«Non ha ancora vinto.»
«Però vincerà.»
«No, se tu non glielo permetterai» ribatté Richard.
«Tu pensi che sia facile, non è vero?»
«È facile.»
«Continui a dire così, ma non è vero. Io non volevo che

Ackerley vincesse. Lui sapeva che non avevo fatto io quel disegno. Però non gliene fregava niente. Voleva soltanto punirmi. E Wheatley contava di restarsene seduto ad aspettare che capitasse. Io l'ho denunciato perché non volevo che la passasse liscia, però Wheatley ne esce impunito e Ackerley ha la soddisfazione di vedere che cosa succede alle persone che fanno la spia. Così sono loro a vincere, dopo tutto.»

«E tu lo accetti così, semplicemente» commentò Richard con calma.

Quelle parole lo ferirono. «Non è vero che lo accetto!»

«Invece sì. Proprio come fai sempre.»

Jonathan si sentì frustrato. «E allora, che altro dovrei fare? Loro hanno tutto il potere. Il sistema funziona così. Non lo si può combattere.»

«Sì che si può. Io lo faccio. Lo faccio di continuo.»

«Ma tu sei tu!»

«Anche tu potresti farlo.»

«No. Non potrei. Io non sono come te.»

«No» rispose Richard gentilmente. «Però desideri esserlo.»

«Desiderarlo non fa alcuna differenza.»

«Lo farà. Devi soltanto volerlo abbastanza. Se non lo fai, accetta le cose come sono e lascia che loro continuino a vincere. Dipende da te.»

Si guardarono negli occhi. «In conclusione, che cosa vuoi?» domandò Richard. «Che cosa vuoi veramente?»

I suoi occhi lo scandagliavano. La loro intensità era ipnotica. Jonathan affondò lo sguardo in quegli occhi e sentì il potere che essi emanavano.

«Voglio essere come te» rispose sottovoce. «Darei qualunque cosa per essere come te.»

«Allora ti aiuterò. Ti insegnerò a vincere. A quel punto nessuno, né Ackerley, né Wheatley, né la tua matrigna o chiunque altro potranno ancora farti del male.»

Gli occhi scintillavano, vivi e luminosi. Jonathan guardò profondamente in quella luce e all'improvviso provò paura.

Poi Richard gli sorrise, e quel sorriso diceva che tutto sarebbe andato bene. Poiché lui si fidava di Richard, accantonò la paura e gli sorrise.

6

Upchurch Hall era la casa della famiglia Rokeby da più di trecento anni.

Era un palazzetto del tempo di Giacomo I Stuart, una facciata liscia di pietra grigia con enormi bovindi e mazzi di camini che sporgevano come dita verso il cielo. La pietra, logora e scheggiata dopo secoli di esposizione alle intemperie, dava all'edificio un'aria di grandezza appassita. Davanti alla casa, prati ben tenuti si stendevano ai due lati del viale. Sul retro, il bosco cresceva alto e selvaggio, riparando la casa dagli aspri venti che soffiavano sibilando dal mare del Nord.

Jonathan sedeva presso la finestra della camera di Richard, che stava sdraiato sul letto a leggere un libro. Mr. Rokeby era nel suo studio a spremersi le meningi sul cruciverba del "Times". Nel cortile Mrs. Rokeby, ben protetta contro la pioggia, si fermò a parlare con il giardiniere prima di salire in macchina e partire lungo il viale. La vita scorreva normalmente a Upchurch Hall.

Salvo il fatto che non c'era nulla di normale nella vita di Upchurch Hall.

Erano arrivati due giorni prima in una sera piovosa. Jonathan era rimasto sui gradini di Abbey House con la valigia in mano ad aspettare in compagnia di un Richard molto controllato. Altri ragazzi correvano intorno a loro, gridando e ridendo in attesa dell'arrivo dei loro genitori. Con la coda dell'occhio, Jonathan vide gli allievi che avevano i genitori oltremare, e non erano stati invitati a casa di amici, dirigersi verso la sala da pranzo a consumare una cena solitaria. La loro vista lo fece sentire colpevole, come se fosse in qualche modo responsabile della loro pena.

Richard gli toccò il braccio indicando una Bentley che si era immessa nella fila di vetture e stava avanzando lentamente lungo il viale. Un uomo di mezza età sedeva al volante. Richard lo presentò semplicemente come Jessop. Questi spiegò che Mrs. Rokeby aveva deciso di venire personalmente, ma la moglie di un giudice di pace locale era arrivata all'improvviso e lei non si era potuta liberare. I due ragazzi presero posto sul sedile posteriore della vettura, che si avviò.

Viaggiarono per mezz'ora al buio, sotto la pioggia. Infine Jessop svoltò per varcare un cancello di ferro battuto e percorrere un viale lastricato. Jonathan guardò sbalordito l'enorme sagoma dell'edificio che Richard chiamava casa. Era a distanza astronomica dalla squallida mezza villetta alla periferia di Leeds dove lui viveva con sua madre. Fu colto dal panico. Si sentiva fuori posto in una casa come quella. I familiari di Richard avrebbero riso di lui. Era stato sciocco ad accettare l'invito.

I Rokeby li aspettavano sulla veranda d'ingresso. Alto, atletico, Mr. Rokeby si muoveva con rigidità militaresca. Strinse la mano a Richard. La signora, più piccola e rotondetta, lo baciò sulla guancia. Jonathan vide che non avevano l'aria altezzosa che aveva temuto, e cominciò a rilassarsi.

Mrs. Rokeby li guidò su per la scala e lungo un corridoio. «Dovete levarvi di dosso quei vestiti bagnati e cambiarvi prima di cena» disse. Richard svanì oltre una porta mentre la signora conduceva Jonathan in una stanza enorme con un letto a baldacchino, il fuoco acceso nel caminetto e una porta nella parete di destra. «Comunica con la stanza di Richard» spiegò. «Ho pensato che voi due l'avreste gradito.» Jonathan, sopraffatto dallo splendore di quell'ambiente, si limitò ad annuire.

Mr. e Mrs. Rokeby e i due ragazzi cenarono insieme a un lungo tavolo da pranzo, sotto gli occhi dei ritratti di famiglia appesi alle pareti. Mrs. Jessop servì in tavola e si ritirò. Cenarono con carne di manzo in piatti di porcellana, bevendo vino in bicchieri di cristallo. Jonathan mangiò lentamente e con circospezione, terrorizzato all'idea di usare la posata sbagliata o di rovesciare qualcosa. I Rokeby gli fecero domande su di lui a cui rispose come meglio poté, dolorosamente consapevole del proprio accento. Sentiva che Mr. Rokeby lo interrogava per cortesia, mentre la signora sembrava sinceramente interessata a lui. Gli sorrideva spesso, come se avvertisse il suo imbarazzo e volesse farlo sentire a suo agio. Richard taceva e mangiava senza entusiasmo, comportandosi come se rimpiangesse di non essere altrove. Ogni tanto, come per un impulso telepatico, Mr. e Mrs. Rokeby lo guardavano, poi si scambiavano un'occhiata prima di riportare l'attenzione sul nuovo ospite.

Più tardi, mentre Jonathan si stava spogliando nella quiete della sua camera, udì un rumore dietro di sé. Richard era entrato dal passaggio tra le loro due stanze. Si acquattò davanti al fuoco, frugando nella brace con l'attizzatoio. Jonathan rimase in piedi e lo osservò.

«Mi piacciono i tuoi genitori» disse un po' goffamente.

«Non sono i miei genitori.»

«No? Ma io...»

«Sono mio zio e mia zia.»

«Oh!»

«Lo zio è il fratello maggiore di mio padre.»

«Dove sono i tuoi genitori?»

«Morti.»

Jonathan non riuscì a fermare in tempo la domanda. «Come?»

Richard guardò nella fiamma. Parlò rapidamente e con disinvoltura, come se recitasse frasi già dette molte volte, che ora sapeva a memoria. «Mio padre era nella RAF. È stato ucciso in guerra. Mia madre è morta quando avevo nove anni. Di cancro.»

Jonathan pensò a qualcosa di positivo da dire, ma ebbe l'immagine improvvisa di quanto sarebbe stato desolato il suo mondo se i suoi genitori fossero morti, e seppe che non c'erano parole da usare in quell'occasione. «Mi dispiace, Richard» disse con imbarazzo. «Davvero.»

Richard continuò a fissare il fuoco. «Non ha importanza» rispose infine. Si alzò in piedi. «Mi dispiace per l'interrogatorio di questa sera.»

«Non importa!»

«Sei il primo compagno di scuola che ho portato qui. Non possono non essere curiosi.»

Jonathan sorrise. «Almeno non ho rotto niente.»

«Non si sarebbero preoccupati se fosse successo. Sono stanco. Vado a letto. Domani andrà tutto meglio. Sono contento che tu sia qui.»

«Lo sono anch'io.» Le parole gli uscirono automaticamente. Però, appena le ebbe pronunciate, constatò che erano sincere.

Il giorno successivo fu migliore. Il Richard che venne a chiamarlo per la colazione sembrava più rilassato della sera prima. Mrs. Rokeby li sollecitò a rimpinzarsi. «So che razza di cucina c'è in quella scuola» disse, mentre serviva a Jonathan un'altra aringa. «Edward, cugino di Richard, c'è stato anche lui ed era sempre magro come un rastrello quando veniva a casa per le vacanze.»

«Però ha fatto ampi ricuperi» commentò suo marito.

«Ebbene, chi potrebbe biasimarlo dopo quell'atroce razionamento? Che programmi avete voi due per oggi?»

«Non abbiamo ancora deciso» rispose Richard.

«Che ne direste di una gita? Potremmo andare a Norwich.» Sorrise a Jonathan. «Ti piacerebbe?»

Jonathan trangugiò il suo boccone e guardò Richard per chiedergli guida. Ma Richard stava guardando nel vuoto, perciò dovette prendere lui la decisione. «Mi piacerebbe moltissimo» rispose educatamente.

«Bene.» La signora gli tributò un luminoso sorriso. «Partiremo alle undici. Questo ci darà tutto il tempo per un buon pranzo e poi per il cinema. Perché non telefoni ai tuoi genitori quando avrai finito di mangiare? Per informarli che sei arrivato sano e salvo. Richard ti farà vedere dov'è il telefono...»

Jonathan chiamò prima sua madre. Provò a descriverle gli splendori di Upchurch Hall, ma lei era preoccupata che il figlio facesse una telefonata troppo lunga a carico dei Rokeby, e lo ascoltò il tempo necessario per poi rammentargli di dire sempre grazie e per favore e di mangiare tutto ciò che gli mettevano nel piatto.

Poi telefonò all'ufficio di suo padre. Parlò con la segretaria dalla quale apprese che suo padre non era in ufficio quel giorno. «Ha portato la signora nel Devon in visita ai genitori.»

«Nel Devon? Ma se è malata!»

«A me sembrava in ottima salute quando l'ho vista!»

Jonathan posò il ricevitore. Si disse che non era il caso di stupirsi. Però continuava a sentirsi tradito, come se qualcuno gli avesse assestato un pugno nel plesso solare.

Richard lo osservava dall'angolo della stanza. «Mi sembra di capire che è guarita.»

«Papà l'ha portata nel Devon.»

«Allora lei vince il primo round.»

Jonathan alzò le spalle cercando di sembrare indifferente. «Non me ne importa.»

«Invece sì.»

Lui non voleva parlarne. Non mentre si sentiva così vulnerabile. «Vado a prepararmi.» Uscì a precipizio dalla stanza prima che Richard potesse fargli altre domande.

Mr. Rokeby li portò a Norwich. Jonathan guardò fuori dal finestrino i campi che si stendevano all'orizzonte. L'immenso cielo del Norfolk si stava riempiendo di nuvole scure. Ci sarebbe stata pioggia prima che la giornata finisse. Un vento inclemente sibilava intorno a loro. Mr. Rokeby fumava la pipa, riempiendo la vettura dell'odore pungente del tabacco. A un certo punto sua moglie aprì il finestrino per far uscire il fumo, mandando una corrente di aria fredda sul viso di Jonathan. A lui non dispiacque. Quell'aria fresca gli rammentò che era evaso, anche solo temporaneamente, dalla prigione che chiamavano scuola.

Pranzarono al ristorante, in una piazza dietro la cattedrale di Norwich. L'ambiente era discreto ed esclusivo. Mentre mangiavano, i camerieri si muovevano con sollecitudine intorno a loro. Quando ebbero finito bevvero il caffè servito in piccole tazze bianche.

«Ho trovato la chiave» disse Mr. Rokeby a sua moglie mentre si preparava ad accendere la pipa.

«Dov'era?»

«In quella scatola di vecchie monete.»

«Hai aperto il baule?»

«Per un momento.» Mr. Rokeby estrasse il tabacco combusto con un temperino e si preparò a caricare la pipa con tabacco nuovo. «Pieno di cianfrusaglie, a quanto ho visto. Dovrò levare un po' di roba domani.»

«Forse potrebbero farlo i ragazzi. Magari si divertiranno?»

«Fare cosa?» domandò Richard. Aveva continuato a guardare fuori dalla finestra, e solo in quel momento si rese conto che lui e Jonathan erano l'oggetto della conversazione.

«Dare un'occhiata al baule della zia Eleanor.»

Richard si strinse nelle spalle. «Forse.» Concentrò di nuovo l'attenzione sulla finestra. Mrs. Rokeby sorrise a Jonathan. Suo marito chiese il conto.

Mancava un'ora alla prossima proiezione del film *The Dambusters*. Mrs. Rokeby doveva fare un po' di shopping. Trascinò con sé il marito per farsi aiutare e lasciò i ragazzi liberi di girare in città per conto loro.

Camminarono nelle vie affollate, fermandosi a guardare ogni tanto una vetrina. Infine si trovarono nella piazza della cattedrale. Aveva cominciato a piovere. Cercarono rifugio nella chiesa.

I coristi erano negli stalli in fondo alla lunga navata, a provare un canto gregoriano. Le voci di soprano, di contralto, di tenore e di basso si intrecciavano fra loro come i fili di una corda, fino a comporre un suono che era al tempo stesso bello e misterioso. Una ventina di persone era sparsa nelle navate ad ascoltare in rispettoso silenzio le voci che si fondevano fra loro e salivano fluttuando verso l'alto soffitto a volta.

Camminarono attraverso la navata verso la porta che conduceva al chiostro. Il rumore delle loro solide scarpe echeggiava sul pavimento di pietra. Richard si allontanò per esaminare le iscrizioni che adornavano la parete. Jonathan uscì nel chiostro e cominciò a fare il giro del porticato. La pioggia cadeva fitta, spinta dal vento, tanto che le gocce passavano tra le colonne e spruzzavano il lastricato.

Il chiostro sembrava deserto, fatta eccezione per una coppia di anziani davanti a Jonathan. La donna stava leggendo da una guida con voce acuta. Lui passò oltre i due turisti e si trovò davanti a una coppia seduta su una panca di pietra che dava sul quadrato d'erba, al centro del chiostro. I due giovani sedevano l'uno di fronte all'altra; indossavano entrambi cappotti pesanti e lunghe sciarpe che pendevano dal collo come stole.

Si stavano baciando, nel vento e sotto la pioggia. I due corpi erano chinati l'uno verso l'altro, viso contro viso con le labbra che si sfioravano; quell'atto sembrava dovuto non tanto alla passione, quanto all'intimità, un'intimità che permetteva loro di dimenticare tutto il mondo esterno. Una vicinanza. Un legame.

La vista di quella coppia lo fece sentire un intruso.

Si fermò e rimase immobile a osservarli, ma questo gli fece provare imbarazzo. Abbassò gli occhi, si guardò i piedi e si rese conto di essere sopra una pietra tombale. Il pavimento era formato da lapidi, tutte con incisi i nomi e le date dei singoli defunti. Sotto i suoi piedi c'erano i resti di Robert Medlicott, figlio di Thomas Medlicott e di sua moglie Catherine, morto il 15 ottobre 1819 all'età di sedici anni. Adesso era soltanto polvere sotto la lapide su cui posavano i piedi di Jonathan.

La coppia anziana si stava avvicinando. La voce della donna squillò, disturbando il ragazzo e la ragazza. I due alzarono gli occhi e videro Jonathan. Lui si accorse di arrossire. I giovani gli sorrisero. I capelli della ragazza erano bagnati dalla pioggia. Sembravano entrambi smisuratamente felici. Jonathan passò in fretta davanti a loro, correndo verso la cattedrale e verso l'amico.

Richard stava studiando un'iscrizione. Fece segno all'amico di raggiungerlo. Una donna e una ragazzina sui tredici anni stavano arrivando dalla direzione opposta. La donna additava delle cose alla ragazza, che sembrava mortalmente annoiata. Mentre passavano davanti a Richard, gli occhi della giovane si puntarono su di lui e furono subito ravvivati dall'interesse. Quella vista mise a disagio Jonathan. La ragazzina si rese conto che lui la stava osservando, abbassò lo sguardo e passò oltre. Lui si fermò, la guardò allontanarsi e andò da Richard.

L'iscrizione era in una piccola alcova nella parete, tra due colonne: una lapide in memoria. Uno scheletro stava dietro la lapide, con le dita posate sul bordo superiore, le mani unite come per pregare. Sulla pietra erano incisi dei versi:

Qui giace Thomas Gooding
E attende il giorno del Giudizio di Dio.
Tutti voi che passate
Ricordatevi della morte, perché dovete morire.
Come voi siete ora, io fui.
E come ora io sono, voi sarete.

Jonathan lesse lentamente le parole, assimilandone il significato. «Mi domando che cosa ha fatto» disse sottovoce.

«Cosa?»

«Si direbbe che è stato punito per qualcosa che ha fatto quando era in vita.»

Fissarono lo scheletro. La sua bocca era curvata in un sorriso che irrideva le mani giunte in preghiera. Le colonne sui due lati erano come le sbarre della cella di un carcere, che l'avrebbero tenuto confinato fino al giorno del Giudizio.

Richard espirò lentamente. «Qualunque cosa fosse, scommetto che ora la rimpiange.»

Adesso il coro taceva, eccettuata la voce di un soprano solista che si alzava e ricadeva come onde sulla spiaggia. Il tono era triste, come un lamento.

«Non mi piace stare qui» disse all'improvviso Jonathan. «Andiamocene.»

Si diressero alla porta. Quando stavano per uscire, la solista tacque. Qualche applauso sperduto si alzò dalle navate.

Quella notte, nei suoi sogni, Jonathan camminò di nuovo nella cattedrale. Era deserta ora, un luogo immenso simile a una tomba, pieno di ombre, con il silenzio che gravava pesantemente contro i muri di pietra.

Giunse all'alcova che ospitava la lapide in memoria di Thomas Gooding. Lo scheletro se n'era andato, sostituito dal ritratto di un ragazzo pallido con gli occhi tristi, poco più vecchio di lui, vestito in costume stile Reggenza. Jonathan sapeva che quel ragazzo era Robert Medlicott.

«Perché sei qui?» gli domandò. «Non è il tuo posto.»

Il giovane del ritratto si limitò a guardarlo, fissandolo con gli occhi tristi. Erano gli occhi di un ragazzo di sedici anni, ma sembravano vecchi di secoli e pieni di un desiderio così intenso che Jonathan ebbe paura. Si voltò e corse all'uscita, e verso il suono di risate che udiva all'esterno.

Ma quando arrivò alla porta, la trovò chiusa a chiave. Bussò sul battente gridando per chiedere aiuto.

Però le risate si spensero e non ci fu nessuno a udirlo. Era solo, intrappolato nella cattedrale silenziosa. La chiesa era ancora buia, ma non era più vuota. Le ombre cominciavano a muoversi...

Si svegliò di soprassalto. Rimase coricato nel letto con il cuore che batteva violentemente. La sua camera era buia e fredda come la cattedrale.

Si alzò in fretta, spinto dal bisogno di vedere la luce. Scostò le pesanti tende e guardò fuori al primo mattino. Il cielo si stava già rannuvolando. Sarebbe stata un'altra giornata piovosa.

Si vestì e scese le scale. La sala da pranzo era deserta. Nessun altro era alzato.

La sala da pranzo si apriva su un corridoio con una serie di stanze, ognuna delle quali portava a un'altra. Sulle pareti erano appesi i ritratti di famiglia. Bellimbusti della Restaurazione, georgiani imparruccati, elegantoni della Reggenza, vittoriani sobri. Generazioni di Rokeby lo guardavano. Lui ricambiò lo sguardo cercando nei loro visi qualche somiglianza con Richard, ma non ne identificò nessuna.

Giunse a una stanza d'angolo con le pareti rivestite di damasco rosso. Al centro c'era uno scrittoio coperto di fotografie in cornice. Ne prese una, la foto di un matrimonio scattata circa vent'anni prima. Gli sposi erano fermi davanti alla chiesa, circondati dai parenti più stretti. La coppia più vicina allo sposo era formata da Mr. e Mrs. Rokeby. Intuì che gli sposi dovevano essere i genitori di Richard.

Erano una bella coppia. L'uomo era scuro, alto e solido come suo fratello, ma molto più bello di lui. La donna era bionda e delicata, con gli stessi lineamenti raffinati e gli occhi profondi che suo figlio aveva ereditato. Accanto a lei stava un uomo di mezza età che le rassomigliava molto, presumibilmente suo padre.

Prese un'altra fotografia. La madre di Richard sedeva in

giardino in un giorno d'estate, accanto all'uomo che, secondo Jonathan, doveva essere suo padre. Teneva sulle ginocchia Richard, che non dimostrava più di quattro o cinque anni. Le braccia di lei erano avvolte protettivamente intorno al piccolo. I tre personaggi ignoravano la macchina fotografica e stavano ridendo di qualche battuta di spirito. La loro felicità fece sentire Jonathan in colpa, come se stesse spiando una parte della vita di Richard che non aveva il diritto di conoscere.

Udì un rumore dietro di sé. Posò la fotografia e si voltò; si trovò davanti Mrs. Rokeby.

«Stavo solo guardando» disse in tono difensivo.

«Ho visto che la porta era aperta e ho pensato che potevi essere tu.»

«Stavo solo guardando, tutto qui.»

«Va bene.» La signora sorrise con aria rassicurante. «Ti piacciono?»

«Chi?»

Lei indicò i ritratti sulle pareti.

«Oh, sì, moltissimo.»

«Io li trovo un po' macabri. Essere osservati da parenti morti da molto tempo, tutti con lo stesso naso e lo stesso mento.» Rise. «Preferirei mille volte avere dozzine di paesaggi.»

«Le chiedo scusa, avrei dovuto chiedere il permesso.»

«Non importa. Mi dispiace di non essermi alzata più presto.»

La risposta di lei lo fece sentire ancora più imbarazzato. Non disse altro.

«Sei molto affezionato a Richard, vero?»

«Sì.»

«Sono contenta. Ogni tanto mi preoccupo per lui, per il fatto che è così solitario. Tutti dovrebbero avere un amico.»

«Com'era sua madre?»

Mrs. Rokeby spalancò gli occhi. «Sua madre? Te ne ha parlato? Ha...»

Il suo sguardo si posò sul tavolo con le fotografie in cornice e allora capì. Sorrise di nuovo, ma nei suoi occhi era comparsa un'espressione guardinga. «Era affascinante. Una splendida persona.»

«Lo si vede dalla foto.»

«Richard ti ha detto qualcosa di lei?»

«No, solo che è morta, dopo di che non ho più voluto fargli altre domande.»

«Meglio così.»

Lui fece un cenno di assenso. Udirono un suono di voci. Richard e lo zio dovevano essersi alzati. Mrs. Rokeby si mosse come per andarsene, ma poi si voltò di nuovo verso il ragazzo.

«Sono contenta che tu sia qui, Jonathan. Lo sono davvero. Da molto tempo Richard aveva bisogno di un amico, e sono lieta che quell'amico sia tu.»

Quelle parole lo misero in imbarazzo, ma al tempo stesso lo gratificarono. Sorrise timidamente. «Sono contento anch'io.»

Uscirono insieme dalla stanza e raggiunsero gli altri.

Le undici e dieci. Mrs. Rokeby era uscita in macchina per andare a trovare un'amica. Jonathan sedeva sul davanzale della finestra nella stanza di Richard che era disteso sul letto e leggeva un libro.

Udirono bussare alla porta. Entrò Mr. Rokeby. «Che cosa state facendo, voi due?»

«Aspettiamo che smetta di piovere» rispose Richard.

«Perché non andate a svuotare il baule della zia Eleanor? Potrebbe essere divertente.»

Richard era scettico.

«Prenditela con tua zia. L'idea è sua. Questa è la chiave.» La gettò sul letto. «Il baule è nel ripostiglio.»

Richard spinse da parte il suo libro, prese la chiave e fece segno a Jonathan di seguirlo.

Il ripostiglio dava sui boschi dietro la casa. Il baule stava al centro, era fatto di legno di quercia, con incisioni che rappresentavano navi. Richard girò la chiave nella serratura e sollevò il coperchio; dall'interno si alzò un odore di muffa che riempì la stanza. Estrasse dal baule un fascio di giornali legati con lo spago. Li porse a Jonathan che guardò la prima pagina. "LA GUERRA È FINITA", annunciava il titolo di testa. Era l'anno 1918. «Perché tua zia ha tenuto questi giornali?»

Richard si strinse nelle spalle. «Perché la gente conserva le cose?» Si mise a tirare fuori mucchi di libri polverosi. Jonathan ne prese uno ed esaminò la copertina. *La tempesta del cuore*. Un romanzo storico del tipo che sua nonna prendeva sempre in prestito dalla biblioteca circolante. Guardò fuori dalla finestra, sperando che la pioggia fosse diminuita.

«Guarda!»

Richard teneva in mano una tavola di legno di trenta per sessanta centimetri, su cui erano scritte delle lettere in caratteri gotici. Un'antica *ouija board* del tipo usato in certe sedute spiritiche.

«Santo Dio! Chi immaginava che zia Eleanor ne avesse una?»

Jonathan prese l'assicella da Richard. «Perché non avrebbe dovuto averla? I vittoriani la usavano sempre.»

«Alla zia Eleanor la definizione di vittoriana non si addice granché. È morta solo due settimane fa.»

«Forse era di sua madre. I vittoriani amavano le sedute spiritiche. Usavano farle dopo un dinner party, come intrattenimento.»

«Credevo che giocassero soltanto a bridge.»

«Le sedute spiritiche erano molto popolari. Ne ho letto qualcosa in un libro della biblioteca sulla storia del soprannaturale.» Jonathan rigirò la *ouija board* fra le mani cercando un segno che ne indicasse l'età. Non ne aveva mai vista una vera. «Ne hai mai usata una?»

«No.»

«Io sì.»

«Quando?»

«Due anni fa» rispose Jonathan. «A casa di amici. Un gruppo di noi aveva l'abitudine di riunirsi il pomeriggio, dopo la scuola. Non avevamo una vera e propria *ouija board*. Facevamo un cerchio con pezzetti di carta e mettevamo un bicchiere nel mezzo.»

«E succedeva qualcosa?»

«Sì, ma solo perché un ragazzo, un certo Mark Peters, spingeva il bicchiere. Quando ci rendemmo conto che era lui a muoverlo, gli facevamo domande come "Chi di noi avrà più successo?". Poi guardavamo il polpastrello di Mark diventare rosso mentre tentava di spingere il bicchiere verso la lettera "M"!»

«Vorresti provarci adesso?»

Jonathan ricordò quanto si era divertito con i suoi amici l'ultima volta. «Sì, ma non abbiamo un bicchiere.»

«Ce n'è uno sul mio comodino. Vado a prenderlo.»

Richard lasciò la stanza. Jonathan fissò la tavoletta. Accarezzò il legno con le dita. Era opaco, ma ancora liscio. Quanti anni poteva avere? Per quanto tempo la tavoletta era rimasta sepolta nel baule? Forse non era stata usata da decenni. Quando un bicchiere si era mosso l'ultima volta sulla sua superficie?

E quali segreti aveva rivelato ai partecipanti? Quali spiriti aveva evocato per loro?

E adesso quegli spiriti lo stavano osservando?

Di colpo ebbe una premonizione: il desiderio intenso di rimettere la *ouija board* nel baule e chiuderlo a chiave.

Richard tornò con un piccolo bicchiere e lo posò sulla tavoletta. «Forse non dovremmo farlo» disse Jonathan esitante.

«Perché no?»

«Non sappiamo che cosa potrebbe accadere.»

«Non accadrà nulla. È solo un gioco. Non finiremo all'inferno per causa sua.»

Jonathan guardò dalla finestra. Il cielo era ancora nero. Desiderava che la pioggia cessasse.

La sua apprensione era assurda. Non aveva avuto paura, l'ultima volta. Fece un gesto verso la *ouija board*. «Si fa così...»

Quando finalmente smise di piovere, la paura di Jonathan se n'era andata, sostituita dalla delusione. Il bicchiere non si era mosso di un centimetro. Nessun tavolo aveva cominciato a zoppicare né una porta si era chiusa di propria iniziativa. Non era successo assolutamente nulla fuori dall'ordinario.

Richard tolse il dito dal bicchiere e sbadigliò.

«Potrebbe ancora funzionare» commentò Jonathan in tono incoraggiante.

Richard non sembrava convinto. Udirono in lontananza una vettura che entrava nel viale: Mrs. Rokeby di ritorno dalla visita all'amica.

«Potrebbe» ripeté Jonathan.

Si accorse di rammentare un brano di un libro sul soprannaturale che aveva letto. Qualcosa sul mondo dei mortali collegato al mondo degli spiriti attraverso una serie di porte. Ma le porte non si aprivano semplicemente su richiesta. Era necessario che l'equilibrio emotivo di quelli che cercavano di aprirle fosse al livello giusto.

Qualcosa del genere.

Si domandò se doveva dirlo a Richard.

Mrs. Rokeby li stava chiamando per invitarli a scendere.

«Andiamo» disse Richard. «Metto questa cosa nella mia stanza. Magari ci riproviamo più tardi.»

Jonathan scese al pianterreno. Immaginava che fossero convocati per il pranzo e si diresse alla sala, che invece era vuota. C'era soltanto Mrs. Jessop che stava apparecchiando metodicamente. Giungevano voci dal soggiorno, la stanza dalla quale aveva telefonato ai suoi genitori. Bussò alla porta e udì la voce della signora Rokeby che diceva «Avanti».

Sedeva su un divano e fumava una sigaretta. Non l'aveva mai vista fumare prima. Un'altra donna sedeva accanto a lei, molto più giovane, graziosa ed elegante. Mrs. Rokeby si alzò in piedi quando lui entrò, con un sorriso che si spense leggermente quando vide che era solo. Sembrava nervosa. «Richard viene subito» spiegò Jonathan. La signora annuì e tornò a sedersi.

Lo zio era in piedi vicino alla finestra, con un bicchiere di scotch in mano. Un altro signore stava accanto a lui, anch'egli con un bicchiere di scotch. Era un bell'uomo dai capelli scuri, sui quarant'anni, che indossava un blazer blu. Il padre di Richard.

Ma non poteva essere il padre di Richard. Il padre di Richard era morto.

Mr. Rokeby fece le presentazioni. «Malcolm, Catherine, questo è Jonathan Palmer, l'amico di Richard. Jonathan, questi signori sono il padre di Richard e sua moglie. Arrivano da Londra.»

Jonathan, completamente scombussolato, fece del suo meglio per nascondere la propria confusione. Sorrise timidamente a Catherine e porse la mano a Malcolm che la strinse con energia. Aveva sul palmo una cicatrice con la forma approssimativa di una stella. «Ho saputo che sei un allievo della mia vecchia scuola. Ti piace?»

«Moltissimo» rispose Jonathan automaticamente.

Malcolm rise. «Bugiardo.» I suoi occhi erano gentili, ma lui sembrava preoccupato. «Da quanto tempo siete amici tu e Dick?»

«Dick?»

«Richard.»

«Uhm... non da molto tempo.» Si accorse che tutti lo stavano osservando e sentì il bisogno di spiegare. «Eravamo seduti uno di fianco all'altro durante una lezione di latino. Io non riuscivo a tradurre la frase che mi era stata assegnata. Richard mi ha aiutato.»

«Sei contento della tua vacanza di metà trimestre?» domandò Catherine.

«Moltissimo, grazie.» Gli insegnamenti di sua madre sul modo educato di comportarsi vennero a galla. «È stato molto gentile da parte di Mr. e Mrs. Rokeby invitarmi.»

«Siamo molto contenti di averti qui» rispose Mr. Rokeby in tono cordiale. «Noi speriamo che tu venga ancora.»

«Mi piacerebbe molto» rispose Jonathan goffamente.

La porta si aprì e Richard entrò nella stanza. «Perché siete qui? Mrs. Jessop sta servendo...»

Vide suo padre.

Il colore sparì dal suo viso. La zia si alzò in piedi e andò prontamente verso di lui. «Richard, tesoro, guarda chi c'è.»

Richard continuò a fissare suo padre. Aprì la bocca come se volesse dire qualcosa, ma avesse dimenticato l'uso della lingua.

Malcolm fece un passo verso il figlio. «Salve, Dick. Sono contento di vederti.»

Richard si voltò verso la zia. «Che cosa ci fa lui qui?» domandò.

«Tuo padre e la tua matrigna sono venuti da Londra per vederti» spiegò Mrs. Rokeby. «Ci hanno colto di sorpresa. Abbiamo pensato che avremmo potuto pranzare insieme.» Gli rivolse un sorriso incoraggiante e cercò di mettergli un braccio intorno alla spalla, ma lui la respinse, con occhi che scintillavano di rabbia.

«TU LO SAPEVI!»

«Senti, Richard...» cominciò a dire lei in tono suadente.

«SEI UNA BUGIARDA! UNA MALEDETTA BUGIARDA! TU SAPEVI CHE SAREBBERO VENUTI!»

«RICHARD, COME OSI PARLARE IN QUEL MODO A TUA ZIA?» ruggì lo zio. La sua voce aveva lo scopo di intimidirlo, ma produsse l'effetto esattamente opposto, perché il nipote, a quel punto, rivolse la propria collera contro di lui. «Anche tu lo sapevi! Lo sapevate tutti e due! Mi avevate promesso...»

«Ma Richard!» gridò la zia. «È tuo padre!»

«Non più.»

«Vuole solo vederti! Ha fatto un viaggio così lungo. Perché devi comportarti in questo modo?»

Richard la fissò con aria incredula. «Tu sai perché!»

«Ma non è giusto!» gridò ancora la zia con voce che tremava un poco. Era sull'orlo delle lacrime. «Oh, Richard, ti prego, questa storia deve finire!»

«Perché?»

«PERCHÉ IO NON LA SOPPORTO PIÙ!» urlò improvvisamente Malcolm.

Per un attimo il suo viso fu nero di collera, ma quando suo fratello gli posò una mano rassicurante sul braccio, fece del suo meglio per calmarsi. «Richard, non possiamo andare avanti così. Tu rendi tutti infelici. Finirai per ammalarti. So come ti devi sentire, ma devi comprendere...»

Richard si voltò verso suo padre, prendendo atto per la prima volta della sua presenza. «Tu non hai nessuna idea di come mi sento!»

«Certo che ti capisco. Abbiamo perso entrambi...»

«Abbiamo? Tu non hai perso nulla.»

Mrs. Rokeby ansimò. «Richard, come puoi dire questo!»

«Perché è la verità! Io lo so! Lo sappiamo tutti!»

«BASTA!»

Per la seconda volta Malcolm fece uno sforzo gigantesco per controllare la collera. Inspirò più volte e, quando cominciò a parlare, le parole uscirono lentamente.

«Richard, non possiamo continuare così. Dobbiamo lasciarci questa cosa alle spalle. Dobbiamo smettere di essere nemici. Tu sei mio figlio. Io ti voglio bene. Voglio che tu sia parte della mia vita, specialmente adesso.»

Gli occhi di Richard si strinsero. «Adesso? Perché adesso?»

«Perché aspetto un bambino» disse dolcemente Catherine.

Si alzò in piedi e andò verso il figliastro. «Io sono incinta, Richard. Tuo padre e io avremo un bambino. Nessuno lo sa ancora. Volevamo che tu fossi il primo a saperlo.»

Stava davanti a lui, parlandogli in tono gentile, con un sorriso implorante. «Il bambino sarà il tuo fratellino o la tua sorellina, Richard. Qualcuno che ti amerà, così come ti ama tuo padre. E lui ti vuole molto, molto bene. Devi fare uno sforzo e dimenticare il passato per amore di te stesso. Noi avremo una famiglia e vogliamo che anche tu ne faccia parte.»

Richard le sputò in faccia.

Catherine lanciò un grido e arretrò inciampando, mentre si ripuliva il viso. Gli altri rimasero congelati dallo shock.

Richard fece un passo verso Catherine. «Spero che il tuo bambino sia deforme» disse. «Spero che sia un mostro con due teste e senza occhi. Spero che urli continuamente perché sta male. Spero che tu debba stargli seduta vicino e sentire le urla e sapere che sta soffrendo e che non c'è niente che tu possa fare. Spero che le suoe urla ti facciano impazzire. Spero che un giorno tu prenda un coltello e tagli la gola al tuo bambino...»

Malcolm lo colpì. Un pugno violento alla testa che fece cadere a terra Richard.

«No, ti prego!» gridò Mrs. Rokeby cercando di proteggere il nipote, ma questi la spinse da parte. Si alzò in piedi e si voltò verso il padre con il viso arrossato dal colpo e gli occhi che brillavano di odio.

«QUESTA COSA NON FINIRÀ MAI!» urlò. «NON FINIRÀ MAI FINCHÉ IO NON SARÒ MORTO!!!»

Girò sui tacchi e corse fuori dalla stanza.

Catherine era in lacrime e lo era anche Mrs. Rokeby che disse singhiozzando: «È tutta colpa mia!».

Suo marito venne ad abbracciarla. «No, non è vero.»

«Invece sì! Ho creduto che questa volta sarebbe andata meglio. Lo credevo davvero!»

Malcolm, che ora stava consolando sua moglie, scosse la testa. «Non è colpa tua!» disse alla cognata.

«Invece sì! Sono stata io a invitarvi. Pensavo che la situazione fosse migliorata. Questa volta Richard sembrava più allegro, meno rabbioso. E la presenza di Jonathan... Credevo proprio...»

Di colpo i quattro adulti si ricordarono che Jonathan era ancora nella stanza. Mrs. Rokeby fece uno sforzo enorme per ricomporsi. «Jonathan, caro, mi dispiace che tu abbia dovuto vedere questo.»

«Potresti andare a raggiungerlo?» domandò Mr. Rokeby. «Assicurarti che stia bene?»

Jonathan fu anche troppo felice di avere l'opportunità di andarsene. Uscì di corsa dal salotto. Udì in lontananza un suono di passi e una porta che sbatteva. Seguì quei rumori. Lo condussero al retro della casa e fuori, al bosco. Non tardò a vedere Richard più avanti che camminava tra gli alberi, prendendo a calci le foglie morte che coprivano il sentiero. Lo chiamò, ma Richard fece finta di non sentire. Gli corse dietro. «Richard, aspetta!»

«Vattene!»

«Aspetta!»

«Va' al diavolo!»

«La tua matrigna sta piangendo! Piange anche tua zia! Le hai rese infelici!»

Richard ruotò su se stesso per fissare Jonathan con occhi che ancora mandavano lampi. «Levati dai piedi! Lasciami in pace!»

«Ma mi avevi detto che tuo padre era morto.»

«VORREI CHE LO FOSSE.»

Jonathan era sconvolto. «Come fai a dire una cosa simile?»

Richard lo fissò con aria sprezzante. «E tu, che cosa ne sai?»

«So che è tuo padre! E so che non potrei mai dire una cosa come questa del mio! Credi che non ci siano stati momenti in cui lo ho odiato per aver abbandonato mia madre e me? Ma non vorrei *mai* che fosse morto. Qualunque cosa avesse fatto!»

Nel momento stesso in cui pronunciò quelle parole, le rimpianse. Sul viso di Richard comparve un'espressione così furente che lui si sentì raggelare. Richard fece un passo verso di lui. Tremava dalla rabbia. «COME OSI FARMI LA PREDICA? SEI PROPRIO COME LORO. NON CAPISCI NIENTE!» Jonathan aveva paura. L'istinto gli diceva di voltarsi e correre via, però qualcosa, forse una scintilla di frustrazione, lo obbligò a tenergli testa.

«Certo che non capisco» urlò a sua volta. «VORREI CAPIRE, MA NON POSSO. COME POSSO CAPIRE SE TU NON MI DICI NULLA?»

Le sue parole ebbero uno strano effetto su Richard. Sembrò che lo calmassero, che dissipassero la sua collera. Si guardarono negli occhi. Poi Richard si voltò e andò a sedersi davanti a una quercia.

Jonathan, esitante, gli si avvicinò e si accovacciò di fianco a lui. Il terreno era freddo e bagnato per la pioggia del mattino. L'aria era densa dell'odore di foglie marce e di legno umido.

«Perché lo odi tanto?» domandò gentilmente.

Richard non rispose. Prese un rametto e si mise a grattare il terreno bagnato. L'energia nervosa scaturiva da lui come una scarica di onde elettriche. Jonathan lo osservava e attendeva. Vide poco distante uno scoiattolo correre tra gli alberi.

«Che cosa ha fatto?» domandò. «Che cosa ha fatto di così terribile?»

Il rametto continuò a scavare la terra.

«Voglio capire. Lo voglio davvero. Non puoi dirmelo? Ha qualcosa a che vedere con la tua matrigna?»

«La mia matrigna?»

«Il fatto che si sia risposato dopo la morte di tua madre. Lo odi per questo? Io so che odierei mio padre, se mia madre fosse morta e lui si risposasse. Lo considererei un atto sleale. Non lo è veramente, ma io lo sentirei così. Credo che vorrei detestarlo perché avrei bisogno di qualcuno a cui dare la colpa del fatto che lei non c'è più...»

«Basta!» esclamò Richard. C'era un tremito nella sua voce. «Smettila. Ti prego.»

«Scusami, vorrei soltanto capire, tutto qui. Io comprenderò, te lo prometto. Solo che tu me lo dica.»

«NON POSSO PARLARE DI QUESTO!»

Richard chinò il capo. Dalla sua gola uscì un suono strozzato, come se tentasse di trangugiare il dolore. Jonathan provò vergogna. Voleva dimostrargli solidarietà e sapeva che le parole da sole non sarebbero bastate. Si arrischiò a posargli una mano sulla spalla. Richard alzò la testa e lo guardò negli occhi.

All'improvviso tutte le emozioni ribollenti di Jonathan si cristallizzarono in un'unica sensazione intensa. Proprio come era successo quando loro due erano stati soli nella biblioteca della scuola.

Però questa volta il sentimento era dieci volte più forte, cento volte più forte.

Legame.

In quel momento tutto divenne chiaro. Lui era con Richard. Essere con Richard era l'unica cosa che contava.

«Scusami per ciò che ho detto a proposito di tuo padre. Non avrei dovuto parlare. Hai ragione. Io non capisco.»

Gli occhi di Richard penetrarono in lui come se tentassero di vedere nella sua anima. «Vuoi veramente capire?»

Jonathan annuì. «Puoi fidarti ciecamente di me. Io cercherò sempre di comprendere.»

Richard continuò a fissarlo. Jonathan sostenne il suo sguardo. Ognuno dei due era interamente concentrato sull'altro. «So che lo farai» disse dolcemente Richard.

Si abbracciarono sul terreno bagnato sotto gli alberi.

Quando tornarono a casa, Malcolm e Catherine se n'erano andati da un pezzo.

Cenarono nella sala da pranzo. Il posto dello zio di Richard era vistosamente vuoto. Mrs. Rokeby sedette a tavola con i ragazzi, ma non mangiò nulla. Aveva gli occhi arrossati a forza di piangere. Continuava a fissare suo nipote.

«Oh, Richard» disse con voce rotta, «come hai potuto comportarti in quel modo?»

Richard non rispose.

«Devi smetterla, Richard. Per amore di te stesso. Non puoi continuare a odiare per sempre. Finirai per distruggerti.»

Questa volta Richard parlò.

«Posso e lo farò» rispose.

Gli occhi della zia si riempirono di lacrime. Si alzò da tavola e corse fuori dalla stanza.

Quella notte, mentre tutti nella casa dormivano, provarono di nuovo la *ouija board*.

Sedettero, stringendosi l'uno contro l'altro, nell'oscurità della camera di Richard, con i corpi che si toccavano; l'unica luce veniva dal fuoco morente nel caminetto.

Posarono le dita sulla superficie fredda del vetro. Jonathan sentì un fremito improvviso salirgli lungo il braccio come una scossa elettrica. Si chiese se anche Richard l'aveva sentito.

Guardò la tavoletta. Era solo un pezzo di legno. Soltanto un gioco, nient'altro.

Si strinse di più a Richard. Nel silenzio della stanza le loro ombre si fusero in una sola.

Stephen Perriman si svegliò di colpo.

Michael era in preda a un incubo.

Balzò dal letto e andò nella camera del fratello. Il russare fragoroso di suo padre echeggiò dietro di lui.

Entrò nella stanza e accese la luce sul comodino. Michael era coricato su un fianco con il corpo rannicchiato sotto le lenzuola. Aveva la fronte bagnata di sudore, le palpebre che sbattevano, la bocca che formava parole silenziose.

Stephen scosse il fratello. «Mike, svegliati!»

Gli occhi di Michael si spalancarono, poi il ragazzo si guardò attorno confuso, mezzo accecato dalla luce.

«Hai fatto un brutto sogno» gli disse Stephen. «Solo questo.» Sedette sul letto. «Stai bene?»

Michael annuì, strofinandosi gli occhi.

«Che cosa stavi sognando?»

«Noi.»

«Noi? In che modo, noi?»

Michael non rispose. «Dimmelo» lo incalzò Stephen.

«Eravamo in una stanza.»

«Quale stanza?»

«In una bella stanza, tutta bianca. C'era una finestra e tutto ciò che potevo vedere fuori dalla finestra era blu. Stavamo parlando di qualcosa, ma non ricordo cosa.»

«E poi?»

«È diventato tutto buio. Così buio che non vedevo più nulla. Quando è ritornata la luce, tu non c'eri più. Al tuo posto c'era Richard Rokeby.»

«Richard Rokeby?»

Michael annuì. «Gli ho chiesto dov'eri e lui mi ha risposto che te n'eri andato. Gli ho domandato dov'eri andato, ma...» tacque guardando il pavimento. «Ha detto soltanto che non ti avrei visto mai più. Poi anche lui è scomparso e sono rimasto solo.»

«È solo un sogno, Mike. Solo un sogno.»

Michael annuì. «Lo so. Non c'è caso che tu te ne vada e non ritorni più.» All'improvviso alzò gli occhi a guardare il fratello. «Lo faresti?»

«No. Certamente no. Noi staremo sempre insieme, e tu lo sai.» Stephen gli sorrise con affetto. «Chi altri potrebbe sopportarti?»

Anche Michael sorrise. Stephen si distese sul letto di fianco a lui e spense la luce. I due gemelli rimasero coricati insieme nel buio.

«Che cosa succederà a Nicholas?» domandò Michael.

«Nicholas?»

«Jonathan è il suo migliore amico. E se Richard Rokeby guastasse tutto?»

«Non succederà» rispose Stephen.

«Invece è possibile.»

«Non succederà» insisté Stephen. «E anche se fosse, non ci riguarda. In nessun modo Richard Rokeby potrebbe intromettersi fra noi due.»

«Lo giuri?»

«Lo giuro.»

«Ti voglio bene.»

«Anch'io ti voglio bene, cretino. Dormi.»

Era l'alba. Il crudo sole invernale salì alto sopra l'orizzonte, mandando raggi di luce brillante sulla terra fredda.

I gemelli Perriman dormivano insieme nel letto di Michael. Riposavano sereni, non più turbati da incubi. Dormivano abbracciati, con i corpi avvinti l'uno all'altro, come se tornassero a fondersi nell'unico ovulo che li aveva creati.

Jonathan e Richard dormivano nello stesso letto. Il braccio di Richard era stretto intorno a Jonathan. La testa di Jonathan poggiava sulla spalla di Richard. Anche loro erano sereni.

Nicholas Scott era coricato nel suo letto e fissava le tende della camera. Era stato sveglio per ore. Aveva dormito male, il suo riposo turbato da un disagio che non poteva spiegarsi.

Osservò i primi raggi di luce filtrare sotto le tende nella sua stanza.

Si chiedeva che cosa avrebbe portato il nuovo giorno.

Parte seconda

IL MALEFICIO

7

Lunedì, le otto di sera. Una fredda, umida sera di novembre.

Elizabeth Howard stava alla finestra della sua camera a guardare la processione di automobili che entravano nel viale della scuola.

I ragazzi, uno dopo l'altro, prendevano congedo dai genitori. Le esibizioni di affetto brillavano per la loro assenza. I padri stringevano la mano ai figli, le madri davano loro un bacio leggero sulla guancia. In ogni terzetto gli attori recitavano un copione molto ben collaudato, per dare a intendere che la separazione imminente avesse poca importanza per ognuno di loro.

Scene del genere non erano una novità per Elizabeth. Era moglie di un professore da quindici anni, e da bambina aveva spesso salutato il fratello minore che tornava a scuola. Suo padre era un prodotto, e di conseguenza un convinto fautore, della tradizione del collegio, quantomeno per i figli maschi. «Non può stare tutta la vita attaccato al tuo grembiule» diceva a sua moglie, molto meno entusiasta. «La scuola gli insegnerà l'indipendenza. Farà di lui un uomo.» Forse aveva ragione.

Però tutto questo le sembrava privo d'importanza. Gli allievi più giovani erano ancora dei bambini, malgrado tutti i loro sforzi per sembrare più grandi. Perché obbligarli a comportarsi da uomini? Avrebbero avuto tutta una vita adulta per farlo.

Rimase alla finestra a guardare gli addii.

Ore otto e mezzo. Gli allievi del terzo anno residenti nella Old School House erano già nel loro dormitorio ad attendere che venissero spente le luci.

James Wheatley stava negli spogliatoi. Gli altri ragazzi del quarto anno si muovevano intorno a lui, andavano alle docce o ne uscivano asciugandosi, indossando il pigiama o la vestaglia. Il vapore riempiva il locale.

Le conversazioni erano meno animate del solito. Michael Coates parlava di uno spettacolo che aveva visto a Londra, ma, a parte lui, gli altri erano piuttosto taciturni. La maggior parte di loro avrebbe voluto essere ancora a casa, anche se sarebbero morti piuttosto di ammetterlo.

James era uno dei pochi che non sognavano di rientrare in seno alla famiglia. La sua vacanza era stata tetra. Suo padre lo aveva rimproverato per il disegno sulla lavagna. «È ora che tu metta la testa a posto! Se non fosse stato per le implorazioni di tua madre, avrei lasciato che ti annullassero la vacanza. Non mi va di sprecare il denaro per darti il modo di fare i tuoi stupidi scherzi!» James, ferito da quelle critiche, aveva risposto al padre che la maggior parte del patrimonio familiare apparteneva alla madre, perciò il fatto che venisse sprecato o meno non lo riguardava. A quel punto la situazione si era fatta molto tesa, e c'era voluta tutta la forza di persuasione di Mrs. Wheatley per placare le acque.

James era stato riconoscente alla madre, ma l'intervento di lei aveva un prezzo. Dovette accompagnarla in visite tediose a parenti anziani, darle una mano alla festa della chiesa da lei promossa, organizzare i giochi per la festa di compleanno della sua odiosa sorella minore. Presto ebbe la sensazione di essere prigioniero nelle pagine di un romanzo per signore, e per lui fu un sollievo tornare a scuola.

Staccò la veste da camera dal piolo e guardò lungo la fila. William Abbott, appena uscito dalla doccia, si stava asciugando lentamente. Aveva la bocca curvata in giù e sembrava sul punto di piangere. James ebbe l'idea di divertirsi un po' alle spalle di William, quella notte, ma lasciò perdere. Non era dell'umore adatto. Ci sarebbero state altre notti. William la prendeva sempre sportivamente e non sarebbe andato a denunciarlo.

Il suo sguardo passò oltre William, oltre Michael Coates che continuava a fare la sua ridicola esibizione, oltre Christopher Deedes e Henry Livings. In fondo alla fila scorse Jonathan Palmer.

Jonathan sedeva sulla panca di legno, intento ad asciugarsi. Guardava nel vuoto, immerso nei propri pensieri. Forse rimpiangeva di non essere a casa. Ne aveva buoni motivi.

I lividi sulle costole erano sbiaditi, ma si notavano ancora alcune tracce simili a ombre sulla pelle. La loro vista eccitò James e gli richiamò alla mente le altre cose che teneva in serbo per Jonathan. Le aveva pensate a casa, mentre era sveglio a letto durante la notte, quando la sua immaginazione era al massimo dell'attività.

Non aveva ancora finito con Jonathan. Anzi, non aveva nemmeno cominciato.

Ma per il momento Jonathan avrebbe dovuto aspettare. James provava piacere nell'infliggere sofferenza, ma lo deliziava ancora di più vedere la paura causata alle future vittime da quella prospettiva. La vacanza di metà trimestre di Jonathan doveva esser stata rovinata dalla paura di ciò che lo attendeva dopo il ritorno a scuola. Adesso che Jonathan era tornato, James poteva rinviare la cosa ancora un poco.

Indossò la vestaglia e camminò lungo la fila. Si fermò davanti a Jonathan che sedeva nudo sulla panca, coperto solo dall'asciugatoio.

«Com'è stata la tua vacanza?» gli domandò.

«Ottima» rispose Jonathan.

«Bene.»

Jonathan tacque. «Dimmi una cosa» continuò James. «Ne valeva la pena?»

Jonathan abbassò gli occhi e fissò il pavimento. «Allora?» lo incalzò James.

«Sì» rispose Jonathan a bassa voce. «Credo che ne valesse la pena.»

James rise sommessamente. «Staremo a vedere» dichiarò avviandosi verso la porta.

La preghiera del mattino era appena terminata. Centinaia di ragazzi, con i libri sotto il braccio, camminavano nel corridoio, diretti alla prima lezione del giorno.

Henry Ackerley si dirigeva verso l'aula dove lo aspettava la sesta classe inferiore per la lezione di latino. I gruppi di ragazzi si aprivano davanti a lui come il mar Rosso davanti a Mosè.

La sua espressione era severa. Il brusio delle voci era insopportabile a quell'ora del mattino. Se avesse potuto fare a modo suo, avrebbe vietato di parlare in prossimità delle aule.

Un gruppo di allievi del terzo anno passò davanti a lui, ridendo e scherzando. Un ragazzo diede una botta sul braccio a un compagno, e tutta una serie di libri si sparse sul pavimento davanti ad Ackerley. Il proprietario, che ridacchiava con gli amici, si fermò di colpo quando vide chi aveva rischiato di fare inciampare.

Ackerley sbuffò. «Non startene lì fermo, Churcher. Raccoglili!»

«Sì, signore. Spiacente, signore.» Churcher obbedì. Il dorso di un libro si era rotto e le pagine erano sparse sul pavimento. «Churcher, per amor di Dio, sbrigati!» Gruppi di ragazzi passarono in fretta, abbassando la voce man mano che si avvicinavano e rialzandola subito dopo. Ackerley vide con la coda dell'occhio che uno studente si era fermato a osservare la scena. La sua irritazione si trasformò in rabbia. Quell'incidente non era uno spettacolo pubblico! Si voltò e riconobbe Richard Rokeby.

Richard stava appoggiato al muro, con i libri sotto un braccio, la mano libera nella tasca posteriore. Il suo atteggiamento disinvolto aumentò ancora la furia di Ackerley. «Non stare lì a poltrire, Rokeby!» sbottò. «Va' alla tua lezione!»

Solo quando parlò si rese conto che Richard non stava affatto osservando la scena.

Gli occhi azzurri erano puntati su di lui.

L'intensità di quello sguardo lo fece sentire a disagio. «Muoviti, Rokeby!» intimò.

Nessuna reazione. Gli occhi lo scrutavano. C'era calore al loro centro, ma il resto era freddo come il ghiaccio.

«Rokeby, mi hai sentito?»

Richard non batté ciglio. Lo studiava con un misto di fascino e di distacco, come se fosse un reperto raro in un museo scientifico.

Poi, all'improvviso, distolse lo sguardo. Si voltò e partì lungo il corridoio, diretto alla sua aula.

Ackerley lo osservò. Provò un brivido alla spina dorsale, come se qualcuno avesse camminato sulla sua tomba.

Churcher aveva finito di raccogliere le pagine. Ackerley gli fece segno di andarsene. La voglia di sgridarlo si spense in un senso imprevisto di disagio.

Allontanò quella sensazione dalla mente. Andò verso l'aula per la prima lezione del giorno.

Poiché la Monmouth House era la residenza più lontana dall'edificio scolastico principale, i ragazzi che ci abitavano erano sempre gli ultimi ad arrivare in classe. Il corridoio si stava svuotando rapidamente quando Nicholas Scott e i Perriman giunsero vicino all'aula per la lezione d'inglese.

Michael stava parlando a Nicholas di una storia di fantasmi che aveva ascoltato alla radio durante la vacanza. Narrava di una nonna che era impazzita e si aggirava in una vecchia soffitta. Sarebbe stata interessante se Michael non avesse perso più volte il filo del racconto, il che lo obbligava a ricominciare daccapo ogni volta. «E sai che cosa è successo dopo?» domandò a Nicholas mentre entravano in aula.

«Che cosa?» disse Nicholas guardandosi attorno.

Sembrava che loro tre fossero gli ultimi ad arrivare. Circa venticinque ragazzi erano già entrati e occupavano i rispettivi banchi o stavano nelle corsie a chiacchierare con gli amici: sprazzi di dialoghi intercalati da insulti urlati a gran voce. L'atmosfera tipica della prima ora: tutti sprecavano energie mentre aspettavano l'inizio della lezione.

Un banco per due persone era vuoto in attesa dei Perriman. Dietro quello ce n'era un altro uguale dove Jonathan sedeva da solo, aspettando Nicholas.

Con la differenza che quella mattina Jonathan non era solo.

Richard Rokeby era appollaiato sullo scrittoio di Jonathan. I due stavano conversando sottovoce.

Nicholas si fermò a guardarli. Richard disse qualcosa a Jonathan, dopo di che entrambi scoppiarono a ridere.

Nicholas ripensò al martedì prima della vacanza. A Jonathan entrato in aula con i lividi della punizione impartitagli da James Wheatley. Rammentò la propria rabbia, il desiderio intenso ma disperato di infliggere a James Wheatley la sofferenza che lui infliggeva così spesso agli altri. Il suo furore era così violento che dapprima non aveva afferrato ciò che Jonathan gli stava dicendo.

«Richard Rokeby! Se non lo conosci nemmeno!»

«Gli ho parlato qualche volta.»

«Ma non è un tuo amico. Non è amico di nessuno.»

Jonathan si era stretto, imbarazzato, nelle spalle. «Me lo ha chiesto lui. Non potevo dire di no. Oltre tutto, non ho nessun altro posto dove andare.»

«Invece ce l'hai! Puoi venire a casa mia. Sì che puoi. Telefono ai miei genitori e glielo chiedo. Diranno di sì, hanno molta simpatia per te.»

Jonathan aveva scosso il capo. «Troppo tardi. Lui ha già telefonato alla sua famiglia e l'ha avvisata del mio arrivo. Non posso più tirarmi indietro.»

Così Nicholas aveva rinunciato. Si era detto che non importava, ma non era vero. Era escluso che Jonathan e Richard diventassero amici. Richard era così distaccato che avrebbe potuto benissimo trovarsi su Marte. Jonathan rischiava di avere una vacanza molto infelice, ignorato da Richard e dagli altri membri della famiglia Rokeby, probabilmente altezzosi come lui. Avrebbe passato il tempo uscendo per passeggiate solitarie o imboscandosi in una camera con un libro, a rimpiangere di non avere accettato l'invito di Nicholas. Era sicuro che per Jonathan la vacanza di metà trimestre sarebbe andata così.

Lo sperava intensamente.

Ma allora perché i due ridevano? Come amici che condividono uno scherzo segreto.

Ebbe una stretta alla bocca dello stomaco.

I Perriman sedevano al loro banco. Jonathan alzò gli occhi e vide Nicholas. Lo salutò con un sorriso, che Nicholas ricambiò andando verso il proprio posto. Richard disse qualcosa a Jonathan, poi scese dal banco. I suoi occhi incontrarono quelli di Nicholas. Gli fece un cenno del capo, al quale Nicholas non rispose. Richard si ritirò sul suo doppio banco vicino alla finestra, dove sedette da solo. Nicholas lo osservò. Dentro di lui una voce gridava che avrebbe dovuto ricambiare il saluto.

Sedette al solito posto. «Com'è andata la tua vacanza?» domandò a Jonathan.

«Splendidamente.»

«Oh, bene.» Si sforzò di non far sentire il proprio disappunto. «Allora Rokeby ha parlato davvero con te?»

Jonathan sorrise. «Ogni tanto.»

Mille domande ronzavano nella testa di Nicholas. Ne pescò una a caso. «Dove abita?»

«A Upchurch. È un paese dalle parti di Yarmouth.»

«Com'è la sua casa?»

Jonathan alzò gli occhi al cielo.

«Quindi dovevi comportarti al meglio in ogni occasione?»

Jonathan annuì. Nicholas era contento. «Dimmi dei suoi parenti. Erano terribili?»

«Terribili?»

«Pieni d'arie.»

«No.»

Nicholas fu di nuovo deluso. «Per niente?»

Jonathan scosse la testa. «Vive con lo zio e la zia. Sono stati veramente gentili.»

«E i suoi genitori?»

«Sono morti.»

Nicholas ebbe una rapida visione dei suoi amati genitori e si chiese come si sarebbe sentito se li avesse perduti. «Dio, è terribile! Povero Rokeby.»

Guardò la figura solitaria che sedeva presso la finestra. Un orfano. Si sforzò di provare simpatia per lui. Avrebbe dovuto essere automatica. Lui era un ragazzo sensibile, facile a commuoversi per le sofferenze degli altri. Però oggi la compassione stentava a venire.

Mr. Curtis, insegnante d'inglese, entrò nell'aula, con la pipa stretta fra i denti. Il livello del rumore diminuì, ma di pochissimo. Mr. Curtis era dolce come il suo tabacco. Ci fu un fruscio di carte mentre gli studenti cercavano la pagina giusta di *Oliver Twist*. Il professore posò i propri libri sulla cattedra, sbuffando dense nuvole di fumo. Prima della fine della lezione, nell'aula ci sarebbe stato lo stesso odore che si può sentire dal tabaccaio.

«Vieni al nostro studio, durante l'intervallo» disse Nicholas. «Mia madre ha fatto pazzie in cucina. Mi ha mandato una riserva di cibarie da sfamare i cinquemila del miracolo.»

Jonathan fece una smorfia. «Non mangio pani e pesci!»

Nicholas sorrise. «Ho anche altro.»
«Dolci?»
«Sì, quello al cioccolato che ti piace. Sarà formidabile dopo i croissant e le aringhe!»
Mentre parlava, Nicholas studiava il viso di Jonathan cercando qualcosa che non sapeva identificare. «Verrai, no?»
Jonathan non disse nulla. Il suo sguardo vagò nell'aula verso la figura che sedeva solitaria presso la finestra.
Poi guardò di nuovo Nicholas e gli sorrise. Il vecchio sorriso familiare. «Non provare a impedirmelo!»
Adesso la scolaresca si stava calmando. Le voci erano scese al livello dei bisbigli. Nicholas aprì la sua vecchia copia di *Oliver Twist*. «È cento volte meglio di *Christmas Carol*.»
«Anche quello era un buon libro.»
«Era orribile. Ogni volta che Tiny Tim apriva la bocca, a me veniva da vomitare!»
«Hai detto una cattiveria. Tiny Tim è una figura classica nella letteratura britannica.»
«Sei sicuro, professore?»
«Certamente. La sua allegria di fronte alla sofferenza solleva il morale a tutti. È la versione vittoriana di Shirley Temple.»
«Al posto di Dickens avrei trasformato i Cratchitt in cannibali, così non avrebbero avuto bisogno di affliggere Scrooge chiedendogli denaro. Avrebbero potuto mangiarsi Tiny Tim come arrosto di Natale e reso strafelici milioni di lettori.»
Scoppiarono a ridere insieme, infrangendo il silenzio. «Tranquilli voi due!» disse Mr. Curtis. Nicholas alzò gli occhi e vide che tutti li stavano guardando. Di solito detestava essere al centro dell'attenzione, ma questa volta ne fu quasi felice.
Con la coda dell'occhio notò che anche Richard li stava fissando. Guardasse pure. Lui e Jonathan erano i migliori amici. Una vacanza di metà trimestre non avrebbe cambiato questo stato di cose.
Non si sentiva minacciato. Richard non costituiva un pericolo per lui.
Soffocò il riso e cercò la pagina giusta nel libro.

Il martedì era mezza vacanza a Kirkston Abbey. I ragazzi

erano liberi di sceglersi il passatempo nelle due ore tra la fine dell'attività sportiva pomeridiana e la cena. Poiché erano autorizzati a uscire dal college solo nei weekend, dovevano trovare da divertirsi entro i confini della scuola.

Piccoli gruppi erano sparsi sui campi sportivi e, incuranti della pioggerella, si affrontavano in partite improvvisate di rugby. Altri si riunivano negli studi a lavorare, leggere, ascoltare la radio o lamentarsi dei prefetti, degli insegnanti e delle decine di regole che governavano la loro vita.

La scuola di belle arti era una piccola costruzione dietro l'edificio principale. Ospitava una serie di tavoli coperti di macchie di colore, e diversi cavalletti su cui posavano le varie opere in corso di elaborazione. L'aria era pregna del sentore di trementina.

James Wheatley sedeva davanti a un cavalletto e lavorava a un disegno che aveva iniziato prima della vacanza. Rappresentava un carro che correva sotto la neve; i suoi occupanti ignoravano la sofferenza della ragazza vestita di cenci inginocchiata sul margine della strada, che tendeva le mani implorando l'elemosina. I passeggeri erano solo facce, ma l'infelice accattona era la copia della sorellina di James. Il ragazzo prese in considerazione l'idea di farne una storpia, ma l'accantonò. Non aveva dimenticato la lite che aveva provocato ritraendo suo padre conciato come Quasimodo. Si dedicò a rifinire i cavalli.

Stuart Barry sedeva a un tavolo e lo guardava. Erano soli. George Turner stava giocando a British Bulldogs con un gruppo del quinto anno. Stuart mangiava una mela. «C'è puzza qui dentro» disse.

«Allora esci» rispose James, concentrato sul foglio che aveva davanti a sé.

«Ma non mi disturba.»

«Allora perché lo dici?»

«Non lo so. Tanto per parlare.» Stuart diede un ultimo morso alla mela e lanciò il torsolo verso il bidone della spazzatura in un angolo del locale. Lo mancò. «Accidenti.» Si asciugò la bocca con una mano. «Dimmi, perché non stanotte?»

«Perché lo dico io.»

«È stato menato solo una volta. Non puoi accontentarti di così poco.»

«Non è mia intenzione.»

«Allora perché non stanotte?»

«Perché voglio che abbia paura. Sa che la cosa è in arrivo, ma non sa quando. È anche peggio delle botte.»

Stuart tamburellò con le dita sul tavolo. «Ho ancora fame. Vado allo spaccio. Vuoi qualcosa?»

«Chewing gum.» James infilò una mano in tasca cercando il denaro. «Me lo dai dopo» disse Stuart. Si staccò dal tavolo e uscì dal locale. James continuò a lavorare alla testa di un cavallo. Disegnò gli occhi: enormi, spalancati, lucidi e sporgenti per lo sforzo. Cominciò a fare le ombre intorno agli occhi, accentuandole con tratti di matita. Si appoggiò allo schienale della sedia e stabilì che doveva scurire le ombre. Udì aprirsi e chiudersi la porta al fondo della stanza; Stuart era di nuovo seduto sul tavolo. «Hai fatto presto.» Allungò una mano senza alzare gli occhi. «Dov'è la mia roba?»

«Quale roba?»

Richard Rokeby sedeva sul tavolo e lo guardava.

James cominciò a sentirsi a disagio. Insicuro di sé, come sempre gli accadeva in presenza di Richard. Nella sua testa risuonarono le domande che si era fatto centinaia di volte. *Perché non gli piaccio? Che cosa devo fare per piacergli?*

Ma adesso le vecchie domande si urtavano con altre più nuove. E più cupe.

Che cosa gli ha detto di me, Jonathan Palmer? Che cosa pensa lui di me, adesso?

E che cosa ci fa qui?

Sentì il viso congestionarsi. Sopra la spalla di Richard vedeva solo la porta. Nessun segno di Stuart. Loro due erano soli nel locale.

«Quale roba?» domandò di nuovo Richard.

«Chewing gum. Stuart Barry è andato a prenderlo.» James resisté alla tentazione di ammiccare. «Sarà qui fra poco.» L'ultima frase fu pronunciata in tono quasi aggressivo.

«No, non ci sarà.» Richard infilò una mano nella tasca della giacca, tirò fuori un bastoncino di caramella fondente chiamata *fudge*, e se ne mise un pezzo in bocca. Continuò a fissare James. «C'è una gran coda allo spaccio. Quel ragazzo indiano della Heatherfield sta agitando un biglietto da cinque sterline e sembra che voglia comperare tutto il negozio. Forse è la prima volta che Mr. Noakes deve cambiare qualcosa di più grande di mezza corona.»

«Probabile.»

Richard estrasse dalla tasca un sacchetto bianco e lo presentò a James. «Ne vuoi?» James fece segno di no.

«Su, prendilo.»

James ne prese un pezzo, lo mise in bocca e lo morse. Un sapore dolce e intenso gli riempì la bocca. Quasi troppo dolce.

«Grazie.»

Richard ne mangiò un altro pezzo. «Meglio della sbobba che ci hanno dato a pranzo. Io odio il fegato.»

James si sentì in dovere di dire qualcosa. «Il mio era poco cotto.»

«Pericoloso. Rischi di intossicarti, mangiando roba simile.»

«Ho già avuto un'intossicazione alimentare.» Guardò sopra la spalla di Richard, sperando che Stuart si sbrigasse.

«Quando?»

«Alla scuola preparatoria. Ci diedero carne tritata andata a male. Alcuni di noi protestarono, ma loro ci obbligarono a mangiarla lo stesso. Siamo stati malati per diversi giorni.»

«È successo anche alla mia scuola» disse Richard. «Qualcosa di deteriorato. Tutti noi avemmo la diarrea. La coda davanti ai gabinetti era lunga un chilometro. Poi restammo senza carta igienica e dovemmo usare i vecchi libri della biblioteca.»

James rise nervosamente. Gli occhi di Richard continuavano a perforarlo. Dove accidenti era Stuart?

«Alla fine tutti i gabinetti furono intasati. Il fetore era orrendo.» Richard offrì a James un altro pezzo di fudge. «Com'è andata la tua vacanza?»

James si sentiva in trappola. «Ottimamente.»

«Bene.»

Quegli occhi gli davano il capogiro. Non aveva appetito, ma accettò il pezzo di dolce. Qualunque scusa pur di guardare altrove.

«La mia è stata interessante» lo informò Richard.

Una domanda era sospesa nell'aria. James non voleva formularla, ma si sentì costretto a chiedere: «Come mai?».

«Perché ho scoperto cose che non conoscevo.»

James si mise in bocca il fudge. Aveva la gola secca. «Per esempio?»

«Per esempio, quanto sei veramente cattivo.»

James masticò il fudge. Di nuovo la sua bocca fu invasa dal sapore dolce. Ebbe un accesso di nausea.

«Jonathan mi ha raccontato tutto di te» spiegò Richard. «Le cose che tu e i tuoi ruffiani fate alle persone. Mi ha detto che hai pisciato in una caraffa per spazzolini da denti e hai fatto bere il contenuto a Christopher Deedes. Che hai messo William Abbott in una cesta della lavanderia, che poi l'hai chiuso in un armadio a muro e ce l'hai lasciato per tutta la notte. William soffre di claustrofobia. Ha avuto incubi per molte settimane dopo la tua prodezza. Però era divertente, vero?

«Poi c'è stata la fotografia di Henry Blake, la foto di lui con suo padre. Il padre di Henry è morto in guerra, Henry aveva un'unica foto insieme a lui. La teneva nel suo armadietto, ma tu e la tua banda l'avete forzato per prendere la fotografia. Tu hai tenuto Henry sulle spine per una settimana, poi gli hai detto che poteva riaverla se ti dava una sterlina. Era quasi la fine del trimestre, e lui aveva solo otto scellini. Te li diede tutti, ma tu gli dicesti che non bastavano. Hai bruciato la foto e lo hai costretto a stare a guardare mentre lo facevi.»

Lo sguardo di Richard continuava a tenere bloccato James, che si vedeva riflesso nei suoi occhi come in due piccoli specchi. Era l'immagine più familiare di qualunque altra, ma questa volta mancava a James il senso di identificazione. Gli sembrava quella di un estraneo. L'immagine di se stesso come lo vedeva il resto del mondo. La guardò in fondo agli occhi di Richard e la trovò repellente.

Non poteva ammettere la ripugnanza nemmeno con se stesso. La sostituì con la rabbia difensiva. Sferrò il suo colpo.

«E allora, se l'ho fatto? Loro lo meritavano! Christopher Deedes piscia nel letto! Ha quattordici anni e bagna ancora il letto. William Abbott è un bambino! Lo tocchi con un dito e lui si mette a piangere. Henry Blake parla di suo padre come se fosse il più grande eroe mai vissuto in questo mondo! Ne parla come se avesse vinto da solo la battaglia d'Inghilterra!»

«E che mi dici di Jonathan?» domandò Richard con freddezza. «Che cosa ha fatto, lui?»

«Tu sai che cosa ha fatto! Mi ha denunciato! Ha tentato di farmi cancellare la vacanza di metà trimestre!»

«Ma non è il vero motivo, eh?»

James, a metà della frase, fu spiazzato da quella domanda. «Certo che lo è!»

«Sei un bugiardo.»

«Non è vero.»

«Sei geloso.»

«Geloso? Perché sarei geloso di uno come lui?»

«Perché ha avuto qualcosa che tu non potrai mai avere.»

«E sarebbe?»

«La mia amicizia.»

James deglutì a fatica.

«Tu vuoi essere amico mio fin dal primo giorno del nostro arrivo qui. Ci provi e ci riprovi, ma non ottieni nulla. E non puoi sopportarlo, vero? Tutti devono amarti, oppure temerti. L'una o l'altra cosa.»

«STA' ZITTO!»

«Ma con me non funziona, vero? Tu non mi piaci e non mi fai paura. Io ti disprezzo, e basta. In fondo al cuore lo sai anche tu. Perciò continui a sforzarti, e questo fa aumentare sempre più il mio disprezzo.»

«STA' ZITTO!» urlò di nuovo James. Cominciava a tremare.

«Se no?» domandò Richard

«Se no te ne pentirai!»

«Me ne pentirò di certo, ma non cominciare da me. Comincia da Jonathan.» Richard sorrise. «Avresti dovuto sentire che cosa mi ha detto di te durante la vacanza. I nomi che ti ha dato. Io ucciderei chiunque parlasse di me in quel modo. Tu dovresti dargli una lezione. L'ultima non è servita a nulla. Perché non farlo questa notte? Nessuno ti fermerà. Aspetta che le luci siano spente e poi fallo soffrire. Costringilo a urlare, a implorare pietà.»

«Cristo! Certo che lo farò!» rispose James. Adesso tremava tutto.

«Bene. Fagli il peggio, e goditela finché puoi.»
Di colpo Richard si chinò verso James. Pochi centimetri separavano i due volti.
«Perché qualunque cosa tu gli farai non sarà nulla al confronto di ciò che io farò a te. Non puoi nemmeno immaginare che cosa intendo farti.»
Rimasero così per poco meno di un minuto, con le facce che quasi si toccavano e gli occhi fissi in quelli dell'altro. Come amanti che si preparano a darsi un bacio.
Poi Richard distolse lo sguardo. «Devo andare» disse in tono assolutamente neutro, come se negli ultimi cinque minuti avessero parlato del tempo e della pioggia. Scese dal tavolo e indicò il disegno non finito. «È buono.» Si mise una mano in tasca e posò un pezzo di fudge sul cavalletto. «Se per caso ti venisse fame.» Si voltò e uscì dal locale.
James lo guardò andare via. Il suo cuore batteva a precipizio. Tornò a occuparsi del disegno. Afferrò la matita ma dovette posarla, perché la mano gli tremava.
Prese il dolce e se lo mise in bocca. Il sapore gli fece venire voglia di vomitare. Lo sputò sul pavimento.

Quella sera, mentre gli allievi del quarto anno residenti nella Old School House si lavavano i denti davanti ai lavandini, James sedeva sul suo letto. George Turner e Stuart Barry stavano appollaiati sul bordo. I tre erano profondamente immersi in una conversazione.
«Stuart dice bene» affermò George. «Dobbiamo farlo questa notte.»
«Non puoi tirarla per le lunghe» aggiunse Stuart. «Se no la gente crederà che hai deciso di lasciar perdere. Potrebbe farsi venire delle idee.»
«Non succederà» dichiarò James.
«Invece potrebbe» insisté Stuart. «Non vorrai correre questo rischio.»
James, preoccupato, guardò nel vuoto. A cena aveva visto Richard e Jonathan seduti insieme a un tavolo vicino al suo. Dopo i compiti aveva notato che Jonathan usciva in fretta dal corridoio che portava alla Abbey House, dove abitava Richard. Era anche arrivato tardi per mettersi a letto. In quel

momento si stava lavando in fretta e furia nei pochi momenti di luce che gli rimanevano.

Di cosa avevano parlato quei due? Forse di lui?

Non era importante. Aveva aspettato anche troppo a lungo. Quella notte Jonathan avrebbe avuto quello che gli spettava. Anche domani, e in tutte le altre notti del trimestre, se lui lo avesse stabilito. Nessuno poteva impedirlo, tranne Richard Rokeby. E anche se Richard Rokeby era molto più duro di Jonathan, non avrebbe avuto molte probabilità in uno scontro con George Turner.

Sì, sarebbe stato per questa notte. Aveva deciso.

La porta del bagno si aprì. Jonathan entrò nella camerata. I suoi capelli erano ancora umidi dopo la doccia, e tendevano a girare intorno alle orecchie. Le sue pantofole erano troppo grandi e lo costringevano a camminare ciabattando. Si rese conto di essere osservato e arrossì lievemente. Appariva delicato e molto vulnerabile. James aprì la bocca per comunicare agli altri la propria decisione...

E udì nella mente la voce di Richard Rokeby.

"... Qualunque cosa tu gli farai non sarà nulla al confronto di ciò che io farò a te. Non puoi nemmeno immaginare che cosa intendo farti."

Rivide i glaciali occhi azzurri che lo perforavano come se potessero leggere i suoi pensieri.

Si sforzò di escludere quell'immagine dalla mente. George avrebbe assassinato Richard. Non sarebbe nemmeno stato uno scontro.

Jonathan andò al suo letto. Si tolse la veste da camera e la posò di traverso sopra le coperte. Guardò James, dall'altra parte del dormitorio. Nei suoi occhi c'era la luce pallida della paura.

Però c'era anche altro, qualcosa che James non sapeva identificare e che lo metteva in apprensione.

«Lasciamo perdere per stasera» disse agli altri. «Lo faremo domani. Sarà una faccenda abbastanza lunga.»

Le proteste furono interrotte dalla comparsa del prefetto di guardia. «Presto, tutti a letto. Parlo anche per te, Turner. Datti una mossa.»

I ragazzi andarono ai rispettivi letti strascicando i piedi. La luce fu spenta.

James fissava il soffitto, furioso con se stesso. Perché aveva fatto marcia indietro? Le parole erano solo ciò che erano: parole. Non si sarebbe lasciato intimidire. Se dovevano esserci intimidazioni, toccava a lui farle.

Giacque nel buio, rimproverandosi. Ciò gli permise di ignorare che sotto la rabbia c'era un nodo di paura.

8

George Turner detestava la lezione di matematica del mercoledì mattina.

Ciò non significava che gli piacessero le altre materie della settimana. Poiché mancava tanto di intelligenza quanto di applicazione, costituiva un vero grattacapo anche per i professori più entusiasti. Il personale insegnante di Kirkston Abbey aveva smesso da un pezzo di sforzarsi, accontentandosi di vederlo seduto in silenzio imbronciato in fondo all'aula, con la tacita intesa che non disturbasse i compagni.

Però ogni regola ha le sue eccezioni, e per George Turner l'eccezione era Mr. Cleever, insegnante di matematica vicino ai sessant'anni. Benché avesse fatto quella professione per tutta la vita, Mr. Cleever era riuscito a conservare l'illusione che anche il ragazzo meno promettente ha un recondito desiderio di imparare. In George Turner quel desiderio doveva essere radicato a una tale profondità che nessuno, George meno di chiunque altro, ne aveva mai subodorato l'esistenza. Tuttavia Mr. Cleever sapeva che tutti gli altri avevano torto e continuava a perseverare con il sincero entusiasmo della persona totalmente sprovveduta.

In genere questa fede ingiustificata non dava problemi a George. Sebbene le sue probabilità di risolvere complessi problemi matematici fossero pari a quella di partorire un bambino, aveva comunque la fortuna di dividere il banco con James Wheatley. James era forte in matematica e, benché la sua naturale malvagità lo inducesse, inizialmente, a lasciare George nelle peste, alla fine si prestava a fornirgli la risposta giusta.

L'inconveniente di questa soluzione stava nel fatto che il mercoledì, alla stessa ora della lezione di matematica, James aveva la sua lezione settimanale di pianoforte. Ciò lasciava George a nuotare o affogare senza aiuto. Per George questo significava invariabilmente andare a fondo come un sasso, mentre Mr. Cleever si prodigava in parole incoraggianti e il resto della classe si sforzava di reprimere l'ilarità.

Per questo George detestava la lezione del mercoledì, sapendo in anticipo che l'umiliazione era inevitabile. Ciò lo rendeva rabbioso, e con la rabbia veniva l'aggressività. In quel particolare mercoledì mattina, mentre sedeva al suo banco in attesa dell'arrivo di Mr. Cleever, cercava una vittima su cui sfogare il malumore.

I suoi occhi si posarono sul banco in cui sedevano Jonathan Palmer e Nicholas Scott. I due stavano consultando i libri e parlavano sottovoce tra loro, sicuramente confrontando le risposte ai problemi che avrebbero studiato quella mattina.

Nel giro di poche ore Jonathan avrebbe ricevuto la seconda rata della vendetta di James Wheatley, ma di colpo poche ore sembrarono a Turner un tempo d'attesa troppo lungo.

Si alzò in piedi e andò verso i due ragazzi, usando la propria mole per spingere da parte i pochi che dovevano ancora prendere posto ai rispettivi banchi. Jonathan lo vide avvicinarsi. Il suo volto divenne teso per l'apprensione, che cercò di nascondere concentrandosi di nuovo sui libri. Quella vista eccitò George. Guardò Jonathan dall'alto in basso. «Stanotte morirai.»

Jonathan non rispose. «Tu credi che l'altra volta sia stata brutta» continuò George. «Non era nulla in confronto a ciò che ti aspetta.»

«Oh, certo» disse Jonathan affettando noncuranza. I suoi occhi rimasero fissi sul libro. L'aula stava diventando silenziosa perché tutti ascoltavano quel dialogo. Il silenzio diede a George un senso di potere. Allungò una mano sul banco e chiuse il libro di Jonathan. «Non mi piacciono gli spioni. Lo sai che cosa ti farò?»

«Non ha denunciato te!» gridò all'improvviso Nicholas Scott. «Perché non lo lasci in pace?»

«Tu non ti immischiare, sgorbio a quattr'occhi!» gridò George con disprezzo.

«Sempre meglio che essere un deficiente con due!» ribatté Nicholas.

Data la situazione, non era la cosa opportuna da dire. «Piccolo imbecille!» urlò George. Afferrò Nicholas per il collo e cominciò a torcergli il braccio dietro la schiena. Nicholas urlò per il dolore mentre Jonathan cercava di far allentare la stretta. «Smettila! Gli romperai il braccio!» George lo spinse da parte. La classe era nel silenzio più assoluto, fatta eccezione per una voce che chiamava Turner per nome. Questi la ignorò e torse ancora più forte il braccio di Nicholas.

«Turner, qualcuno ti ha già detto che hai dei begli occhi?»

George si fermò.

Per lo stupore, lasciò andare il braccio di Nicholas e si voltò verso la parte da cui proveniva la voce.

«COSA?»

Richard Rokeby sedeva da solo al banco doppio presso la finestra, con i piedi sul sedile e la schiena appoggiata al muro. Alzò un sopracciglio guardando George con aria interrogativa. «Allora?»

George guardò Richard come avrebbe guardato un pazzo. «Che diavolo vai dicendo?»

«Ti ho fatto una domanda. Lo sapevi che hai dei begli occhi?»

George, completamente spiazzato, batté in ritirata su un terreno a lui familiare. «Fatti fottere, Rokeby!» ringhiò, e tornò a occuparsi di Nicholas.

«Ti ho solo fatto una domanda.»

George lo ignorò. Fece l'atto di afferrare di nuovo Nicholas per il braccio.

Però Richard non era tipo da lasciarsi ignorare. «Non hai motivo di inquietarti, Turner. Voleva solo essere un complimento.»

George ne aveva abbastanza. Si voltò. «Chiudi quella bocca!»

«D'accordo, Turner. Non sei tenuto a rispondere se non ne hai voglia. Facciamo una votazione.» Si voltò verso il resto della classe. «Qualcuno pensa che Turner ha dei begli occhi?»

Silenzio. Richard sorrise a George. «Mi sembra un voto unanime.»

Nessuno parlava ancora, ma il silenzio si stava incrinando. George cominciò a udire intorno a sé delle risate sommesse. Fece gli occhiacci a Richard. Avrebbe cancellato il sorriso da quella faccia! Adesso era veramente arrabbiato.

Però le sue guance si stavano imporporando. Era in piedi, goffo, in mezzo alla classe, con venti paia di occhi fissi su di lui. La rabbia si affievolì, sostituita dall'imbarazzo.

«Tu stai arrossendo» gli disse Richard.

«Non è vero!»

«Invece sì.»

«No, maledizione!»

«Stai arrossendo. Guardatelo tutti. Sta arrossendo, vero?»

«No!» urlò George. Non sopportava di essere sotto scrutinio. Si sentiva il viso in fiamme.

«Non dovresti vergognarti» gli disse Richard. «Molte persone considerano attraente un viso arrossato. Proprio come trovano belli i tuoi occhi.» Si appellò di nuovo ai compagni di classe. «Qualcuno dei presenti pensa che il rossore di Turner sia attraente?»

«CHIUDI QUELLA MALEDETTA BOCCA, ROKEBY!» ruggì George.

Richard continuò a sorridergli, con il viso animato dalla malizia. George avrebbe voluto sferrargli un pugno in faccia, ma si sentiva come paralizzato; le sue membra erano diventate di pietra sotto il peso dell'attenzione generale. Fu quasi con un ridicolo senso di sollievo che udì un rumore dietro di sé e la voce di Mr. Cleever che tuonava: «Turner, va' al tuo posto, per favore. Oggi abbiamo parecchio da fare».

George andò a sedersi. I suoi occhi scrutarono l'aula. Alcuni ragazzi lo stavano ancora osservando, ma tutti distolsero prontamente lo sguardo quando lui li fissò a sua volta. Il suo viso era congestionato.

«Spero» riprese Mr. Cleever «che ognuno di voi abbia affrontato tutti i quesiti. Forse le equazioni quadratiche possono non essere il più facile dei concetti, ma sono molto in voga tra gli esaminatori. Chi vuole provare con la numero uno?»

Silenzio.

«Nessuno si sente abbastanza coraggioso?»

Ancora silenzio.

Poi Richard Rokeby parlò. «Credo che dovrebbe domandarlo a Turner, signore. Sembra un tipo dotato di grande ardimento.»

La classe esplose in una risata. Mr. Cleever sembrò stupito. «Cos'è questo fracasso? Rokeby, poiché sembri così presuntuoso, forse sarai disposto ad affrontare la prima domanda.»

La classe si calmò mentre Richard faceva ciò che gli veniva richiesto. George, con il volto ancora infiammato, sperava che facesse una figuraccia. Naturalmente non fu così.

«Molto bene, Rokeby.»

«Grazie, signore, ma sono certo che Turner avrebbe saldamente tenuto in pugno il problema.»

Di nuovo l'aula rimbombò per le risate. «Basta così, Rokeby!» esclamò Mr. Cleever. «Ora, domanda numero due. Stephen Perriman, forse vorrai provare con questa.»

Lentamente la lezione prese il ritmo normale. Stephen iniziò bene, ma si bloccò a metà strada. Mr. Cleever tentò di guidarlo nella parte rimanente, mentre gli altri studenti si agitavano sui sedili, guardando i libri o l'orologio a muro, chiedendosi se sarebbero stati interrogati anche loro. Dal fondo dell'aula George osservava Richard Rokeby. Finito il suo momento di gloria, Richard guardava fuori dalla finestra con la serena fiducia di chi sa di essere capace di rispondere a qualunque domanda, ma non si preoccupa delle conseguenze se per caso non ci riuscisse.

Richard aveva commesso un grande errore umiliando lui. Se ne sarebbe pentito.

Sentendosi osservato, Richard si voltò a guardare George. Studiò freddamente il suo viso e vi lesse un messaggio di odio. Socchiuse la bocca e fece girare la lingua intorno agli angoli della bocca. Lentamente, eroticamente.

Poi, con un sorriso, gli strizzò l'occhio.

I due continuarono a fissarsi, ma George fu il primo a distogliere lo sguardo.

James Wheatley era senza fiato. Aveva corso sotto la pioggia dalla scuola di musica, ed era completamente inzuppato. Percorse borbottando il corridoio per la seconda ora della lezione di teologia.

Il resto della scuola usciva dalle aule intorno a lui. James vide in lontananza i suoi compagni di classe che sbucavano dall'aula Gladstone. Comparve Jonathan Palmer, accompagnato da Nicholas Scott e dai Perriman. I due gemelli vennero avanti, ma Jonathan si fermò ad aspettare qualcuno. Nicholas attese insieme a lui. Richard Rokeby venne fuori e si diresse verso di loro. Nicholas rimase vicino a Jonathan, ma in qualche modo Richard riuscì a insinuarsi fra i due. Il terzetto si avviò lungo il corridoio; Richard chinò la testa per parlare a Jonathan.

Ci fu una certa agitazione dietro di loro. Una voce che gridava. George Turner si stava aprendo la strada tra la folla. Richard si voltò verso di lui. Altri allievi della loro classe si fermarono a guardare.

La faccia di George era paonazza per la rabbia. Parlava in fretta, agitando con aria minacciosa una grossa mano verso Richard. Questi si limitò a ridere, allungò il braccio e cercò di accarezzare la guancia di George, che arretrò; sul suo viso la confusione subentrò al furore. Tutti intorno a lui scoppiarono a ridere. James si accorse di rallentare il passo.

Mr. Cleever, che stava uscendo dall'aula, vide il gruppo riunito presso la soglia. Con un gesto invitò i ragazzi ad andarsene. Lo fecero con riluttanza. Jonathan vide James e toccò il gomito di Richard.

«Che succede?» domandò James.

«E tu che c'entri?» replicò Richard.

James si voltò verso George. «Allora?»

George non disse nulla. Guardò il pavimento, come se si vergognasse.

«Parla!»

«Turner è un po' scosso» spiegò Richard. «Io gli ho fatto un complimento, ma lui l'ha preso male.»

«Tu devi chiudere il becco!» gridò George. Nelle sue intenzioni il tono era minaccioso, ma in pratica suonò poco convincente.

«Se no? Mi farai rientrare la testa nelle spalle a forza di botte? Non devi chiedere il permesso a Wheatley prima di fare minacce del genere?»

«Ti ho detto di stare zitto!» ruggì George.

«Va tutto bene, Turner. Io non ti odio. Posso disprezzarti,

ma non ti odio. Anche se tu hai picchiato il mio amico, non ti odio per questo. So che stavi solo obbedendo agli ordini.»

«Faresti meglio a fare come ha detto George» disse James a Richard.

«Perché? Perché tu gli ordinerai di picchiarmi?» Per la seconda volta Richard allungò la mano per toccare la guancia di George, che arretrò. Richard rise. «Guardalo. Non poserà un dito su di me. Perciò tienti le tue minacce e ficcatele in quel posto.»

Il corridoio si stava vuotando. Nicholas, che aveva osservato con ansia la scena, diede di gomito a Jonathan. «Faremo tardi. Sarà meglio andare.» Jonathan esitò guardando Richard, che sorrise e annuì. I due ragazzi si avviarono, lasciando Richard con James e George. «Avanti» disse Richard a George, «dammi una lezione.»

James fissò George, desiderando fortemente che facesse qualcosa, ma l'amico, con il viso congestionato, si limitò a guardare per terra. Richard rise di nuovo. Quel suono ferì James. «Perché dovremmo sprecare il nostro tempo con te? È Palmer che noi vogliamo. Lo avremo questa notte, e tu non potrai farci niente.»

Richard gli lanciò un'occhiata sprezzante. «Noi, noi, noi. Tu fai le minacce, ma sono i tuoi ruffiani ad attuarle. Dipendi completamente da loro. Da solo saresti uno zero.»

Il suo volto si aprì in un sorriso. «Non sarebbe terribile che capitasse qualcosa ai tuoi accoliti? Prova a immaginare che loro non siano più intorno a te. A quel punto ti sentiresti in pericolo.» Rabbrividì fingendo orrore. «Dio, non osi nemmeno pensarlo, vero?»

Si voltò e partì lungo il corridoio per raggiungere Jonathan e Nicholas.

James lo guardò allontanarsi. «Perché te ne sei stato lì in quel modo?» domandò a George. «Avresti dovuto picchiarlo.»

«Volevo farlo.»

«E perché non l'hai fatto?»

Nessuna risposta. «Perché non l'hai fatto?» lo incalzò James. George si strinse nelle spalle. «Ebbene?»

«Non è così facile.»

«Certo che lo è!»

«Tu non capisci.»
«Non capisco cosa?»
«Tu non c'eri. Non hai sentito ciò che ha detto.»
«Detto? Sono soltanto parole. Lui è tutto chiacchiere, e le chiacchiere non valgono niente. Tu potresti usarlo come strofinaccio per pulire il pavimento! Sai che potresti.»
«Non è solo per ciò che ha detto. Era l'espressione dei suoi occhi mentre parlava.»
«Che tipo di espressione?»
«Quella da cui si capisce che lui non è una persona normale.»
James deglutì.
Cercò le parole, ma non ne trovò nessuna. In silenzio, i due andarono lungo il corridoio alla lezione successiva.

Nicholas Scott non aveva uno studio tutto per sé. Come gli altri del quarto anno residenti in Monmouth House, era costretto a coabitare. Lui e i Perriman occupavano una stanza sul retro della Casa, che guardava sui boschi.
C'erano momenti in cui Nicholas sognava la privacy. Il locale era troppo angusto per tre persone e, sebbene Stephen e Michael passassero gran parte del tempo a litigare, c'era comunque nel loro rapporto un'intimità che a volte lo faceva sentire escluso. Tuttavia, in linea di massima, era contento di quella sistemazione e della compagnia che essa gli offriva.
Era pure contento di abitare alla Monmouth. Sepolta nei boschi che coprivano la maggior parte della proprietà, era famosa per essere la più rilassata delle quattro residenze della scuola, meno competitiva negli sport e meno rigida nel rispettare le tradizioni dell'istituto. Benché avesse subìto la sua parte di maltrattamenti, anche questi erano un po' meno obbligatori che nelle altre Case, e in genere vi prevaleva lo spirito del vivi e lascia vivere.
Rimpiangeva solo che Jonathan non fosse anch'egli un residente della Monmouth. Era il suo migliore amico; e per un ragazzo serio, gentile, che non faceva amicizia con facilità, questo significava moltissimo. Nell'ultimo anno aveva funzionato da valvola di sicurezza per Jonathan, ascoltandolo in un silenzio comprensivo, per ore, ogni volta che lui parlava del di-

spiacere per il divorzio dei genitori, della repulsione per la matrigna, del terrore di perdere il padre, del suo odio per la scuola e del dolore per la morte di Paul Ellerson.

A sua volta Nicholas si era confidato con Jonathan, raccontandogli particolari personali che non avrebbe condiviso con altri. Gli aveva parlato del timore di deludere suo padre, così atletico e militaresco; della pena che provava a vedere l'amata nonna scivolare nella senilità, mentre sua madre affondava la testa nella sabbia e rifiutava di ammettere ciò che stava accadendo; di come continuava a piangere pensando al suo allegro, affascinante fratello maggiore morto di tubercolosi cinque anni prima, lasciandolo solo con il suo dolore. Inoltre Nicholas aveva la sensazione terribile che i genitori, per quanto lo amassero, se proprio dovevano perdere un figlio, avrebbero preferito che fosse toccato a lui.

I due amici si erano aperti l'uno con l'altro, svelando i propri demoni interiori, sicuri che ciascuno avrebbe conservato i segreti dell'altro.

Jonathan passava spesso l'intervallo di metà mattina nello studio di Nicholas anziché nel proprio. Loro due, insieme ai Perriman, divoravano tutte le cibarie che avevano e si lamentavano a lungo di tutti i casi della vita scolastica che in quel momento li disturbavano. Era diventato una specie di rituale, molto apprezzato dai quattro partecipanti.

Quella mattina Nicholas ritornò da solo con i due gemelli. Jonathan aveva promesso di raggiungerli più tardi. Nicholas frugò nella scatola dei dolci, tirando fuori l'ultimo pezzo di torta al cioccolato e un pacco di biscotti ancora chiuso. Stephen portò una bottiglia di gazzosa e la versò nelle caraffe scheggiate. Udirono in lontananza Ruby Murray che gorgheggiava su un fonografo a buon mercato. «Vorrei avere un giradischi» disse Michael.

«Niente da fare» rispose Stephen.

«Potremmo tentare ancora di convincere papà.»

«Non essere stupido. Ricordi che cosa è successo l'ultima volta?»

«Solo perché gli hai detto la verità. Sai come la pensa su Alma Cogan. Se dipendesse da lui, dovremmo ascoltare soltanto Beethoven e musica sacra.»

«A me Beethoven piace» intervenne Nicholas.

«Lo so.» Stephen gli porse una caraffa di gazzosa. «Per nostro padre, tutta la musica registrata negli ultimi cent'anni è un abominio.»

«Tranne Elgar» gli rammentò Michael.

«Dio, quanto odio Elgar! Lui e la sua maledetta pompa magna! Papà va pazzo per Elgar. Se Elgar uscisse dalla tomba e suonasse alla Royal Albert Hall, papà siederebbe in prima fila a urlare per l'entusiasmo come fanno le ragazzine ai concerti di Frank Sinatra. Quando scrive i sermoni ascolta sempre Elgar.»

«E Holst.»

«Detesto anche lui! Puoi sempre prevedere il tono di un sermone dalla musica che il babbo ascolta mentre scrive. Se è una banda di femmine che strilla "Terra di speranza e di gloria", Dio è amore e vivere è meraviglioso; se invece c'è di mezzo Marte, signore della guerra, Dio è di pessimo umore e noi siamo tutti condannati al fuoco eterno!»

Scoppiarono a ridere. Si udì bussare alla porta. Entrò Jonathan. Stephen gli offrì una tazza sbreccata. «Chi detesti di più? Elgar o Holst?»

Dopo Jonathan, nello studio entrò Richard Rokeby.

Le risate cessarono. Ci fu un silenzio imbarazzato, come se loro tre fossero stati scoperti nell'atto di fare cose che non dovevano fare.

«Ho portato Richard» annunciò in fretta Jonathan. «Va bene per voi, vero?»

«Ehm... sì, naturalmente» rispose Stephen. «Accomodati, se trovi ancora spazio. Vuoi qualcosa da bere?»

Richard annuì. Stephen gli porse un bicchiere. «Sarà un po' sgasata. La bottiglia ce l'ha data una zia che conserva le cose per mesi e mesi.»

«Va bene così» disse Richard. «Grazie.» Sorrise ma restò in piedi sulla soglia. Jonathan, che normalmente si sarebbe tuffato sul sofà malconcio, rimase vicino a lui.

«Abbiamo anche un po' di torta.» Nicholas ne offrì un pezzo a Jonathan. «Ce ne dovrebbe essere abbastanza per tutti.»

«Non preoccuparti per me» gli disse Richard.

«Non è un problema.»

«No, davvero. Sto bene così.»

«Geniale ciò che hai fatto oggi, secondo me» disse Michael a Richard. «Far sembrare George Turner un cretino assoluto!»

«Non è stato difficile. Lui è un cretino assoluto.»

«Comunque è stato geniale. Non ho mai visto nessuno diventare così rosso. Ci aspettavamo che riportasse ustioni di terzo grado!» Rise, imitato da Stephen e da Jonathan.

«Però non avresti dovuto farlo» disse Nicholas.

«Perché?» domandò Richard. «Gli ho impedito di picchiarvi.»

«Non è quello il punto.»

«Qual è, allora?»

«Gli hai fatto fare la figura dello scemo. È una cosa che non potrà dimenticare.»

«George Turner non poserà un dito su di me.»

«Non mi riferivo a te.»

«Jonathan non ha nulla di cui preoccuparsi.»

«Davvero? Se per caso te ne sei scordato, Jonathan dorme nella stessa camerata di George Turner e di James Wheatley. Ce l'avevano con lui già prima di stamattina. Cosa credi che gli capiterà adesso?»

«Nulla» rispose Richard con calma.

«Nulla? Come puoi dirlo? Tu non sei nella camerata di Jon. Nessuno di noi è là. Lui è solo là dentro, e hai visto come lo hanno conciato prima della vacanza! Adesso tu hai fatto il tuo numero e hai reso la situazione dieci volte peggiore! È stato un gesto stupido.»

Nicholas si fermò. Si sentiva il viso surriscaldato. Richard e Jonathan lo stavano fissando, Richard con freddezza, Jonathan con ansia. «Me la caverò benissimo, Nick» lo rassicurò Jonathan. «Non preoccuparti.»

«Tu non sai come andrà.»

«Sì, invece» rispose Richard. Continuò a fissare Nicholas.

Il ragazzo fu costretto ad abbassare gli occhi. Si disse che era sciocco. Richard stava cercando di aiutare e lui non doveva prendere quell'atteggiamento antagonistico. «Chiedo scusa, non volevo essere scortese. Ti sono grato per essere intervenuto. Vorrei soltanto che Jon non subisse altre persecuzioni, tutto qui.»

«Capisco» rispose Richard. «Non ci pensare.» Si guardò attorno. «Questo è un bel posto» disse a Jonathan. «Meglio del cesso che ti hanno assegnato.»

«Ma non buono quanto avere una camera propria. Mi piacerebbe avere una stanza tutta per me, come ce l'hai tu.»

«Potresti averla» dichiarò Richard «se tu cambiassi Casa.»

«E come?»

«Facile. Guy Wilson se ne va a Natale. La sua camera si renderà libera.»

«Ma tu non l'otterrai mai» disse Nicholas a Jonathan. «Tutti vogliono abitare in Abbey House.»

«Non tutti» lo corresse Jonathan. «Giles Harrington non lascerebbe mai la Old School. Non sopravviverebbe al trasloco!»

«Per lui sarebbe come lasciare il seno materno» aggiunse Richard. Lui e Jonathan scoppiarono a ridere.

«Ma molta gente ci si trasferirebbe, se potesse. E se James Wheatley volesse traslocare? Ha genitori importanti che possono tirare qualche filo.»

«Wheatley non è l'unico ad avere genitori influenti» commentò Richard.

«I genitori di Jon non hanno peso.»

«I miei sì.»

«I tuoi?»

«I miei zii, per la precisione. Potrebbero tirare abbastanza fili da fare sprofondare i Wheatley.»

Il volto di Jonathan s'illuminò. «Credi che lo farebbero?»

«Certo. Hanno una grande simpatia per te. Glielo devo chiedere?»

«Dio mio, sì!»

«Ma tu non vorrai andarci» intervenne all'improvviso Nicholas. «Non ad Abbey House. Voglio dire, se tu potessi trasferirti, dovresti venire a Monmouth.»

«Ma qui non c'è posto» gli rammentò Jonathan

«Potrebbe esserci, prima o poi. E se traslocassi una volta, non ti permetterebbero di farlo una seconda. La Casa in cui ti devi trasferire è questa. Tutti i tuoi amici stanno qui.»

«Tutti meno uno» lo corresse Richard.

Ancora una volta Nicholas si disse che non doveva mettersi contro Richard. Aveva parlato per puro egoismo. Qualunque situazione che permettesse a Jonathan di uscire dalla Old School House era positiva.

Jonathan aveva finito il suo pezzo di torta. «Dobbiamo andare» gli disse Richard. Jonathan incontrò lo sguardo di Nicholas e gli sorrise. «Grazie per lo spuntino.»

Nicholas ricambiò il sorriso, ma non rispose. Jonathan seguì Richard fuori dalla porta.

«Cosa ti è preso?» domandò Stephen a Nicholas appena i due furono usciti.

«Preso?»

«Prima eri di buon umore.»

«Non è vero.»

«Invece sì. Rokeby ti ha salvato dalle botte. Avresti dovuto ringraziarlo, invece di dargli torto su tutto ciò che diceva.»

«L'ho ringraziato.»

«Sì, alla fine.»

«Lascialo stare» intervenne Michael.

«Sto solo parlando.»

«Non farlo. È una storia che non ti riguarda. Smetti di ficcarci il naso.»

«Io? Formidabile, detto da te.»

Stephen e Michael cominciarono a litigare. Nicholas rimase ad ascoltare in silenzio.

Ore undici e mezzo di sera. La Old School House era al buio. L'unica luce veniva dal bagno vicino al dormitorio della quarta classe.

James stava davanti alla porta, fiancheggiato da George e da Stuart.

Jonathan era da solo vicino ai lavandini. La giacca del pigiama, lacerata nella mischia che lo aveva portato lì, gli pendeva dalle spalle. I suoi occhi erano guardinghi, le braccia incrociate difensivamente sul petto. Si sfregava i fianchi con le mani mentre alzava ora un piede ora l'altro dal freddo pavimento di pietra. Sembrava indifeso e apprensivo. Proprio come la volta precedente.

Ma adesso c'era qualcosa di diverso.

James si irrigidì per impartire l'ordine. Aveva programmato tutto. La volta prima sarebbe stata niente in confronto a questa. Con una mano impugnava una candela, che stava diventando appiccicosa per il calore della stretta. Nell'altra teneva il cordone della propria veste da camera, da usare come bavaglio.

Lo sguardo di Jonathan continuava a tornare sulla candela. James capiva che Jonathan sapeva benissimo che cosa c'era in arrivo. Lasciò cadere a terra il cordone e cominciò a passarsi la candela da una mano all'altra.

«Dov'è adesso quella checca del tuo amico?» domandò lentamente. «Qui non lo vediamo. Proprio adesso, quando stiamo per dimostrarti come trattiamo i finocchi in questa scuola.»

Attese il familiare coro di risate, ma non ci fu.

«Ti odio» disse Jonathan. La sua voce era così fioca che uscì come un sospiro. Un suono debole e sottomesso. James fece un passo verso di lui. «Mi fai schifo, finocchio.»

«Ti odiamo entrambi.»

James si fermò. Gli tornò alla mente l'odore della scuola d'arte. Espirò. «E tu credi che me ne dovrei preoccupare.»

«Sì, dovresti.»

James rise, ma non fece nessuna mossa verso di lui.

«Che cosa aspettiamo?» domandò Stuart. «Qualcuno ci può sentire da un momento all'altro. Non possiamo perdere tempo.» Raccolse il cordone.

«Non farlo» gli disse Jonathan.

«Perché? Chi me lo può impedire?»

«Stai solo peggiorando le cose per te.»

«Fottiti!» Stuart si rivolse a George. «Forza, facciamolo.»

«Wheatley è quello che Richard odia veramente. Non ce l'ha con te o con Turner, ma cambierà idea se voi andate avanti con questa cosa.»

«Oh, sicuro!» lo dileggiò Stuart. Avanzò verso Jonathan, ma si rese conto che George e James restavano immobili. «Che succede?» domandò. «Io non ho paura di quel buffone di Rokeby.» Toccò il gomito a George. «Tu hai paura?»

George fece segno di no.

«Allora smettiamo di menarcelo.» Stuart si rivolse a James. «Vieni. È questo che volevi. Di cosa hai paura?»

«Di nulla» rispose James un po' troppo in fretta.

«Sei un bugiardo» lo accusò Jonathan. «Tu sei spaventato, e per buoni motivi.»

«Chiudi il becco!» sibilò James, ma rimase inchiodato al proprio posto.

«Per amor di Dio!» Stuart diede a George il cordone, che oscillò nell'aria. James vide che gli occhi di Jonathan si spalancavano nel seguirne il movimento. Cominciò a sentirsi di nuovo se stesso. Richard Rokeby non era un pericolo. Le sue erano solo chiacchiere.

Ma George continuava a fissare il pavimento. «Non dovremmo farlo» disse.

«Che diavolo ti prende?» esclamò Stuart. «Non avrai paura di Rokeby!»

«No, certamente no. Solo che... non voglio partecipare a questa cosa. Adesso dovremmo lasciar perdere.» Si voltò per andarsene.

Stuart lo afferrò per un braccio. «Cosa vai dicendo? È un discorso stupido!» George liberò il braccio e uscì dal locale.

«Allora è così» disse Stuart. «Io non posso tenerlo giù da solo. Faremo bene ad andarcene prima che venga qualcuno.»

James prese il cordone dalle mani di Stuart e puntò un dito verso Jonathan. «Te lo faremo lo stesso, finocchio! Non abbiamo ancora finito con te.» Si volse verso la porta. Provava un misto sgradevole di frustrazione e di sollievo.

«Tutto comincia a crollare, non è vero?» commentò Jonathan con voce tranquilla.

James fece segno a Stuart di andare via e rimase dov'era, fissando la porta.

«Non lo senti da te?» continuò Jonathan. «Tutto sta per cambiare, proprio come Richard ha annunciato.»

«Sta' zitto» ribatté James, ma non si voltò.

«Richard aveva ragione. Tu non sei niente senza i tuoi aguzzini. Tutto il tuo potere viene da loro. Se non ti obbediscono, il tuo potere svanisce. E allora chi avrà paura di te?»

James si voltò verso di lui «Ti ho detto di stare zitto.»

«Io ti odio» dichiarò Jonathan. «Ti odio per quello che hai fatto a me e a tutti gli altri. E molto presto, appena il tuo potere se ne sarà andato, scoprirai quante altre persone ti odiano.»

Fece un passo verso James, con un largo sorriso sul volto.

«È proprio come hai scritto nel biglietto che avete lasciato dopo avermi devastato lo studio: Questo è solo l'inizio.»

I due ragazzi si fissarono. Poi James si voltò e andò via, spegnendo la luce e facendo piombare la stanza nell'oscurità.

Jonathan, finalmente solo, sentì il bisogno di vomitare. Corse nel buio alla porta del gabinetto, con le gambe che rischiavano di cedere sotto di lui, e si accovacciò vicino alla tazza. Quando la nausea passò, sedette e guardò il soffitto.

Era scosso da un tremito violento. Il suo cuore batteva con la forza di una grancassa. Però lui si sentiva euforico. Aveva fatto ciò che Richard gli aveva detto, e tutto era andato per il meglio.

Rimpianse che suo padre non fosse lì. Avrebbe voluto dirgli che cosa aveva fatto e ricevere la sua approvazione. Ma quando chiuse gli occhi e cercò di visualizzare suo padre, il volto che vide fu quello di Richard.

9

Mentre versava il tè, Elizabeth Howard teneva d'occhio Alan Stewart che ammirava un paesaggio del Norfolk appeso alla parete del soggiorno. «Due zollette?»

«Una, grazie.»

«Certo. Non me ne ricordo mai.»

Lui le rivolse il sorriso fanciullesco che le ricordava Arthur. Elizabeth sentì l'antico dolore, attenuato dagli anni ma sempre presente. Sedette accanto all'ospite. «Mi dispiace di averti fatto allungare il giro. So quanto sia prezioso il tempo libero e sono certa che hai cose molto più interessanti da fare.»

Lui annuì. «Sì, correggere un fascio di temi degli studenti del terzo corso sulle guerre d'indipendenza italiane. Potendo scegliere tra quel lavoro e venire qui a prendere il tè, potrai facilmente indovinare quale delle due alternative ha avuto a colpo sicuro la meglio.»

«C'era di mezzo Garibaldi, vero?» Elizabeth rise. «Non è terribile? Ho dedicato Dio sa quanti anni a studiare a scuola la storia dell'Ottocento e ho dimenticato praticamente tutto.»

«Così hanno fatto anche i ragazzi del terzo anno, che l'hanno studiata solo una settimana fa! Fortunatamente per loro, il libro di testo contiene un ottimo riassunto in quattro pagine, e prevedo di trovarlo copiato nel novanta per cento dei casi.»

«Ma non alla lettera, spero.»

«Oh, no! Sposteranno un occasionale capoverso e cambieranno qualche parola. Se non lo facessero, avrei qualche sospetto.»

Risero allegramente. «Non dovresti sottovalutarti» disse

Elizabeth. «Il fatto che il numero degli allievi del sesto anno che decidono di scegliere storia sia raddoppiato da quando sei qui con noi, è una testimonianza luminosa del buon lavoro che stai facendo. E le ricerche che hai assegnato a quelli del quarto anno! Quella sui principi nella Torre di Londra era splendida! Sono stati i Perriman, vero?»

«Tecnicamente parlando, sì. Credo che abbiano aiutato a incollare le pagine e a tracciare alberi genealogici. Jonathan Palmer e Nicholas Scott sono stati le forze motrici. Jonathan in particolare.»

«Con un po' di assistenza da parte dell'insegnante, ne sono certa.»

Stewart scosse il capo. «Jonathan ha scelto il soggetto, ha fatto la maggior parte delle ricerche e scritto quasi tutto il testo. Ha letto tutti i libri sull'argomento che ci sono in biblioteca, più altri due che gli ho prestato.

«E tutto quel duro lavoro ha avuto buon esito. Ne è uscito un saggio straordinario.»

Alan sorrise. «È un ragazzo molto intelligente. Forse il migliore di tutti i miei studenti. Fra qualche anno potrebbe essere un valido candidato per Oxford o Cambridge. Di sicuro ha la capacità e l'impegno necessari. Ciò che veramente gli manca è la fiducia.»

«Tu potresti dargliela.»

«Tenterò. Voglio vederlo vincente. Mi dispiace che si sprechi il potenziale, e credo che lui ne abbia molto. Dovresti vederlo in classe: i suoi occhi si illuminano quando io inizio un nuovo argomento. Una reazione come la sua è gratificante. Mi ricorda il motivo per cui ho voluto fare questo lavoro.»

Mentre parlava, il suo viso diventava sempre più animato; Elizabeth, nell'osservarlo, si accorse ancora una volta di pensare ad Arthur, il suo amato fratello minore, sempre pieno di energia e di entusiasmo prima che la sua vita venisse stroncata, dodici anni prima, da una pallottola tedesca. Quel giorno lo aveva perduto per sempre, ma c'erano ancora momenti in cui vedeva il suo spirito nel giovane idealista che ora sedeva accanto a lei.

Gli sorrise con affetto, respingendo l'impulso di accarezzare i suoi capelli scuri e disordinati. «Palmer è fortunato ad avere un insegnante come te.»

Stewart abbassò gli occhi. «Non proprio» mormorò.

«Senti, lascia che ti dica il motivo per cui ti ho invitato a venire qui.»

Lui sembrò offeso. «Vuoi dire che non l'hai fatto per il piacere della mia compagnia?»

«Sicuro! Non avrai creduto che...» Capì che lui la stava prendendo in giro. «Spiritoso! Per la verità, ho un favore da chiederti.»

Lui attese sorridendo.

«Verresti a cena da noi sabato? So che il preavviso è breve: se hai già altri programmi, dillo liberamente.»

«No, non ne ho.»

«Il piatto principale sarà l'agnello.»

Gli occhi di Stewart s'illuminarono.

«Sarà qualcosa di diverso, ho pensato, dalle delizie della cucina della scuola.» Alan, che alloggiava ad Abbey House come vicecapo della Casa, e non aveva una moglie che cucinasse per lui, annuì con entusiasmo. «Che cosa si festeggia?»

«Mia cugina Jennifer è stata in visita da amici nel Lincolnshire e si ferma un poco da noi, prima di tornare a Londra.»

«E tu vuoi farmela conoscere?»

«Non preoccuparti. Non sto cercando di combinare matrimoni. Jennifer ha quattro anni più di me, e comunque non sarebbe il tuo tipo.»

Si fermò, improvvisamente imbarazzata. Lui la fissò con aria interrogativa. «A differenza di Charlotte?»

Aveva conosciuto Charlotte un anno prima durante una festa a Norwich, e da allora si erano visti molto spesso. Charlotte era venuta di frequente a trovarlo alla scuola ed Elizabeth, che teneva a veder nascere l'idillio, aveva invitato più volte a cena la giovane coppia. Tanto lei quanto Clive si erano affezionati a Charlotte, la cui personalità vivace si integrava bene con quella di Alan. I due giovani formavano una coppia attraente, ed Elizabeth si stava già chiedendo a chi avrebbero somigliato i figli, quando Alan, di ritorno alla fine del trimestre, le aveva detto che avevano deciso di non vedersi più. Adesso Charlotte aveva una relazione con un banchiere ricco, ma poco interessante. Quando Elizabeth si era imbattuta in lei a Norwich, Charlotte era parsa a disagio e si era limitata a un brevissimo scambio di battute convenzionali.

«Non pensavo questo» rispose Elizabeth.

«Davvero?»

Lui non sorrideva, ma i suoi occhi erano gentili. «Forse sì» ammise Elizabeth. «Non è proprio possibile?»

Lui fece segno di no.

«Mi dispiace.»

«Anche a me.»

Lei posò una mano sulla sua. «Qualcun'altra arriverà. Aspetta e vedrai.»

«Non credo» disse lui a bassa voce. All'improvviso i suoi occhi furono pieni di sofferenza e del desiderio disperato di confidarsi. Lei gli strinse la mano. «Il fatto che non ti abbia rivolto decine di domande non significa che non me ne importi. Solo che non volevo essere invadente.»

Lui annuì.

«Tu sai che puoi sfogarti con me; qualunque cosa tu mi dica sarà un segreto tra noi due.»

Stewart chinò la testa. «Lo so» disse. «Ho voglia di parlartene. Molto più di quanto tu immagini.»

Rimasero seduti in silenzio, con Elizabeth impaziente di ascoltarlo. Però udirono in lontananza squillare il campanello che annunciava la lezione successiva, e lei seppe che, almeno per allora, il momento magico se n'era andato.

Una strana atmosfera di formalismo calò su di loro. Lui raccolse le sue cose mentre lei accendeva una sigaretta e andava alla finestra, a osservare i ragazzi del quarto anno che uscivano dall'edificio principale e si avviavano in piccoli gruppi verso il laboratorio di scienze.

Uno di quei gruppetti colpì la sua attenzione. Davanti camminavano insieme Richard Rokeby e Jonathan Palmer. Dietro di loro venivano i gemelli Perriman, mentre Nicholas Scott faceva la spola tra le due coppie, come se non sapesse bene a quale apparteneva.

Alan si alzò e venne vicino a lei. Rimasero a guardare. «Palmer ha passato la sua vacanza con Rokeby» spiegò Elizabeth. «Lo sapevi?»

«Sì.»

«Quando l'ho sentito mi sono meravigliata, ma sono anche stata contenta. Rokeby ha bisogno di un amico, malgrado tutti i suoi sforzi per dimostrare il contrario.»

«Peccato che abbia scelto Palmer.»

Lei si voltò a guardarlo. «Perché dici questo?»

Alan sembrò perplesso, come se le sue parole avessero stupito lui non meno di Elizabeth. «Non lo so» disse con sincerità. «Vorrei solo che avesse scelto qualcun altro.»

«Parli come Clive. Anche a lui non piace Rokeby.»

«Non ho detto questo.»

«Non in modo così esplicito.»

«Non è che mi dispiaccia. Non ho nulla contro di lui.»

«Clive pensa che sia distruttivo. Forse lo è. Spesso le persone lo sono, quando si sentono così profondamente infelici. Ma proprio per questo l'amicizia è una buona cosa. Se Rokeby stabilisce un rapporto con un altro ragazzo, non si sentirà più tanto solo.»

«Tutti noi siamo soli» disse Stewart, «ma è meglio così. Quando si stabilisce un rapporto, si diventa vulnerabili. Si comincia ad averne bisogno. Il rapporto diventa il centro della tua vita, e il giorno in cui te lo tolgono, se ne va anche tutta la tua gioia di vivere.»

L'amarezza nella sua voce allarmò Elizabeth. «Oh, Alan...»

Lui scosse il capo. «Mi dispiace, non avrei dovuto dirlo. Perdonami. Devo andare, rischio di essere in ritardo. Sono contento che Rokeby abbia trovato un amico. Hai ragione. Tutti abbiamo bisogno di un contatto umano. È questo che ci rende umani, no?»

Lei gli diede un bacio sulla guancia. Quando Alan fu sulla soglia, lo chiamò per nome. Lui si voltò.

«Quando vuoi parlare, mi trovi sempre qui. Tengo molto alla nostra amicizia. Non la comprometterei mai tradendo un segreto.»

Lui le rivolse di nuovo il suo sorriso fanciullesco. «So che non lo faresti» disse. «Per questo ti voglio bene.»

Uscì dalla stanza. Lei si accorse di nuovo di pensare ad Arthur, e i suoi occhi si riempirono di lacrime.

«Te l'avevo detto che sarebbe andata bene» commentò Richard mentre si affrettavano verso il laboratorio.

Jonathan annuì. Il vento sibilava intorno a loro. Ebbe un brivido di freddo.

«Adesso non devi aver paura di quella gente. Non più.»

«Ieri sera avevo paura.»

«Perché?»

«Perché tu non c'eri. Ero solo.»

«Non avevi bisogno di me. Ti avevo spiegato che non sarebbe successo niente se tu avessi fatto come ti ho detto.»

«Anche Wheatley aveva paura. Cercava di nasconderla, ma io me ne sono accorto.»

«Ha inteso ragione. Dovrà rimpiangere di averti fatto ciò che ti ha fatto.»

«Credo che sia già pentito.»

«Non abbastanza. Abbiamo appena cominciato con lui. O con Ackerley.»

«Ackerley? Che cosa possiamo fargli?»

«Lo so io. Lascia fare a me.»

Richard sapeva, Jonathan ne era certo. Proprio come aveva saputo che cosa fare con Wheatley.

Nicholas spuntò al suo fianco cercando di inserirsi nel dialogo; disse qualcosa che lui non afferrò. Per un attimo Jonathan fu irritato da quella intrusione.

Poi provò vergogna. Nicholas era il suo migliore amico. Aveva tutti i diritti di essere informato. Come aveva potuto pensare diversamente?

Solo quando ebbero finito di cenare Marjorie Ackerley informò il marito dell'invito a cena.

Lui sedeva nel soggiorno, fumando una sigaretta e guardando nel vuoto. Lei indugiò sulla soglia come una farfalla ansiosa, inquieta all'idea di disturbarlo, sapendo quale sarebbe stata la sua reazione. Lui sentì la sua presenza e la fissò con i freddi occhi grigi. «Ebbene?»

«Questa mattina ha telefonato Elizabeth Howard.»

«Che cosa voleva?»

«Nulla.»

«Per forza voleva qualcosa. Perché dirmi il contrario?»

Lei deglutì nervosamente. «Ci ha invitati a cena sabato sera. Sua cugina viene in visita da loro, ed Elizabeth vuole farle conoscere qualche amico.»

«E tu hai accettato?»

«No, naturalmente. Ho detto che avrei sentito te, che forse avevamo altri programmi.»

«Ed è così.»

Marjorie sembrava confusa.

«Tu credi che io sia disposto a passare una sera a guardare quella puttanella altezzosa che recita la parte della dama del castello?»

«Henry!»

«Mentre quel buffone di suo marito pontifica su questioni di cui non sa assolutamente nulla, pretendendo che proviamo interesse per le sue noiose idee, in virtù della presunta grandezza della sua posizione?»

«Questo non è vero!»

«No?»

«Sono nostri amici!»

«Apri gli occhi, donna! Gli Howard non sono nostri amici. Ti disprezzano, lo hanno sempre fatto. Puoi leggerlo nei loro occhi ogni volta che ti parlano.»

«Come puoi dire una cosa simile?»

«Ti disprezzano quasi quanto disprezzano me.»

Si mise a cincischiare con l'anello nuziale, girandolo avanti e indietro intorno al dito lungo e sottile. Marjorie nel corso degli anni aveva imparato a conoscere intimamente tutti i suoi gesti, e quello che vedeva in quel momento la spaventava più di ogni altro. Mentre lo osservava si sentì la bocca arida. Il silenzio stava sospeso come nebbia tra loro due.

«Scusami» disse infine lui.

«Non importa.»

«So quanto ti stimano Elizabeth e Clive.»

«E quanto stimano te.»

Lui rise.

«Non ti disprezzano, Henry.»

«Non lo credi?»

«No.»

«Invece dovrebbero.»

«Non dire questo.»
«Perché no? È la verità. Nessuno lo sa meglio di te.»
«Non andremo a cena da loro. Dirò che abbiamo altri programmi. Elizabeth capirà.»
«E che cosa faremo, invece? Dovremo passare un'altra serata uguale a questa?»
Di nuovo lei deglutì.
«Ebbene?» domandò lui.
«Non sarà per forza come questa.»
«Davvero?» I suoi occhi, sempre tristi, le rivolsero uno sguardo vacuo. «Come può essere diversamente tra noi due?»
Lei si voltò per andarsene. Aveva bisogno di uscire.
«La notte scorsa ho fatto di nuovo quel sogno.»
Lei avrebbe voluto andarsene, ma si fermò perché si sentiva addosso gli occhi del marito.
«Eravamo tornati a Londra, nella casa di Frith Street. Lei si nascondeva. Io non riuscivo a vederla ma la sentivo ridere. Era così limpida quella risata, il modo in cui si abbassava e alla fine risaliva! La sento chiaramente solo nei miei sogni.»
«Henry, non...»
«Io correvo da una stanza all'altra e facevo finta di cercarla, ma sapevo che sarebbe stata nel ripostiglio in cima alle scale. Mentre facevo la scena, udivo la sua risata che mi ronzava intorno alla testa come un insetto. Man mano che salivo le scale diventava sempre più forte; io sapevo che era stato tutto un brutto sogno e che, quando avessi aperto la porta, lei sarebbe stata là ad aspettarmi.»
Il labbro di Marjorie cominciò a tremare. «Henry, ti prego...»
«Invece quando fui davanti alla porta il riso cessò, e quello non era più il ripostiglio. Era la sua camera. Voi eravate tutti in piedi intorno al letto, mentre il dottor Adams veniva verso di me e mi diceva che nessuno avrebbe potuto farci nulla, e che noi due avremmo dovuto aiutarci l'un l'altro a sopportarlo...»
Gli occhi di lei si riempirono di lacrime. «Ho provato, davvero.»
«Ma lui parlava da stupido. Che cosa sapeva della mia perdita?»
«La nostra perdita, Henry. Non solo tua.»

«Veramente?» le domandò.

Lei si voltò a guardarlo. «Sai bene che è così. Tu non hai il monopolio del dolore, anche se ti piacerebbe crederlo.»

Henry sbuffò, e quel suono la ferì.

«Dopo tutto» aggiunse, «non sono io quella che la voleva morta.»

Rimpianse quelle parole appena le ebbe pronunciate. La sofferenza che comparve sul volto di lui era atroce come lo era stata in quella camera da letto in Frith Street, sedici anni prima. Lui abbassò la testa. «Sì, ero io a volerlo» mormorò. «Devo convivere con questo fatto ogni giorno della mia esistenza. Non basta? C'è proprio bisogno che tu me lo rinfacci?»

«Mi dispiace» mormorò lei sottovoce. «Non avrei dovuto dirlo.»

Attese sperando di avere una risposta che non ci fu. Lui rimase a testa china. «Mi dispiace» ripeté Marjorie, e uscì dalla stanza.

Henry rimase dov'era. Il suo sguardo si posò su un tavolo nell'angolo e sulla fotografia della bambina sull'altalena. Voleva piangere, ma non aveva più lacrime. La rabbia torrida che si portava dentro le aveva bruciate.

I compiti della sera erano finiti da un quarto d'ora. I corridoi della Old School House echeggiavano di voci. Nicholas Scott stava sulla soglia dello studio di Jonathan. Indossava il cappotto e si sentiva fuori posto. William Abbott era accanto a lui. Non c'era traccia di Jonathan.

«Dunque non l'hai visto?»

William fece segno di no. «Solo prima dello studio. Sapeva che saresti venuto?»

«No.»

«Allora va bene» disse allegramente William.

«Ero uscito a fare una passeggiata. Sono salito solo per dargli un saluto.»

«Che cosa fate qui?» domandò una voce.

James Wheatley stava dietro di loro insieme a Stuart Barry.
«Pensa ai fatti tuoi» rispose Nicholas.

«Sta cercando quella checca di Palmer» disse Stuart. «Però non è qui. Probabilmente è andato a trovare il suo fidanzato.»

Nicholas non era disposto a lasciare insultare Jonathan. «Siete voi le checche! Voi che non sapete andare in nessun posto senza tenervi per mano!»

Non aveva finito di dire quelle parole che già se ne pentiva. Sulla faccia di Stuart si dipinse un'espressione di assoluta incredulità. «Cosa hai detto?»

Il primo istinto diceva a Nicholas di fuggire, ma i due gli chiudevano il passaggio.

Lanciò uno sguardo a William, che aveva gli occhi spalancati per la paura. Rammentò tutto ciò che Jonathan gli aveva raccontato sui maltrattamenti subiti da William. Questo gli richiamò alla mente ciò che avevano fatto a Jonathan prima della vacanza di metà trimestre: d'un tratto il panico fu sostituito in lui da un inatteso atteggiamento di sfida. Li guardò con aria feroce. «Mi avete sentito. Che cosa volete fare? Suonarmele? Così sembrereste veramente dei duri!»

«Forse no» rispose Stuart, «ma ci farebbe sentire meglio.» Fece un passo verso di lui.

«Avanti, allora. Voi due mi date la nausea. Fate schifo a tutti, e prima o poi vi pentirete di tutto ciò che avete fatto a ragazzi come lui» additò William «e come Palmer.» Mentre parlava si tolse gli occhiali, preparandosi a darli a William prima che quei due glieli rompessero.

Invece, nel sentire il nome di Jonathan, qualcosa di simile all'allarme comparve negli occhi di James. Mise una mano sulla spalla di Stuart per fermarlo. «Lascialo perdere.»

«Scherzi? Dopo ciò che ha detto?»

«Lascia andare. Non vale il disturbo.»

«Che ti succede?» domandò Stuart. «Prima hai mollato con Palmer, adesso fai la stessa cosa con questo sgorbio?»

«Tu lascia perdere! Vieni, andiamo via.»

Stuart puntò un dito contro Nicholas. «Ti avrò un giorno o l'altro!» E i due bulli se ne andarono.

Nicholas, perplesso, li vide allontanarsi. «Ti chiedo scusa per tutto questo» disse a William.

L'amico non rispose e si limitò a fissare Nicholas con un'espressione che somigliava al timore reverenziale. Nicholas provò imbarazzo. «Di' a Palmer che sono passato, d'accordo?» William annuì.

Percorse il corridoio principale diretto all'uscita. Un gruppo di allievi del terzo anno sbucò dagli spogliatoi: tutti erano in vestaglia e stavano andando a letto. Si fermò per lasciarli passare.

Alla sua destra partiva il corridoio male illuminato che collegava la Old School con la Abbey House. Era deserto. Sentì ridere in lontananza, un suono aspro e acuto. Pensò a Richard e a Jonathan. Ridevano quando erano insieme? Di che cosa ridevano? Forse di lui?

Rabbrividì. Stringendosi addosso il cappotto, si diresse verso l'uscita.

10

L'aula Melbourne era silenziosa, ma un senso di aspettativa era sospeso nell'aria. Era sabato mattina, e solo poche ore separavano gli allievi dalla relativa libertà del fine settimana.

Henry Ackerley, seduto in cattedra, si accese una sigaretta mentre cercava di decidere chi doveva tradurre la prima frase. Era difficile, ma non quanto la quarta frase che, nelle sue intenzioni, era già assegnata a Jonathan Palmer.

Mentre scrutava le file di banchi si accorse di un fatto insolito. Richard Rokeby, seduto nella consueta posizione isolata, non stava guardando fuori dalla finestra. Guardava lui. Senza dubbio si stava chiedendo se sarebbe stato il prescelto. Gli occhi di Ackerley passarono oltre e si fermarono su un banco a due posti dall'altra parte dell'aula. «Spencer.»

Sean Spencer, attento e preparato, cominciò bene ma poi si fermò. Non era una cosa imprevista: il testo conteneva un concetto nuovo per la classe. «Qual è il tempo del verbo, Spencer?» Il ragazzo rifletté un momento. «Trapassato remoto, signore.» Henry scosse il capo. «Quasi, ma non proprio.» Tirò una boccata dalla sigaretta riempiendosi i polmoni di fumo aromatico che poi espirò dal naso. «Forse qualcuno può illuminarlo?»

Una mano si alzò. Henry Ackerley provò il consueto senso di irritazione. «Tutto qui? L'abbiamo studiato solo la settimana scorsa.» Vide che qualcun altro se ne ricordava, poiché altre cinque o sei mani si erano alzate. «Così va meglio.» Si concesse una piccola battuta: «Sono lieto che almeno qualcuno di voi stia attento quando faccio lezione». Risate servili si alzarono dai banchi. Richard Rokeby lo stava ancora fissando.

«Dimmi, Osborne.»
«È un gerundio, signore.»
«Giusto. Ti dice qualcosa, Spencer?»
Spencer arrossì leggermente. «Sì, signore. Mi dispiace, signore.»
«Continua.»
Spencer, chiarito il punto, concluse la traduzione con discreta scioltezza. «Bene. La prossima volta vedi di identificare la costruzione prima di cominciare. All'esame non avrai Osborne ad aiutarti.» Altre risate. Ackerley fece cadere la cenere nel posacenere e studiò chi chiamare per la frase successiva. Poiché era una delle più facili, la maggior parte degli studenti ricambiò il suo sguardo.
Lo fece anche Richard Rokeby.
Quello scrutinio costante cominciava a disturbare il professore. Di solito lo irritava l'abitudine di Rokeby di guardare fuori. Però questa volta quegli intensi occhi azzurri puntati, senza batter ciglio, su di lui indussero Ackerley a desiderare che le vecchie abitudini non morissero così facilmente.
Tirò una lenta boccata dalla sigaretta. Un ragazzo nei primi banchi tossì. Forse il fumo lo disturbava. Peggio per lui, quella era la sua classe. Espirò il fumo. «Stephen Perriman.» I due gemelli si scambiarono una rapida occhiata; lo facevano sempre, quando uno di loro veniva interrogato.
Stephen cominciò a tradurre, lentamente ma con precisione. Dietro di lui, Jonathan Palmer e Nicholas Scott fissavano i propri libri. Ackerley sospettava che tutti e quattro facessero affidamento sulle risposte preparate da Nicholas. Non che avesse importanza. Anche Nicholas Scott, per quanto bravo, avrebbe avuto problemi con la quarta frase.
Sperava solo che Richard Rokeby smettesse di guardarlo in quel modo.
Stephen Perriman incappò in un errore. O no? Benché gli occhi del professore fossero fissi su di lui, la sua attenzione continuava a spostarsi verso il banco vicino alla finestra. «Ripeti l'ultima parte, Perriman.» Stephen eseguì. Tutto giusto, non c'era nemmeno un errore. Ackerley provò imbarazzo. «Tieni la testa alta, Perriman, e apri di più la bocca. Ti stai

mangiando le parole.» Stephen, sollevato per essere giunto alla fine senza inconvenienti, annuì disciplinatamente.

Frase tre. Non troppo facile. I ragazzi che prima avevano sostenuto lo sguardo del professore questa volta si chinarono di nuovo sul piano dello scrittoio. Non così Richard Rokeby. I suoi occhi restavano fissi su Ackerley. Senza battere le palpebre, concentrati.

Nell'aula faceva freddo, ma l'aria cominciava a sapere di stantio. Il professore spense la sigaretta. «Rokeby, traduci la terza frase.»

Si aspettava che abbassasse gli occhi, ma non lo fece. Continuò a scrutarlo. Distaccato, ma ostile.

«Rokeby, mi hai sentito?»

«Sì, signore.»

«Allora concentrati sul tuo testo. La risposta non sta sospesa nell'aria. E sbrigati, non abbiamo tutto il giorno a disposizione.»

Guarda altrove, guarda altrove, guarda altrove.

La bocca cominciò a muoversi, ma il professore aveva difficoltà a seguire la traduzione. Gli occhi restavano puntati su di lui. Si sforzò di registrare mentalmente le parole, guardando il proprio libro e verificando l'esattezza. Perfetto. «Molto bene.» Tornò a occuparsi del resto della classe, che continuava a guardare in basso. «Adesso ci occuperemo della numero quattro.» Fece una pausa per osservare le spalle che diventavano tese. «Palmer, direi.»

Un rumoroso sospiro si alzò dal banco accanto alla finestra ed echeggiò nella stanza. Gli occhi erano ancora fissi su di lui. Ackerley accese un'altra sigaretta e fu consapevole del tremito della propria mano.

Jonathan Palmer non alzò la testa. Cominciò lentamente, tradusse la prima parola, la seconda, poi tacque. Henry Ackerley ricuperò in parte la propria sicurezza. «Continua.»

«Non ce la faccio, signore.»

«Non vogliamo sentirti dire questo, Palmer. Dipendiamo tutti dalla tua perizia.» Di nuovo ci furono risatine sparse. La situazione si normalizzava. «Che cosa viene dopo?»

«Non lo so, signore.»

Ackerley permise alla propria voce di assumere una certa

durezza. «Palmer, ti ho avvisato. Non farci aspettare. Quale parola viene dopo?» Attese di vederlo arrossire, balbettare, cadere in preda al panico.

Jonathan alzò la testa e fissò l'insegnante. Il suo viso era pallido, gli occhi limpidi. «Gliel'ho detto, signore. Non lo so.»

Henry sentì lo stomaco in rivolta. Una cosa simile non poteva accadere. «Palmer, ti ho avvisato...»

«Forse qualcun altro potrebbe illuminarlo, signore?»

Richard Rokeby stava ritorcendo le sue parole contro di lui! Ma che c'entrava Rokeby? «Nessuno lo aiuterà. Ho chiesto a Palmer di tradurre la frase, e noi ce ne staremo qui seduti finché lui non l'avrà fatto.»

Osservò Palmer cercando i segni familiari di umiliazione, ma non ce n'erano ancora.

«Continuo ad aspettare, Palmer.»

«E io continuo a non sapere, signore.»

«Forse qualcuno potrebbe aiutarlo, signore? Come lei ha permesso a Osborne di aiutare Spencer?»

«Rokeby, se volessi la tua opinione...»

«Sto solo cercando di collaborare, signore. Se lui non ha adesso la risposta, non ce l'avrà mai. E come lei stesso ha detto, signore, non abbiamo tutto il giorno a disposizione.»

Ackerley si sentiva ipnotizzato da quegli occhi. Assentì lentamente. «Va bene. Chi vuole aiutare Palmer?»

«Forse potrebbe chiederlo a Turner, signore.»

Nell'aula esplosero le risate. George Turner divenne paonazzo in viso e guardò il pavimento. Ackerley captò un senso nascosto in quelle parole e temette di perdere il controllo. «SILENZIO!» Diversi ragazzi sussultarono. «Rokeby, poiché sei così desideroso di collaborare, forse potresti illuminare Palmer.»

Gli occhi lo perforarono. «Sì, signore. Forse potrei.» Altre risate.

«ALLORA FALLO!»

Richard Rokeby diede con aria noncurante la risposta esatta. «Giusto» ammise Ackerley con riluttanza. «Ora continua, Palmer.»

Jonathan tornò a concentrarsi sul libro di testo. Però Rokeby continuava a fissare Ackerley, che aveva il cuore in tumulto. La sigaretta che teneva tra le dita bruciò fino a scottarlo. Lui trasalì, facendo cadere la cenere sulla cattedra. Si sforzò di concentrarsi su ciò che diceva Palmer, sperando in un errore. Infine ce ne fu uno.

«Ripeti, Palmer.»

«Che cosa, signore?»

«Ciò che hai appena detto! Sbrigati!»

«I cittadini spaventati avevano dimenticato di...»

«Il tempo! Che tempo è?»

«Avevano dimenticato...»

«Errore! Errore! Errore!» Ackerley giubilava. «Quante volte te lo devo dire? Come sei stupido! Non riesci a fare nulla di buono? Perché...»

«Forse lei scoprirà che non è sbagliato, signore» intervenne Richard Rokeby.

«Cosa vuoi dire? Certo che lo è! Guarda il testo!»

«Lo sto facendo, signore.»

«Non con sufficiente attenzione, a quanto vedo.» Ackerley guardò il proprio libro.

Il cuore gli sprofondò nello stomaco.

La risposta di Jonathan Palmer era esatta.

Come poteva aver commesso un errore così grossolano? Come, se non per la confusione prodotta dallo sguardo insistente di Rokeby? Deglutì a disagio.

«Sembra che io mi sia sbagliato, Palmer. Le mie scuse.» Tornò a guardare il testo, e intanto udì dei mormorii nell'aula. «Continua.»

Jonathan completò la frase. «Nessun errore. Bene. Ora dobbiamo sbrigarci, il tempo passa. La prossima frase... Young.»

Stuart Young cominciò a parlare. Ackerley alzò gli occhi. Tutti i ragazzi lo stavano osservando, e tutti furono svelti ad abbassare la testa.

Tutti meno due.

Ackerley respirò lentamente, riservando la propria attenzione a Young, cercando di capire ciò che il ragazzo stava dicendo. Però le parole erano solo rumori, raffiche di suoni affogate dal potere degli occhi.

Poi, all'improvviso, Rokeby si lasciò andare contro lo schienale e riprese a guardare fuori dalla finestra, come faceva sempre. Palmer sentì il cambiamento. Lanciò un'occhiata a

Rokeby per averne conferma, quindi guardò di nuovo il libro. La normalità era ripristinata.

Ackerley si sentiva il viso congestionato e il cuore che batteva a precipizio, avvertiva pure una stretta al cranio che sembrava preannunciare una cefalea. Inspirò adagio e profondamente. Young terminò la traduzione, seguito da Stephenson, poi da Osborne. Il professore accese una sigaretta e tirò una boccata. La sua mano aveva smesso di tremare. Cominciò a sentirsi più calmo, più sicuro, e furibondo. Rokeby e Palmer erano stati insolenti al massimo. Avrebbe parlato con loro alla fine della lezione.

Ma quando suonò il campanello lui non seppe fare altro che guardare i ragazzi mentre uscivano dall'aula.

«Terribile. Avresti potuto udirlo a chilometri di distanza.»

«L'hai visto da vicino?»

«No, e tu?»

«Neanch'io, ma l'ha visto Stephen Forrester. Dice che è stato un vero casino.»

I due ragazzi di terza, sudati e coperti di fango dopo essere stati sul campo di rugby, si fermarono a guardare la bacheca della Old School. James Wheatley, che aveva invocato finti dolori di stomaco e passato l'ora dell'attività sportiva leggendo nel suo studio, afferrò il filo conduttore di quel dialogo. «Cosa è stato un casino?»

«Non l'hai saputo?»

«Saputo cosa?»

«Dell'incidente.»

«Che incidente?»

«Gli Under-sedici stavano giocando una partita di allenamento. Noi li abbiamo visti dal nostro campo» riferirono quasi coralmente i due ragazzini, entrambi ansiosi di essere i primi a raccontare i fatti. «La palla è stata passata lungo la linea verso Giles Harrington, che si è gettato a capofitto nel pacchetto avversario...»

«... c'è stata una mischia aperta con palla a terra. I suoi compagni si sono ammucchiati dietro di lui, che infine ha perso la palla. Allora Mr. Evans ha fischiato per ordinare una mischia vera e propria...»

«... ma è avvenuto un fatto strano. Tutti lo hanno ignorato. Lui continuava a fischiare, ma nessuno gli faceva caso...»

«... la gente gridava. Era come se fossero tutti così eccitati da non sentire il fischietto...»

«... la situazione era proprio fuori controllo. Le altre partite si erano interrotte e tutti stavano fermi a guardare...»

«... il fracasso era sempre più forte. I giocatori saltavano sul mucchio, non solo sul pacchetto di mischia. Ci si è messo anche qualcuno della difesa. Si arrampicavano gli uni sulle spalle degli altri... »

«... finché tutto il mucchio è crollato e c'è stato un crac tremendo...»

«... fortissimo, davvero. Noi lo abbiamo sentito dal nostro campo...»

«... poi sono cominciati gli urli. Nessuno poteva vedere chi era a gridare. Il suono veniva da sotto una montagna di gente...»

«... Mr. Evans fischiava e fischiava, cercando di sciogliere il mucchio, ma i ragazzi erano tutti incastrati uno nell'altro e qualcuno non riusciva a muoversi. C'è voluta una vita per tirarli fuori tutti, mentre le grida continuavano...»

«... e poi, quando sono stati in piedi, abbiamo visto che George Turner era rimasto a terra. Qualcuno ha fatto per aiutarlo a rialzarsi, e allora abbiamo visto la sua gamba...»

«... Dio! Era terribile! Tutta piegata e contorta. Un ragazzo è corso alla scuola per telefonare all'ambulanza. La gente stava intorno a Turner, ma non sapeva cosa fare. Lui non smetteva di urlare. Alla fine qualcuno gli ha infilato un parastinchi in bocca, solo per non sentirlo...»

«... l'ambulanza è arrivata e ha portato Turner al Norwich General, ma forse dovrà andare a Londra. Devono fargli un sacco di operazioni alla gamba. Può darsi che non possa mai più camminare in modo normale. Almeno, così ha detto Rokeby. A quanto pare, l'infermiere dell'ambulanza...»

«Rokeby?» James, che aveva ascoltato la narrazione del dramma con allarme sempre più forte, ora provò una sensazione molto simile al terrore. «Che cosa ci faceva Rokeby in quel posto?»

«Per forza era là. Anche lui gioca negli Under-sedici. Era

nella linea dei tre quarti avversaria, ma non ha partecipato alla mischia...»

«... è uno di quelli che hanno aiutato George Turner a uscire dal campo e ha sentito Mr. Evans parlare con l'uomo dell'ambulanza...»

«... Mr. Collins dirigeva la nostra partita e, quando l'ambulanza è partita, è andato a parlare con Mr. Evans. Stephen Forrester ha sentito Mr. Evans dire che è stata una cosa assolutamente strana perché si stava giocando una normale partita di allenamento. Nessuno la prendeva troppo sul serio, e poi, di colpo, tutti sono diventati isterici e si sono ammucchiati in quel modo...»

«... dopo se ne stavano tutti intorno e sembravano sconvolti, come se non riuscissero veramente a credere a ciò che era successo.»

«È stato proprio strano. Io vado a fare la doccia. Andiamo.»

I due ragazzini corsero verso gli spogliatoi.

James li guardò andare via. Adesso George Turner doveva essere a Norwich. Forse addirittura in viaggio per Londra. Chissà quando sarebbe tornato, e in quali condizioni.

E Richard Rokeby era là.

Ma era naturale che ci fosse. Dopo tutto, faceva parte degli Under-sedici. Inoltre non aveva partecipato alla mischia. Al contrario, quando il pasticcio era finito, aveva tentato di aiutare. Era solo un terribile incidente.

Lui non poteva essere responsabile del fatto. O forse poteva?

I ragazzi di ritorno dai campi sportivi stavano affollando l'atrio. L'aria si riempì del rumore dei tacchetti sul pavimento. James rimase vicino alla bacheca, con la testa che girava, mossa da pensieri privi di senso.

Nicholas fece capolino dalla porta dello studio di Jonathan. Vuoto, come temeva. Lui sapeva dove poteva essere.

Non aveva importanza. Era bene che Jonathan avesse trovato un altro amico. Era contento per lui. Davvero...

«Salve. Cosa fai qui?»

Jonathan stava arrivando dal corridoio e teneva in mano un tazzone di tè. Nicholas, nel vederlo, si sentì assurdamente felice. «Uscivo a fare due passi. Pensavo di chiederti se hai voglia di venire anche tu.»

«Impossibile. Sono ancora alle prese con questa odiosa matematica. Immagino che tu abbia già fatto il compito.»

«Naturalmente.»

Sedettero, Jonathan allo scrittoio, Nicholas su una sedia malandata, nell'angolo della piccola stanza. «Ti serve aiuto?» domandò.

Jonathan scosse la testa. Sembrava apatico.

«Stai bene?» domandò Nicholas.

«Benissimo.»

«Hai saputo dell'incidente?»

«Sì.»

«Scommetto che ti ha fatto piacere.»

Jonathan ebbe un'espressione allarmata. «Cosa vuoi dire?»

«Dopo ciò che lui e Wheatley ti hanno fatto prima della vacanza. Io sono stato contento.»

«Oh, capisco. Sì, ovviamente.»

Nicholas si accorse che Jonathan sembrava pallido. «Sei sicuro di stare bene?»

«Solo un po' di mal di testa.» Jonathan espirò lentamente. «Hanno portato George al Norwich General. Dovrà subire un bel po' di operazioni. Dicono che forse la sua gamba non tornerà mai più normale.»

Nicholas, che non aveva ancora sentito la prognosi completa, fu scosso. «Ma è terribile!»

«Poco fa hai detto che ti ha fatto piacere.»

«Ero contento che si fosse fatto male, ma pensavo a una frattura ordinaria. Non avevo capito che è così grave.»

«Non è poi tanto grave.»

«Potrebbe compromettere il resto della sua vita. A me sembra gravissimo. Io posso detestarlo, ma non gli augurerei mai una cosa simile.»

Una luce strana si accese negli occhi di Jonathan. Fissò Nicholas. Fu sul punto di dire qualcosa, ma poi cambiò idea. Chinò la testa.

«Tu lo faresti?» domandò Nicholas. Nessuna risposta. «Glielo augureresti?»

«No, certamente no.»

«Allora va bene.» Nicholas si alzò in piedi. «È forte il mal di testa?»

Jonathan alzò lo sguardo e riuscì a sorridere. «Va meglio.»

Nicholas fece un gesto verso il libro di matematica aperto. «Sei sicuro di non avere bisogno di aiuto?»

«Sì, sono sicuro.»

«Vieni da noi dopo il tè.»

«Non posso.»

«Perché? I compiti vanno consegnati solo lunedì.»

«Non è per questo. Vado a trovare Rokeby.»

Nicholas si disse che non aveva importanza, ma in cuor suo era offeso. «Va bene.»

«Non è che non voglio venire» si affrettò ad aggiungere Jonathan. «Solo che abbiamo già dei programmi.»

«Per fare cosa?»

«Fare?»

«Hai detto che avete dei programmi. Suona piuttosto formale.»

«No. Vado soltanto in camera sua. A parlare.»

«Allora perché non posso venire anch'io?»

Jonathan spalancò gli occhi.

«Perché no?» insisté Nicholas.

«Ecco...»

«Lui è venuto nel mio studio.»

«Lo so. È solo che...»

Nicholas decise di non accettare il no come risposta. «Senti, non è che noi due non ci conosciamo. E tu non ti vergogni di me, vero?»

«No di certo. Solo che...»

«Allora verrò.»

Jonathan annuì. Nicholas capì che non era contento, ma non gliene importava. Non intendeva farsi emarginare da Richard Rokeby. Si alzò. «Ci vediamo a cena?»

«Naturalmente.»

«A presto, allora.»

«A presto.»

Era contento di essersi fatto valere. Se ne andò sorridendo lungo il corridoio.

Elizabeth Howard provò sollievo quando sentì bussare alla porta. Corse ad aprire, precedendo la cameriera.

Alan Stewart era sulla soglia, infagottato per proteggersi dalla pioggia. «Sono in ritardo?»

«Niente affatto.»

«Grazie a Dio! Tu mi hai detto l'ora, ma io l'ho dimenticata. Come va?»

«Orrendamente. Henry Ackerley non ha detto più di due parole da quando è entrato. Marjorie ha tentato di avviare una conversazione con Jennifer, ma a mia cugina interessa molto di più stuzzicare Clive.»

«E questo piace a Clive?»

«Non troppo. Io voglio molto bene a Jennifer, ma lei ha la capacità di prendere Clive contropelo. Oggi pomeriggio l'ho dovuta portare a Norwich solo per levargliela dai piedi.»

«Vi siete divertite?»

«Sì. Abbiamo preso il tè e abbiamo fatto il giro dei negozi.» Esitò per un attimo, ma poi decise di continuare. «Ci siamo imbattute in Charlotte.»

Il viso di Alan divenne una maschera. «Com'era?»

«Abbiamo parlato solo per un momento. Lei aveva fretta. Mi è sembrato che stesse bene.»

«Sono contento.» Fece una pausa. «Lei è ancora...»

Elizabeth scosse il capo. «Ho avuto l'impressione che sia una storia finita.»

«Capisco.»

«Ha chiesto di te.»

«Gentile da parte sua.»

«Dovresti telefonarle, sai? Sono sicura che sarebbe contenta di sentirti.»

«No» rispose lui. «Non credo che lo sarebbe.»

«Alan...»

La baciò su una guancia. «Non facciamo aspettare gli altri ospiti.»

Frustrata, Elizabeth lo precedette nel soggiorno.

Nicholas andò allo studio di Richard Rokeby.

Con lui c'erano i Perriman. Avevano insistito per venire anche loro. In un primo tempo Nicholas non aveva gradito la loro invadenza, ma in quel momento, sempre più nervoso mentre stavano arrivando a destinazione, fu contento di avere i due gemelli con sé.

Non era mai stato in Abbey House. Non avendo amici in quella Casa, non aveva avuto motivo di andarci. Il fatto che tutti, meno gli allievi del terzo anno, avessero camere singole la rendeva la più ricercata delle residenze dell'istituto. A Nicholas però sembrava un posto deprimente. Le stanze erano compresse in corridoi, l'uno sopra l'altro come piani di uno scaffale. Salendo, i tre ragazzi passarono nel corridoio dei prefetti, poi in quelli della sesta inferiore e della quinta, tutti con i propri suoni e odori tribali, che mettevano in soggezione i visitatori. Ogni corridoio era più tetro dell'altro, con i soffitti più bassi e l'illuminazione più scarsa. Gratificava il bisogno di privacy, ma il risultato era un'atmosfera opprimente più che intima.

Il corridoio del quarto anno era sopra tutti gli altri, incuneato nel tetto. Il rumore dei piani inferiori saliva dal pozzo delle scale, creando un continuo ronzio di fondo. Il soffitto era così basso che Nicholas poteva toccarlo con la mano. Non si vedevano finestre e il corridoio era illuminato da una fila di lampadine nude. Aveva chiesto indicazioni e sapeva che la porta dello studio di Richard era la terza a sinistra. L'aria era viziata e pesante, sapeva di sudore e di lenzuola sporche. Le porte intorno a loro erano chiuse, ma molte all'altra estremità del corridoio erano aperte, e un gruppo di ragazzi era riunito sulla soglia a chiacchierare. Un suo compagno di classe lo riconobbe e lo salutò con la mano. Nicholas bussò alla porta di Richard; una voce disse di entrare.

La camera era piccola, quadrata, con una finestra ad arco, che partiva dall'altezza di un metro, nel mezzo della parete opposta. L'arredamento era spartano: letto di ferro, scrivania malandata, armadio. Jonathan sedeva rilassato su una sedia accanto allo scrittoio. Richard era sul letto, con la schiena appoggiata al muro. Entrambi fissarono Nicholas quando entrò. Lui si sentì imbarazzato e disse in fretta: «Credevate che ci fossimo smarriti, scommetto!».

«Non è poi tanto difficile da trovare» commentò Stephen entrando dietro di lui. Jonathan, che adesso sorrideva, si alzò in piedi. «Avete portato qualcosa da mangiare?» Michael gli porse un sacchetto di ciambelle. Jonathan le posò sullo scrittoio, accanto a una scatola di biscotti e una bottiglia di gazzosa. Michael si guardò attorno. «È una bella camera» disse educatamente.

«È una pattumiera» rispose Richard. L'aria nella stanza era più fresca e più respirabile che nel corridoio. La finestra era socchiusa. «Accomodatevi» disse Jonathan.

Stephen sedette su una poltrona sconquassata vicino alla finestra, e Michael si appollaiò su un bracciolo. Nicholas si levò il cappotto e sedette sul letto. Jonathan bevve un sorso dalla bottiglia e poi la passò agli altri. Nicholas la diede a Richard che gli sorrise, ma i suoi occhi erano pozze profonde di ostilità. Udirono dalla stanza vicina la voce di una cantante lirica che gorgheggiava da un vecchio grammofono. «Le pareti sono sottili, vero?» disse Michael.

Richard annuì.

«Il rumore non ti disturba?»

«Qualche volta.»

«A me piacerebbe avere un grammofono.»

«Non ricominciare con quella solfa» lo ammonì Stephen.

«Stavo solo dicendo...»

«Lascia perdere. È una noia. Ci sono notizie di Turner?»

«Credo che sia ancora al Norwich General» rispose Jonathan. «Richard ha aiutato a portarlo fuori dal campo.»

«Allora avrai visto la sua gamba. Era grave?»

Richard annuì.

«Credi che potrà guarire?»

Richard alzò le spalle. «A chi importa?»

Nicholas fu disgustato. «Questo è un po' crudele.»

«Sempre meglio che ipocrita.»

«Io non sono ipocrita!» protestò Nicholas.

«Non lo sei? George Turner era un tuo amico, vero?»

«No, certamente no. Per me era un pezzo di merda. Però non meritava questo!»

«Ma meritava una frattura semplice? Perdonami se trovo poco convincente la tua compassione.»

Nicholas si voltò verso Jonathan, scosso dal tradimento che percepiva. Jonathan guardò per terra, rifiutando di incontrare lo sguardo dell'amico. Stephen, che sentiva la tensione ma non capiva la storia, tentò di distendere l'atmosfera. «Sei stato eccezionale alla lezione di Mr. Stronzo» disse a Richard.

«Davvero?» Richard sembrava tediato.

«Sì. Il tuo modo di parlargli è stato geniale.»

«Non ho detto molto.»

«Ma è il modo in cui l'hai detto. Tu sai come metterlo a disagio.»

Richard si concesse un sorriso, che però era diretto a Jonathan. «Sì, credo proprio di sì.»

Stephen aggiunse: «Vorrei saperlo fare anch'io. Vorrei essere come te».

Il complimento rimase a mezz'aria, ignorato da Richard; lasciò Stephen imbarazzato. «Fa' girare le ciambelle, Jon» disse prontamente. Jonathan lo fece e sorrise a Nicholas. Questi ricambiò il sorriso e sentì gli occhi di Richard su di sé. Diede un morso al dolce e constatò di avere perso l'appetito.

Seguì il silenzio, interrotto solo dai gorgheggi che giungevano attraverso la parete.

«Bene» disse Richard, «non è carino questo?»

Michael ridacchiò nervosamente.

«Di cosa parliamo adesso?»

Nessuno rispose. Richard si rivolse a Nicholas. «Ebbene?»

«Non lo so. Di che parlate, di solito, tu e Jon?»

«Che c'entra? Tu sei quello che ha voluto venire. Di che cosa vuoi parlare?»

Nicholas abbassò gli occhi. «Di nulla.»

«Allora ce ne staremo così per tutta la sera. Bello.»

Nicholas si sforzò di trovare qualcosa da dire. Jonathan gli venne in aiuto. «Ti piace questa camera, vero?»

«Non è male.»

«È qualcosa di più. Dev'essere splendido non doverla dividere con altri.» Fece un gesto verso la parete. «Sempre che non ti dispiaccia Wagner!»

Nicholas avrebbe voluto tener viva la conversazione, ma sentendo su di sé lo sguardo di Richard si bloccò. Fece segno di sì.

Silenzio.

Richard sbadigliò.

«Mi dispiace che ti stiamo annoiando» disse Stephen con

una certa asprezza nella voce. «Forse dovremmo andarcene.» Fece un cenno del capo a suo fratello e fissò Nicholas.

«Se dovete» rispose Richard.

«No, non andate via» intervenne prontamente Jonathan. «È simpatico avervi qui. Restate.»

«Sì, restate.» Richard guardò l'orologio. «Mancano solo due ore alla ritirata.»

«Non dobbiamo fare niente di speciale» disse Jonathan a Richard. «Stiamo seduti qui e chiacchieriamo.»

Richard alzò un sopracciglio. «Come stiamo facendo adesso, suppongo?»

«Potremmo fare qualcos'altro.»

«Che cosa?»

«Non lo so.»

«Perché non facciamo un gioco?» propose Richard.

«No. Non quello» obiettò Jonathan.

Qualcosa in quello scambio di battute colpì l'attenzione di Nicholas. «Che specie di gioco?»

«Nessuna specie» disse precipitosamente Jonathan.

«Allora forse farebbero bene ad andarsene» dichiarò Richard con intenzione.

«Ma non possono ancora andare via. Sono appena arrivati.»

«Che tipo di gioco?»

«Nessuno. Non alludeva a nulla.»

«Davvero?» domandò Richard.

Una luce strana era comparsa nei suoi occhi al posto della noia. Nicholas era allarmato. «Che cosa sta succedendo?»

«Nulla» rispose Jonathan.

Richard fissò Jonathan. «Perché no? Magari a loro piace.»

Nicholas e Stephen si guardarono. «Cos'è che ci piacerebbe?» domandò il secondo.

«Ignoratelo» disse Jonathan. «Sta scherzando.»

«Non sto scherzando.»

«Sì, invece. Lascia perdere. Chi vuole altre ciambelle?»

«Sì. Mangiamo ancora qualcosa. Possiamo goderci il silenzio mentre mangiamo.»

«Oppure dovremmo semplicemente levarci dai piedi» disse Stephen.

«Sì. Forse dovreste» confermò Richard.

«Sì. Forse dovreste» si affrettò ad aggiungere Jonathan.

Nicholas decise che non se ne sarebbe andato finché non avesse capito che cosa stava accadendo. «No» dichiarò con energia. «Noi restiamo.» Si rivolse a Stephen. «*Vero?*» Per un attimo Stephen sembrò incerto, poi assentì. «Forza» disse Nicholas, «giochiamo a questo vostro gioco.»

Richard lo fissò. «Ne sei sicuro?»

«Richard!» esclamò Jonathan. «Lascia perdere, ti prego.»

Richard gli elargì un sorriso rassicurante e fece un gesto verso la porta. «Puoi occupartene tu?» Jonathan rimase dov'era, con il viso contratto dall'ansia. «Va tutto bene, Jon» disse Richard con voce suadente. «Non preoccuparti.» Per un istante Jonathan esitò, ma poi si alzò in piedi e chiuse la porta a chiave.

Richard infilò una mano sotto il letto e tirò fuori una scatola. Prese un mazzo di chiavi dalla tasca e l'aprì. Estrasse dalla scatola un'antica *ouija board* e un bicchiere e li posò nel mezzo del pavimento.

Nicholas guardò la *ouija board*. «È questo il vostro gioco?»

Jonathan annuì.

«Volete giocare?» domandò Richard.

«Non dovreste giocare con quella roba» disse Michael.

«Perché?»

«Perché è robaccia, ecco perché.»

«Allora che pericolo c'è a giocarci?»

«Semplicemente, non dovreste. Tutto qui.»

«Ma perché?»

«Perché non sapete in che cosa state entrando.»

«Non entriamo in niente. È solo un gioco.»

«Non lo sapete.»

«Invece tu lo sai. Mi hai appena detto che è robaccia.»

«Lo è.»

«Allora di cosa hai paura?»

Michael arrossì. «Non ho paura!»

«Certo che non ce l'hai. È solo che la via dell'inferno è lastricata di *ouija board*. È questo che vi ha insegnato papà?»

«Lascia fuori nostro padre da questa faccenda!» protestò Stephen con veemenza.

«Senti, se lui non vuole...» cominciò a dire Jonathan.

«Certo» ammise Richard, «visto che lo spaventa tanto.»
«Non sono spaventato!»
«Dimostralo.»
«Lui non ha bisogno di dimostrare nulla» dichiarò Stephen. Si alzò in piedi. «Vieni, Mike, ce ne andiamo.»
«Io rimango!» affermò Michael.
«Mike!»
«Non ho paura.»
«Lo so.»
«Allora smetti di dirmi che cosa devo fare!»
«Ma Michael, è una stupidaggine!»
«Vattene, se vuoi. Io resto!» Michael si scrollò dal braccio la mano di Stephen e si accovacciò vicino alla tavoletta.
Stephen rimase in piedi, guardando Richard con occhio ostile, poi si inginocchiò accanto al fratello.
Richard si rivolse a Nicholas. «E tu?» Era una provocazione, ma Nicholas rifiutò di raccoglierla. Sedette tra Michael e Jonathan. «Sono pronto.»
«Bene.»
Richard spostò il bicchiere al centro della *ouija board* e ci posò un dito. Anche Michael lo fece, poi Stephen, infine Nicholas. La superficie del bicchiere era stranamente fredda. «Avanti, Jon» disse Richard, incoraggiante. Jonathan scosse la testa.
«Si direbbe che qualcun altro ha paura» osservò Michael sarcastico.
«Chiudi il becco» ordinò Richard. «Jon, muoviti.»
Jonathan fece di nuovo segno di no.
«Non posso farlo senza di te» insisté Richard.
«Lo so» rispose Jonathan sottovoce.
Richard sospirò. «Bene così. Chiudete gli occhi e concentratevi.»
Nicholas eseguì. Nell'oscurità artificialmente provocata, si sentì sul collo la brezza che entrava dallo spiraglio della finestra. Il suo cuore batteva forte.
Rimasero seduti in silenzio per un minuto. Il bicchiere era sempre immobile. «Lo vedi» disse Stephen. «È una cavolata.»
Nicholas sentì un movimento accanto a sé. Aprì gli occhi. Richard aveva messo un braccio intorno alle spalle di Jonathan. L'ansia scomparve dal volto di Jonathan, sostituita da

qualcosa che somigliava alla tranquillità. Richard accarezzò gentilmente la guancia dell'amico con la punta delle dita. Jonathan si appoggiò a lui. Allungato un braccio, posò il dito sul bicchiere. Nicholas sentì nel proprio dito un formicolio, simile a una lievissima scossa elettrica.

Il bicchiere cominciò a muoversi.

Dapprima lentamente, poi sempre più veloce ruotando in cerchi sempre più larghi man mano che la velocità aumentava. Nicholas vide che anche Stephen aveva aperto gli occhi. I due si guardarono.

«Non dovremmo fare questa cosa» bisbigliò Stephen.

Il bicchiere si fermò.

«Abbiamo compagnia» mormorò Richard.

«NON DOVREMMO FARE QUESTA COSA!»

Stephen si alzò in piedi di scatto. «È una pazzia! Voi non sapete che cosa state facendo!»

«È un gioco» rispose Richard. «Tutto qui.»

«È una schifezza! Tu sai che è una schifezza. Puoi fare ciò che vuoi, ma lasciaci fuori da questo! Mike, andiamo via!»

«Ma, Stephen...»

Stephen afferrò il fratello per un braccio facendolo alzare in piedi. «NIENTE DISCUSSIONI! Ce ne andiamo subito!»

«Quando uscite, chiudete la porta» disse Richard.

«Ma io non voglio andarmene...»

«Zitto!» Stephen trascinò Michael alla porta e girò la chiave per aprirla. Si voltò verso Nicholas. «Vieni!»

«Sì, corrigli dietro» lo incoraggiò Richard.

«Vieni!» ordinò ancora Stephen.

Tutti gli istinti di cui Nicholas era dotato gli dicevano di andarsene. Richard gli sorrideva con gli occhi accesi da una luce cupa. Sapeva di dover seguire i due gemelli. Aveva paura a stare lì da solo.

Però non era solo.

Il braccio di Richard era ancora intorno alle spalle di Jonathan. In modo protettivo.

Possessivo.

Anche Jonathan lo stava fissando. I suoi occhi erano tristi, ma non gli chiese di rimanere.

Però, se fosse uscito adesso, Nicholas avrebbe rischiato di perdere Jonathan per sempre.

«Vieni!» gridò Stephen.

Oh, Jonathan, che cosa ti sta succedendo?

«Nick, vieni!»

Nicholas scosse la testa. Era solo un gioco, proprio come aveva detto Richard.

«Allora vaffanculo!» sibilò Stephen. Spinse Michael fuori dalla stanza e sbatté la porta.

«Tu resti?» domandò Richard.

Nicholas annuì. L'odio negli occhi di Richard gli diede la nausea.

«Sei sicuro?»

«Sì.»

«Allora chiudi a chiave la porta.»

Nicholas obbedì e si fermò per un istante a guardarli. Jonathan stava ancora appoggiato a Richard; erano uniti l'uno all'altro come le due metà di un'unica cosa.

Nicholas aveva paura di Richard. Aveva paura di tutto questo.

Ma Jonathan era il migliore amico che avesse mai avuto; era pronto a combattere per lui.

Andò a raggiungerli.

Nell'intervallo tra il dessert e il caffè, Jennifer accese una sigaretta. «Hai avuto altre notizie dai suoi genitori?»

Elizabeth Howard scosse il capo. «Veramente non ce ne aspettavamo.»

Jennifer espirò il fumo. Era una donna alta, spigolosa, una versione grossolana della cugina. «Poveretti. Dev'essere terribile perdere un figlio.»

Marjorie Ackerley impallidì leggermente. «Lo è» disse piano, con voce dolce come sempre. Giocherellò con un ciuffo di capelli.

Elizabeth rabbrividì. Aveva chiesto a Jennifer di non parlare del caso di Paul Ellerson, ne aveva spiegato la delicatezza, e Jennifer aveva promesso solennemente di non dirne una parola. Ma questo era stato prima che il vino le sciogliesse la lingua.

«E com'era questo ragazzo?»

«Un giovane molto bello e gentile» rispose Clive Howard in tono grave.

Jennifer rise. «Per amor di Dio, Clive, non stai recitando il suo elogio funebre. Se volessi la versione ufficiale leggerei i necrologi. Com'era in realtà?»

Il volto di Clive si rabbuiò. Elizabeth, che voleva mantenere la pace, rivolse uno sguardo di solidarietà al marito, che la ignorò. «Mi dispiace di annoiarti, Jennnifer» disse lui risentito, «ma si dà il caso che sia vero. Era un ragazzo molto promettente.»

«E si dà il caso che si sia fatto un'overdose» sbuffò Jennifer in tono sprezzante. «Non ti credo. Annota ciò che ti dico: ci sarà un numero impressionante di scheletri nascosti negli armadi della sua famiglia.»

«Tutte le famiglie hanno qualche scheletro» replicò Elizabeth.

«Quindi anche loro.» Jennifer tirò una lunga boccata dalla sigaretta. «Non sei d'accordo, Clive?»

«Forse c'erano degli scheletri» rispose lui, «ma noi non li abbiamo mai visti.»

«Li puoi sempre trovare, se cerchi con impegno. Come sono i suoi genitori?»

«Una coppia affascinante.»

«Che lavoro fa suo padre?»

«È andato in pensione l'anno scorso» spiegò Elizabeth. «Hanno comperato una casa fuori città. Prima vivevano a Singapore.»

«E Paul passava là le sue vacanze?»

«Sì, quelle estive. Nelle altre stava con dei parenti.»

«Bene, cominciamo di lì.»

Elizabeth era confusa. «Cosa vuoi dire?»

«Il fatto che venisse affidato ai parenti mentre i genitori facevano la bella vita nelle colonie. Questo avrà provocato un certo risentimento in lui. Aveva fratelli o sorelle? Anche loro andavano a scuola in Inghilterra?»

«GESÙ CRISTO!» ruggì Alan Stewart.

Tutti sussultarono. L'espressione solitamente affabile di Alan si era trasformata in furore. «Il ragazzo è morto! Era uno splendido giovane. Era tutto ciò che ha detto Clive, e anche qualcosa di più; la sua morte non è un soggetto per uno stupidissimo gioco di società!»

«Calma, calma» mormorò Clive sottovoce.

«Va bene, chiedo scusa!» replicò Jennifer offesa.

«Sono sicura che Jennifer non voleva scherzarci su» intervenne Elizabeth, che teneva a disinnescare subito la situazione.

«Invece sembrava di sì!» Alan inspirò profondamente nel tentativo di ricomporsi. «Mi dispiace, non volevo essere scortese. È solo che la sua morte non è materia di congetture. È stata una tragedia. Fermiamoci lì.»

Henry Ackerley scoppiò a ridere.

Era stato in silenzio durante quasi tutta la cena. Aveva mangiato poco, concentrando il proprio interesse soprattutto sulla bottiglia di vino. Adesso era decisamente ubriaco e la sua voce aveva un tono pericoloso.

«È sempre una tragedia, non vi pare? È questo che la gente dice quando muore una persona giovane. L'hanno detto anche quando è morta nostra figlia. Che tragedia! Aveva tutta la vita davanti a sé. Pensate a ciò che avrebbe potuto fare.»

Marjorie s'irrigidì. Il suo bel viso, già pallido, divenne quasi spettrale. «Henry...» cominciò a dire.

«Ma tutto questo è un'idiozia, vero? Che cosa ne sanno loro? Che cosa ne sanno *veramente*? Avrebbero detto la stessa cosa in Austria sessant'anni fa, se Hitler fosse morto bambino. Il medico avrebbe dato un colpetto sulla spalla dei suoi genitori e avrebbe mormorato: "È una tragedia, signori Hitler. Il piccolo Adolf era così promettente... Pensate a ciò che avrebbe potuto fare se fosse vissuto. Ma sì, avrebbe potuto iniziare una guerra mondiale e far morire milioni di persone. Sì, sarebbe potuto diventare il più grande assassino di massa della storia, se la polmonite non fosse intervenuta a stroncare tutto il suo meraviglioso potenziale".

«Nostra figlia, se fosse viva, avrebbe ventun anni. Tre più di Paul Ellerson. Pensate se fosse toccato a lei anziché a lui. Che cosa avrebbe detto la gente? Sarebbe stata anche quella una tragedia? Povera piccola Sophie Ackerley. Che terribile spreco di una vita. Oppure sarebbe già stato troppo tardi per questo commento? Tutto il suo splendido potenziale sarebbe già emerso, e la gente si sarebbe limitata ad alzare le spalle dicendo: "Che liberazione! Era una puttanella odiosa, ma che cosa potevamo aspettarci con genitori come i suoi?".»

Marjorie singhiozzò, una breve, secca esplosione di dolore.

Elizabeth dimenticò tutto il proprio impegno di mantenere la pace. I suoi occhi mandavano lampi. «In nome di Dio! Tu puoi parlare con disprezzo della tua perdita, ma non puoi almeno rispettare la pena di tua moglie?»

Henry la fissò. «Non permetterti di parlare a me della mia perdita. Non puoi nemmeno cominciare a comprenderne l'immensità.»

Marjorie uscì dalla stanza ed Elizabeth si affrettò a seguirla. Henry le guardò. «Ho rovinato la serata, sembra» disse tranquillamente. Prese la bottiglia del vino e si riempì il bicchiere.

Stephen si precipitò ansimando nel suo studio. La pioggia cadeva a rovesci e lui non aveva pensato a prendere l'impermeabile. Michael lo seguì. Rimasero faccia a faccia in mezzo alla stanza, con l'acqua che colava sul pavimento e il vapore che si alzava dai loro corpi.

«Richard esagerava» disse Stephen con decisione.

«Non è vero.»

«Certo che è vero. Voleva spaventarti.»

«Allora perché siamo venuti via?»

«L'abbiamo fatto e basta.»

«Ma perché?»

«Perché lui aveva terrorizzato te. Prima o poi avrebbe visto la tua paura e ti avrebbe preso in giro.»

Michael fissò il fratello. «Non ero l'unico, vero?»

«Che cosa vuoi dire con questo?»

«Lo sai benissimo.»

«Io non avevo paura! Tutta quella storia è un trucco grossolano! Chiunque abbia un cervello lo capirebbe.»

«Allora perché avevi paura?»

«Non ne avevo! Tu sì, invece. Siamo venuti via solo per causa tua!»

«D'accordo, avevo paura! Ma ne avevi anche tu! Perché non vuoi ammetterlo?»

«Perché non è vero!»

«Sì che è vero!»
«No! Tutta quella faccenda è un'idiozia, ha ragione papà.»
Michael abbassò gli occhi e guardò la chiazza d'acqua che si stava allargando intorno ai suoi piedi. «Ma se è un'idiozia» disse sottovoce «perché ci ha fatto promettere che non l'avremmo mai tentata?»
Stephen non rispose.
«Perché ne ha paura anche lui, no? Dice che è un'idiozia, ma non lo pensa davvero. La considera pericolosa e tu sei convinto che ha ragione.»
Stephen rimase in silenzio. Michael alzò la testa. «Lo credi, vero?»
«Io non so che cosa credo» rispose Stephen con sincerità.
I due fratelli si fissarono. «Se è pericoloso» disse lentamente Michael «dovremmo fermare quei due.»
«Non ho detto che è pericoloso.»
«Non avevi bisogno di dirlo.»
«Ma se lo è?» gridò Stephen. «È una loro scelta. Noi non c'entriamo.»
Michael era sconvolto. «Come puoi dire questo?»
«Perché è vero.»
«Ma Nick e Jon sono amici nostri.»
«Jon non è nostro amico. Non più, ora che sta con Rokeby.»
«Ma Nick lo è.»
«Non più.»
«Sì che lo è!»
«No! Poteva venire via con noi, invece è rimasto là. Ha fatto la sua scelta.»
«Ma, Stephen...»
«Ma un corno! Non è un problema nostro!»
«Sei un maiale egoista!»
«Sì, forse lo sono. E con questo? Ti ho detto che cosa faremo. Non voglio più parlarne.»
«Non puoi dirmi sempre che cosa devo fare! Sono stufo! La mia vita mi appartiene!»
Stephen urlò.
La rabbia esplose da lui come un proiettile. Si scagliò sul fratello, una massa di pugni e di piedi. Michael, gridando per lo spavento, tentò di difendersi. Il sangue pulsava nella testa

di Stephen. Ogni battito rappresentava anni di risentimento per il fatto che i suoi genitori lo consideravano responsabile del fratello; anni di collera perché sapeva che se la sarebbero presa con lui se fosse capitato qualcosa a Michael, mentre non avrebbero mai rimproverato Michael se fosse capitato qualcosa a lui; anni di paura al pensiero che, se fosse successo qualcosa, i genitori non lo avrebbero mai perdonato.

Anni vissuti sapendo che, in quel caso, non sarebbe mai più riuscito a convivere con se stesso.

La rabbia passò rapidamente come era venuta. Stephen si fermò e fece un passo indietro. Michael era rannicchiato e gemeva. Mentre lo guardava, Stephen rammentò come loro due erano rimasti a guardare i genitori che se ne andavano in auto, dopo averli accompagnati al college il primo giorno. Michael, spaventato al pensiero di ciò che li aspettava, aveva pianto. Per Stephen non c'erano state lacrime, solo la consapevolezza che il fratello aveva bisogno di lui, e che lui avrebbe ucciso chiunque avesse tentato di fargli del male.

Era stato così semplice, allora. Era semplice anche adesso.

Lo prese tra le braccia, mormorando parole di conforto come si fa con un bambino piccolo. In un primo tempo Michael fece resistenza, poi si lasciò andare.

Gli Ackerley se n'erano già andati, ed Elizabeth stava accompagnando Alan Stewart alla porta. Clive era davanti alla finestra del soggiorno a osservare Jennifer che si versava un altro drink e alzava il bicchiere verso di lui. «A una serata felice.»

«Grazie a te.»

«A me?»

«Per avere tirato fuori la storia di Paul Ellerson, dopo che Lizzie ti aveva espressamente chiesto di evitare quell'argomento.»

«Oh, sì. Povera Lizzie. Non dobbiamo farla soffrire, vero?»

«Lei si fa in quattro per te.»

«Lo so. È un angelo. Non so come fa a sopportarmi.»

«Non lo farebbe, se dipendesse da me» sbottò lui prima di riuscire a controllarsi.

Jennifer, posato il bicchiere, lo fissò. «È così?» disse freddamente.

Clive arrossì. Si voltò a guardare fuori dalla finestra.

«Ma, come sappiamo entrambi, sarebbe una pessima idea.»

Lui fece finta di non aver sentito. Udì i passi di Elizabeth che stava tornando.

«Che succede, Clive?» domandò Jennifer con dolcezza. «Temi che gli scheletri comincino a scricchiolare? Che lei possa sentirli?»

Clive la ignorò e andò incontro a sua moglie.

Era quasi ora di andare a letto quando Nicholas tornò al proprio studio.

Stephen e Michael sedevano insieme allo scrittoio, intenti a studiare su un libro di testo. I due alzarono brevemente lo sguardo quando lui entrò. Gli occhi di Michael erano arrossati. Il primo istinto di Nicholas fu di chiedere il motivo, ma ci rinunciò.

«Che cosa state facendo»? domandò nervosamente.

«Matematica» rispose Stephen senza alzare lo sguardo.

«Vi serve aiuto?»

«No.»

«Io ho già fatto il compito. Ve lo posso prestare, se volete.»

«No, grazie.»

«Sicuri di non cambiare idea?»

«Sì.»

Stephen chiuse il libro e diede un leggero pugno sul braccio di Michael. «Andiamo alle docce prima che ci sia da fare la coda.» Si diresse verso la porta, e Michael lo seguì. Mentre passava davanti a Nicholas, i loro occhi si incontrarono. Michael accennò un sorriso.

«Andiamo, Mike.»

I due gemelli uscirono dalla stanza. Nicholas rimase dov'era. Aveva un nodo alla gola e lo trangugiò. Non sarebbe servito a nulla. Non adesso.

Il campanello stava squillando. Lui si alzò e andò a letto.

11

Alan Stewart scrutò gli allievi del quarto anno seduti nei banchi.

Stavano in silenzio, con la testa china sui libri, oppure guardavano la lavagna e il test che lui aveva proposto. Gli unici suoni erano un sospiro qua e là e lo scricchiolio dei pennini sulla carta.

Guardò lo spazio vuoto in fondo all'aula. Il banco di George Turner. Per il momento non c'erano sue notizie; non si sapeva ancora quando e in quali condizioni sarebbe tornato a scuola. Prima dell'incidente Alan non aveva avuto simpatia per George, ma ora si accorse di recitare una preghiera silenziosa per una sua pronta e completa guarigione.

Lo spazio sembrava più grande del necessario per ospitare un unico ragazzo, ma forse era l'effetto di un'associazione mentale con la corporatura di George. La sua assenza faceva apparire James Wheatley esposto e isolato. Alan aveva abbastanza familiarità con la politica del quarto anno per sapere quanto era importante George per James. Si chiese se James, che probabilmente aveva sempre preso per garantita la presenza di George, cominciava solo adesso a rendersene conto.

Due ragazzi stavano parlottando sottovoce. «Southcott! Priestly! Fate la vostra esercitazione, per favore.» Due paia di occhi lo guardarono con aria colpevole e rivolsero di nuovo l'attenzione alla lavagna. Si accorse che qualcun altro si stava guardando attorno. Richard Rokeby stava osservando qualcuno. Il foglio davanti a lui era tutto scritto. Forse aveva finito già da un pezzo e si stava annoiando. Alan consultò l'orologio. «Tempo scaduto, signori.» Un coro di gemiti. «Finite le risposte a cui state lavorando e scrivete il vostro nome in alto. Tutti meno Upton. Nessuno potrebbe falsificare la sua calligrafia.» I lamenti furono sostituiti da risate sincere. «Adesso smettete di scrivere. Passate avanti i fogli. Vale, pensa tu a raccoglierli, per favore.»

Finito il compito, l'aula si riempì di rumore. I ragazzi si voltavano per parlare con gli amici. La lezione era prossima alla fine, perciò Alan non pretese il silenzio. A giudicare dalle singole reazioni, Osborne era fiducioso, Spencer no e Thomas stava dicendo a Upton che non era riuscito a copiare le risposte da lui perché il suo maledetto gomito gli impediva di vedere. Alan sorrise. L'aveva già visto altre volte.

Ma c'era qualcosa che non aveva ancora visto, anzi, qualcosa che si era aspettato di vedere ma non aveva mai visto prima d'ora. I Perriman sedevano bisbigliando tra loro. Alle loro spalle, Jonathan Palmer e Nicholas Scott facevano altrettanto. Però non c'era interazione tra le due coppie, e questo era decisamente insolito.

Forse c'era stata una lite, una discussione che sarebbe stata dimenticata nel giro di una settimana. Gli amici bisticciavano sempre.

Jonathan distolse lo sguardo da Nicholas e guardò dall'altra parte dell'aula, verso Richard Rokeby. I due si sorrisero. Sembrava che tra loro avvenisse uno scambio silenzioso. Nicholas disse qualcosa a Jonathan, che lo ignorò.

«Ecco le risposte, signore.»

Uno sguardo strano comparve negli occhi di Nicholas; in parte era dolore, in parte era qualcosa che Alan non seppe identificare. Diffidenza?

«Ho le risposte, signore.»

Fra quei ragazzi c'era qualcosa che non andava. Qualcosa che turbava Alan.

«Signore?»

Vale era in piedi davanti alla cattedra. «Grazie, Vale.» Il campanello squillò. «Classe, in libertà.» Il livello del rumore aumentò. «Piano, per favore! Forse qualche altra classe non ha ancora finito.» «Scusi, signore. Arrivederci a giovedì, signore.» I ragazzi sfilarono davanti alla cattedra. I Perriman si mossero in fretta, Nicholas e Jonathan più lentamente e si fermarono sulla soglia ad attendere Richard.

Richard passò davanti alla cattedra di Alan. La sua andatura era distinta, elegante e determinata. Faceva parte dell'aureola dei Rokeby, forti, fiduciosi, controllati, gente che non aveva bisogno di nessuno. Quell'aureola era ammirata dagli altri ragazzi; anche Alan l'aveva ammirata spesso. Ora si scoprì a domandarsi quali forze avevano portato alla sua creazione, e quali demoni nascondeva.

Richard raggiunse Jonathan e Nicholas. I tre rimasero sulla soglia. James Wheatley passò davanti a loro. Richard disse qualcosa a Jonathan; risero insieme. Nicholas stava tenendo d'occhio Richard. Nei suoi occhi c'era la solita luce, ma più forte di prima. Una diffidenza che confinava con la paura.

Richard fece segno a Jonathan. I due partirono seguiti da Nicholas: un trio improbabile. Alan sospettava che non avrebbe tardato a trasformarsi in un duetto. Una vecchia amicizia sostituita da una nuova. Ma non erano affari suoi.

Però non gli piaceva ciò che aveva visto. Clive Howard considerava distruttivo Richard, ma a lui sembrava una reazione esagerata. Tuttavia il ragazzo era indubbiamente carismatico, e il carisma di per sé può essere distruttivo, perché capace di attirare altri in comportamenti alieni e dannosi per loro.

Alan Stewart era affezionato a Jonathan. Credeva nel suo potenziale e voleva vederlo vincente. Se avesse avuto la sensazione che quel potenziale era in pericolo, non sarebbe rimasto con le mani in mano.

Decise di seguire gli sviluppi.

Intervallo di metà mattina. James Wheatley e Stuart Barry sedevano nello studio di Stuart.

«Telefonerò di nuovo stasera» disse James.

«Io lascerei perdere. Bryant ha detto di non farlo. Ci informerà appena avrà notizie.»

«Io non aspetto il suo annuncio. Voglio sapere come vanno le cose adesso.»

«Non credo che sia una buona idea.»

«Perché mai? Non ti importa di sapere come sta?»

«Sicuro che m'importa. Però se tu continui a telefonare i

suoi genitori non saranno contenti. Non vorranno essere disturbati.»

«Ma siamo suoi amici. Abbiamo il diritto di sapere.»

«Prova a dirlo ai miei genitori! Quando mia sorella cadde per le scale, le sue amiche continuavano a telefonare e mia madre impazziva. Finì per trattarle male. Lei e mio padre erano già abbastanza preoccupati. Non volevano essere costretti a fornire bollettini quotidiani. Quindi telefona, se vuoi, ma non stupirti se ti rispondono in malo modo.»

Wheatley si grattò la testa.

«Tua sorella non ha avuto problemi, vero?» domandò sottovoce.

«Sicuro. Anche se finge ancora di averne quando la mamma le chiede di fare qualcosa e lei non ne ha voglia. Anche George guarirà. Aspetta e vedrai» concluse Stuart.

James guardò nel vuoto. Stuart lo vide dondolare avanti e indietro sulla sedia. Il movimento era appena percettibile e quasi certamente involontario. «Sei sicuro di stare bene?» domandò con voce incerta.

«Perché non dovrei?» Il tono era difensivo.

«Nessun motivo.»

«Sto bene.»

«Mi fa piacere.»

«Rokeby ha continuato a fissarmi alla lezione di storia.»

«Davvero?»

«Stavamo facendo un test. Lui continuava a voltarsi.»

«Ignoralo. È un cretino.»

«Lo so.»

«Allora non incrociare il suo sguardo.»

«Non l'ho fatto!» Di nuovo il tono difensivo. «Però lui mi ha disorientato. Ho sballato tutto.»

«Non preoccuparti. Lo metteremo a posto noi.»

«Noi?»

«Tu, io e George.

«Ma George non c'è.»

«Tornerà presto.»

«E se non torna?»

«Tornerà.»

«Ma se invece non fosse così? Se impiegasse una vita a ritornare?»
«In questo caso dovremo attendere.»
«Tu potresti metterlo a posto.»
Stuart non rispose.
«Tu non hai bisogno di George. Potresti farlo da solo.»
Stuart guardò il pavimento. James lo osservò. «Non avrai paura di lui, vero?»
Nessuna risposta.
«Hai paura?»
«No.»
«Non mi sembri tanto sicuro. Eri così convinto la settimana scorsa!»
Stuart chinò la testa, e i capelli biondi gli caddero sugli occhi. «Allora c'era George, ricordi?»
«Povero codardo! Sei patetico. Fai il duro quando c'è George a portata di mano, ma quando lui si allontana sei molle come il burro!»
«E tu, allora?» gridò Stuart. «Quando ti sei sporcato le mani? Sì, ora me ne ricordo. Quando hai picchiato Palmer. Solo che non hai fatto un accidente! George e io abbiamo dovuto tenerlo per te. Forse Palmer ti avrebbe sistemato da solo, e Rokeby ti avrebbe ammazzato!»
«Lo so» rispose James con voce debole.
«Quindi non prendertela con me! Non farlo! George tornerà presto, e allora metteremo a posto quei due.»
La tensione era ferma nell'aria come elettricità statica.
«Perché ti fa paura?» domandò James.
Stuart si strinse nelle spalle.
«Il trimestre scorso sei venuto alle mani con Courtney. Lui è grande come te, ma quella volta non hai avuto bisogno di George.»
Stuart tacque.
«Rokeby non è più grosso di Courtney.»
«Ma è diverso.»
«Perché diverso?»
«Lo è e basta.»
«Ma perché?»
«Perché io sapevo che cosa avrebbe fatto Courtney. Avrebbe

cercato di picchiarmi a sangue e io avrei fatto la stessa cosa a lui. Sarebbe stato solo uno scontro, e tutti e due avremmo saputo quando fermarci. Con Rokeby non sarebbe così, non saprei prevederlo. Non so che cosa farebbe lui. Non so fin dove si spingerebbe. È questo che mi spaventa.»

«Spaventa anche me» ammise James a bassa voce.

Il campanello squillò. Era ora di mettere insieme i libri. Dal corridoio giunse rumore di passi, poi qualcuno bussò alla porta. «Chi è?» domandò Stuart.

La porta si aprì. Sulla soglia stava Mr. Bryant, direttore del convitto. James e Stuart scattarono in piedi. Accanto a Mr. Bryant c'era una donna elegantemente vestita. Stuart spalancò gli occhi. «Mamma!»

Lei gli sorrise. «Ciao, caro. Buongiorno, James.»

«Buongiorno, Mrs. Barry.»

«Che cosa ci fai qui, mamma?» C'era paura nella voce di Stuart. «È successo qualcosa?»

«Tutto va a meraviglia, Stuart» rispose Mr. Bryant. «Non ti devi preoccupare. Tua madre ha notizie per te, tutto qui.»

«Che notizie?» domandò Stuart.

Mr. Bryant e Mrs. Barry si scambiarono un'occhiata. «Perché non andiamo nel mio studio?» suggerì il direttore.

«Ma fra poco ho lezione, signore.»

«Credo che per il momento te ne puoi scordare» rispose Mr. Bryant. «Invece tu, James, dovresti scendere in classe.»

James rimase dov'era. Campanelli d'allarme squillavano nella sua testa. «Che tipo di notizie?» domandò.

«Non sono affari tuoi» replicò Mr. Bryant. «Adesso vattene, altrimenti sarai in ritardo.»

James non aveva scelta. Raccolse con riluttanza i libri per la prossima lezione.

Jennifer se n'era andata solo da un giorno, ma aveva già telefonato due volte a Elizabeth per ringraziarla dell'ospitalità e per chiederle di spedirle un profumo che aveva dimenticato. Elizabeth aveva impacchettato il flacone e stava finendo la lettera di accompagnamento quando la cameriera venne a informarla che c'era Mrs. Ackerley.

Marjorie stava sulla soglia e sorrideva con aria incerta. «Mi ricevi a quest'ora?»

«Assolutamente.»

«Non vorrei disturbarti.»

«Non mi disturbi affatto! Sono felice di vederti. Accomodati.» Le due donne sedettero sul divano davanti al camino. «Posso offrirti qualcosa?»

«No, grazie. Non mi fermo a lungo. Volevo solo scusarmi per sabato sera.»

«Ti prego, Marjorie, non ce n'è...»

«Bisogno?» Marjorie sospirò. «Invece sì. È stato assolutamente imperdonabile infliggervi una scenata del genere.»

«Non devi dirlo. Sono io che mi dovrei scusare. Avrei dovuto venire a trovarti per prima, ma non mi è stato possibile. Jennifer se n'è andata soltanto ieri sera.» Fece una pausa. «Avrei fatto bene a venire allora.»

«Ma temevi che potesse esserci Henry.»

Elizabeth arrossì. «Un poco.»

«Ti capisco.»

«Rimpiango di non averlo fatto» ripeté sottovoce Elizabeth.

Marjorie scosse il capo. «Non devi essere così severa con te stessa.»

«Perché no?» Elizabeth sapeva di avventurarsi su un terreno pericoloso, ma all'improvviso si sentì temeraria.

«Ognuno di noi ha il proprio modo di affrontare le cose» disse Marjorie.

«Non è una giustificazione. Ha detto una cosa cattiva.»

Marjorie sorrise. «Ne ho sentite di peggiori.»

«È questo che mi preoccupa.»

«Lui le voleva molto bene, capisci? Poi, all'improvviso, la bambina non c'era più. Quello è l'unico modo in cui può affrontare la sua perdita.» Marjorie si asciugò gli occhi pieni di lacrime. «Scusami, è stupido da parte mia.»

Elizabeth mise una mano su quella di Marjorie e si spaventò nel sentirla così fredda. La massaggiò delicatamente tra le sue. «Era anche tua figlia» disse piano.

«Lo so.»

«Lui dovrebbe rispettare il tuo dolore.»

«Lo fa.»

«Non si direbbe.»
«Le apparenze possono ingannare.»
«Sono preoccupata per te.»
«Non è il caso.»
«Invece sì. Lui ha tanta rabbia dentro di sé. E se ti facesse del male?»
Tracce di freddezza si insinuarono nella voce di Marjorie. «Non lo farà.»
«Ma potrebbe farlo. Non meriti di essere trattata in quel modo.»
«Tu credi?»
«Sicuro!»
«Come ti permetti di parlarmi in questo modo?»
Elizabeth restò a bocca aperta. «Cosa?»
«Tu non sai nulla di Henry e di me! Che cosa ti dà il diritto di predicare sul nostro rapporto?»
Elizabeth si rese conto di avere oltrepassato il segno. «Ti chiedo scusa. Non sono affari miei.»
«Giusto, non lo sono. Ti sarò grata se te ne ricorderai in avvenire.»
Elizabeth stava ancora tenendo la mano di Marjorie. Adesso era calda. La lasciò andare, prevedendo che lei uscisse.
Non fu così. Marjorie prese la mano di Elizabeth e la strinse con dolcezza. «Mi dispiace, non volevo dire ciò che ho detto. Tu sei la mia migliore amica, Elizabeth. So che ti preoccupi per me e io ti voglio bene per questo. Ma Henry e io siamo sposati da più di vent'anni, e ci sono cose tra noi due che solo noi possiamo capire. Non siamo come te e Clive, tutt'altro, solo Dio sa quanto siamo diversi! Ma lui è tutto ciò che ho. Se tu lo condanni, la nostra amicizia dovrà finire, e io non lo vorrei.»
«Nemmeno io. Perdonami, ti prego.»
Marjorie le diede un bacio sulla guancia. «Non c'è nulla da perdonare. Ora devo andarmene. Fa freddo, fuori. Resta accanto al fuoco. Ti vedrò presto, vero?»
«Certamente.»
Marjorie uscì. Elizabeth rimase dov'era. I suoi timori per Marjorie non si erano placati.

Era ancora lì quando rientrò Clive. «Jane mi ha detto che Marjorie è venuta qui.»

«È vero.»

«Come sta?»

«Bene» rispose Elizabeth, poi si mise a piangere.

Lui andò a sedersi accanto alla moglie. «Tesoro, che cosa c'è?»

«Niente.»

«Non si piange per niente.» L'attirò a sé e la cullò tra le braccia. «Che cos'hai? Dimmelo.»

Lei gli riferì ciò che era accaduto. «È sciocco da parte mia, lo so. Solo che mi ha sconvolta.»

«Certo. Stavi solo cercando di aiutarla.»

«Mi dispiace vederla infelice, e lei lo è, Clive. Disperatamente. Però non vuole sentire una parola contro di lui.»

«Come io non sopporterei di sentire una parola contro di te.»

«Non è la stessa cosa.»

«Invece sì. Tu sei mia moglie. Lui è suo marito. Per me è la stessa cosa.»

Elizabeth lo fissò. «Come puoi paragonare il loro matrimonio al nostro?»

«Non lo sto facendo. Però se quello è ciò che lei vuole, tu lo devi rispettare.»

«Volevo solo ricordarle che, se ha bisogno di qualcosa, io sono qui.»

«Lo sa già. È fortunata ad avere un'amica come te.»

«Tu credi?»

«Certo che lo è, lo sai anche tu.»

Lei non sembrava convinta. Clive le accarezzò teneramente una guancia. «Ti amo» disse.

«Anch'io ti amo.»

«Sempre?»

«Sempre.»

«Allora va bene.» La strinse più forte a sé, baciandola sul collo e respirando il profumo dei suoi capelli. Lei, rasserenata, sedette a guardare il fuoco. Clive vide che accennava un sorriso. «Che cosa c'è?»

«Jennifer ha telefonato. Ha dimenticato qualcosa.»

Sorrise anche lui. «Come da copione.»
«È solo un profumo. Glielo spedirò. Dice che le è piaciuta la serata con noi e i nostri amici.»
«Malgrado tutti i suoi sforzi per rovinarla.»
Lei gli diede un colpetto sul braccio. «Non è stata colpa sua.»
«Lo so.»
«Ha chiesto se può venire di nuovo qui la settimana dopo la prossima.»
«Oh Dio! Lizzie, non le avrai detto di sì, vero?» Nessuna risposta. «Gliel'hai detto?»
«Solo per qualche giorno, non di più.»
«Ma è appena partita.»
«Lo so, ma al telefono sembrava depressa. Non potevo dirle di no.»
«Avrà di sicuro altri amici a cui fare visita.»
«Mi sa che il suo indice di gradimento sia un po' scaduto, con quelli.»
«Cosa che non si potrà mai dire di noi.»
«Clive!»
«Sono stufo delle sue continue visite. La nostra casa non è un albergo!»
«Lei è mia cugina.»
«Anch'io ho dei cugini. Nessuno di loro si è piazzato qui in pianta stabile.»
Lei alzò una mano per accarezzarlo in viso. «Scusami. Avrei dovuto chiederti se eri d'accordo. So che Jennifer può essere scomoda. Però noi siamo importanti per lei, che non ha avuto molto dalla vita.»
Le fiamme proiettavano ombre danzanti sul viso di Elizabeth. Era molto bella. Lui la baciò su una guancia. «A differenza di noi.»
Lei lo baciò. «Vero, non come noi.»
Si strinse contro di lui; rimasero così, in un affettuoso silenzio. Lei lo sentì sospirare. «Che cosa c'è?»
«Nulla.»
«Dimmelo.»
«Stavo pensando a ciò che abbiamo. È molto prezioso per me, lo sai. Mi chiedo che cosa farei se qualcosa tentasse di guastarcelo.»

«Non c'è nulla che possa farlo.»
«Lo so.»
Clive la strinse ancora più forte, baciandola sui capelli, accarezzandole la nuca. Non sorrideva più.

Le lezioni pomeridiane erano appena terminate. I ragazzi della Old School House posarono i libri nei rispettivi studi prima di scendere al refettorio. James Wheatley sentì bussare alla sua porta. «Avanti.»
Stuart Barry entrò. «Dove sei stato?» domandò James. «È un secolo che ti aspetto.»
«La mamma mi ha portato a pranzo fuori. Siamo andati in quel ristorante sulla Uxley Road. Sai qual è, quello che sembra una fattoria.»
«E siete stati là tutto il pomeriggio?»
«No, siamo andati a Cromer. Abbiamo passeggiato sulla spiaggia. Avevamo parecchie cose di cui parlare.»
«Quali cose?»
Stuart non rispose. Aveva un'espressione strana sul viso, tra l'eccitazione e lo shock. «Quali cose?» ripeté James.
«Hanno offerto un nuovo lavoro a mio padre.»
Non faceva notizia. Mr. Barry era un direttore di banca molto stimato a Londra. Stuart continuava a vantarsi del fatto che le banche concorrenti cercavano sempre di accaparrarselo. «Che tipo di lavoro?»
«In un'altra banca.»
«Allora?»
«Uno stipendio favoloso. Il doppio di quello attuale.»
«Lui lo accetterà?»
«Sì.»
«E cosa c'è di sensazionale.»
«La nuova banca è a Wall Street.»
Per un attimo le implicazioni sfuggirono all'attenzione di James. Ma solo per un attimo.
«A NEW YORK?»
Stuart annuì.
James fu colto dal panico. «Te ne vai?»
«Sì.»
«Quando? Alla fine del trimestre?»

Stuart fece segno di no. L'inquietudine di James cominciò a placarsi. «Allora l'estate prossima?»

«No, dopodomani.»

James si sentì come se avesse ricevuto un calcio nello stomaco. Per un momento non riuscì a respirare. Sentiva le gambe cedere sotto di sé. Gli sembrava che la stanza girasse.

«Papà deve prendere servizio fra quindici giorni» continuò Stuart. «È questo il motivo. Hanno già trovato una casa per noi. E ci aiuteranno a scegliere la scuola.»

«Ma tu non devi andar via subito! Potrai partire più tardi.»

«Impossibile. Mia madre è stressata all'idea di andarsene dall'Inghilterra, e ha deciso che tutta la famiglia deve partire insieme. Domani andrà da mia sorella. Lei dovrà lasciare St. Felix. Dobbiamo fare i bagagli e salutare tutti i parenti.» Stuart era sempre più eccitato. «Partiremo il ventinove in aereo. Non sono mai stato su un aeroplano.»

James sedette allo scrittoio. Il suo cuore batteva forte.

«Addio, Kirkston Abbey. Niente più prefetti nazisti e pasti schifosi. Frequenterò una scuola in città. La mamma dice che, se dobbiamo vivere in un paese straniero, non intende avere i suoi figli in collegio a chilometri di distanza.»

«Ma non puoi partire!» Le parole uscirono come un lamento virtuale.

«Devo partire.»

«Ma non puoi!»

«Non fare così. Resteremo in contatto. Potrai venire a trovarci.»

«Sai che consolazione!»

«Ma come? Credevo che saresti stato contento per me.»

«Contento? Che idiozia. Sono io quello che resta incollato qui!»

«Vaffanculo, allora!» urlò Stuart. Si voltò per uscire. «Non andartene!» gridò James.

«Perché?»

«Scusami. Sono contento per te.» Deglutì a fatica. «È solo che...»

Stuart si voltò a guardarlo. James non finì la frase. Non ce n'era bisogno. Entrambi avevano capito benissimo.

Era mezzanotte passata. Tutto taceva a casa Ackerley.

Henry stava ai piedi del letto di sua moglie e la guardava dormire. Il riposo aveva cancellato l'ansia dal suo viso. Appariva bella come la prima volta che l'aveva vista.

La finestra era aperta a metà. Nella stanza faceva freddo, ma lui non se ne accorgeva. L'odio, e il whisky che aveva bevuto, lo tenevano caldo.

Il silenzio era pericoloso. Gli permetteva di udire le voci; le voci oscure e seducenti che vivevano nel suo cervello, simili a sirene che cantavano nelle profondità della mente. Erano canti di distruzione, ma lui si trastullava con loro, come se volesse farsi adescare a compiere il suo destino funesto.

Adesso cantavano per lui come spettri invisibili. Nell'aria fluttuava, come un assolo di soprano sopra un coro di baritoni, la risata di una bambina. Per lui era il suono più dolce del mondo, ma anche il più straziante, un lamento per la perdita dell'amore, della speranza e di tutto ciò che poteva dare un senso alla sua vita.

Rimase dov'era, a guardare sua moglie che dormiva, e il gemito dei suoi singhiozzi si fuse con il soffio gentile del respiro di lei.

12

Un giovedì pomeriggio, umido e tetro. L'attività sportiva era finita ed era cominciata la mezza vacanza: due ore di libertà prima della routine serale della cena e dei compiti.

La porta della camera di Richard Rokeby era chiusa a chiave. Richard e Jonathan, coricati sul letto, guardavano il soffitto. Richard teneva un braccio intorno alle spalle di Jonathan, che posava la testa sulla spalla dell'amico. Tra loro due si era stabilito un silenzio confidenziale. Udivano nel corridoio le voci degli allievi del quarto anno che si scambiavano battute scherzose da una stanza all'altra. Il ragazzo della camera accanto aveva abbandonato la musica lirica e stava suonando un disco di Frank Sinatra sul suo vecchio grammofono. Una canzone finì e fu sostituita da un'altra. «Questa piaceva a Paul Ellerson» disse Jonathan.

«Davvero?»

«La suonava di continuo. Guy Perry aveva lo studio di fianco al suo ed era così stufo di quel motivo che un giorno, facendo finta di niente, si sedette sul disco. In seguito se ne pentì amaramente, confessò la propria colpa e comperò un'altra copia del disco per Paul che, a sua volta, gli promise di ascoltarlo solo a giorni alterni.»

«Dov'è adesso Guy?»

«A Sandhurst, come i suoi due fratelli. Viene da una famiglia di militari.»

«Ti piaceva?»

«Un tipo a posto. Un po' pieno di sé, ma un buon ragazzo. Ritornò quando avvenne il fatto. Era in lacrime, e mi sembrò strano. È il tipo di persona che non immagineresti mai di veder piangere, ma Paul era il suo migliore amico. Lo invidiavo perché riusciva a sfogare il suo dolore davanti a tutti.»

«Potevi farlo anche tu.»

«No, non potevo, nemmeno davanti a Nick. Se avessi pianto, non sarei riuscito a fermarmi e tutti se ne sarebbero accorti. Era la prima cosa che Paul mi aveva detto: nessuno deve mai vederti piangere.»

«Tu puoi piangere davanti a me, lo sai?»

Jonathan sorrise. «Certo che lo so.»

«Non parli mai di lui.»

«E tu non parli mai di tua madre.»

«No» disse lentamente Richard continuando a fissare il soffitto, «non ne parlo.»

«Proprio non vuoi?»

«A che servirebbe? Le ho voluto bene quando era viva. Mi manca adesso che è morta. È tutto ciò che direi, anche se ne parlassi per ore.»

Di nuovo il silenzio, ma gradevole come prima. Jonathan si rese conto che, in fondo, desiderava parlare di Paul.

«L'ho conosciuto all'inizio della mia seconda settimana qui. Furono giorni veramente orribili; il periodo di grazia era finito, e quelli del quarto anno stavano ricuperando il tempo perduto. Erano appena state assegnate le corvé. A me e William Abbot toccarono gli spogliatoi: ore di lavoro ogni volta. Gli studenti del quarto lasciavano in giro tutte le loro porcherie perché sapevano che, se c'era disordine, saremmo stati noi due a passare i guai.

«Poi fu annunciato l'elenco dei ragazzi addetti al servizio dei più anziani. Quando mi accorsi che ero stato assegnato a Paul Ellerson, mi venne un colpo. Ne avevo sentite abbastanza per capire che un anziano può fare della tua vita un vero inferno per dodici mesi. Paul, che era anche capo della Casa, sarebbe stato sicuramente il peggiore di tutti.

«Mi presentai a lui, che stava in piedi davanti al suo studio a parlare con Guy. Prima di allora l'avevo visto solo da lontano. Sembrava incredibilmente affascinante, come un divo del cinema. Era alto, bello, intelligente e atletico: tutte le qualità che ognuno di noi vorrebbe avere. Lo informai che ero al suo servizio. Lui non mi guardò nemmeno, mi disse solo di andare ad aspettarlo nella sua stanza. Mentre lo attendevo, continuavo a dirmi che ce l'avrei fatta, qualunque cosa avesse preteso.»

Fece una pausa. Si sentiva un nodo alla gola. «Continua» disse Richard in tono incoraggiante.

«Paul entrò nella stanza, chiuse la porta e rimase in piedi sulla soglia. Mi aspettavo che cominciasse a caricarmi di ordini, ma non lo fece. Si limitò a sorridermi, dicendo che non era il caso di avere un'aria così spaventata. Spiegò che l'anziano per il quale a suo tempo aveva lavorato gli aveva reso la vita assolutamente infelice, e che lui non aveva alcuna intenzione di imporre una simile sofferenza a un altro individuo.

«Ti sembrerà stupido, ma quell'affermazione mi sconvolse. Io avevo nostalgia di casa, ero terrorizzato e non mi aspettavo minimamente che una persona come lui fosse gentile con me. Quel fatto mi sbilanciò, tanto che mi misi a piangere. Credevo che mi avrebbe disprezzato, ma non fu così. Capì che ero lontano da casa per la prima volta nella mia vita. Disse che non c'era nulla di cui vergognarmi, che anche lui aveva sofferto di nostalgia quando era venuto qui. Aggiunse che non dovevo permettere ad altri di vedermi piangere, perché l'avrebbero considerato un segno di debolezza e mi avrebbero reso la vita impossibile. Però potevo piangere davanti a lui, che non avrebbe pensato male di me per questo.

«Da quel momento in poi, le cose non andarono tanto male. Per me fu come avere un fratello maggiore. Lo vedevo tutti i giorni. Andavo a vuotargli il cestino, a lavargli le tazze, e lui mi chiedeva che cosa avevo fatto a scuola e come me la cavavo. Naturalmente non gli raccontavo tutto, non ciò che succedeva nel dormitorio o altre cose del genere. È roba che non si racconta agli altri, ma lui capiva. Quando ero con Paul mi comportavo sempre come se fossi contento: lui però quando ero infelice se ne accorgeva e cercava di fare qualcosa per sollevarmi lo spirito.»

«Per esempio?»

«Per esempio, mi mandava a comperargli dei dolci, poi diceva che in fondo non ne aveva più voglia e li dava a me. Oppure mi leggeva qualche brano sentimentale delle lettere che riceveva da una ragazza conosciuta in vacanza.» Jonathan scoppiò a ridere. «Oppure suonava i suoi dischi così forte che Guy batteva grandi colpi sul muro, gridando che Frank Sinatra era il demonio. Altre volte mi diceva che le cose sarebbero andate meglio, man mano che passavo alle classi superiori.»

Nella mente gli sembrava di udire di nuovo la voce di Paul Ellerson che pronunciava quelle parole.

«A quel tempo gli credevo. Adesso non più. Non dopo ciò che è successo. Ora so che erano tutte bugie.»

Il nodo alla gola era tornato, più grosso di prima, come un macigno che impediva alle parole di uscire.

Richard si voltò verso di lui. «Non essere imbarazzato. Io ti capisco.»

«Ma io no!» gridò Jonathan. «Io voglio capire, ma trovo che non ha senso. Per lui *tutto* andava per il meglio. Perché non gli bastava?»

«Non lo so.»

«Era intelligente, era popolare, piaceva a tutti. Tutti volevano essere amici suoi. Non riuscivi a detestarlo nemmeno sforzandoti.»

«Forse odiava se stesso.»

«Impossibile. In lui non c'era nulla da odiare.»

«Questo non lo sai.»

«Lo so.» Jonathan si mise sulla difensiva. «Io so di lui più di quanto ne sappia tu.»

«Io non sto dicendo che avrebbe dovuto detestarsi. Ma questo non significa che lui non lo facesse.»

Jonathan scosse la testa. «Era una persona felice. Guy lo definiva "l'eterno ottimista". Era anche contagioso. Il solo fatto di stargli vicino ti faceva vedere le cose in una luce migliore. Per questo aveva la simpatia di tutti. Era sempre contento.»

«Ma non alla fine.»

Gli occhi di Jonathan si stavano riempiendo di lacrime. Le asciugò con rabbia. Richard gli si avvicinò di più. «Scusami, non avrei dovuto dirlo. Non abbiamo più bisogno di parlare di questo.»

Jonathan inspirò profondamente cercando di ricomporsi. «Sì, invece. Io voglio parlartene. È duro, questo sì. Vorrei solo capire. Sarebbe più facile, se potessi capire.»

«Quando l'hai visto l'ultima volta?»

«L'ultimo giorno di scuola dell'anno scorso, quando andai a salutarlo. Gli avevo comperato un regalo, un libro su Pietro il Grande. Anche lui aveva la passione della storia. Era molto brillante quando ne parlava. Avrebbe potuto entrare a Oxbridge.»

Richard sorrise. «Proprio come farai tu.»

Anche Jonathan sorrise. «Lui era molto più bravo. Il libro che gli diedi voleva essere un ringraziamento per tutto ciò che aveva fatto per me in quell'anno. Lui lo apprezzò veramente. Ricordo che sedeva allo scrittoio vicino alla finestra, con il sole che entrava nella stanza. Quel giorno sembrava più felice che mai. Si era appena programmato una vacanza a Whitby. Lui amava quella cittadina. I suoi nonni vivevano là e lui ci aveva passato tutte le estati prima che i suoi genitori andassero all'estero. Mi augurò una buona vacanza e disse che ci saremmo rivisti il trimestre successivo.»

«Fu la fine?»

«Quasi. Mi mandò una cartolina da Whitby. Scriveva che un artista del luogo aveva disegnato una vignetta in cui lui figurava vestito da vampiro. Whitby è il posto in cui affondò la nave di Dracula.» Richard annuì. «Diceva pure che era una bella cosa avere un intervallo, prima di cominciare a prepararsi per Oxbridge. Fui veramente contento che si fosse ricordato di me, ma Paul era fatto così.»

«E come andò quel trimestre? L'hai visto ancora?»

«Non proprio. Il primo giorno arrivai in ritardo. Lo vidi andare da qualche parte, probabilmente in biblioteca, con un fascio di libri sotto il braccio. Lo chiamai. Lui mi sorrise e mi salutò con la mano. Io disfeci i bagagli e andai a letto. La mattina dopo mi alzai e scesi per la colazione. Quando tornai in camera, Brian Harrington era andato a bussare alla sua porta e aveva visto ciò che era successo. Poi ci fu grande agitazione, la polizia venne e...»

«E fu tutto finito» disse Richard concludendo la frase per lui.

«Sai qual è l'aspetto peggiore?»

Richard lo guardò, aspettando il seguito.

«Il fatto che nessuno parli più di lui. I prefetti non menzionano mai il suo nome e hanno cura che nessun altro lo faccia. Quando Brian Harrington sentì i due ragazzi della terza che parlavano di Paul, andò su tutte le furie. Tutti quanti si comportano come se pronunciare il suo nome portasse sfortuna.»

«La gente si comporta sempre in quel modo, quando c'è stato un suicidio» spiegò Richard.

«Ma non è giusto. Paul era una persona splendida, non un segreto ripugnante. Se non parliamo di lui, è come se non fosse mai esistito.»

«Un suicidio è sempre un segreto sporco. Tutte le persone che conoscono un suicida si sentono in colpa. Si rimproverano di non avere fatto qualche cosa, e questa sensazione è così terribile che l'unico modo per sopportarla è fingere che quella persona non sia mai esistita. È successo nel caso di mia madre.»

«Di tua madre?»

Richard annuì.

«Ma tu mi hai detto che è morta di cancro!»

«Ho mentito.»

«Ma quando? Come!»

«Quando avevo nove anni. La gente mi disse che si era uccisa con una dose eccessiva di sedativi.»

«Tu non eri con lei?»

«No. Ero dagli zii.»

«Meglio così, non è vero?»

Richard rispose con una risata senza allegria. «Sì. Meglio così.»

Jonathan avrebbe voluto che la terra lo inghiottisse. «Mi dispiace. Non avrei dovuto dirlo in questo modo. È solo che... insomma, immagina se fossi stato tu a trovarla morta.»

«Sì» disse Richard sottovoce. «Lo immagino.»

Continuarono a stare sul letto fianco a fianco. Il braccio di Richard era ancora intorno alla spalla dell'amico. Una domanda ribolliva nella testa di Jonathan, ma lui non credeva di poterla formulare. Alla fine non ce ne fu bisogno.

«Non vuoi sapere perché?»

«Sì.»

«Allora avresti dovuto chiederlo a lui quando ne hai avuto la possibilità» disse Richard.

«A chi?»
«A mio padre.»
«Pensi che sia stata colpa sua?»
«Non mi limito a pensarlo.»
Alla fine, tutta la scena tra Richard e suo padre cui aveva assistito divenne perfettamente chiara per Jonathan. Tuttavia, sapendo ciò che sapeva sulla madre di Richard, quell'animosità gli pareva terribilmente fuori luogo. Richard, notando il suo silenzio e il disagio che esso nascondeva, parlò di nuovo. «Cosa c'è?»
«Nulla.»
«Dimmelo.»
«Non mi sembra giusto.»
«Cosa non ti sembra giusto?»
Jonathan deglutì. Dal corridoio giunse il suono di voci alterate e i rumori di una lite; stava scoppiando una rissa.
«Che tu lo odi a quel punto.»
Gli occhi di Richard si spalancarono. «Come puoi dire questo?»
«Perché è l'unico genitore che hai.»
«E allora?»
«Ecco...» Jonathan si forzò di trovare le parole giuste. «Ciò che è successo a tua madre è terribile, ma odiando lui non la farai tornare in vita.»
«E credi che non lo sappia? Ma che c'entra questo? Se qualcuno uccidesse l'unica persona al mondo che conta per te, lo odieresti anche tu, no?»
«Ma non è stato lui a ucciderla» obiettò Jonathan imbarazzato.
«Invece sì!»
«Si è uccisa da sola.»
«Ma è lui il responsabile! Lui gliel'ha fatto fare!»
«Ma...»
«Ma UN CORNO! Capisci?! Non permetterti MAI di farmi prediche su questo argomento!»
All'improvviso Richard si alzò a sedere e si chinò sopra Jonathan. Il suo viso era contratto dal furore, gli occhi scintillavano di rabbia. Jonathan si sentì paralizzato dalla paura. Si sforzò di trovare le parole, ma poté soltanto annuire debol-

mente. In corridoio il rumore si era trasformato in una litania aspra ed eccitata, in un latrato che chiedeva sangue.

«Sei un bugiardo! Sei come tutti gli altri! Mi avevi detto che avresti sempre capito! È questo che avevi detto! Ed era solo una menzogna, non è vero?»

«Ma, Richard...»

«Sei così patetico! Non sai fare niente per te stesso. Wheatley e la sua banda sarebbero ancora occupati a farti sputare l'anima a calci, se io non fossi intervenuto. Io faccio di tutto per te, e tu, quando cerco di parlarti della cosa più terribile che mi è capitata, fai come tutti gli altri e mi predichi il perdono. Ebbene, non ho bisogno delle tue prediche. Ho bisogno che tu mi capisca! HO BISOGNO CHE QUALCUNO MI CAPISCA!»

Richard strinse il pugno e tirò indietro il braccio. Jonathan lanciò un grido e cercò di proteggersi il viso, ma Richard sferrò il colpo al proprio guanciale.

Restarono sul letto. Richard respirava con affanno. Il cuore di Jonathan batteva violentemente. All'esterno una voce adulta ruggiva, coprendo quelle degli adolescenti, e li richiamava all'ordine. Era il prefetto che cercava di far cessare la zuffa. Jonathan si chiese chi erano i contendenti e se qualcuno si era fatto male.

«Scusami» disse con un filo di voce.

Richard lo ignorò, guardando nel vuoto. Il suo corpo era rigido ed emanava energia come una scarica di elettricità.

«Perdonami, Richard. Mi dispiace, mi dispiace davvero.»

«Non è colpa tua» disse Richard bruscamente. «Come posso aspettarmi che tu capisca? Non è successo a te. Spero che tu non debba mai capirmi.» Il suo tono, così feroce un momento prima, adesso era piatto e vuoto. Guardò Jonathan. Tutta la furia era uscita dal suo volto, che era liscio e disteso, come una maschera indossata per nascondere il tumulto interiore. Jonathan rammentò un'espressione che aveva letto in un libro di storia, anni prima. "Qui sono i demoni."

Nella sua mente c'era l'immagine di George Turner che giaceva in un letto d'ospedale a Londra, con la gamba fracassata forse irreparabilmente. Era ciò che loro avevano chiesto. Ciò che lui aveva voluto.

O ciò che Richard gli aveva fatto credere che voleva.

Jonathan aveva perso il controllo. Quando Richard lo guardò si sentì come abbagliato. Non riusciva a pensare con chiarezza. Aveva bisogno di essere di nuovo con i suoi vecchi amici. Loro l'avrebbero fatto ancora sentire se stesso.

Però Richard lo faceva sentire vivo.

Allungò una mano e toccò il viso di Richard, che gli sorrise: un bel sorriso rassicurante. Anche Paul Ellerson lo aveva rassicurato, ma poi era scomparso, l'aveva abbandonato. Jonathan sapeva che Richard non l'avrebbe mai fatto.

«Tu puoi parlare con me» disse gentilmente Jonathan. «Io capirò, te lo prometto.»

Qualcuno bussò alla porta. «Ignoralo» sussurrò Richard. «Chiunque sia, se ne andrà.»

Non fu così. Fu battuto un altro colpo e qualcuno spinse la porta, ma si rese subito conto che era chiusa dall'interno. «Jon, Richard, siete lì?» Era Nicholas. Richard imprecò sottovoce.

«Faresti meglio a lasciarlo entrare» disse Jonathan «perché lui non se ne andrà.» Richard non si mosse. «Apri» insisté Jonathan.

«Non abbiamo bisogno di lui.»

«Lui è un mio amico.»

«*Io* sono il tuo amico. Non hai più bisogno di lui.»

«Lo so.»

«Allora diglielo.»

«Lo farò.»

«Quando?»

«Non lo so, ma intendo farlo.»

«E sarà meglio. Ma forse glielo dirò io al posto tuo.»

Jonathan sentì un impulso protettivo nei confronti di Nicholas. «Non farlo, ti prego. Non farlo.»

Richard sorrise. «Sto solo scherzando.»

«Promettilo.»

«Naturalmente. Non dirò nulla.» Richard si alzò dal letto. «Arrivo!» gridò. Prima di giungere alla porta si voltò a guardare Jonathan con espressione possessiva e predatoria al tempo stesso. La sua intensità era tremenda, ma anche eccitante.

Venti minuti più tardi Jonathan e Nicholas camminavano lungo il corridoio che portava alla Old School House. Mancava un'ora alla cena, ma Richard sembrava di malumore e i due ragazzi avevano ritenuto opportuno andarsene.

Giunsero nell'atrio principale. Jonathan sembrava sul punto di salutare l'amico. «Posso tornare al tuo studio?» domandò Nicholas. Jonathan annuì con un'ombra di disagio. Entrambi sapevano che un mese prima una domanda del genere non sarebbe stata necessaria.

Sedettero nello studio. Jonathan tirò fuori una favolosa scatola di biscotti. «Dove li hai presi?» domandò Nicholas.

«Me li ha mandati la zia di Richard.»

«Molto gentile da parte sua.»

«Non devi sembrare così stupito.»

«Non lo sono.»

«Il fatto che sia sua zia non significa che tu debba detestare anche lei.»

«Io non detesto Richard.» Jonathan lo guardò con aria poco convinta. «Credimi.»

«Se lo dici tu.»

«Però lui mi odia, non è vero?»

Adesso toccò a Jonathan sentirsi a disagio. «No.»

«Invece sì. Negalo quanto vuoi, ma sappiamo entrambi che è così.»

«Se Richard ti odia tanto, come mai ti fa partecipare a tutto?»

«Perché io non sono come i due gemelli. Io non mi lascio cacciare via.»

«I gemelli non sono stati cacciati via.»

«Sì, invece.»

«Hanno deciso loro di andarsene.»

«Giusto» rispose Nicholas in tono sarcastico. «Richard non c'entra affatto.»

«Vero, lui non c'entra.»

«Tu eri presente. Hai visto che cosa è successo. Perché non vuoi ammetterlo?»

«Perché non c'è nulla da ammettere. Piantiamola di discutere sui gemelli. Sai che problema... Possiamo essere stati amici l'anno scorso, ma ciò non significa che dobbiamo restare amici per sempre.»

«Così parlò San Richard di Rokeby. Sia reso omaggio a San Richard!»

«Non parlare di lui in questo modo!»

«Perché no? Tu chiameresti bianco il nero, se lui te lo chiedesse. E quando lui ti convincerà a scaricarmi, dirà che la colpa è mia e tu gli crederai.»

«Io non ti scaricherò mai. Tu sei il mio amico.»

«Sai quanto conta per te! Anche i gemelli erano tuoi amici, ma tu non parli più con loro perché San Richard non sarebbe contento.»

«Anche tu hai smesso di parlare con loro!»

«Ti sbagli. Sono loro che non parlano più con me, e sappiamo tutti di chi è la colpa.»

«Se Richard è così terribile, perché non giri al largo? Nessuno ti obbliga a stare con noi.»

Nicholas impallidì leggermente. «È questo che vuoi?»

Jonathan scosse la testa.

«Non lo è?»

«No di certo.»

«Ma è ciò che vuole Richard» disse Nicholas a bassa voce. «Non è così?»

Jonathan non rispose e guardò per terra. «Questo non va bene, Jon» dichiarò Nicholas. «Non sono parole tue.»

«Non...» cominciò a dire Jonathan.

«Perché no? È vero.»

«Non è vero.»

«Devi rompere con lui, prima di farti fagocitare.»

«Tu non capisci.»

«Davvero?»

I due si fissarono.

«Sì che capisco» riprese Nicholas. «Lui è bello, sicuro di sé, non ha paura di nessuno. Chiunque vorrebbe averlo per amico, e lui ha scelto te. Tu ne sei così lusingato che farai tutto ciò che vuole.»

«Le cose non stanno in questo modo.»

«Davvero?»

Jonathan si massaggiò la nuca. «Forse era così al principio, ma non adesso.»

«E com'è adesso?»

«Mi fa sentire sicuro. Fin da quando sono arrivato qui, io ho avuto paura di qualcosa. Di Wheatley, di Ackerley. Di perdere mio padre. Di tutto. Qui mi sento impotente, come se fossi in prigione. Richard mi fa sentire forte.»

«È lui che è forte! Tu stai solo facendo ciò che lui ti ordina di fare!»

«E se anche fosse?» gridò Jonathan. «Lui scaccia da me la paura. Proprio come faceva Paul Ellerson, solo che con lui è cento volte meglio!»

«Come puoi confrontare Richard con Paul Ellerson? Paul non si divertiva a fare del male agli altri. Non cercava di separare le persone dai loro amici!»

«Lo vedi? Tu non capisci» disse Jonathan sottovoce.

Silenzio. Nicholas guardava la pietra azzurra appoggiata sul davanzale della finestra. Jonathan l'aveva trovata su una spiaggia di Southwold l'estate scorsa, quando i genitori di Nicholas li avevano portati tutti e due in gita nel Suffolk. Su una collina sopra la spiaggia c'era una fila di cannoni dell'epoca napoleonica. Suo padre aveva fotografato loro due che facevano smorfie seduti su un cannone. Nick aveva ancora la foto da qualche parte. Era un ricordo dei tempi buoni, come la pietra.

Non voleva che le cose andassero così. Voleva riportare indietro l'orologio, sincronizzarlo di nuovo su quell'estate.

«Domenica prossima vengono a trovarmi i miei genitori. Mi portano fuori a pranzo.»

«Sei fortunato. Salutali da parte mia.»

«Potresti salutarli personalmente, se venissi anche tu.»

Jonathan scosse il capo.

«Sarebbero contenti di vederti. Mi chiedono sempre di te.»

«Non è questo.» Jonathan abbassò gli occhi. «Domenica vengono lo zio e la zia di Richard. Uscirò con loro. Scusami.»

All'improvviso Nicholas si sentì terribilmente stanco. Non era ancora sconfitto. Non intendeva arrendersi. Però sapeva che, se voleva avere una possibilità di vincere, doveva disporre di armi molto più potenti di quelle che possedeva attualmente. Ma non sapeva dove avrebbe potuto trovarle.

Si alzò in piedi. «Ho del lavoro da fare. Ci vediamo a cena.»

Non attese la risposta di Jonathan e uscì in fretta.

Dopo cena James Wheatley aiutò Stuart a caricare il baule nel portabagagli della vettura.

Mrs. Barry era insieme a Mr. Bryant. Aveva un foulard legato in testa come protezione contro il vento e fumava una sigaretta. Quando James incrociò il suo sguardo lei gli sorrise, ma la sua espressione era tesa. Doveva ancora guidare fino al Suffolk per prelevare la sorella di Stuart, prima di ripartire per il lungo viaggio fino a Londra.

«È tutto?» domandò a Stuart. Il ragazzo annuì. «Ne sei sicuro? Non vorrei dover tornare indietro.»

Stuart si voltò verso James e alzò gli occhi al cielo. «Sono sicuro, mamma.»

«Allora partiamo.» Mrs. Barry strinse la mano a Mr. Bryant. «Ancora grazie. Ralph e io le siamo molto grati di ciò che ha fatto per Stuart.»

«Non c'è di che. Siamo solo dispiaciuti di vederlo andare via. Sarà una grande perdita per l'Istituto.»

Stuart guardò James e fece una smorfia. Entrambi detestavano Mr. Bryant ed erano sicuri che il sentimento fosse reciproco. Normalmente James avrebbe risposto con un'altra smorfia, ma questa volta non lo fece.

Mr. Bryant strinse la mano a Stuart. «Buona fortuna, Barry. Vieni a trovarci quando ritorni in Inghilterra.»

«Non mancherò di farlo, signore» rispose Stuart. Continuava ad avere il viso contratto in una smorfia. Mr. Bryant fece un cenno del capo a Mrs. Barry e ritornò in casa. «Allora addio, James» disse lei. «Stuart, saluta il tuo amico.»

Era finita. Stuart, imbarazzato, tese la mano a James. «Addio.»

«Sì, addio.» James si sforzava di sembrare indifferente.

«Andrà tutto bene.»

«Lo credo anch'io.»

«George tornerà da un giorno all'altro.»

«Non è l'opinione di Bryant.»

«Cosa vuoi che ne sappia? Vedrai.»

«Sicuro.»

Silenzio. C'erano tante cose che James avrebbe voluto dire, ma si rendeva conto che Mrs. Barry stava diventando impaziente. «Farai meglio ad andare.»

«Sì, vieni, Stuart» disse in tono piuttosto aspro sua madre. «Katie ci sta aspettando. James, non mancare di venire a trovarci.» James cominciò a ringraziarla per l'invito, ma la signora stava già salendo in macchina, impaziente di partire prima dell'ora di maggior traffico.

Il ragazzo rimase a guardare la vettura che si allontanava. Una parte di lui le correva dietro e implorava Stuart di rimanere. Purtroppo non dipendeva da Stuart, e non c'era niente da fare.

Guardò l'edificio della scuola. Torreggiava su di lui come un colosso di pietra. Lo faceva sentire un pigmeo, indifeso e vulnerabile.

Rientrò lentamente nella Old School House.

Quella sera sedette nel dormitorio cercando di leggere un libro.

Due letti erano stati smobilitati. A quell'ora Stuart era a Londra a progettare il futuro con la famiglia. Anche George era a Londra, a farsi visitare da uno specialista. Mr. Bryant aveva detto che difficilmente George sarebbe tornato prima dell'inizio del prossimo trimestre.

Intorno a lui gli altri ragazzi del quarto anno si preparavano ad andare a dormire. L'aria echeggiava delle loro voci. William Abbott uscì dal bagno e si diresse verso il proprio letto. Il piccolo William, che era stato così spesso vittima dei suoi maltrattamenti, di solito tirava avanti come se lo pregasse di ignorarlo. Invece quella sera William si muoveva con una sicurezza nuova. Non era più costretto ad avere paura.

James rimpianse che George non fosse lì. Il prossimo trimestre sembrava terribilmente lontano.

Christopher Deedes sedeva sul letto di Henry Blake. Entrambi lo stavano guardando. Lui li fissò. I due distolsero subito lo sguardo, ma meno rapidamente di come avrebbero fatto due settimane prima. Intanto si scambiarono un sorriso. Entrambi erano stati vittime della banda di James. Adesso che cosa avevano da temere?

Avrebbero tentato di fare qualcosa? Bene, ci si provassero. L'avrebbero rimpianto nel trimestre successivo, quando George fosse ritornato.

Rimpianse che non fosse già lì.

La porta si aprì. Brian Harrington si guardò attorno. «Sbrigatevi! A quest'ora dovreste essere tutti a letto!» I ritardatari emersero dalla porta del bagno. Jonathan Palmer era uno di loro. Andò verso il proprio letto. Mentre passava davanti a James si fermò e gli sorrise. «Sogni d'oro» gli disse dolcemente.

«Palmer!» ruggì Brian. «Spicciati!» Jonathan saltò nel suo letto. «Buonanotte a tutti!» «Buonanotte, Harrington!» Le luci si spensero.

James rimase immobile a scrutare nel buio. Tutto intorno a lui era silenzio. Non udiva alcun suono se non il battito del suo cuore.

Non aveva paura. Nessuno avrebbe tentato di fargli qualcosa. Non avrebbero osato. Nessuno avrebbe osato!

Peccato non essere a Londra! Desiderava essere in qualunque posto, ma non qui.

Tirò su le lenzuola e si rannicchiò in posizione fetale. Si sforzò di ignorare il fatto che stava tremando.

Esplose fuori dal sonno come una pallottola sparata da un fucile. Sedeva rigido sul letto, madido di sudore. Udì sospirare e russare gli altri, che continuavano a dormire intorno a lui.

I suoi occhi scrutarono le tenebre cercando di mettere a fuoco qualcosa, cercando un movimento.

Non c'era nulla. Era stato solo un brutto sogno.

Tutto questo era un brutto sogno.

Solo nel buio, circondato da persone che lo odiavano, si mise a piangere.

13

Quando il campanello squillò alla fine della lezione, Henry Ackerley fece uno sforzo per controllare il proprio sollievo.

«Bene. In libertà. Senza fare troppo chiasso, per favore.» I ragazzi del quarto anno si alzarono in piedi e si avviarono verso l'uscita, preparandosi per l'intervallo di metà mattina. Henry stava seduto e li osservava. James Wheatley sembrava teso. Forse aveva dormito male, tanto peggio per lui. L'oggetto della sua attenzione si stava avvicinando. Ackerley esitò per un momento, poi decise di affrontare la questione.

«Rokeby!»

Richard Rokeby si voltò verso di lui. «Signore?»

«Una parola con te, se non ti dispiace.»

Richard Rokeby si fermò e attese che gli altri allievi uscissero. Henry vide Jonathan Palmer e Nicholas Scott in attesa sulla soglia. «Cosa aspettate voi due? Andatevene e chiudete la porta.»

Scott obbedì, ma Palmer rimase dov'era. «Palmer, sei sordo?» Ancora nessuna reazione, finché Richard Rokeby non si voltò facendogli un cenno affermativo con la testa. Henry trangugiò la collera e si dedicò al problema che voleva discutere.

«Dimmi, Rokeby, che cosa sta succedendo?»

Gli occhi azzurri lo fissarono con calma. «Che cosa vuol dire, signore?»

«Non fare il tonto con me. Sai esattamente che cosa intendo.»

«Davvero, signore?»

«Per quanto tempo credi che io possa sopportare questo comportamento?»

«Quale comportamento, signore?»

Henry inspirò profondamente. «Rokeby, non mi piace essere provocato.»

«Sono sicuro che non le piace, signore. Però mi sarebbe di enorme aiuto sapere di che cosa sta parlando.»

«Ti consideri molto furbo, vero, Rokeby?»

Richard si strinse nelle spalle.

«Non è così?»

«Credo che sia una domanda da rivolgere ai miei insegnanti, signore. Lei mi considera furbo?»

«Non girare intorno all'argomento, Rokeby.»

«Girare intorno a cosa, signore?»

«Altri membri del personale insegnante possono essere disposti a tollerare la tua insolenza, ma io no, te l'assicuro.»

«Sono insolente, signore?»

«Sai maledettamente bene che lo sei!»

«Non lo so, signore. So con certezza che mi sforzo sempre di essere educato. Però, se lei volesse spiegarmi quale aspetto del mio comportamento lei considera insolente, sono sicuro che potrei tentare di cambiarlo.»

Ackerley si rese conto di essere come un pugile chiuso nell'angolo. Rokeby diceva la verità. Il suo comportamento indossava sempre la maschera della perfetta educazione. Lo disturbava solo ciò che c'era dietro quella maschera.

Come il suo modo di guardare.

Stava andando sempre peggio. Quegli occhi, così fissi e penetranti, rimanevano concentrati su di lui, senza batter ciglio, dall'inizio alla fine della lezione. Ackerley aveva tentato di ignorarlo, ma era difficile perché, nei rari istanti in cui guardava quegli occhi, vedeva tutto il veleno che essi contenevano e provava paura.

Proprio come in quel momento.

Gli occhi di Rokeby lo bloccavano completamente, come se lui avesse avuto una morsa intorno alla testa. Lo perforavano come punte di trapano, facendogli capire che potevano vedere nella sua anima e nella tenebra che essa ospitava.

Era un duello, e lui stava perdendo terreno. Lottò per riprendere il controllo.

«Ho detto tutto ciò che ho da dire, Rokeby. Prendilo come un monito. Se questo comportamento continua, farò i passi necessari per farlo cessare. Qui io sono il professore, e come tale detengo il potere. Sarà saggio da parte tua tenerlo presente.»

Parole forti, di cui si pentì subito. Quasi impercettibilmente Richard Rokeby raddrizzò la schiena.

«Lei non mi sta minacciando, vero, signore?»

Il tono era ancora cortese, ma gli occhi erano glaciali.

Henry Ackerley deglutì a fatica.

«Mi sta minacciando, signore?»

«No.»

«Me ne rallegro, signore. Sarebbe molto sleale da parte sua, quando io faccio tanti sforzi per essere educato.»

Richard fece un passo avanti. Henry lottò contro l'istinto che lo spingeva a lasciarsi andare contro la spalliera della poltrona.

«In effetti, signore, potrebbe spingermi a dimostrarle quanto posso essere insolente.» Un sorriso cominciò a vibrare sugli angoli della sua bocca. «Speriamo di non dover arrivare a questo, signore.»

Henry avrebbe voluto parlare, ma la sua gola era arida. Poté soltanto annuire.

«C'era qualche altra cosa che lei voleva dirmi?»

Henry scosse il capo.

«Allora posso andare, signore?»

«Sì.»

«Grazie, signore.» Richard girò sui tacchi e si diresse alla porta. Prima di uscire si voltò sorridendo. «A domani, signore. Seconda lezione.» Poi se ne andò.

Henry rimase dov'era. Allungò una mano a prendere una sigaretta. Il tremito violento gli impedì di accenderla.

L'ultima lezione era appena finita. Mentre la classe superiore di francese usciva dall'aula Walpole, Nicholas si sentì chiamare per nome. Si voltò e vide Richard Rokeby che andava verso di lui.

«Vieni allora?» domandò Richard.
Nicholas lo guardò con aria circospetta.
«Dove?»
«Jonathan non te l'ha detto?»
«Detto cosa?»
Lì per lì Richard sembrò stupito. «Evidentemente no.» Alzò le spalle e fece per andarsene.
«Dirmi cosa?» insisté Nicholas.
«Niente» rispose Richard senza fermarsi.
Nicholas gli corse dietro.
«Dev'essere stato qualcosa di importante, se no non me l'avresti domandato.»
«Stasera servono quella schifezza di polpette. Mia zia mi ha mandato ieri un grosso pacco di cibarie. Ho pensato che potremmo distruggerle insieme. L'ho detto a Jon.»
«Lui non mi ha detto nulla.»
«Se ne sarà dimenticato. Dipende da te. Mi sa che preferiresti cenare con il resto della classe.»
"Ti piacerebbe" pensò Nicholas. «Verrò» disse con energia. «Ti ringrazio.»
Richard non fece nessuno sforzo per nascondere il proprio malcontento. «D'accordo» confermò a malincuore. «Andiamo. Jon ci raggiungerà.»
Salirono le scale di Abbey House senza scambiare una parola. Non erano mai stati insieme da soli, e questa intimità inattesa faceva stare Nicholas sulle spine. Si chiese se Richard provava la stessa sensazione.
Giunsero allo studio di Richard. Nicholas sperava che Jonathan ci fosse già, ma la stanza era vuota. Richard si sdraiò sul letto e additò una sedia vicino allo scrittoio. Nicholas sedette. «Immagino che Jon arriverà presto.»
«Così dovrebbe.»
«Mr. Fleming tira sempre per le lunghe. Jon se ne lamenta spesso.»
«Già.»
Nicholas udì in lontananza delle voci, ma tutto era silenzio al piano degli allievi del quarto anno. Richard lo stava guardando, e quello sguardo fisso lo innervosiva. Si sforzò di tro-

vare qualche altra cosa da dire. «È veramente stupido, non ti pare? Avere lezioni supplementari di francese.»

«Perché? Alcune persone vanno meglio di altre.»

«Potresti dirlo per qualunque materia. Guarda Jon, brillante in storia, scarso in latino. E che mi dici di George Turner? Se ci fosse un corso di matematica per imbecilli, lui farebbe fatica a tenere il passo anche in quello.»

«Sarebbe a dire?»

«Che è una cosa stupida.»

«Allora fa' qualcosa. Scrivi una lettera al consiglio d'amministrazione.»

Nicholas rise nervosamente. «Sarebbe un po' troppo.»

«No, se sei fortemente convinto di ciò che dici.»

«Non ne sono fortemente convinto.»

«Allora perché parlarne?»

Nicholas si strinse nelle spalle. «Tanto per dire qualcosa, immagino.» Sperava che Jonathan si sbrigasse ad arrivare.

«Perché dire qualcosa soltanto per dirla?»

«Non lo so.»

«Hai paura del silenzio?»

«No.»

«Hai paura di me?»

Nicholas sentì le guance scaldarsi. «No. Certamente no.»

«Allora perché sei così nervoso?»

«Non sono nervoso.»

«Ti comporti così con tutti? Arrossire, guardare il pavimento e dimenarti come se avessi paura di fartela addosso?»

«No.»

«No, naturalmente. Solo con me. Se essere nella stessa stanza con me è una tortura così atroce, perché non vai ad aspettare Jon al fondo delle scale?»

Era una tentazione. Ogni istinto gli gridava di farlo.

«O, meglio ancora, perché non ti levi dalle scatole e te ne vai dai tuoi vecchi amici senza più rompere a noi due?»

All'improvviso il coraggio di Nicholas venne a galla. In fondo al cuore aveva sempre saputo che il confronto sarebbe stato inevitabile. Ora che il momento era venuto, lui non intendeva arrendersi senza combattere.

Alzò la testa e fissò Richard. «Ti farebbe piacere, vero?»

«Tu che cosa ne pensi?»

«Penso che sia ciò che hai sempre desiderato. Ma non succederà.»

«Davvero?»

«No. Non lo permetterò.»

Richard sorrise. «Sei pronto a scommettere?»

«Jonathan non viene, vero? Non c'è nessun pacco inviato da tua zia. Jonathan non ne sa niente.»

«Giusto, non lo sa. È una storia fra te e me.»

«No, non lo è. Riguarda me e Jonathan. Tu hai cercato di metterlo contro di me, ma non ci sei riuscito, perciò ricorri alle minacce per spaventarmi.»

«Perché non guardi le cose in faccia? Jonathan non ti vuole fra i piedi più di quanto ti voglia io. L'unica cosa che gli impedisce di dirtelo è la preoccupazione di come potrai reagire. Tu non gli piaci, gli fai solo compassione. Chi potrebbe biasimarlo? Tu sei così patetico. Se fossi patetico come te, mi ucciderei.»

«Tu mi odi sul serio, non è vero?»

«Sì» ammise Richard continuando a sorridere. «Ti odio davvero.»

Nicholas si alzò lentamente in piedi. Il suo respiro era tranquillo e regolare. Il suo viso era freddo. Si stupiva della propria calma.

«Odiami quanto vuoi, ma non riuscirai a mettermi fuori. Tu non mi fai paura. Forse in questo momento Jonathan ti considera una persona magnifica, ma presto ti vedrà per quello che sei realmente. E quando questo accadrà, ti lascerà cadere come un pezzo di merda, e io sarò là a riderti sul muso!»

Si voltò e andò senza fretta alla porta, deciso a conservare la propria dignità. La battuta successiva lo sbalordì completamente.

«Come sta la tua famiglia?» domandò Richard.

Nicholas si fermò di colpo e si voltò. «Cosa?»

«La tua famiglia? Come sta?»

«Non è affare tuo.»

«Le cose non possono essere facili per tua madre. Le affronta meglio adesso?»

«Mia madre? Di cosa stai parlando?»

«Non può essere facile per lei sapere che tua nonna continua a peggiorare. E anche preoccuparsi di ciò che succederà dopo. Come la volta che andò in città vestita solo con la camicia da notte e dovette essere riportata a casa dalla polizia. Ci sono stati altri incidenti del genere?»

Nicholas rimase a bocca spalancata. «Come fai...»

«Non c'è da stupirsi se si sforza di fingere che non stia accadendo. Chi non sceglierebbe di nascondere la testa nella sabbia, piuttosto che fare qualcosa di concreto? È molto più facile lamentarsi con il marito, fare torte per il figlio e dire a se stessa che tutto va bene e che, quando sua madre lascerà il gas aperto o cadrà davanti a un autobus, sarà stato solo un tragico incidente e nessuno si sentirà in colpa.»

Il sangue defluì dal volto di Nicholas.

«Tu vuoi bene a tua nonna, non è vero? Sono sicuro che anche lei ti vuole bene... quando riesce a ricordare chi sei. Ma ti vuole bene davvero? Forse preferiva tuo fratello, come lo preferivano i tuoi genitori.»

Nicholas si sentì come se gli avessero strappato la pelle e gli stessero raschiando la carne nuda con un rasoio. Tutti i suoi segreti più dolorosi fatti sfilare davanti a lui. Segreti che non aveva raccontato a nessuno. A nessuno, tranne a Jonathan.

«Credi che tua nonna avrebbe preferito che fossi morto tu, invece di tuo fratello? Al posto tuo, io vorrei saperlo. Peccato che tu non sarai mai capace di chiederlo. Non a tua nonna, data la sua condizione attuale.»

Gli occhi di Nicholas si stavano riempiendo di lacrime. Si sforzò di trattenerle, ma non servì a nulla.

«Tuo padre è militare, no? Il tipo sportivo, a quanto mi risulta. Com'era tuo fratello, ma non come sei tu. Però mi sembra che sia una persona a posto. Non il tipo che ti farebbe capire che lo hai deluso.»

Le lacrime scendevano sulle guance di Nicholas. Guardò senza parlare Richard, con un'espressione torturata che era una supplica silenziosa di pietà. Ma gli occhi di Richard non esprimevano compassione, bruciavano dall'ansia di assestare il colpo di grazia.

«Immagino che Jonathan e io siamo fortunati a essere figli unici. Non dobbiamo mai preoccuparci del pensiero che i nostri genitori ci amino più o meno dei nostri fratelli o delle nostre sorelle. E se muore un nostro fratello, non stiamo a chiederci con angoscia se papà e mamma avrebbero preferito che fosse toccato piuttosto a noi. Dev'essere terribile portarsi dentro una simile consapevolezza. Ma non lasciare che questo ti sconvolga. Sono sicuro che i tuoi genitori ti vogliono bene.» Fece una pausa. «A modo loro.»

Nicholas non riuscì a sopportarlo oltre. Emise un singhiozzo e fuggì dalla stanza.

Le otto meno un quarto. Alan Stewart camminava nel corridoio buio verso la sua aula. Aveva lasciato le sigarette nel cassetto e voleva ricuperarle prima di dedicarsi alla correzione dei compiti.

Durante il giorno il corridoio era pieno di rumore, ma in quel momento era silenzioso. L'unico suono era quello prodotto dai suoi tacchi che battevano sul pavimento lucido. Però, mentre si avvicinava all'aula, ebbe la sensazione di udire un lamento soffocato.

Rallentò il passo cercando di capire di dove veniva. Nessuno doveva essere là a quell'ora. I direttori delle Case dovevano tenere le aule chiuse dopo le ore di scuola. Però c'era inevitabilmente qualcuno che se ne dimenticava.

Notò una porta socchiusa. L'aprì e accese la luce. Nicholas Scott sedeva su un banco e si teneva la testa fra le mani. I suoi occhiali erano posati sullo scrittoio. Singhiozzava come se il suo cuore stesse per spezzarsi. Afflitto com'era, sembrò non accorgersi che era stata accesa la luce.

Alan era spaventato. Il suo primo pensiero fu che fosse morto uno dei genitori del ragazzo. «Scott, che cosa c'è?»

Nicholas sussultò violentemente. Alzò la testa e i suoi occhi arrossati si spalancarono per l'allarme. «Va tutto bene, Scott» disse gentilmente Alan. «Sono soltanto io.» Chiuse la porta dietro di sé. «Cosa è successo?»

Nicholas si sforzò di ricomporsi. «Niente, signore» rispose con voce strozzata asciugandosi gli occhi.

«A me non sembra che si tratti di niente» disse Alan con simpatia. Sedette sul banco di fianco a Nicholas. «Perché sei così sconvolto? Hai avuto cattive notizie da casa?»

«No, signore.»
«Di che si tratta, allora?»
Nicholas allungò una mano per prendere gli occhiali. Alan gli rivolse un sorriso rassicurante. «Perché non me lo dici? Qualcuno ha cercato di farti del male?»
Nicholas scosse il capo.
«Qualcuno l'ha fatto, vero? Di che si tratta?»
«Non posso dirglielo, signore.»
Alan stava per fare promesse sulla propria riservatezza, quando un'idea lo colpì.
«Ha a che fare con Palmer e Rokeby, vero?»
Vide che Nicholas entrava in tensione. Capì di avere indovinato.
«No, signore.»
«Cosa ti hanno fatto?»
«Nulla, signore.»
«Scott, è importante.»
«Non è successo nulla, signore.»
Alan trasse un profondo sospiro. «Scott, ascoltami, io non sono stupido. Ho due occhi e vedo le cose che succedono. So che tu e Palmer eravate amici intimi. Ma adesso Rokeby si è messo in mezzo, non è vero?»
Nicholas fissò in silenzio lo scrittoio.
«Avevo previsto che tu fossi geloso di Rokeby» disse Alan con la voce più suadente possibile. «È una reazione naturale. So come mi sentivo da ragazzo. Ma c'è qualcosa di più, non è vero? Ho visto in che modo guardi Rokeby. Lui ti fa paura, no?»
Nicholas non rispose, ma Alan sentì di essere quasi riuscito ad aprire una breccia. «Non è vero?» domandò con gentilezza.
Nicholas annuì lentamente.
«Perché, Scott? È stato violento con te?»
«No, signore.»
«Ti ha minacciato in qualche modo?»
«No, signore?»
«Perché, allora? Sei spaventato per te o per qualcun altro?» Nessuna risposta. «Hai paura per Palmer?»
«Sì.»
«Perché, Scott? Me lo devi dire. Che cosa sta accadendo fra quei due?»

Nicholas ricominciò a piangere. Alan gli passò un braccio intorno alle spalle. «Mi dispiace, Scott. Io non voglio agitarti più di così, ma devo sapere. Palmer sta correndo qualche pericolo?»

«Mi aveva fatto un giuramento» sussurrò Nicholas.

«Chi?»

«Me lo aveva giurato. È stata la cosa più dolorosa del mondo per me! E adesso quei due siedono insieme e ne ridono come se fosse una barzelletta! Come può farmi una cosa simile? Dopo che l'ho assecondato in tutto? Io non volevo, ma avevo paura per lui e non mi restava altra scelta.»

Alan era confuso. «Scott, cosa stai dicendo? In che cosa lo hai assecondato?»

«Maledizione a lui! Maledetti tutti e due! Stiano pure insieme. Vorrei proprio vederli morti!»

Nicholas, singhiozzando, balzò in piedi e corse fuori dall'aula.

I compiti erano finiti da un'ora, ma Stephen e Michael sedevano ancora al tavolo, a meditare su un libro di matematica.

«Capisci adesso?» domandò Stephen.

Michael annuì.

«Allora spiegamelo.»

«Non rompere.»

Stephen sospirò per l'esasperazione. «Tu non capisci un accidente.»

«Invece sì.»

«Mike, devi sforzarti di più. Io non sarò con te all'esame.»

«Lo so» rispose Michael irritato.

«Allora fa' attenzione. Non startene lì seduto a fantasticare. Non puoi contare sempre su di me.»

«Non conto su di te. Non sono disperato fino a quel punto.»

«Sì che lo sei. Ti avrebbero bocciato almeno una volta, se non ci fossi stato io.»

«Come se non lo sapessi! Non ti stanchi mai di essere perfetto?»

«Non è il caso di rispondermi in questo modo.»

«Perché no? Sono stufo di vederti comportare sempre come se fossi migliore di me!»

«Ma non lo sto facendo! Io voglio solo che tu non sballi l'esame. Se succedesse, potremmo finire in classi separate, e non ti piacerebbe.»

«Neanche a te.»

«Certo che no. Dài! Vedi di fare uno sforzo, d'accordo? Per amore di tutti e due.»

I gemelli erano così impegnati a discutere, che non si accorsero subito del ritorno di Nicholas.

Era entrato nella stanza e sedeva al suo tavolo con le spalle curve, gli occhi rossi e gonfi.

«Faresti bene a lavarti la faccia» disse Stephen dopo un lungo silenzio. «Non vorrai far vedere a tutti che hai pianto.»

«Il campanello suonerà fra pochi minuti» aggiunse Michael. «Dovresti andare subito nel bagno.»

Nicholas rimase dov'era. Michael guardò Stephen con ansia, come per chiedergli aiuto. Per un momento Stephen non fece nulla, poi annuì. I due gemelli si alzarono in piedi contemporaneamente.

«Veniamo con te, se vuoi, per assicurarci che nessuno se ne accorga.»

Si avvicinarono a Nicholas. «Che cosa è successo?» domandò Michael. Stephen scosse la testa e mise una mano sulla spalla di Nicholas. «Scordati di loro, Nick. Non meritano che tu stia male.»

«Lo so» disse lentamente Nicholas. «Lo so.»

«Allora vieni, faremo bene a scendere.»

I tre uscirono insieme dallo studio.

14

Ultima lezione del sabato mattina. Alan Stewart aveva finito di discutere le cause della Guerra civile con gli allievi del quarto anno. Ora, a pochi minuti dal termine, i ragazzi sedevano in relativo silenzio, a studiare il compendio delle vicende di guerra come era esposto nei loro libri di testo.

In verità, non leggevano molto. L'aria era piena del ronzio di conversazioni bisbigliate. Il sabato Alan cercava sempre di finire un po' in anticipo. Sapeva che i ragazzi erano eccitati al pensiero del weekend e non riteneva giusto pretendere la massima concentrazione fino allo squillo finale del campanello.

Però in quella mattina particolare aveva buoni motivi per non esigere il silenzio. C'era una situazione che necessitava del suo intervento, però lui aveva bisogno di verificare lo stato attuale della sua dinamica prima di intraprendere qualsiasi azione.

C'era stato un cambiamento di posti. Jonathan Palmer aveva abbandonato il banco che divideva con Nicholas Scott; adesso sedeva accanto a Richard Rokeby. Le teste dei due ragazzi erano chinate l'una verso l'altra e l'attenzione di ciascuno era completamente concentrata sul compagno. C'era intorno a loro una specie di alone che li separava dal resto della classe, come se fossero presenti con il corpo ma non con lo spirito.

Adesso Nicholas Scott sedeva in solitudine. Stephen e Michael Perriman bisbigliavano tra loro e Alan si rallegrava nel vedere Nicholas di nuovo incluso nei loro discorsi. Però Nicholas non sembrava contento. Spesso lanciava uno sguardo al banco vicino alla finestra, occupato da Jonathan e Richard. Il viso di Nicholas era una maschera di sofferenza e di ...

Di cosa...?

Alan non lo sapeva e non riusciva a immaginarlo.

Che diavolo era successo fra quei tre? Aveva bisogno di andare al fondo di quella storia, ma se la reazione di Scott significava qualcosa, dubitava fortemente di poterne venire a capo.

Quelli erano i ragazzi che gli interessavano e che desiderava osservare. Ma inaspettatamente un altro studente richiamò la sua attenzione.

James Wheatley sedeva da solo in uno degli ultimi banchi. Non parlava con nessuno, ma non guardava nemmeno il proprio libro. Teneva lo sguardo fisso davanti a sé. Aveva il viso grigiastro e teso, con grandi occhiaie scure. Sembrava esausto, come se stesse per crollare da un momento all'altro, ma non era calmo. Si scuoteva quasi impercettibilmente sul sedile, come se avesse il corpo carico di elettricità statica.

Alan sentì un movimento nelle prime file. Jonathan e Richard si erano voltati e stavano scrutando Wheatley. Richard sussurrò qualcosa a Jonathan, che gli rispose con un bisbiglio. Poi si voltarono a guardare avanti. Sorridevano entrambi.

Wheatley dava l'impressione di essere sul letto di morte, non nell'aula. Che razza di problema aveva? E Richard e Jonathan c'entravano in qualche modo?

No. Certamente no. Come avrebbero potuto? La sua immaginazione stava correndo troppo.

Ma ciò che vedeva non sembrava frutto dell'immaginazione.

Il campanello annunciò la fine della lezione. Wheatley lanciò un debole grido di allarme, quasi saltando fuori dalla propria pelle. Molti ragazzi si voltarono a guardarlo. Alan vide Richard mormorare qualcosa a Jonathan. Entrambi si sforzavano di soffocare una risata.

Non si poteva andare avanti così. Alan doveva fare qualche cosa, e subito.

«Wheatley, hai un aspetto terribile. Lascia perdere l'attività sportiva di oggi pomeriggio. Va' all'infermeria.»

Wheatley sembrava incerto.

«Non è un consiglio, è un ordine. Va' in infermeria, e subito.»

Wheatley assentì. Cominciò a raccogliere i suoi libri. Gli altri studenti stavano uscendo. Jonathan e Richard passarono davanti alla cattedra di Alan. «Palmer?»

Jonathan si voltò verso di lui, e Richard fece altrettanto. «Signore?»

«Ho bisogno di parlarti a proposito del tuo ultimo tema.»

Jonathan parve sorpreso. «Lei ha detto che era buono, signore.»

«Lo è. Però ci sono alcuni particolari che credo di dover discutere con te.»

Jonathan annuì. Gli occhi di Richard esprimevano diffidenza. «Quali cose, signore?» domandò.

«Non sono affari tuoi, Rokeby. Palmer, dovresti venire nel mio studio alle quattro. Ti va bene?»

«Sì, signore.»

«D'accordo. Ci vediamo.»

I due ragazzi uscirono insieme. Richard si voltò due volte a guardare da sopra la spalla, con occhi sospettosi. Alan sperava di avere preso la decisione giusta.

Le quattro e cinque. Alan sedeva nel suo studio in Abbey House. Era una stanza grande, arredata confortevolmente, con il fuoco acceso nel caminetto. Udì bussare alla porta.

«Avanti.»

Jonathan entrò, respirando affannosamente come se avesse corso. «Mi dispiace di essere in ritardo, signore. Abbiamo finito le partite solo dieci minuti fa.»

«Non preoccuparti. Siediti. Gradiresti una tazza di tè?»

«Molto volentieri, signore.»

Alan gli porse una tazza fumante. Sedettero ai due lati del caminetto guardandosi in viso. Un vento forte soffiava facendo sbattere le finestre. Jonathan sorrideva educatamente. Il suo viso era simile a una maschera e i suoi modi erano guardinghi. Sembrava del tutto diverso dal ragazzo che Alan aveva osservato e incoraggiato negli ultimi dodici mesi.

«Grazie per essere venuto, Palmer. Mi dispiace di avere interrotto la tua mezza vacanza.»

«Va bene così, signore.»
«Ritengo che dovremmo parlare un poco fra noi.»
«Del mio tema, signore?»
«Per la verità, no. Di un altro argomento.»
Gli occhi non dimostravano stupore. Richard doveva avere indovinato esattamente che cosa c'era nell'aria e preparato Jonathan di conseguenza. «Di che altro, signore?»
«Di Richard Rokeby.»
Un sorriso educato.
«Sembra che voi due siate diventati molto intimi di recente.»
«Intimi?»
«Molto legati fra voi.»
«Siamo amici, signore, se è questo che lei vuole dire.»
«Buoni amici, a giudicare dal fatto che adesso sedete nello stesso banco. Avreste dovuto consultare me, prima di cambiare la disposizione della classe.»
«Chiedo scusa, signore. Non pensavo che le sarebbe dispiaciuto.»
«Non sto dicendo che mi dispiace...»
«Allora va bene?»
«Sì, va bene. Però mi aspettavo che tu mi chiedessi l'autorizzazione. Non è da te farlo così, di tua iniziativa.»
«Noi non pensavamo che la cosa avesse importanza, signore.»
Alan si sporse verso il ragazzo. «Noi?»
«Rokeby e io, signore.»
Alan bevve un sorso di tè. «Si direbbe che hai tagliato i tuoi legami con Scott e con i Perriman. Che cosa è successo per provocare questo cambiamento?»
«Nulla, signore.»
«Avete solo smesso di essere amici.»
«Sì, signore.»
«Ed è ciò che tu volevi?»
Jonathan annuì.
«Ne sei sicuro?»
«Sì, signore. Le cose cambiano. Non sono obbligato a tenere gli stessi amici per sempre.»

«No, se non lo vuoi. Però, Palmer, dovrebbe essere una decisione tua, non la decisione di qualcun altro.»

«Non capisco che cosa vuol dire, signore.»

Il viso era ancora una maschera, ma una nota difensiva si era insinuata nella voce di Jonathan.

«Io credo che tu lo capisca.»

«No, signore.»

«Era ciò che Richard Rokeby voleva, vero?»

«No, signore.»

«Allora è una pura coincidenza il fatto che appena sei diventato amico di Richard Rokeby hai scaricato tutti gli altri.»

«Non è stato così, signore.»

«Allora, come è stato?»

Jonathan si strinse nelle spalle.

«Forse tu e Richard Rokeby avete più cose in comune fra voi che con gli altri?»

Di nuovo Jonathan annuì.

«Capisco.» Alan sorrise con atteggiamento comprensivo. «A voi piace fare cose diverse?»

Jonathan ricambiò il sorriso. «Sì, signore.»

«Quali cose?»

Il sorriso si spense. Una breve pausa. «Niente di speciale, signore.»

«Ma hai appena detto che tu e Rokeby preferite fare cose diverse da quelle che fanno gli altri. Che cosa sono?»

Un'altra alzata di spalle. «Soltanto cose.»

«Che genere di cose?»

«Non lo so. Chiacchierare.»

«Non potresti chiacchierare con gli altri?»

«Non nel modo in cui posso farlo con Rokeby, signore.»

«Nemmeno con Scott?»

Jonathan non rispose. La maschera era sempre fissa sul viso, ma una nuova emozione cominciava a trasparire dai suoi occhi. La vergogna. Alan capì che stava facendo progressi. «Nemmeno con Scott?» domandò di nuovo.

«No, signore.»

«Era il tuo migliore amico, non è vero?»

«Sì, signore.»

«Voi due eravate inseparabili.»

«Direi di sì.»
«Finché non è arrivato Rokeby.»
Nuova alzata di spalle, ma meno convincente. «Come ho detto, signore, le cose cambiano.»
«È vero, cambiano. Tu hai fatto amicizia con Rokeby.»
Un cenno di assenso.
«E Scott è rimasto a piangere da solo.»
Gli occhi si spalancarono. «Che cosa vuol dire?»
Fu il turno di Alan di alzare le spalle.
«Quando ha pianto?»
«Ieri sera. L'ho trovato in un'aula.»
Jonathan sembrava sbalordito. «Non stava bene?»
«Che t'importa? Non è più amico tuo.»
«Ciò non significa che io voglia vederlo infelice. Perché piangeva?»
«Dimmelo tu.»
«Non lo so.»
«Non lo sai?»
«No!»
«Io credo che tu lo sappia, Palmer. Credo che tu lo sappia molto bene.»
Jonathan ingoiò la saliva. «D'accordo. Ha avuto una discussione con Richard. Ma non credevo che la cosa dovesse sconvolgerlo in quel modo!»
«Su cos'era la discussione?»
«Non lo so. Io non c'ero. È stata solo una discussione. La gente discute sempre.»
«Dev'essere stata molto violenta per lasciarlo così sconvolto.»
Jonathan scosse la testa.
«Come fai a saperlo? Hai appena detto che tu non c'eri.»
«Richard mi ha raccontato che cosa è successo.»
«Ti ha riferito che cosa ha detto per sconvolgere in quel modo Scott?»
«Non gli ha detto nulla!»
«Invece sì. Solo che ha deciso di non riferirlo a te. Nello stesso modo in cui tu hai deciso di non crederlo.»
«Non è vero! Richard non è così!»
«Non lo è?»

«NO!»

«Allora perché ha sconvolto il povero Scott?»

«Perché Scott è stupido! Richard non farebbe nulla per ferirlo!»

«Forse no» disse lentamente Alan. «Ma cerca di capire, Palmer: non è di questo che Scott ha paura.»

Jonathan sembrava confuso. «Che cosa vuol dire?»

«Scott ha paura di ciò che Richard potrebbe fare a te.»

«A me?»

Alan annuì.

«Ma questo non ha senso!»

«Davvero? Scott non mi sembra stupido! Tutt'altro!»

«Richard non mi farebbe del male.»

«Allora perché Scott ha paura per te?»

«Non lo so.»

«Che cosa sta capitando fra te e Rokeby per spaventarlo fino a quel punto?»

«Non lo so.»

«No, naturalmente non lo sai. Così come non sai cosa c'è che non va in James Wheatley.»

Jonathan impallidì. Goccioline di sudore cominciarono a formarsi sulla sua fronte.

Alan sentì il proprio cuore sprofondare. Ciò che aveva cercato di allontanare dalla mente attribuendolo alla propria immaginazione si stava rivelando anche troppo vero.

«Oh, Jonathan» mormorò, più a se stesso che al ragazzo, «in che razza di guaio ti sei cacciato?»

Jonathan ricambiò il suo sguardo. Tremava, con gli occhi pieni di paura. Sembrava quello che era: un ragazzo giovane e vulnerabile. Alan si inginocchiò accanto a lui e gli accarezzò il braccio. Passò dal tono inquisitorio a un accento diverso, sforzandosi di renderlo suadente il più possibile.

«Jonathan, ascoltami. Io sto cercando di aiutarti. Credi che non capisca come ti senti? Ho frequentato una scuola come questa. So quanto ti senti impotente. So quanto splendido...» si sforzò di trovare la parola giusta «quanto magnetico può apparire un personaggio come Rokeby. Ma, Jonathan, quel tipo di magnetismo è pericoloso. È seducente. Ti fa fare delle cose che tu non ti sogneresti di fare.

«Quando ti vedo con Rokeby, io non vedo il ragazzo che conosco e apprezzo da dodici mesi. Vedo qualcun altro, una persona che non mi piace affatto. Vedo un ragazzo che non ha nulla a che fare con il vero Jonathan Palmer.

«Non so che cosa sta accadendo fra voi due. Forse non sono affari miei. Però devi credermi quando ti dico che questa amicizia è dannosa per te. Ti sta isolando, e questo isolamento ti crea una dipendenza. Devi interromperla, nel tuo stesso interesse. Lo sai da te, non è vero?»

Le labbra di Jonathan tremavano e i suoi occhi si stavano riempiendo di lacrime. Alan sapeva di avere aperto una breccia. Mise un braccio intorno alle spalle di Jonathan. «Perché non mi dici che cosa succede? Vediamo se riusciamo a venirne a capo prima che la situazione diventi troppo complicata.»

Jonathan annuì e aprì la bocca per parlare.

Qualcuno bussò alla porta.

Alan imprecò sottovoce. «Continua» disse a Jonathan in tono incoraggiante. «Chiunque sia, se ne andrà.»

Invece l'intruso non se ne andò. Bussò di nuovo. «Sono occupato!» esclamò Alan. «Venite più tardi.»

«Sono spiacente, signore, ma ho veramente bisogno di parlarle.» Era Patrick Marsh, un prefetto della Casa.

«Resta lì» mormorò Alan a Jonathan. «Tornerò al più presto possibile.»

Alan stava sulla soglia a parlare con Patrick. Jonathan sedeva fissando il pavimento. Gli girava la testa. Desiderava che Patrick se ne andasse. Aveva bisogno di parlare. C'erano cose che sentiva il bisogno di raccontare.

Sapeva che non avrebbe dovuto farlo. Richard l'avrebbe considerato una follia, e Richard aveva sempre ragione. Lui aveva implicitamente fiducia in Richard. Però non poteva impedirsi di pensare a Nicholas che era sempre stato al suo fianco, mentre lui lo aveva abbandonato e lasciato a piangere nel buio. La colpa era di Richard. Però anche lui aveva fatto la sua parte, e adesso che Richard non era presente poteva vedere che cosa stava diventando, e quella realtà lo spaventava.

Si massaggiò le tempie. Voleva chiarirsi le idee, ma i suoi pensieri erano come pezzi di spago che continuavano a ingarbugliarsi, formando nodi che lui non riusciva a sciogliere. Dondolava avanti e indietro sulla sedia. Mosse nervosamente i piedi sul tappeto facendo vacillare una catasta di libri vicino alla sua sedia, che finì per crollare. Si chinò per rimettere a posto i volumi. Un pezzo di carta era sfuggito da uno di essi. Un disegno. Lo raccolse e lo osservò.

Era una caricatura. Sullo sfondo c'era un porto pieno di barche da pesca. In primo piano si vedeva una figura avvolta in una cappa che lasciava scoperto soltanto il viso. La bocca era aperta in un sogghigno che rivelava due zanne. I lineamenti erano grezzi, ma l'artista era stato abile. Quella persona era chiaramente Paul Ellerson.

La testa di Jonathan cominciò a dolere. Gli era venuta un'idea così enorme, che la sua mente sembrava deformarsi nello sforzo di accoglierla. Rimise automaticamente a posto la caricatura e riordinò la catasta. Il sangue gli pulsava dietro gli occhi. Si sentiva come ubriaco. Inspirò profondamente più volte cercando di calmarsi.

La porta si chiuse. Ancora una volta Alan si accovacciò vicino a Jonathan. «Mi dispiace, Palmer. Adesso più nessuno dovrebbe interromperci.»

Jonathan lo fissò con occhi inespressivi. Sembrava inebetito.

Alan si preoccupò. «Palmer, stai bene?»

Jonathan annuì lentamente.

«Allora, perché non mi dici che cosa sta capitando?»

Jonathan fissò il professore. Un attimo prima aveva sentito il desiderio di raccontargli tutto, ma era successo prima...

Prima di cosa?

Il bisogno di parlare se n'era andato. Ora aveva urgenza di riflettere su ciò che aveva visto. C'erano delle tessere del puzzle che dovevano essere messe a posto, ma poteva sistemarle da solo? Forse, ma voleva che ci fosse Richard. Aveva bisogno di Richard.

«Allora, Palmer?» disse Alan gentilmente.

«Allora cosa, signore?»

«Volevi dirmi che cosa sta accadendo.»

«Ho cambiato idea» rispose lentamente Jonathan.

Alan si sentì spiazzato. «Non capisco...»

«Non c'è nulla da capire, signore. Ho cambiato idea. Come

ha detto lei, signore, ciò che succede tra Rokeby e me non è affare suo.»

Mentre parlava, Jonathan ascoltò la propria voce. Sembrava molto distante, come se quelle parole venissero pronunciate da qualcun altro. Forse da Richard. Era il tipo di risposta che Richard avrebbe dato. Quella constatazione gli piacque.

«Devo andare, signore. Ho del lavoro da fare. Va bene per lei, signore?»

Alan annuì debolmente. Jonathan si alzò per uscire.

«Palmer.»

«Signore?»

«Se senti il bisogno di parlare, io sono sempre qui. Lo sai, vero?»

Jonathan fece segno di sì col capo e uscì lentamente dalla stanza.

Alan rimase dov'era, inginocchiato davanti al fuoco, a chiedersi che cosa era andato storto. Jonathan, appena fu fuori, corse nella stanza di Richard.

James Wheatley era a letto nell'infermeria della scuola. La giacca del suo pigiama era aperta. Il dottor Tasker e l'infermiera Clark lo stavano visitando.

«Come ti sei fatto quei lividi?» domandò il dottor Tasker.

«Giocando a rugby.»

«Sembrano dolorosi» disse la Clark.

«Mi hanno pestato durante la mischia. Succede sempre. Non è un grosso problema.»

«Bene, a parte questo» dichiarò con solennità il dottor Tasker, «non c'è nulla che non va nel tuo stomaco.»

James lo guardò con aria offesa. «Gliel'ho detto, sono malato.»

«Hai vomitato?»

«Sì.»

«Quando?»

«Stamattina dopo colazione.» Il dottor Tasker sembrava scettico. «Ma è vero!»

Il medico scosse la testa. «Non mi sembri affetto da nausea. Ti vedo piuttosto esaurito. Quando hai dormito bene per tutta una notte?»

«La notte scorsa» Il dottor Tasker alzò un sopracciglio cespuglioso. «È vero!»

«A giudicare dal tuo aspetto, tu non dormi da parecchi giorni.»

L'infermiera Clark fece un cenno per confermare che lo pensava anche lei. «Non c'è nulla di cui preoccuparsi» disse con gentilezza. «Tutti soffrono d'insonnia, ogni tanto.»

«Ma io non sto dormendo male» gridò James. «Mi sento malato, nient'altro! Forse ho un'intossicazione da cibo. Non c'è da stupirsi, se si pensa al tipo di schifezze che ci somministrano qui!»

«Basta!» replicò seccamente il dottor Tasker. «Sono stufo di sentire voi ragazzi lamentarvi del vitto. Se fosse veramente disgustoso come vorresti farci credere, sareste tutti morti di fame da qualche anno.»

«Sarebbe andata così» ribatté James «se Dio non ci avesse dato il tostapane.»

Il dottor Tasker si rivolse all'infermiera. «Gli prescrivo tre giorni di riposo a letto con quanto più sonno possibile.» James aprì la bocca per protestare. «Nessuna discussione» dichiarò il dottor Tasker con energia. «Adesso coricati.» James lo ignorò. Cincischiò rabbiosamente le lenzuola inamidate. Nel corridoio qualcuno lasciò cadere un vassoio producendo un violento rumore metallico. James sussultò. L'infermiera Clark e il dottor Tasker si scambiarono uno sguardo. «James» domandò lentamente la Clark, «c'è qualcosa che ti preoccupa?»

Il ragazzo la guardò con aria sospettosa. «No. Perché dovrebbe esserci?»

«Perché tu sei un fascio di nervi» spiegò il dottor Tasker. «Sei sicuro che non c'è qualcosa che ti tormenta? Ciò spiegherebbe la tua insonnia.»

«Ma io dormo! Dormo benissimo! Perché non mi crede?»

L'infermiera Clark sospirò. Fuori si era fatto buio. Lei accese la luce e andò a tirare le tende. Il dottor Tasker scosse la testa. «Fa' a modo tuo. La mia diagnosi non cambia. Adesso devo vedere altri ragazzi.» Uscì dalla stanza. James, frustrato, si massaggiò il collo. «Che ne dici se ti porto una bella tazza di cioccolata?» disse l'infermiera Clark per fargli coraggio. «Potrebbe servire a rilassarti.»

L'ultima cosa che James desiderava era una bevanda calda e sedativa. Stava per dire all'infermiera dove poteva mettersi la bella tazza di cioccolata, quando all'improvviso si rese conto di ciò che stava capitando. Vide quanto era disperata la sua situazione. Era completamente alla mercé di lei. Se voleva sopravvivere doveva usare l'astuzia. Si sforzò di sorridere. «Sarebbe molto gradita. La ringrazio.»

Lei andò a prepararla. James si guardò attorno. C'erano altri cinque letti nell'infermeria, tutti vuoti. Non sapeva se era bene oppure no. Nella stanza faceva freddo. Malgrado il vento gelido, la finestra era semiaperta. Il dottor Tasker era un fanatico dei poteri benefici dell'aria fresca. La strada dell'inferno è lastricata di buone intenzioni, ma la gente usava dire per scherzo che la via che conduceva all'ambulatorio del dottor Tasker era lastricata di cadaveri congelati. In quel momento James fu lieto di quella mania del medico. Quando si hanno brividi di freddo è più difficile addormentarsi.

L'infermiera ritornò con una tazza fumante. Lui bevve un piccolo sorso. Il sapore dolce gli diede la nausea. La Clark rimase a guardarlo speranzosa. Lui fece la propria mossa di apertura. «È molto calda. Aspetto che si raffreddi un poco.» Non funzionò. La Clark rimase dov'era. Occorrevano misure più drastiche. James si coricò. «Mi scusi se sono stato scortese poco fa. Lei ha ragione, non ho dormito. È solo che mi sembrava stupido ammetterlo. L'insonnia è il tipo di cose per cui mia madre andrebbe dal medico.» Si sforzò di fare uno sbadiglio che non tardò a diventare anche troppo autentico.

La mossa funzionò e l'infermiera si raddolcì. «Molto bene. Finisci di bere la cioccolata. Tornerò fra dieci minuti a prendere la tazza e spegnere la luce.»

Appena lei fu uscita, James corse alla finestra e versò fuori il contenuto della tazza. Come aveva sospettato, sul fondo c'erano dei residui significativi. Un trucco per aiutarlo a dormire. Stupida donna.

Dieci minuti dopo era rannicchiato con gli occhi chiusi e la respirazione profonda e regolare. L'infermiera Clark approvò con un cenno della testa. Aggiustò le lenzuola, prese la tazza vuota e spense la luce.

Appena il rumore dei suoi passi si allontanò, James si alzò a sedere nel letto, scalciò via le lenzuola e si tolse la giacca del pigiama. Il freddo lo avvolse, facendogli venire la pelle d'oca. Lui guardò il buio che lo circondava. Fece mentalmente l'elenco di tutte le canzoni che conosceva e cominciò a recitare le parole di ciascuna, una dopo l'altra. Le sue mani erano chiuse a pugno. Quando sentì che i suoi occhi si chiudevano, si colpì violentemente le costole piene di lividi.

Appena entrata in casa, Marjorie Ackerley si accorse che qualcosa andava male.

Erano le quattro e mezzo. L'impermeabile e l'ombrello di Henry erano appesi nell'anticamera. La posta del mattino era ammucchiata in bell'ordine sul tavolo dell'ingresso, in attesa che lei la guardasse. Udì in lontananza un grammofono che suonava un concerto di Mozart. Tutto era come doveva essere. Però c'era qualcosa di sbagliato.

Lo sentì con un istinto affinato da più di vent'anni di matrimonio. Inspirò profondamente e si fece coraggio per affrontare ciò che l'aspettava.

Entrò nel soggiorno. Henry sedeva nella solita poltrona accanto al caminetto. Una bottiglia di scotch che quella mattina era piena a metà, ora posava vuota sul tavolo vicino alla poltrona. Lui teneva in mano il bicchiere facendo rigirare le ultime gocce e le guardava come ipnotizzato. Non si rese conto della presenza di lei. Marjorie lo chiamò dolcemente per nome. Lui alzò gli occhi: erano opachi, ma ostili. Lei si sentì terrorizzata. Lo era sempre, quando lo trovava ubriaco.

«Cosa vuoi?» domandò Henry. La sua voce era chiara. Per quanto ubriaco potesse essere, non strascicava mai le parole.

«Solo sapere come stai.»

«O piuttosto per controllare se sono ancora qui.» Rise, e quel suono la fece rabbrividire.

«Non dirlo.»

«Perché no? È vero. Anche in questo momento tu hai paura che io me ne vada. Cristo sa perché. Sei tu quella che tiene la catena. Potrai sempre tirarmi indietro, dovunque io sia.»

«Henry...»

«Cosa c'è? Sappiamo entrambi che è la verità.» Additò la bottiglia vuota. «Ti avevo detto di comperarne un'altra.»

«Non hai bevuto abbastanza?»

«Ne berrò tanto quanto voglio. Sono io che pago l'affitto, non tu.»

«Lo so, ma non ti fa bene.»

«Mi rende meno facile da controllare. È questo che vuoi dire?»

Lei scosse la testa.

«Bene. Tu non mi controlli.» Fece una pausa continuando a fissare il bicchiere. «Nessuno mi controlla.»

«È successo qualcosa?» Lui la ignorò. «Dimmelo» insisté Marjorie in tono incoraggiante. Lui borbottò qualcosa sottovoce. A lei parve di udire la parola "bastardo". «Henry, di che si tratta?»

«Vuole farmi paura. Crede di potermi far ballare al suono della sua musica.»

«Chi?»

«Crede di essere furbo. Mi guarda con quegli occhi. Cerca di intimidirmi. Ebbene, non funzionerà. Lui dovrà rimpiangere il giorno in cui ha incrociato la spada con me.»

«Henry, non capisco.»

«Lui e quel bastardo del suo amico. Il suo amico bastardo con quell'accento schifoso. Piccolo bastardo! Piccolo bastardo piagnucoloso dello Yorkshire!»

Marjorie indietreggiò. Lui si voltò a guardarla. L'ostilità nei suoi occhi era diventata esplicita malevolenza. «Tu, puttana! Tu vieni qui a farmi domande sui miei problemi!»

«Ascolta, Henry...»

Lui si alzò in piedi. Stringeva ancora in mano il bicchiere. «Fingi di soffrirne! Fingi di essere preoccupata, mentre sei tu la colpevole di tutti i problemi che ho avuto nella mia maledetta esistenza!»

Fece un passo verso di lei, che arretrò involontariamente. «Henry, per amor di Dio!»

«È TUTTA COLPA TUA! SOLTANTO TUA!»

Scagliò il bicchiere contro la parete dietro la testa di Marjorie. Le schegge volarono nella stanza. Lei lanciò un grido e si coprì gli occhi. Henry tremava di rabbia. «TU NON MI COMANDI! TU NON CONTROLLI LA MIA VITA!»

Lei ebbe paura, ma quelle parole toccarono un nervo scoperto in lei. Si voltò e lo guardò in faccia. «Invece sì, Henry. E sai perché? Perché sei troppo debole per controllarla da solo.»

Lui rimase a bocca aperta, come un deficiente, con la mandibola che ciondolava. «Cosa vuoi dire?»

«Che sei un debole, Henry. Lo sei sempre stato. Me ne sono resa conto appena ti ho conosciuto.»

«Tu menti!»

«No. Io non mento. Io ti controllo. Sei facile da controllare. Ti comporti come se fossi forte e capace di decidere, ma è tutta una finzione. In realtà tu sei un uomo di paglia!»

«STA' ZITTA! STA' ZITTA!»

«Quindi va' pure avanti e prenditela con me, se ti fa sentire meglio. Insultami. Fa' tutto ciò che ti serve per non vedere quanto sei veramente debole.»

Henry le diede un pugno in faccia.

Lei perse l'equilibrio, alzando una mano per coprire il punto in cui l'aveva colpita, e l'altra in un patetico tentativo di difendersi. Lui le sferrò un altro pugno facendola cadere a terra, poi le assestò un calcio nello stomaco. Marjorie lanciò un urlo e cercò di rannicchiarsi. Il pugno di Henry era alzato, pronto a colpire di nuovo.

Le sette e dieci. I compiti della sera erano cominciati. Alan Stewart sedeva allo scrittoio nel suo studio, davanti a un fascio di carte. Venticinque descrizioni delle cause della Rivoluzione francese: i compiti che doveva leggere e valutare.

Però i fogli rimasero dov'erano. La sua mente era lontana, a rivivere una scena a cui aveva assistito all'età di tredici anni nella sua scuola nel Surrey; la scena che, da allora, aveva tentato disperatamente di dimenticare.

La scuola era in tumulto. Uno studente del quinto anno nella Casa di Alan era stato scoperto a masturbarsi con uno dei giardinieri. Le punizioni erano state immediate e terribili. Il giardiniere era stato licenziato in tronco. Il ragazzo era stato costretto a sfilare nell'affollata sala delle riunioni, fustigato dal capo della Casa, marchiato come pervertito e informato che avrebbe dovuto lasciare la scuola l'indomani, con il primo treno del mattino.

In quella notte Alan e i suoi compagni di classe erano stati fatti alzare dal letto e condotti al piano inferiore, negli spogliatoi, dove erano già riuniti gli altri ragazzi della Casa. Erano rimasti in piedi al buio ad aspettare in un silenzio apprensivo finché la porta si era spalancata di colpo. I prefetti erano entrati, trascinando il colpevole. Il ragazzo era imbavagliato, con il viso sanguinante e pieno di lividi. Negli occhi aveva un'espressione di terrore cieco. Un cesto della lavanderia venne spinto nel mezzo della stanza e la vittima fu costretta a chinarsi su di esso. I bottoni del suo pigiama erano stati strappati. Gli fecero un enteroclisma con una mistura di melassa, acqua e sale somministrata con una pompa di bicicletta. L'intera operazione fu eseguita in silenzio; gli unici suoni erano i gemiti soffocati del colpevole. Lo shock gli aveva fatto perdere il controllo del proprio corpo. Mentre i prefetti eseguivano il lavoro, il puzzo soffocante di orina e di escrementi si diffuse nella stanza.

Quando fu finito, il capo della Casa annunciò che la stessa punizione sarebbe stata inflitta a ogni pervertito, poi ordinò a tutti di andare a letto. I ragazzi erano usciti silenziosamente com'erano entrati, lasciando la vittima rannicchiata a piangere per il dolore e l'umiliazione.

La mattina dopo l'infelice era andato a piedi alla stazione portando la sua valigia. Gli studenti, allineati lungo il viale che conduceva al cancello della scuola, l'avevano bombardato con uova, frutta e tutti gli oggetti su cui avevano potuto mettere le mani, urlando insulti. L'aria era densa del suono dell'odio: le urla dei molti che gioivano della distruzione di un essere solo. Il colpevole era una figura pietosa; strascicava i piedi, a testa china, gli occhi gonfi per le lacrime, il vestito insozzato. Alan era stato a strillare ingiurie insieme agli altri ma, mentre lo faceva, avrebbe voluto piangere di paura perché quella che vedeva era la punizione dei desideri che cominciava a sentire dentro di sé.

In quel momento qualcosa si era chiuso in lui. Nella sua mente una porta era stata murata per non permettergli mai più di entrare nella stanza che c'era dietro. Nessuno doveva sapere che fosse esistita. Forse anche lui ne avrebbe potuto dimenticare l'esistenza.

Nei quindici anni passati dopo quel giorno c'era quasi riuscito. Aveva fatto progressi nella scuola senza difficoltà, distinguendosi nel campo accademico come in quello sportivo. Era stato lettore di storia a Cambridge con uguale successo, rendendosi popolare tra gli anziani come tra i coetanei. Era entusiasta dei suoi studi e aveva il dono di comunicare quell'entusiasmo agli altri, rendendo fertili e vitali anche le superfici più aride. Era un insegnante nato. Quando vedeva i suoi amici lasciare l'università e procedere incespicando da un impiego sgradevole a un altro, si rallegrava di avere trovato la propria vocazione prima di iniziare la vita professionale.

Avrebbe potuto rimanere a Cambridge e diventare assistente. Invece aveva accettato un incarico in una Public School dello Hampshire. Stava già formulando mentalmente il programma della sua vita. I suoi giorni di scuola erano stati un ammasso di riti e di ferocia, dettati da un sistema che considerava bacato, e che voleva contribuire a cambiare. Sarebbe salito nella scala gerarchica e, una volta diventato direttore, avrebbe modellato la scuola a lui affidata nello stile della propria personalità. Sarebbe stato un esempio per altre scuole: il suo dono a chi fosse venuto dopo di lui.

Kirkston Abbey era solo il suo secondo incarico. Era già stato vicecapo di Casa e capo del proprio dipartimento. Il suo potere stava crescendo, e lui cominciava a lasciare il proprio segno. Appena fosse stato convinto di avere realizzato tutto ciò che poteva in questa scuola, sarebbe passato in un'altra e avrebbe fatto ancora di più. Prevedeva di poter diventare direttore entro dieci anni e a quel punto avrebbe affrontato il lavoro serio. Sarebbe stata una sfida ardua, ma anche gratificante, e lui era felice di avere una missione in cui riversare tutte le proprie energie. Lo aiutava a ignorare il vuoto che bruciava come una ferita aperta in un'altra parte della sua esistenza.

C'erano state donne nella sua vita. Una quando era al college, altre due in seguito. Le aveva trattate con un affetto che conteneva tutti gli elementi della tenerezza e nulla che riguardasse la passione. Aveva insegnato a se stesso che così doveva essere; buona compagnia e ambizioni condivise come mattoni essenziali con cui costruire il desiderio.

Era andata così con Charlotte. Lei era stata una partner perfetta da tutti i punti di vista. Avevano i medesimi interessi, amavano gli stessi libri, gli stessi film, ridevano delle stesse battute, avevano gli stessi sogni. Lui le aveva parlato delle proprie ambizioni, che Charlotte aveva approvato e incoraggiato, dimostrandogli in cento modi diversi che voleva esserne partecipe. Quando erano stati ospiti di Clive ed Elizabeth, lei aveva animato le riunioni. Era graziosa, vivace e divertente. Li aveva affascinati entrambi e, mentre lo faceva, cercava di cogliere il suo sguardo e gli rivolgeva un sorriso timido e segreto che diceva: guarda come mi accetta la gente, come piaccio, quanto posso esserti di aiuto se tu mi permetti di entrare nella tua vita. Alan, nel ricambiare il sorriso, si diceva che questo era tutto ciò che poteva desiderare, e che il calore gentile che sentiva nel cuore quando la guardava negli occhi segnava l'alba di un'autentica passione che avrebbe colmato il vuoto nella sua vita e l'avrebbe resa completa.

Forse aveva avuto ragione. Forse avrebbe potuto funzionare fra loro due, se gli fosse stato concesso più tempo. Ma non doveva essere così. Dal momento, sei mesi addietro, in cui Paul Ellerson era entrato nella sua vita, non c'era stato spazio per nessun altro.

Ancora adesso, dopo tanta sofferenza, c'erano degli aspetti della loro relazione che gli sembravano splendidi. Era come se avesse passato l'intera vita camminando nel sonno in luoghi sotterranei per poi risvegliarsi improvvisamente nel pieno calore del sole. Aveva cercato di combattere contro questo evento, di considerarlo sbagliato, ma non era servito a nulla. Il solo fatto che fosse possibile provare ciò che provava nei confronti di un altro essere umano, e vedere ricambiato quel sentimento, lo aveva reso cieco a tutti i pericoli.

In estate lui e Paul avevano passato una settimana insieme in un cottage preso in affitto a Whitby. Avevano dedicato quei giorni a esplorare la zona e i dintorni, parlando di tutto e di nulla, sempre ridendo, felici dell'intimità consentita loro in un posto dove erano sconosciuti a tutti e pertanto non rischiavano la censura. Le notti erano trascorse in un'altra forma di intimità, nuova e meravigliosa per entrambi; quando finiva, e loro restavano a giacere serenamente insieme nell'oscurità, lui si sentiva come se, dopo essere stato lungamente smarrito, avesse finalmente trovato la strada di casa. Quello era stato il periodo più felice della sua esistenza.

Fino a quell'ultima notte, quando i suoi sogni lo avevano riportato negli spogliatoi della scuola, questa volta da solo, a tremare di freddo e di paura. La porta si era spalancata. I prefetti erano entrati con la loro vittima e le avevano inflitto la punizione. Lui, terrorizzato, aveva tentato di fuggire, ma si era accorto di essere paralizzato, incapace di fare altro che stare a vedere. Dietro di lui, nel buio, sentiva tumultuare la vita. Cominciarono gli insulti, una voce dopo l'altra, fino a formare un crescendo simile a una sinfonia di odio. Mentre vedeva la vittima voltare la testa verso di lui, riconosceva se stesso a tredici anni. Gli occhi atterriti gli chiedevano aiuto, ma lui poteva solo scuotere la testa. La sua pietà era eclissata dal terrore che qualcuno lo identificasse con la vittima designata e infliggesse il castigo anche a lui.

Infine trovò la forza di voltarsi, solo per vedersi bloccare la strada da tutte le persone che aveva conosciuto nel corso della vita. Ciascuna annuiva per dimostrare il proprio assenso mentre assisteva alla punizione; le bocche erano contorte dalle oscenità che stavano urlando, i lineamenti deformati dalla repulsione, gli occhi appannati dall'odio...

Alan si era svegliato gridando, con il cuore che batteva forte e il corpo madido di sudore. Paul aveva cercato di rassicurarlo dicendogli che era soltanto un sogno. Lui si era lasciato confortare, ma per il resto della notte era rimasto sveglio a fianco del suo amante a piangere in silenzio, sapendo che quella settimana vissuta insieme era stata una bella illusione che non si sarebbe mai più ripetuta. Non poteva esserci un futuro per loro due, in un mondo che non li avrebbe mai accettati. La cosa più meravigliosa che gli era accaduta finì quasi nel momento in cui era cominciata.

Per il resto dell'estate aveva combattuto con la sua coscienza. Aveva cercato di convincersi che c'era speranza, che loro due potevano fuggire insieme e cercare di costruirsi una vita in un luogo lontano. Però sapeva di mentire a se stesso: malgrado la sofferenza causata dalla separazione, gli mancava il coraggio di combattere.

La prima sera del nuovo trimestre Paul era venuto a trovarlo. Lui gli aveva spiegato con tutta la gentilezza possibile che, per il loro bene, la cosa doveva finire. Paul aveva chinato la testa e pianto. Le sue lacrime erano state come gocce d'acido sul cuore di Alan. «Non piangere» aveva detto dolcemente, con gli occhi pieni di lacrime. «Per favore, non piangere.»

«Perché?» aveva domandato Paul.

«Perché non posso sopportarlo.»

«Allora non farmi questo.»

«Devo farlo. Non puoi capirmi?»

«Come posso capirti? Noi due ci amiamo. Che cos'altro importa?»

«Tutto. Tu parli d'amore. Lo fai apparire bello, ma per il resto del mondo ciò che noi proviamo è abominio. La gente non ci accetterà mai. Saremo sempre degli emarginati. Tu hai solo diciott'anni. Io non posso chiederti di vivere in questo modo il resto della tua vita.»

Paul aveva alzato la testa e lo aveva fissato. «Perché no? La vita è mia, e mia è la scelta. Tu sei tutto per me. Io non voglio una vita senza di te. Lascia che la gente ci odi, se è tanto stupida per farlo. Io non ho paura dell'ignoranza altrui.»

Era toccato a lui chinare la testa. «Tu no» aveva risposto con dolcezza, «ma io sì.»

Erano rimasti per un po' seduti in silenzio, poi Paul aveva sospirato: un suono pieno di rimpianto e di dolore.

«Mi dispiace» aveva mormorato Alan, «ma così deve essere.»

«Allora non c'è niente da fare» aveva detto Paul con tristezza, alzandosi in piedi, ed era uscito lasciando Alan a piangere da solo.

La mattina dopo, quando aveva saputo la notizia, lui aveva desiderato di morire. Era andato nel bagno con un rasoio appoggiato al polso e aveva cercato di costringersi a compiere il gesto, ma non lo aveva portato a termine. Benché temesse il disprezzo del mondo, aveva anche paura di uscirne.

Così aveva continuato a vivere. Si era immerso più che mai nel lavoro. Si era detto che era importante, che c'era ancora molto di buono da realizzare. Però mentiva a se stesso. Il lavoro non era nulla più di un buco in cui seppellirsi e cercare di sottrarsi al dolore della sua perdita. E della sua colpa.

Adesso sedeva nello studio a rivivere la scena di quindici anni prima. Questa volta la vittima era lui adulto, e coloro che assistevano alla punizione avevano tutti il viso di Paul Ellerson. Tutti annuivano per approvare. Mentre immaginava la scena, annuiva anche lui.

Richard e Jonathan sedevano l'uno di fronte all'altro sul letto di Richard. Stavano parlando da ore.

«Tutto quadra» annunciò Richard. «Non lo vedi?»

Jonathan fece segno di no.

«Negalo fin che vuoi, ma sappiamo entrambi che è vero.»

«Non lo sappiamo con certezza.»

«Sì che lo sappiamo. Come potresti spiegarlo altrimenti?»

«Non lo so.»

«Esattamente. Non c'è altra spiegazione. Paul viene candidato per Oxbridge. Ottiene l'incarico, come tutti i candidati. La sua materia preferita è la storia, perciò si trova per insegnante Mr. Stewart. Stanno da soli insieme un paio di volte la settimana. Cominciano a conoscersi, e ha inizio qualcosa.»

Di nuovo Jonathan scosse la testa. Richard aveva un atteggiamento cinico.

«L'avrei saputo!»

«Come?»

«So che l'avrei saputo.»

«Sciocchezze! Non è che andassero in giro tenendosi per mano. Paul non sarebbe mai venuto da te un giorno dicendo "Palmer, grazie per avermi tenuto lo studio così pulito. A proposito, io sto vivendo una storia sentimentale con Mr. Stewart e ritengo che tu debba saperlo". L'ultima cosa che potevano desiderare era che qualcuno li scoprisse. Avrebbero fatto di tutto per garantire che non succedesse mai. Nessuno l'avrebbe mai saputo, se tu non avessi visto quel disegno.»

Jonathan guardò per terra. Nel profondo del cuore sapeva che Richard aveva ragione, ma rifiutava di crederci.

«Una volta che sai della vacanza» continuò Richard, «tutte le piccole cose cominciano a mettersi insieme. Hai detto che a volte, verso la fine dell'ultimo trimestre, Paul sembrava preoccupato. Tu credevi che fosse solo ansioso per gli esami, ma questo fu quando cominciò la preparazione, non è vero? Tu mi hai raccontato che un giorno ti imbattesti in Guy Perry che, uscendo dallo studio di Paul, ti fece una battuta: "Forse a te dirà il nome di lei, perché a me non lo vuole dire". Mi hai riferito che Paul dava sempre a intendere a Guy di essersi innamorato di questa o quella ragazza. Tu non ci facevi caso. Però questa volta non era una finzione e Guy lo sapeva. Mi hai detto che sembrava veramente eccitato all'idea della vacanza, che lo era perché sarebbe andato in un posto che aveva amato da bambino. Erano tutte storie! Non aveva importanza il dove. Ciò che contava era la persona con cui ci sarebbe andato. Poi ci fu quell'ultimo giorno. Tu lo vedesti uscire di corsa portando alcuni libri. Credevi che andasse in biblioteca, ma anche questa era un'idea stupida. Sappiamo entrambi dove stava andando!»

«Basta!» gridò Jonathan. «Ti prego!»

«Lo farò, se tu ammetti che ho ragione.»

«D'accordo. Lo ammetto.» Si massaggiò la testa. «Solo che non ci credo.»

«Incredibile, vero? Immagina che cosa sarebbe successo se la polizia l'avesse scoperto.»

Jonathan era ancora troppo scosso per pensare con chiarezza. «La polizia?»

«È un reato penale. Avrebbero potuto mandare Mr. Stewart in prigione. Tuttora potrebbero farlo.»

«Ma come? Non c'è nessuna prova.»

«Noi l'abbiamo costruita.»

«Ma in base a delle supposizioni. Non c'è nessuna prova concreta. Come hai detto, hanno fatto in modo che nessuno vedesse nulla.»

«E il disegno?»

«Che c'entra? Mr. Stewart potrebbe dire che Paul glielo diede per scherzo. La polizia non potrebbe dimostrare nulla.»

«No. Immagino che non potrebbe.»

Richard si stirò le braccia e appoggiò la schiena al muro. Fissò Jonathan.

«Però Mr. Stewart non lo sa.»

«Che cosa vuoi dire?»

«Cosa credi che io voglia dire?»

La comprensione arrivò di colpo, e con essa l'allarme. «Assolutamente no!»
«Dovrebbe essere ciò che tu vuoi! Eri così affezionato a Paul. Ora lui è morto ed è tutta colpa di Mr. Stewart.»
«Non è stato lui a ucciderlo!»
«Non con le sue mani. Però ne è responsabile.»
«Non lo sappiamo. Non sappiamo che cosa è successo alla fine!»
«Ma possiamo fare una buona ipotesi. Credimi, Mr. Stewart è responsabile della morte di Paul Ellerson nello stesso modo in cui mio padre è responsabile della morte di mia madre.»
Jonathan cercò le parole, ma non le trovò. Gli occhi di Richard scintillavano, e lui si sentiva nelle sabbie mobili. Scosse invano la testa.
«Non ti importa che Paul sia morto?» domandò Richard.
«Certo che mi importa, lo sai.»
«Però non vuoi fare nulla. Continui a domandarti che cosa è successo. Adesso lo sai, ma te ne stai lì seduto, comportandoti come se non te ne importasse niente.»
«Sì che me ne importa.»
«Bene. Allora sai che cosa devi fare.»
Gli occhi di Richard lo paralizzavano. Jonathan riuscì a distogliere lo sguardo. «No! Non voglio farlo! Non è giusto!»
«Certo che è giusto! Lui se lo merita. Se non lo vuoi fare tu, lo farò io.»
«Tu non puoi! Tu non c'entri per niente! Tu non conoscevi neppure Paul!»
«Credi che mi importi un accidente di Paul Ellerson? Quel maiale di Stewart ha tentato di mettersi fra te e me. Ha cercato di separarci. Se dipendesse da me, non mi farei scrupolo di ammazzarlo!»
All'improvviso Jonathan capì, e nella comprensione trovò una specie di salvagente.
«Però non c'è riuscito, vero?» disse con il tono più suadente possibile. «Nessuno ci riuscirà. Tu sarai sempre il mio amico. Nessuno potrà mai mettermi contro di te.»
Gli occhi di Richard sembrarono addolcirsi. Jonathan rincarò la dose.
«Certo che lo odio. Vorrei vederlo soffrire. Però Paul non

era così. Lui non ha mai odiato nessuno. So che non vorrebbe vederci fare qualcosa. Perciò non lo faremo.» Tacque nervosamente. «D'accordo?»

Gli occhi continuavano a perforarlo. Gli davano il capogiro. «D'accordo?» domandò di nuovo.

«Giuralo» disse Richard.

«Giurare cosa?»

«Tu lo sai.»

«Lo giuro» disse Jonathan. «Nessuno ci separerà mai.»

«No. Nessuno lo farà» disse lentamente Richard, «perché io non lo permetterò. Anche questo è un giuramento.»

James Wheatley inciampò e si slogò una caviglia. Il dolore lo svegliò di colpo.

Giaceva rannicchiato sul pavimento di un corridoio dell'infermeria. Tutto era buio e silenzioso.

In un primo tempo non registrò il passaggio dal sonno allo stato di veglia. La sua mente restava prigioniera del sogno. Riuscì ad alzarsi in piedi sapendo che doveva continuare a camminare. Se si fermava era perduto. I suoi occhi tentarono di mettersi a fuoco per dare un senso alle ombre che lo circondavano. Si stavano muovendo. Un rumore pulsante gli penetrò nelle orecchie. Mentre la nebbia che gli offuscava la mente cominciava ad alzarsi, James si rese conto che quel movimento era prodotto soltanto da una tenda agitata dalla corrente d'aria, e che il rumore pulsante era il battito del suo cuore.

Non c'era nulla. Solo un corridoio vuoto, silenzioso come una tomba.

Un grido voleva uscirgli dalla gola. Lui lo soffocò. Vennero invece le lacrime, un misto di esaurimento e di frustrazione. Aveva bisogno di dormire. Il suo corpo urlava per il bisogno di dormire. Ma era troppo pericoloso. Doveva stare sveglio.

La battaglia diventava sempre più ardua. Anche in quel momento sentiva che i suoi occhi combattevano per chiudersi. Si sferrò un pugno nel fianco, e trasalì quando la botta colpì i lividi che disegnavano un patchwork sul suo corpo. La piena consapevolezza fu ripristinata ancora una volta, ma per quanto tempo? Non poteva lottare contro la natura, a dispetto di tutti i suoi sforzi.

Si disse che erano soltanto sogni. Non potevano fargli del male, per quanto terrificante fosse il loro aspetto. La parte razionale della sua mente sapeva che era vero. Che, se si fosse confidato con un adulto, avrebbe avuto quella risposta.

Però un'altra parte di lui, tutta istinto, gridava messaggi diversi.

Perché la cosa lo stava cercando. Ogni volta che lui si addormentava, essa si avvicinava di più, richiamata dal sentore della sua paura, nello stesso modo in cui un predatore è attratto dall'odore del sangue. Talvolta gli sembrava di sentirla mormorare il suo nome, ed era un suono famelico che gli faceva gelare le vene. I suoi occhi cercavano la provenienza, ma non trovavano nulla. Come potevano vedere la cosa fatta per non essere vista?

Il sonno era il suo nemico, un bel nemico. Era come una sirena che lo seduceva, lo attirava tra le sue braccia, solo per diventare feroce non appena lo avesse afferrato.

Tornò nella sua stanza e sedette sul letto. Tremava per il freddo e la stanchezza. Aveva un unico desiderio: buttarsi fra le lenzuola e riposare, ma era esattamente la cosa che non poteva fare.

Non c'era nessuno con cui parlarne. Nessuno l'avrebbe capito. Era solo e aveva paura.

Si rannicchiò e cominciò a mormorare sottovoce il Padre Nostro.

15

Domenica mattina. Elizabeth Howard suonò il campanello per la seconda volta. Guardò la facciata della casa. Tutte le tende erano chiuse. Non c'era segno di vita, ma lei aveva la sensazione di essere osservata. Pensò di suonare una terza volta, poi ci rinunciò. Se Marjorie non voleva vederla, tanto meglio. Aveva ancora una dozzina di cose da fare, prima dell'arrivo di Jennifer. Si voltò per andarsene.

Sentì un movimento dietro di sé. Marjorie la chiamò dalla porta socchiusa. «Elizabeth, vieni, presto!»

Lei, stupita, fece ciò che le era stato chiesto. Entrò e chiuse la porta dietro di sé, poi rimase ferma a guardare, troppo scossa per dire una parola.

Marjorie le fece segno di seguirla nel soggiorno da cui si vedeva il giardino sul retro, circondato da un muro. Le due donne sedettero insieme sul sofà. Elizabeth era sull'orlo delle lacrime. «Oh, mio Dio...»

Marjorie riuscì ad accennare un pallido sorriso. «Non è grave come sembra.»

«Quando?... Come?...»

«Ieri pomeriggio. Sono sicura che non hai bisogno di chiedermi cosa è successo.»

«Ma perché?»

«Era ubriaco, e io l'ho provocato.»

«Provocato? Cosa puoi aver fatto per meritare questo?»

«Gli ho detto cose che lui non voleva sentire.»

«Quali cose?»

«La verità.» Marjorie alzò la mano e se la premette con cautela sull'occhio gonfio, poi si mise a piangere. Elizabeth le passò gentilmente un braccio intorno alle spalle, e la strinse a sé. Le due donne rimasero sedute così per un po' di tempo.

«Mi dispiace» disse infine Marjorie. «Non avrei dovuto telefonarti, ma mi sentivo così sola! Sei l'unica persona di cui mi fido abbastanza per raccontare queste cose.»

«Certo che puoi fidarti di me, lo sai bene. Lui ha...»

«No» si affrettò a dire Marjorie.

Elizabeth era scettica.

«A volte c'è arrivato vicino. Sempre, quando è ubriaco. Però non era mai arrivato a questo punto. Sembrava impazzito. Quando è ritornato in sé, non sapeva che cosa fare.»

«Invece io lo so» dichiarò Elizabeth con determinazione. «Devi andare alla polizia.»

«La polizia?!» Marjorie spalancò gli occhi. «Non posso!»

«Certo che puoi, anzi, devi. E se lui ti picchiasse un'altra volta?»

«Non lo farà!»

«Potrebbe farlo. Non devi correre questo rischio.»

Marjorie scosse la testa.

«Guardati! Dovresti essere in ospedale! Questa non è una semplice lite domestica. Lo devi denunciare!»

«Non posso!» Una nota di panico si era insinuata nella voce di Marjorie.

«Non devi avere paura. Io verrò con te.»

«No!»

«Devi lasciarlo! Quell'uomo è pericoloso! Puoi venire a casa nostra. Noi ti siamo amici. Ti aiuteremo.»

«No!» Il viso di Marjorie era congestionato. «Tu non capisci! Non posso andare alla polizia! Non posso!»

«Perché no, in nome di Dio?»

«PERCHÉ...»

Marjorie si fermò ed Elizabeth seguitò a guardarla. «Perché?» Nessuna risposta. «Per quale motivo?»

«Perché ci sono cose che non potrò mai raccontare a te né a chiunque altro! Elizabeth, devi promettermi che non dirai a nessuno in che condizioni mi hai trovata. Se qualcuno ti chiedesse mie notizie, rispondi che ho l'influenza, così potrò stare in casa finché i lividi non saranno spariti. Me lo prometti?»

«Ma...»
«Promettilo!»
«Ma questa è una follia. Tu...»
«PROMETTILO!»
«D'accordo. Lo prometto. Non ne parlerò a nessuno.»

«Grazie» mormorò Marjorie. Si massaggiò la testa e si toccò di nuovo i lividi sul volto. Elizabeth la guardava, sconvolta da un misto di afflizione e di perplessità.

«Sta peggiorando» disse Marjorie sottovoce. «Ogni giorno di più. Sapevo che sarebbe andata così.» Parlava in modo strano, come in trance: sembrava che parlasse tra sé. Elizabeth le prese la mano e gliela strinse. Marjorie ricambiò la stretta. «Sapevo in che situazione mi stavo mettendo» continuò. «Posso biasimare solo me stessa. Credevo di sapere tutto, ma, mio Dio, Elizabeth, non prevedevo proprio che potesse essere così.»

Posò la testa sulla spalla di Elizabeth e riprese a piangere.

Clive Howard stava leggendo il giornale nel suo studio quando la cameriera venne ad avvisarlo che la singorina Sinclair era arrivata. Imprecando fra sé andò verso il soggiorno. Dove diavolo era Lizzie? A quell'ora avrebbe dovuto essere di ritorno da casa Ackerley.

Jennifer stava in piedi vicino alla finestra. Indossava il vestito blu che sempre usava per viaggiare. Quando lo vide entrare sorrise: la sua bocca era una striscia cremisi di rossetto. Lui andò doverosamente a darle un bacio. Da lei emanava il sentore sgradevole di un profumo scadente applicato con eccessiva larghezza. Clive sentì il bisogno di ripulirsi la bocca. «Qualcosa da bere?»

«Scotch.»

«Non è un po' troppo presto?»

«Forse. E con questo?»

«Niente.» Versò il whisky per entrambi. Lei sedette e accese una sigaretta. «Dov'è Lizzie?»

«In visita da amici. Ti aspettavamo solo dopo pranzo.»

«Ho preso un treno più presto. Volevo farvi una sorpresa. Comunque, perché sei qui a quest'ora? Non dovresti essere in chiesa?»

«Stamattina non c'è servizio religioso. Ci sarà la preghiera della sera.»

«Capisco. Attenderò con impazienza quel trattenimento.» Tirò una lunga boccata dalla sigaretta e gli sbuffò il fumo in faccia. «La mia solita fortuna!»

«Non hai bisogno di partecipare.»

«Oh, lo farò! È così divertente assistere a questi rituali antiquati che tu consideri importanti.»

«Mi dispiace che tu ci trovi così provinciali. Non eri tenuta a venire.»

«Già, ma dovevo farlo. La cara Lizzie ha insistito.»

«E tu sei venuta, annullando Dio sa quanti altri inviti, solo per farci il dono della tua presenza.»

Clive la vide irrigidirsi. Sapeva che la frecciata era andata a segno. Lei aspirò ancora una boccata dalla sigaretta e lo guardò con freddezza. «Andiamo, Clive. Chiunque penserebbe che non sono gradita qui.» A disagio sotto quello sguardo, lui fissò il suo bicchiere.

«Questo mi sconvolgerebbe» continuò lei, «e tu non vuoi che succeda, non è vero?»

Clive alzò la testa. «È una minaccia?»

Lei gli sorrise. Il suo sguardo era simile a quello di un gatto che studia la preda. «Tu sei un uomo così rispettabile, vero? Il caro, gentile, affidabile Clive. Un principe fra gli uomini. È così che Lizzie ti descrive.» Rise sommessamente. «Mi domando quali parole userebbe per descriverti, se sapesse.»

Adesso toccò a lui sentirsi teso. «Non c'è nulla da sapere.»

«Mi permetto di dissentire.»

«Non ha significato nulla, e tu lo sai.»

«Forse per te. Ma per me?»

«Per te, che cosa? Sappiamo entrambi quali sono le tue motivazioni.»

Lei strinse gli occhi e bevve un sorso di whisky. «E che mi dici di Lizzie? Che cosa significherebbe per lei?»

«Sai benissimo che cosa significherebbe.»

Un sorriso le fece increspare lievemente gli angoli della bocca. «Sì, lo so.»

L'odio salì dentro di lui come un conato di vomito. «Puttana!»

«Caro Clive. Caro, dolce, fedele Clive. E tu che cosa sei?» Rise e finì il suo whisky. Gli porse il bicchiere. «Sii gentile e versamene ancora un po'.»

«Non hai già bevuto abbastanza?»

Lei rise di nuovo. «Ti preoccupi della mia salute, Clive? Oppure temi che l'alcol possa sciogliermi la lingua?»

«Non ne avresti mai il coraggio!»

«Tu credi?» Si sporse verso di lui. Stava ancora sorridendo, ma gli occhi erano due pozze di veleno. Indicò con un gesto circolare la camera. «Questa è una bella stanza. Tu hai una bella casa e una bella moglie. In effetti, hai una bella vita. E io posso toglierti tutto questo in qualunque momento, a mia scelta. Qui sono io che ho il coltello per il manico, non tu. Non dimenticartene mai. E adesso, versami un altro maledetto drink!»

La mano di lui si strinse sul bicchiere, che gli si spezzò fra le dita. Lasciò cadere i cocci. «Vattelo a prendere da sola! Spero che ti strozzi!» Si alzò in piedi e uscì furioso dalla stanza.

Mezz'ora dopo, Alan Stewart entrò nello studio di Clive. «Spiacente di disturbarti. Ti secca se arrivo a quest'ora?»

«No di certo.» Clive gli indicò una poltrona. Alan notò che aveva una mano bendata alla meno peggio. «Un incidente?»

«Mi sono tagliato» rispose Clive. Il suo tono era brusco. «Sei sicuro che sia l'ora buona?» domandò di nuovo Alan.

«Te l'ho appena detto, no?»

Quello scatto insolito colse di sorpresa Alan. «Naturalmente» mormorò un po' imbarazzato. «Mi dispiace.»

«No, scusami» si affrettò a dire Clive, «non volevo essere scortese. Jennifer, la cugina di Lizzie, è venuta a stare un po' di tempo qui e io sono già riuscito a litigare con lei.»

Alan sorrise. «Mi ha sempre dato l'impressione di essere il tipo di donna con cui è facile litigare.»

«Lo è, maledetta femmina! Perché non se ne può stare per conto suo?» Clive sembrava sul punto di dire qualcosa di più, ma si controllò. «Comunque, ti chiedo scusa. Ripartiamo da capo. Sono contento di vederti. È una visita di cortesia?»

«Eh no, è più per una questione di lavoro. Riguarda Jonathan Palmer.»

Clive rifletté per un attimo. «Non è quello che ha fatto amicizia con Richard Rokeby?»

Alan annuì. «Questa amicizia è il motivo per cui sono qui.»

«Hai riserve mentali in proposito?»

«Sì.»

«Lizzie se ne è rallegrata moltissimo. Dice che è esattamente la cosa di cui Rokeby ha bisogno, e pensa che gli farà un gran bene.»

«Forse gliene farà, ma io mi preoccupo di ciò che sta facendo a Palmer.»

Clive lo guardò perplesso.

«Non credo che questa amicizia sia un bene per lui. Penso esattamente il contrario.»

«Perché?» Uno sguardo allarmato passò sul volto di Clive. «Cristo! Non penserai che stiano facendo certe cose fra loro?»

«No» rispose in fretta Alan, e arrossì.

«Chiedo scusa, ma è la prima idea che viene in mente in questi casi.»

Alan scosse il capo.

«Grazie a Dio. Dopo la storia di Paul Ellerson, l'ultima cosa di cui abbiamo bisogno è uno scandalo a causa di una coppia di pervertiti.»

«No, non è così» disse Alan a bassa voce.

«Che cos'è allora?»

«Tu conosci bene Palmer?»

«Non proprio. Gli ho parlato una o due volte. Mi sembra un ragazzo a posto.»

«Vero, ed è questo il punto.»

«Sarebbe a dire?»

«Io lo conosco bene. Mi è sempre piaciuto. È simpatico, educato ed entusiasta. Ha un gruppetto di buoni amici, lavora con impegno, cerca sempre di fare del suo meglio e vuole riuscire. L'ho descritto come un ragazzo sensato, con i piedi per terra. Quantomeno, così era finché non è arrivato Rokeby.»

Si fermò. Clive gli fece un cenno di incoraggiamento. «Continua.»

«Da quando è iniziata questa amicizia, c'è stato un grande cambiamento in Palmer. La qualità del suo lavoro ha cominciato a soffrirne. Si è isolato dagli amici che aveva prima. È come se lui e Rokeby vivessero in un loro mondo privato. C'è anche una certa asprezza in lui, una...» Si sforzò di cercare le parole giuste: «... una vena di cattiveria che prima non c'era e che non mi piace affatto.»

«Capisco.»

«So che non sono affari miei. Le amicizie cambiano, fa parte della vita. Però mi preoccupo per Palmer. Conosco i suoi precedenti. So che è un grande sforzo economico per i suoi genitori mandarlo a studiare qui. Ha sempre avuto la capacità potenziale di fare molto bene, ma ora penso che quel potenziale si sia deteriorato.»

«E consideri Rokeby responsabile?»

«Sì. Mi dispiace di venire da te per questo, Clive. Forse dovrei andare dal capo della Casa di Palmer, oppure da quello di Rokeby. Però ho pensato che tu avresti capito. Lizzie mi ha detto una volta che tu consideravi distruttivo Rokeby. Allora mi sembrò una valutazione eccessiva. Adesso, nel vedere il cambiamento che sta avvenendo in Palmer, non credo che sia esagerata affatto.»

Clive sospirò. Si appoggiò allo schienale della poltrona e guardò il soffitto. Alan lo osservò con ansia. «Allora?»

«Hai ragione a preoccuparti. Io sono convinto che Rokeby è distruttivo. Arriverei ad affermare che è il ragazzo più distruttivo che ho conosciuto.

«Quando è arrivato qui la prima volta, ho pensato che tutta la sua personalità fosse fasulla. Ho già visto altri casi come il suo: ragazzi che posano a fare i solitari perché pensano che ciò dia loro un certo carisma. Ragazzi che fingono di non preoccuparsi di quello che pensa il mondo, mentre in verità tutta la loro vita è un'esibizione studiata per ottenere il plauso. All'inizio avevo classificato Rokeby come un elemento di questa categoria. Mi sbagliavo.

«Perché nel suo caso non è una finzione. Lui se ne frega di tutti e di tutto. Non cerca l'approvazione. Non vuole sentirsi speciale o importante. Non vuole socializzare in nessun modo. Al centro del suo essere c'è una rabbia così potente che distrugge tutte le altre emozioni. Per la maggior parte del tempo tiene nascosta la sua rabbia, ma ogni tanto la lascia uscire e, credimi, quando la vedi non la dimentichi. Faccio l'insegnante da vent'anni e, fra tutti i ragazzi che ho incontrato, questo è l'unico che riesce a spaventarmi.»

Mentre ascoltava, Alan ebbe un brivido.

«Cosa vuoi che faccia?» domandò Clive. «Che parli a Palmer?»

«Ho provato io, ma non è servito a nulla. È troppo ammaliato da Rokeby. Secondo me, farebbe qualunque cosa che Rokeby gli dicesse di fare.»

«Allora vuoi che io parli a Rokeby?»

«Così pensavo, ma adesso non ne sono più sicuro. Credi che ti darebbe retta?»

«Probabilmente no.»

«E allora? Non possiamo lasciare le cose come stanno.»

«Non è questo che ho in mente. Per il bene di Palmer, dovremmo fare qualcosa.»

«Ma cosa?»

«Non lo so, Alan. Non lo so proprio.»

L'infermiera Clark stava tornando nel suo ufficio quando udì un suono lamentoso.

Veniva dalla stanza in cui dormiva James Wheatley. Si fermò a fare capolino. Due file di letti erano disposte una di fronte all'altra come per una mischia da rugby. Non c'era segno della presenza di James.

Forse se l'era immaginato. Si voltò per andarsene, ma udì di nuovo quel lamento.

«James, sei qui?»

Entrò nella stanza e il freddo la fece rabbrividire. Maledisse mentalmente il dottor Tasker e la sua mania dell'aria fresca.

Il suono veniva da dietro l'ultimo letto a destra. Andò in quella direzione. «James, sei qui?»

Poi lo vide. Lanciò un grido di allarme.

Il ragazzo era in un angolo della stanza, rannicchiato in posizione fetale, con la faccia premuta contro il muro. La sua pelle era lucida di sudore, tutto il corpo era scosso da un tremito.

L'infermiera si chinò chiamandolo gentilmente per nome, ma James continuò a lamentarsi. Lei tentò di nuovo parlando più forte, ma non ebbe risposta. Gli mise gentilmente una mano sulla spalla. Lui urlò agitando i pugni alla cieca per colpirla. Lei tentò di afferrarlo per un braccio. Gli occhi del ragazzo erano sbarrati per la paura. Guardava diritto davanti a sé, senza vederla, fissando un punto in lontananza. «James, svegliati! SVEGLIATI!»

Infine gli occhi del ragazzo misero a fuoco l'infermiera. Smise di menare pugni a vuoto. Il terrore svanì dai suoi occhi, sostituito dallo shock. Le labbra cominciarono a tremare. James scoppiò in lacrime.

Lei gli carezzò la testa, parlandogli con dolcezza. «Non era nulla, James. Solo un brutto sogno! Nient'altro che un sogno!»

«NO!»

«Ma, James...»

«Non è un sogno! Sta succedendo davvero!»

«Non sta succedendo niente. È la tua immaginazione. È questo che hai avuto? Brutti sogni?» Gli sorrise. «Sciocchezze. Non c'è nulla di cui vergognarsi. Tutti ne facciamo, ogni tanto.»

«Non sono sogni!»

«Certo che lo sono. Ora vieni con me, ti riporto a letto. Finirai per ammalarti se non ti riposi un poco.»

«Riposare?»

James cominciò a ridere. C'era un che di selvaggio in quel suono che allarmò l'infermiera. «Basta così, James. Era solo un sogno. Nient'altro che un sogno. Ora torna a letto.»

«Io non voglio dormire! Non voglio dormire! Non può obbligarmi!»

«Devi dormire. Ti darò qualche compressa, sono molto efficaci. Ti assicuro che non ti faranno sognare.»

«NO!»

«Ma, James...»

«NON PRENDO LE SUE MALEDETTE PILLOLE!»

Mrs. Clark lo fissò con la bocca spalancata.

«Non le prendo, ha capito?»

L'infermiera si alzò in piedi. «Ora ascoltami bene, James Wheatley. Io non sono uno dei tuoi insegnanti, ma questo non ti dà il diritto di parlarmi così!»

«Lei è come tutti gli altri!»

«James, sto cercando di aiutarti!»

«NO, NON È VERO! LEI PEGGIORA LE COSE! LEI È INUTILE PROPRIO

COME TUTTI GLI ALTRI! PERCHÉ NON SI LEVA DAI PIEDI E MI LASCIA IN PACE?»

L'infermiera, sconcertata, si voltò per andarsene. «Tornerò quando ti sarai calmato.» Mentre usciva dalla stanza lo sentì singhiozzare.

Dopo il pranzo Alan Stewart ritornò nel suo studio.

Si sentiva depresso. Mentre mangiava la carne stracotta e le verdure semicrude, aveva osservato Richard Rokeby e Jonathan Palmer seduti insieme, all'angolo di uno dei tavoli del quarto anno. Le loro teste si toccavano, come se i due stessero complottando. Benché altri ragazzi sedessero vicino a loro, Richard e Jonathan riuscivano a dare l'impressione di essere in qualche modo separati dal resto del mondo. Uno splendido isolamento. Proprio come voleva Richard.

Sedette alla scrivania. Davanti a lui c'era una lettera non finita a sua sorella. La prese. Il proiettore nella sua mente stava facendo scorrere le immagini della conversazione con Clive. Era contento che il direttore comprendesse la necessità di agire. Ma adesso, dopo avere sentito ciò che Clive aveva detto, una parte di lui si chiedeva se un intervento non avrebbe peggiorato le cose invece di migliorarle.

Immerso com'era nei suoi pensieri, impiegò un momento ad accorgersi che qualcosa sporgeva da sotto la lettera. Era un elegante foglio di carta su cui era scritta in bei caratteri stampatello una frase:

Il sangue di Paul Ellerson è sulle tue mani.

Per un istante temette di perdere il controllo di sé. Le sue mani furono scosse da un tremito. Un unico pensiero si dibatteva all'interno del suo cervello come un passero intrappolato in una gabbia.

Qualcuno sa qualcuno sa qualcuno sa qualcuno sa qualcuno sa qualcuno sa...

Le sette e un quarto. La preghiera della sera era finita. I ragazzi uscirono dalla cappella nella notte fredda, una fila dopo l'altra, una Casa dopo l'altra. I più erano silenziosi, rattristati dalla fine del weekend e dalla prospettiva di un'altra settimana di studio.

Richard stava sul viale ad aspettare Jonathan. Il vento sibilava intorno a lui, che si stringeva il corpo con le braccia per scaldarsi. Era una sera limpida. Il vasto cielo del Norfolk si stava riempiendo di stelle. Nel guardarle pensò alla notte di molti anni prima, quando era stato nel giardino di casa sua con la madre inginocchiata al suo fianco che gli insegnava a identificare le costellazioni. Ci provò adesso, ma la cosa lo fece sentire così triste che preferì osservare la gente intorno a lui invece delle stelle.

Nicholas Scott camminava insieme a uno dei Perriman. Guardò Richard con un'espressione di ostilità mista a paura. Richard, per istinto, stava per ricambiare quello sguardo, ma decise di non farlo. Non ce n'era bisogno. Aveva avuto ciò che voleva. Nicholas non era più un pericolo, e guardarlo sarebbe stato solo un spreco di energia.

A poca distanza da lui, Mr. e Mrs. Howard stavano conversando con il reverendo Potter e ridevano di una sua battuta. Un'altra donna stava di fianco a loro e rideva di cuore. L'aveva già vista: era la cugina di Mrs. Howard. Richard la vide toccare il gomito di Mr. Howard, che si voltò verso di lei. Stava ancora sorridendo, ma sul suo viso comparve la tensione. La mano della donna si fermò per un attimo sul suo braccio. Lei disse qualcosa. Lui le rispose un po' troppo in fretta, poi si voltò verso sua moglie. Per un momento la donna sembrò offesa ma, quando le risate ricominciarono, fu pronta a partecipare. Il quartetto si allontanò. Richard vide in lontananza Jonathan. «Finalmente! Credevo che avessi preso gli ordini religiosi!»

«Spiacente. Brian Harrington ci ha fatti fermare a mettere in ordine gli innari.»

«Andiamo nel mio studio.»

Mentre camminavano, lui afferrò affettuosamente Jonathan con una presa al collo. Udì Sam Green mormorare qualcosa sugli omosessuali. «Niente di tutto ciò, caro Sam» disse Richard ad alta voce, «se no saremo costretti a gasarti in un forno.» Udì tutto attorno un coro di risa scandalizzate subito represse. Sam aggrottò la fronte e si allontanò.

«Non avresti dovuto dirlo» protestò Jonathan.

«Perché mai? Perché non è carino? Lo so anch'io. Però è divertente.»

«Non per Sam.»

«Bene. Così gli insegnerà a farsi i fatti suoi.»

«A te non importa nulla di ciò che pensano gli altri, vero?»

«Mi importa ciò che pensi tu, gli altri vadano a farsi fottere. Tutti in un forno crematorio. Fornisco io i fiammiferi.»

Jonathan fece una smorfia. «Non dire queste cose.»

«Perché?»

«Perché a volte sembra che tu parli sul serio.»

«Difatti.»

I due si fissarono. «Non ti stanchi mai di odiare?» domandò Jonathan.

«No, è la cosa che so fare meglio.»

«Però mi spaventa. Che cosa capiterebbe se tu decidessi di odiarmi?»

Richard rise. «Odiare te? Non lo farei mai. Tu non hai bisogno di essere spaventato.»

«Lo giuri?»

«Lo giuro. Tu sei il mio amico. Continua a esserlo, e io non ti odierò mai. Adesso muoviamoci, perché sto gelando.»

Camminarono insieme in mezzo alla folla degli studenti verso Abbey House.

Le nove e mezzo. Durante la cena regnò un senso di disagio, poi Jennifer andò a fare il bagno. Clive versò due drink e ne porse uno a Elizabeth. Lei lo guardò con aria di rimprovero. «Potresti sforzarti un po' di più.»

«Lo sto facendo.»

«Per tutta la sera mi sei sembrato un orso tormentato dall'emicrania.»

«Sì, quasi.»

«Lei ha detto qualcosa che ti ha offeso? Sai che non lo pensa sul serio. A volte parla così, senza riflettere.»

«E qualche volta fa il contrario.»

Elizabeth lo guardò con aria corrucciata. «Sarebbe a dire?»

«Niente. Scordatelo.»

Il telefono squillò e lei andò a rispondere. «Vorrei che me lo spiegassi» insisté prima di alzare il ricevitore. «Pronto, parla Elizabeth Howard.» Clive rimase seduto a guardarla. Avrebbe voluto poterglielo dire.

«No, certamente no, signora Rokeby. Come sta?»

Clive si sporse dalla poltrona, per sentire che cosa avrebbe detto ancora sua moglie.

Invece non disse niente. Rimase ad ascoltare. Mentre lo faceva, si portò una mano alla bocca e impallidì.

Era quasi mezzanotte. L'infermiera Clark sedeva nel suo ufficio a sonnecchiare sull'ultimo romanzo. L'infermiera Cooper avrebbe trovato il vero amore con il dottor Garson, oppure se ne sarebbe andata a curare le epidemie nel Congo? Un dilemma affascinante, ma lei era troppo stanca per cercare la soluzione quella sera. Si strofinò gli occhi e si preparò ad andare a letto.

Udì uno scricchiolio lontano, come di una porta che viene aperta. Uno dei ragazzi stava andando nel bagno. Posò il libro e si sistemò sulla poltrona, troppo pigra per aver voglia di muoversi. Fuori dal suo ufficio, qualcuno corse nel corridoio.

Lei, stupita, si raddrizzò sulla poltrona. «Chi c'è?» gridò. Corse alla porta, la spalancò e guardò nel buio. All'improvviso capì chi era la persona che aveva sentito muoversi.

Ma non era possibile! Lei aveva chiuso a chiave la stanza, proprio per il timore che potesse accadere qualcosa di simile.

«James?»

Nulla. Solo il silenzio.

Ma lei aveva *davvero* chiuso la porta a chiave. Ne era sicura.

«James? Dove sei?»

Udì più lontano uno scatto metallico, come se qualcuno stesse tirando un chiavistello.

Fu presa dal panico. Corse nel corridoio verso la porta principale. Mentre correva, pregò silenziosamente Dio di farla arrivare in tempo, ma quando fu nell'ingresso sentì un aspro soffio di vento e vide la porta dell'ambulatorio aperta. Corse in quella direzione e guardò fuori. In un primo tempo non vide nulla, poi distinse in lontananza una figura che correva.

«JAMES!»

Lui non la udì. Continuò a correre come se avesse il diavolo alle calcagna.

Lei si fermò sulla soglia, gridando per invocare un aiuto che comunque sarebbe venuto troppo tardi.

Mezzanotte. Jason Burchill premette il piede sull'acceleratore e imprecò sottovoce. C'era voluta tutta la sua forza di persuasione per ottenere dal padre di Sally il permesso di portare la ragazza a Cromer, a una festa da ballo, con l'intesa precisa che l'avrebbe ricondotta a casa a una certa ora – che ormai era passata da un pezzo.

Lei gli sorrise dal sedile del passeggero. «Non preoccuparti.»

«Facile per te dirlo. Tuo padre mi ucciderà.»

Lei scoppiò a ridere. «Però ne valeva la pena, non credi?»

Rise anche lui. «Assolutamente vero!» Le toccò una mano e sentì un gran calore dentro di sé. Quella era la ragazza per lui. Suo padre facesse pure il diavolo a quattro.

Vide sulla sinistra il cancello di Kirkston Abbey. La migliore scuola della zona, così affermava sua madre, ma con una certa amarezza perché la retta era superiore alle possibilità della famiglia. A Jason non importava. Gli era sempre sembrato un posto malinconico dove i ricchi parcheggiavano i propri figli e ne dimenticavano l'esistenza. No, potevano tenerselo quel privilegio. Lui aveva già tutto ciò che desiderava.

Si voltò verso di lei. «Ti amo» le disse.

L'espressione della ragazza ricordava quella di un bambino la mattina di Natale. «Dici sul serio?»

«Sicuro. Tu mi ami?»

«Certo che ti amo.»

«Allora va tutto bene.»

Lei gli strinse la mano, poi si voltò a guardare la strada. Per un momento lui tenne gli occhi fissi su di lei. Era così bella! Non sapeva proprio che cosa aveva fatto per meritarla.

All'improvviso gli occhi di lei si spalancarono per la paura. «JASON! ATTENTO!»

Lui si voltò e aprì la bocca per lanciare un grido.

Un ragazzo era comparso sulla strada. Indossava soltanto i pantaloni del pigiama.

Stava correndo direttamente verso di loro.

Jason schiacciò a fondo il pedale del freno, ma era troppo

tardi. Poté distinguere il viso del ragazzo: una maschera pallida nella luce dei fari. Jason sapeva che cosa stava per accadere e non sopportava l'idea di vederlo. Chiuse gli occhi. Nelle sue orecchie risuonarono le grida di Sally che si mescolavano alle sue, poi il colpo sordo del duro metallo che colpiva la carne morbida.

Nel suo sogno Jonathan camminava verso Upchurch Hall, diretto alla stanza d'angolo con le pareti rivestite di damasco rosso e le fotografie dei genitori di Richard. Mentre camminava, alzò gli occhi per osservare i ritratti di famiglia dei Rokeby che decoravano le pareti. Suo padre e sua madre camminavano con lui, seguiti da altri parenti e amici. Da tutte le persone, eccetto Richard, che avevano contato nella sua vita.

Entrarono nella stanza prima di quella d'angolo. Era grande e quadrata, proprio come le altre che avevano attraversato. Sopra un fuoco ruggente era appeso un ritratto di Richard. Jonathan lo additò ai suoi accompagnatori, spiegando che Richard era il suo migliore amico. Tutti esclamarono per lo stupore nell'apprendere che aveva stabilito un rapporto sociale così prestigioso. Suo padre gli diede una pacca di approvazione sulla schiena. Lui sorrise, crogiolandosi nel loro plauso.

Mentre ammiravano il ritratto, esso cominciò a scendere. Le cordicelle che lo sostenevano si stavano indebolendo, alla fine si spezzarono. Il ritratto cadde nel fuoco. Jonathan tentò di salvarlo, ma le fiamme erano troppo calde e il quadro troppo pesante. Quando si voltò a chiedere aiuto, vide che le altre persone stavano ritornando al corridoio, nella direzione da cui erano venute. Lui tornò a occuparsi del ritratto. Il calore lo riempiva di fessure e di bolle; mentre lo vedeva dissolversi, si accorse che l'immagine non somigliava più a Richard, ma a lui.

Terrorizzato, cercò di correre dietro agli altri gridando loro di aspettarlo, ma quando giunse alla porta, questa si chiuse sbattendogli sulla faccia. Mentre continuava a correre, udì dietro di sé dei rumori provenienti dalla stanza con le pareti di damasco rosso. Erano suoni di voci acute e distorte dalla pazzia, che recitavano tutte il suo nome...

Quando si svegliò, continuò a udire quelle stesse voci e pensò che fossero soltanto gli echi morenti del suo sogno.

Però, appena riprese la piena consapevolezza, si rese conto che quei suoni erano assolutamente reali.

Si alzò a sedere. Il dormitorio brulicava di attività. Tutti gli altri ragazzi, già svegli, saltavano giù dal letto e correvano alle finestre da cui si intravedeva una debole luce lampeggiante. Andò anche lui a guardare.

Sotto di loro c'era un'auto della polizia. Mr. Bryant e sua moglie stavano sui gradini della Old School House, entrambi in veste da camera, a parlare con due agenti. Con loro c'era l'infermiera Clark. Arrivò anche un'altra vettura della polizia. Jonathan non sapeva che cosa volesse dire tutto quel trambusto.

La porta del dormitorio si spalancò. Keith Pringle entrò a precipizio e fu accolto da un coro di voci agitate. «Perché ci hai messo tanto tempo?» «Che cosa hai scoperto?» «Che cosa succede?»

«Si tratta di Wheatley. È stato investito da una macchina.»

Tutti rimasero senza fiato. «Da un'automobile?» esclamò qualcuno. «Ma come?»

«Era sulla strada, fuori dal cancello.»

«Ma stava in infermeria!» gridò qualcun altro.

«L'infermiera Clark dice che era sonnambulo.»

«Sonnambulo?!»

«Dannazione!»

«È in ospedale?»

«Non servirebbe» annunciò Keith. «È morto.»

Per un momento gli ascoltatori furono troppo scossi per parlare. Poi si alzò un coro di voci.

«Morto!...»

«Gesù!...»

«L'automobilista è stato arrestato?...»

«Non posso crederci!...»

«Credetelo!» disse Keith a tutti. «È vero.»

Si fece strada fino a una finestra. «Che succede adesso?» I ragazzi continuavano a bersagliarlo di domande. Jonathan non rimase a sentire le risposte. Il suo stomaco si stava rivoltando. Andò nel bagno e vomitò.

Parte terza

IL PREZZO

16

L'alba.

Nella Old School House il dormitorio del quarto anno era silenzioso. I suoi occupanti, che erano stati seduti per metà della notte a parlare, ora cercavano di concedersi un po' di sonno nei pochi momenti che restavano prima che suonasse il campanello del mattino.

Jonathan sedeva da solo sul davanzale della finestra del locale delle docce. Un sole rosso e immenso sorgeva all'orizzonte mandando raggi di luce brillante sulla terra gelata. Era l'inizio di un altro giorno a Kirkston Abbey. Un altro giorno di campanelli e di routine. Un giorno come centinaia di altri, con nulla di diverso se non il fatto che James Wheatley era morto.

I suoi occhi vagarono nella stanza. Lì gli aveva orinato addosso, lì gli aveva messo la testa nella tazza del gabinetto e tirato l'acqua. Lì lo avevano preso a calci nei testicoli e picchiato mentre qualcuno gli teneva le mani affinché non potesse difendersi. James Wheatley gli aveva fatto tutto questo. James Wheatley aveva goduto nel fargli male, così come aveva goduto nel fare male ad altri. Era stato un bullo malvagio, senza nessuna qualità positiva che potesse redimere la sua personalità. Senza di lui il mondo era un posto migliore.

Però l'antica indignazione rifiutava di venire a galla. Al suo posto c'era l'immagine di un ragazzo solo e spaventato che correva verso la morte su una strada buia. Un ragazzo della sua età. Un ragazzo di cui Jonathan aveva contribuito a distruggere la vita, una vita che non era quasi ancora cominciata.

Oh Dio, non volevo questo! Non volevo che andasse così!

Si coprì il viso con le mani e pianse silenziosamente.

Le otto e dieci. Jonathan sedeva nel suo studio. Aveva saltato la colazione.

Udì bussare alla porta, ma non rispose. Sapeva chi poteva essere il visitatore, e che sarebbe entrato con o senza invito.

La porta si aprì e Richard entrò. «Hai saputo?»

Jonathan annuì.

«A colazione non si parlava d'altro. Mr. Howard ha fatto una breve apparizione. Sembrava malato, e chi potrebbe biasimarlo? Dopo il caso di Paul Ellerson, questo fatto gli giunge gradito come una pallottola nella testa.»

Jonathan non disse nulla. Richard lo fissò. «Tu hai pianto.»

«Forse.»

«Perché?»

«Perché? Dio mio, come puoi chiederlo?»

«Sei sconvolto per Wheatley? Stai scherzando, vero?»

«No.»

«Sì, stai scherzando. Che succede? Qualcuno ha cercato di farti del male? Dimmi chi è stato. Ci penso io a metterlo a posto.»

«Nessuno mi ha fatto nulla.»

«E allora perché sei in questo stato?»

«Richard, lui è morto!»

«E allora?»

«ALLORA?»

«Già. Allora?» Richard sbuffò. «Oh, sì, lasciami indovinare. Ora che è morto ti rendi conto che, benché lui passasse ogni momento della sua vita comportandosi come un coglione assoluto, in fondo era un'anima gentile che amava sua madre ed era buono con gli animali. Ebbene, risparmiami queste stronzate! Ne sentiremo abbastanza al servizio funebre.»

«Lui è morto, ed è colpa nostra.»

«Bene. Ha avuto ciò che meritava.»

«Come puoi dire questo?»

«Perché è vero.»

«E la sua famiglia? Lo meritava?»

«Che c'importa della sua famiglia?» Richard sbuffò con irritazione. «Questo discorso sta diventando noioso. Hanno annullato le lezioni di oggi in segno di rispetto. Andiamo nella mia stanza.»

«Non voglio venire.»

«D'accordo. Resteremo qui.»

Jonathan scosse la testa e abbassò gli occhi. «Cosa vuol dire questo?» domandò Richard.

«Nulla.»

«Sei sicuro?»

«Sì.»

«Non stai cercando di scaricarmi, vero?»

C'era un tono particolare nella voce di Richard. Jonathan alzò lo sguardo. Quegli occhi freddi lo spaventarono. Deglutì. «No, certamente no.»

«Sarà meglio che tu non lo faccia.»

«Non lo faccio. Lo giuro.»

«Bene. Ci siamo messi in questa faccenda insieme, non dimenticarlo. Tu sei responsabile quanto me.»

«Lo so.»

«Sapevi in che cosa stavamo entrando. Adesso è troppo tardi per tirarti indietro.»

«Non sto cercando di tirarmi indietro.» Faceva fatica a trovare le parole. «Solo che...»

Di colpo le lacrime tornarono. La vista dell'amico che piangeva sembrò addolcire Richard. Venne a inginocchiarsi accanto a lui e gli mise una mano sulla spalla. «Senti, mi dispiace. Non volevo metterti in agitazione.»

Jonathan si asciugò gli occhi. «Non l'hai fatto.»

«Che cos'hai allora?»

«Sono solo spaventato. Tutto qui.»

«Spaventato di cosa?»

«Di tutto questo.»

«Perché? Non ti succederà niente!»

«Davvero?»

«No. Io non lo permetterò. Tu lo sai, vero?»

«Sì.»

Richard gli accarezzò i capelli. «Tu non devi aver paura. Io ti proteggerò sempre. Tu conosci il tuo problema, hai il cuore troppo tenero. Non dovresti permettergli di comandarti. Wheatley ha avuto ciò che meritava. Lo sappiamo entrambi.

Hai solo bisogno di un po' di tempo per permettere alla tua testa di accantonare questa storia.»

Jonathan annuì.

«Ti lascio solo per un po', d'accordo? Quando te la senti, vieni a trovarmi.»

Jonathan annuì di nuovo. Richard gli diede un bacio sulla guancia e andò verso la porta. Quando fu sulla soglia si voltò e sorrise. «Tu non dovrai mai avere paura. Sei l'unica persona al mondo che conta per me e nessuno ti farà mai del male. Ucciderò chiunque tenterà di farlo.»

Jonathan riuscì a sorridergli, ma in cuor suo sentiva il bisogno di urlare.

Clive Howard guardava la polizia che se ne stava andando. Elizabeth era al suo fianco e gli teneva la mano.

«Perché doveva capitare una cosa simile?» le chiese.

Lei sospirò. «Perché succedono le tragedie? Il ragazzo aveva solo quattordici anni, era poco più di un bambino. Dio, quanto devono soffrire i suoi poveri genitori.»

«Saranno in stato di shock.»

Lei annuì.

«Purtroppo non durerà.»

Lei lo fissò. «Che cosa vuoi dire?»

«Quando non saranno più sotto shock, cercheranno qualcuno cui dare la colpa.»

Lei gli strinse la mano. «Be', qui non troveranno nessuno.»

«Davvero?»

«No. Hai sentito che cosa ha detto la polizia? Non ci sono negligenze da imputare alla scuola. La porta dell'infermeria era chiusa a chiave. Lui è riuscito a scappare lo stesso.»

«Era in mezzo alla strada, santo Dio.»

«Ma il cancello della scuola era chiuso.»

«Deve averlo scavalcato. Come ha potuto fare una cosa del genere da sonnambulo? Dio, che cosa gli passava nella testa?»

«A volte le persone nel sonno fanno cose straordinarie. Conosco un ragazzo che una volta uscì dalla casa dei suoi genitori e fu trovato dalla polizia a dodici chilometri di distanza. Camminava sul bordo della strada parlando da solo. Aveva i piedi insanguinati, ma non si svegliava.»

Clive corrugò la fronte. «E questo ne fa una cosa normale?»

«Sto solo dicendo che è successo ed è una tragedia, ma non è colpa di nessuno. Io ti conosco, Clive. Tu comincerai a sentirti in colpa, proprio come nel caso di Paul Ellerson, e anche allora non avevi alcuna responsabilità.»

«Però sono morti tutti e due, non è vero? Due ragazzi della stessa scuola nello stesso trimestre. Quanta gente vorrà ancora mandare i suoi figli qui, d'ora in poi?»

«Non lo so. Attraverseremo quel ponte quando ce lo troveremo davanti. Limitiamoci a ringraziare che non è toccato a noi ricevere di buon mattino una visita della polizia per informarci che è morta una persona cara.»

«Dobbiamo parlare ai suoi genitori. Io avrei già dovuto chiamarli. Però non me la sono sentita. Io...»

«Andrà bene» disse lei con dolcezza. «Lo faremo insieme.»

Lui si chinò a baciarla, e mentre lo faceva, pensò a un'altra cosa che dovevano fare in quel giorno. «Dovremmo convocare Rokeby.»

Lei scosse il capo. «Rimandalo a stasera.»

«Faremo anche questo insieme, vero?»

Lei gli accarezzò i capelli. «Naturalmente.»

Clive l'attirò a sé e la strinse fra le braccia. «Oh, Lizzie! Non lasciarmi mai.»

Elizabeth posò la testa sul petto del marito. Rimasero così per un po' di tempo. Lui udì un rumore e alzò lo sguardo. Jennifer era ferma sulla soglia e li stava osservando. I suoi occhi erano freddi. Lui la guardò. D'istinto strinse più forte le braccia intorno a sua moglie.

Il reverendo Potter stava entrando in auto, quando si accorse di aver dimenticato la sua copia del "Times" nel vestibolo.

Non voleva lasciarla lì. Un famoso chef condivideva con i lettori i segreti della buona pasticceria, e Mrs. Potter conservava i giornali nella speranza che un poco di quel genio culinario le rimanesse appiccicato. Il reverendo scese stancamente dalla vettura e si avviò verso la cappella della scuola.

Entrò dalla porta laterale e non accese la luce. Era in grado di trovare la via anche con gli occhi bendati. Andò nel vestibolo e prese il giornale; stava per uscire, quando udì un gemito.

Si fermò e si guardò attorno. La luna stava sorgendo, ma non mandava abbastanza luce per permettergli di vedere con chiarezza. Nella cappella faceva freddo. Rabbrividì mentre i suoi occhi scrutavano i banchi. Gli sembrò di vedere un movimento. «Salve!» Nessuna risposta. Il reverendo tentò di nuovo. «Salve! C'è qualcuno?»

Ancora silenzio, per un momento. Poi la voce di un ragazzo mormorò «Sì».

Si diresse verso quella voce. «Chi sei?»

«Palmer, signore. Jonathan Palmer.»

Sedeva in un banco in fondo alla cappella, con le ginocchia piegate e le braccia avvolte intorno al petto. Il reverendo Potter sedette accanto a lui. «Che succede, Jonathan?» domandò.

Il ragazzo si sfregò gli occhi. «Nulla, signore.»

«Dev'esserci qualcosa» disse gentilmente il cappellano. «Non si sta seduti al buio senza motivo. Perché non me lo dici?»

«Non posso.»

«Ti puoi fidare di me, lo sai.»

Jonathan si voltò verso di lui. Anche nella debole luce, il reverendo Potter poté vedere che gli occhi del ragazzo erano gonfi a forza di piangere. «Posso?»

«Certo che puoi. Vieni. Ti sentirai meglio se me lo dirai.»

Jonathan abbassò la testa e cominciò a singhiozzare.

Il reverendo Potter non si faceva grandi illusioni su se stesso. Sapeva che, se avesse dedicato alla diffusione della parola di Dio uno sforzo pari a quello che metteva nell'assicurarsi una vita comoda, i ragazzi di Kirkston Abbey sarebbero stati tra i più illuminati del paese. Però era un uomo pieno di compassione, e gli dispiaceva vedere la sofferenza degli altri. Mise gentilmente un braccio intorno alle spalle di Jonathan. «Non parlare adesso. Non può essere così terribile, vero?»

A quelle parole, Jonathan posò la testa sul petto del reverendo Potter. Il religioso, commosso, rimase immobile tenendolo fra le braccia e aspettando che si calmasse. Quando sentì che le lacrime stavano per cessare, gli parlò di nuovo. «Che cos'hai, Jonathan? Che cosa stai facendo qui?»

Jonathan bisbigliò qualcosa che il reverendo Potter non riuscì a udire. «Cosa hai detto?»

«Stavo pregando.»

«Pregando? Perché?»
«A causa di Wheatley.»
«Capisco». Il religioso sospirò. «Sì, è una cosa terribile. Povero ragazzo! Non sapevo che fosse un tuo amico.»
«Io lo odiavo!»
«Oh!» Il reverendo Potter fu colto di sorpresa. «Ma allora perché...»
«Perché è colpa mia.»
«Colpa tua? Come?»
«Io volevo che gli capitasse qualcosa.»
«Non è un peccato detestare qualcuno» lo confortò il reverendo Potter. Poi si affrettò a correggere quella affermazione. «Cioè, tecnicamente è un peccato. Porgi l'altra guancia e tutto il resto. Però non è un peccato grave. Tu saresti perfetto se volessi bene a tutti, e io devo ancora incontrare una persona che possa fare una simile affermazione.»
Jonathan scosse il capo. «Lei non capisce. Io l'ho fatto capitare. Io ho ordinato che capitasse.»
«Ordinato?» Il reverendo Potter sorrise. «Non ti credo!»
«È così! Lei mi deve credere!»
Il religioso prese Jonathan per il mento e lo fissò negli occhi.
«Jonathan, ascoltami. Questo è importante. Quando qualcuno muore improvvisamente c'è sempre un senso di colpa. Le persone che lo conoscevano si sentono sempre responsabili in qualche modo. Credi di essere l'unico essere umano che ha dei rimorsi nei confronti di James? Pensa a cosa deve provare l'infermiera Clark. E che mi dici dei suoi genitori?»
«I suoi genitori?» Jonathan lo fissò. «Di cosa dovrebbero sentirsi colpevoli?»
Il reverendo Potter sospirò. «Ho visto Mrs. Howard questo pomeriggio. Lei e suo marito avevano appena parlato con Mrs. Wheatley. La povera donna continuava a condannarsi. Diceva che, se solo si fosse confidata con qualcuno a proposito di James, forse questo fatto terribile non sarebbe accaduto.»
«Che cosa intende con questo? Che cosa avrebbe dovuto dire la madre?»
«Che James aveva dei precedenti di sonnambulismo.»
Jonathan spalancò gli occhi. «Gli era già successo prima?»
«Sì. Di continuo, quando era un bambino, a quanto ci è sta-

to detto. Una volta ha sognato di saper volare e si è lanciato da una finestra del primo piano. Dopo questo episodio i suoi genitori vegliavano su di lui come falchi, terrorizzati all'idea che potesse capitargli qualcosa di tremendo. Poi, quando aveva otto anni, smise di farlo e i suoi pensarono che il problema fosse superato. Adesso sappiamo che non lo era.»

«Quindi non è stata colpa mia?»

«No. Certamente no. Come potrebbe esserlo? Le brutte cose succedono... perché succedono. Ma tu non puoi farle capitare, Jonathan. Tu non sei Dio.»

Jonathan scoppiò a ridere. Un suono acuto, isterico. Il reverendo Potter continuò a tenerlo tra le braccia. «Ti eri ridotto in un bello stato!»

Jonathan annuì.

«Non ti avevo detto che ti saresti sentito meglio se ti fossi confidato? Come vedi, non hai niente di cui sentirti colpevole. Adesso devo andare, mia moglie mi aspetta. Accompagnami alla macchina. Hai cenato?»

«No.»

«Se ci sbrighiamo, arriverai ancora in tempo.»

Andarono verso la porta laterale. «Grazie» disse Jonathan imbarazzato.

Il reverendo Potter gli sorrise. «Non devi ringraziarmi. Sono stato contento di aiutarti.»

«Sì, lo so. Lei non può immaginare che cosa ho pensato. Vorrei poter fare qualcosa per lei.»

Il religioso rifletté per un momento. «Forse qualcosa c'è.»

Jonathan sorrise, lieto di compiacerlo.

«Tu sei amico di Rokeby, vero?»

«Sì.»

Erano giunti alla porta. Il reverendo Potter si fermò. «Mi fa piacere. Lui ha bisogno di un amico.»

Il sorriso si spense un poco.

«Ci sono notizie non tanto buone per lui. Sembra che ci sia stato un incidente a casa sua. È probabile che Mr. e Mrs. Howard gliene stiano parlando in questo momento.»

Jonathan fissò il reverendo Potter. Le sue labbra si mossero, ma non ne uscì alcun suono.

«Dovrà farsi molto coraggio. E in questo tu puoi aiutarmi.

Terrai un occhio su di lui per conto mio e di Mr. e Mrs. Howard? Vedi, ciò che è successo è...»

«NO!»

Fu come un grido.

«No! Lei ha detto che noi non avevamo ordinato nulla! Che non potevamo!»

«Jonathan, non capisco. Di cosa stai parlando?»

Jonathan guardò con occhi spiritati nel vuoto, passandosi le mani nei capelli. Il suo respiro era corto e affannoso. Il reverendo Potter gli mise una mano sulla spalla. «Jonathan, cosa c'è?»

«OH, DIO!»

«Jonathan...»

«Io non lo volevo! Oh Dio, non lo volevo proprio! Non doveva andare così!»

Si voltò e fuggì. Il reverendo Potter, perplesso, si fermò a guardarlo. Il giornale rimase, dimenticato, su un banco.

Henry Ackerley si stava versando un drink quando udì lo squillo del telefono. Tese l'orecchio per sentire i passi di Marjorie. Che rispondesse lei. Rimase seduto accanto al fuoco.

La sentì alzare il ricevitore, dire qualcosa e poi riattaccare. Lei entrò nella stanza. I lividi sul viso erano schiariti, ma ancora visibili. Lui distolse lo sguardo. «Chi era?»

«Nessuno.»

«Doveva essere qualcuno.»

«Ha sbagliato numero. Appena ha sentito la mia voce ha riattaccato.»

Lui continuò a evitare i suoi occhi. Marjorie rimase dov'era. «Non sopporti di guardarmi, vero?»

Henry si voltò verso di lei, poi distolse di nuovo lo sguardo.

«C'è stato un tempo in cui non riuscivi a smettere di guardarmi.»

«Non...» cominciò a dire lui.

«Perché non devo dirlo? Che altro ci resta se non il passato? Il passato e noi due.»

«Se è tutto ciò che abbiamo» mormorò lui con voce sommessa, «non c'è speranza per me né per te.»

Lei si voltò e uscì dalla stanza. Lui vuotò il bicchiere e lo riempì di nuovo.

Qualcuno bussò alla porta dello studio di Clive. Elizabeth strinse la mano al marito per fargli coraggio. «Avanti» disse lui.

Richard Rokeby entrò. Rimase vicino alla porta senza salutare. «Chiedo scusa per il ritardo, signore. Dovevo fare una telefonata.»

«Una telefonata?» Clive era allarmato. «A chi?»

«A un amico. Perché me lo chiede?»

«Ehm... Nessun motivo. Pura curiosità.» Mosse i piedi a disagio, cercando qualcosa da dire. Elizabeth, molto più disinvolta in questo tipo di situazioni, venne prontamente in suo aiuto. Sorrise a Richard e gli indicò il sofà. «Perché non vieni a sederti?» Richard eseguì. Lei si accomodò accanto a lui e Clive sedette su una poltrona di fronte a loro. Richard li guardò entrambi con sospetto. «Perché ha voluto vedermi, signore?» domandò a Clive.

Clive inspirò profondamente. «Richard, c'è una cosa che ti dobbiamo dire.»

«Abbiamo ricevuto una telefonata da tua zia» spiegò Elizabeth. Si avvicinò di più a Richard e gli mise una mano sulla spalla. «Temo che ci siano cattive notizie.»

«Quali notizie?»

«C'è stato un incidente.»

Richard deglutì. «Capisco.»

Elizabeth gli prese una mano. «Non preoccuparti. Non si tratta di tuo padre.»

«C'è stato un incendio» aggiunse Clive.

«Dove?»

«A casa di tuo padre» spiegò Elizabeth.

«E poi?»

«Come ti ho detto, tuo padre sta bene. Non c'è nulla di cui preoccuparsi.»

«Se non c'è nulla di cui preoccuparsi, perché vi comportate come se fosse morto qualcuno?»

Elizabeth sospirò. «Qualcuno è morto.»

Richard abbassò gli occhi. «Lei allude alla mia matrigna.»

«Sì.» Gli si avvicinò di più. «È proprio così, purtroppo.»

Richard continuò a guardare il pavimento. «Era incinta» esclamò all'improvviso. «Lei lo sapeva?»

«No.»

«Incinta di un mio fratellino o sorellina. Disse che dopo la sua nascita saremmo stati una famiglia.»

Qualcosa nel tono di Richard inquietò Clive. Cercò di cogliere lo sguardo di Elizabeth, ma lei era troppo impegnata a fare la consolatrice per accorgersene. «Oh Richard, mi dispiace tanto. Mi dispiace davvero.»

«E come è nato l'incendio?»

«I tuoi genitori erano invitati a cena a casa di amici» disse Clive. «La tua matrigna si sentiva poco bene e andò a letto. Tuo padre avrebbe voluto annullare l'impegno, ma lei lo incoraggiò a uscire. Prima di andarsene, lui fumò un sigaro in una stanza a pianterreno. Sembra che non lo abbia spento completamente. Fu così che ebbe inizio l'incendio.»

«La mia matrigna era sola in casa?»

«Sì.»

«Mio padre non c'era?»

Clive scosse il capo. «Richard, mi dispiace che tu debba ricevere questa notizia da noi. Come puoi immaginare, tuo padre è sconvolto. Tuo zio e tua zia non hanno avuto il coraggio di lasciarlo solo, dopo ciò che è successo. Tua zia ha pregato noi di informarti. Lo avrebbe chiesto al capo della tua Casa, ma dato che conosce mia moglie e ha simpatia per lei, ha voluto che fossimo noi a dirtelo. La zia verrà a trovarti appena potrà.»

All'improvviso un'espressione di panico si dipinse sul volto di Richard. Guardò Elizabeth. «Lei mi ha detto tutto, non è vero? Mio padre sta bene?»

«Certo che sta bene, Richard. Assolutamente.»

«Non avrei voluto che gli capitasse qualcosa. Proprio non avrei voluto.»

«Certo che non lo avresti voluto» disse Elizabeth in tono rassicurante. Sorrise a Clive che ricambiò il sorriso, ma per la seconda volta qualcosa nel tono di Richard lo aveva fatto sentire a disagio. Udirono bussare alla porta. «Siamo occupati!» esclamò.

La porta si aprì di uno spiraglio. La cameriera si affacciò. «Sally!» esclamò Elizabeth. «Ti ho detto che non volevamo essere disturbati!»

«Chiedo scusa, Mrs. Howard, ma Mrs. Wheatley è al telefono. Vuole parlare con lei.»

«Oh Dio!» Elizabeth sembrava turbata. «Sally, per favore, dille che la chiamerò appena possibile.»

«Non importa, Mrs. Howard» disse educatamente Richard. «Lei dovrebbe andare a parlarle.»

«No, può aspettare. Tu hai avuto una notizia terribile. Dobbiamo parlarne ancora un poco.»

«Sinceramente, Mrs. Howard, io mi sento bene.» Richard le sorrise. «Lei è stata molto gentile con me e io la ringrazio.»

Elizabeth guardò Clive come per chiedergli consiglio. Lui assentì. «Benissimo. Se ne sei sicuro. Però, Richard, noi siamo qui a disposizione ogni volta che senti il bisogno di parlare. Lo sai, non è vero?»

«Sì. Lo so.»

Lei lo baciò sulla guancia, poi si alzò e uscì dalla stanza, lasciando il ragazzo solo con Clive.

Clive cercò altre parole di conforto, ma non poteva scuotersi di dosso il senso di imbarazzo. «Sono davvero dispiaciuto, Richard» disse debolmente.

Richard chinò la testa. «Mi domando come si deve sentire mio padre.»

«Davvero.»

«Si sentirà in colpa.»

«È stato un incidente.»

«Lo so, ma c'è di mezzo il suo sigaro. Deve pensare che è tutta colpa sua.»

«Credo proprio di sì. Pover'uomo. Che terribile fardello da portare.»

«Vero» ammise Richard sottovoce.

Poi, all'improvviso, scoppiò a ridere.

Clive si sentì gelare.

«Dovrà convivere con questa colpa ogni secondo di ogni giorno della vita che gli rimane. Da quando si sveglia a quando si addormenta. E anche quando dormirà non potrà sfuggirgli, perché sarà nei suoi sogni. Immagini come dev'essere, vivere in quel modo. Sempre che si possa chiamarlo vivere.»

«Richard, tu sei sconvolto. Non sai ciò che stai dicendo.»

«Oh, lei si sbaglia, Mr. Howard. Io so esattamente che cosa

sto dicendo.» Alzò gli occhi. Erano scure pozze di malevolenza. Il cuore di Clive accelerò i battiti. Antiche voci cominciarono a sussurrare nella sua testa.

Questo ragazzo è pericoloso.

Ma adesso le parole erano ancora più cupe, più sinistre.

Questo ragazzo è malato di mente.

«Richard, è morta la tua matrigna!»

«Lo so. È stata l'amante di mio padre per tre anni prima che si sposassero. Lo sapeva, questo? Scopava con mio padre mentre mia madre era ancora viva.»

«Ma lei è morta! Per amor di Dio, dimostra un po' di rispetto!»

«Rispetto? Per una sporca puttana?»

«Basta così!»

«Non sono nemmeno sicuro che il suo bambino fosse figlio di mio padre. Probabilmente è figlio di un qualche ruffiano che le dava quattro soldi per scoparla in un vicolo.»

«BASTA COSÌ!»

Clive aveva il volto paonazzo e tremava per il furore.

«Esci da questa stanza! Tu sei malato! Non sei sano di mente. Forse potrai farti aiutare. Non lo so e, francamente, non me ne importa. L'unica cosa che so è che non voglio che altri ragazzi siano esposti alla tua compagnia un istante di più. Parlerò a tuo padre e ti farò portare via da questa scuola!»

«Io non gli parlerei in questo momento, signore. Come lei stesso ha detto, è molto scosso.»

«VA' VIA! FUORI DI QUI, SUBITO!»

Richard sorrise. Si alzò lentamente in piedi e andò alla porta. Clive lo guardò. «C'è un'altra cosa.»

«Che cosa?» domandò Richard senza prendersi la pena di voltarsi.

«Devi porre fine alla tua amicizia con Palmer. Devi cessare ogni rapporto con lui. Non voglio che sia infettato dal male, qualunque esso sia, che c'è in te.»

Richard si voltò di colpo. Non sorrideva più. «Che cosa ha detto?»

«Che la tua amicizia con Palmer è finita.»

«VADA A FARSI FOTTERE!»

Clive si alzò in piedi. «Come osi parlarmi in questo modo?»

Richard si avvicinò a Clive e lo guardò fisso negli occhi. «Oso farlo, signore, perché sono sconvolto. La mia amata matrigna e il mio fratellino non ancora nato sono morti. Metà della mia famiglia è stata cancellata. Mi sento distrutto. Non so che cosa sto dicendo.»

«Tu sai esattamente che cosa stai dicendo!»

«Lei lo sa, signore. Anch'io lo so. Ma chi altro lo crederà?»

«Che diavolo è questo discorso? Mi stai minacciando?»

«Io credo che lei abbia invertito i ruoli, signore. È lei che parla di espulsione e di separazione da amici. Oserei dire che lei sta facendo minacce, non io.»

«Piccolo bastardo! Io dovrei...»

«Cosa dovrebbe fare, signore? Fustigarmi? Non lo credo. Sarebbe una pessima idea. Le cose non vanno troppo bene per lei in questo momento, non è vero, signore? Due ragazzi morti nello stesso trimestre. Non è la migliore pubblicità per la scuola, ne conviene? Mi domando quanti genitori stanno già considerando l'idea di portare via i loro figli. Immagino che siano parecchi. E quando sapranno che il direttore della scuola ha fustigato un ragazzo, che l'ha minacciato di espulsione pochi momenti dopo avergli detto che metà della sua famiglia era morta in un incendio, presumo che quei genitori saranno ancora più numerosi.»

Richard fece una pausa. Respirava affannosamente. I suoi occhi scintillavano.

«Perciò, signore, come le ho detto, VADA A FARSI FOTTERE!»

Si voltò e andò alla porta.

Clive fece un ultimo tentativo di esercitare la propria autorità. «Ti pentirai del tuo modo di comportarti, Rokeby! Te lo prometto!»

«No, signore. È lei quello che dovrà soffrire, e MOLTO.»

Uscì dalla stanza sbattendo la porta.

Clive temeva che le gambe cedessero sotto di lui. Si lasciò cadere sulla poltrona. Inspirò lentamente, profondamente, cercando di calmarsi mentre decideva che cosa fare.

Quella sera, più tardi, il telefono squillò a casa Ackerley.

Marjorie era già a letto. Si era ritirata presto, accusando

un'emicrania. Entrambi sapevano che era una menzogna, inventata per evitare l'imbarazzo dell'intimità.

Henry prese il ricevitore. «Pronto!»

Silenzio, solo il suono lontano di un respiro. «Pronto! Chi parla?»

Ancora nulla. «Senta, credo che lei abbia sbagliato numero. Adesso riattacco.»

Poi, in quello che era appena un sussurro, una voce disse: «Shooters Lane. Febbraio 1948».

La comunicazione fu interrotta.

Henry abbassò lentamente il ricevitore. La sua mano tremava con tanta violenza che dovette tentare tre volte prima di riuscire a posarlo sulla forcella.

17

Martedì mattina, quarta lezione. Il giorno di lutto era finito. Kirkston Abbey era ritornata alla routine.

Nicholas Scott sedeva da solo in un banco doppio nell'aula Wellington, sforzandosi di concentrarsi sul libro di storia che aveva davanti.

La classe aveva terminato di studiare la Guerra civile e ora spostava la propria attenzione collettiva sulla restaurazione della monarchia. Poiché questa era la prima lezione su un nuovo argomento, Nicholas aveva pensato che Mr. Stewart l'avrebbe usata per tracciare un quadro degli eventi principali e cercare di accendere l'entusiasmo degli allievi. Contro le sue previsioni, l'insegnante li aveva semplicemente invitati a leggere i capitoli relativi a quel periodo storico e prendere degli appunti.

Mr. Stewart sembrava preoccupato. Una montagna di compiti da controllare era posata davanti a lui, che però le riservava scarsa attenzione. Il suo volto era teso. Appariva stanco e ansioso. Forse non stava bene. Nicholas sperava che non fosse così. Aveva simpatia per lui.

Il banco doppio in fondo all'aula era vuoto. Non c'erano George Turner né James Wheatley. Le notizie su George erano incoraggianti. Sembrava che l'ultima operazione fosse andata bene. Il suo rientro era previsto per il trimestre successivo. Quanto a James...

Ma non voleva pensare a James.

Rivolse lo sguardo al banco in cui sedevano Richard e Jonathan. Le loro teste erano vicine. Stavano parlando sottovoce.

In quei giorni erano stati visti sempre insieme. Qualcuno diceva scherzosamente che erano incollati all'altezza delle anche. A Nicholas non importava. Per lui non significava nulla.

Richard si voltò a osservare gli addetti che ripassavano le linee del campo di rugby. Jonathan guardava il suo libro. Si grattò la testa soffocando quello che sembrava uno sbadiglio e alzò la testa per dare un'occhiata agli altri compagni. Per caso il suo sguardo cadde su Nicholas. I loro occhi si incrociarono.

All'improvviso un'espressione di disperazione assoluta comparve sul volto di Jonathan. Una muta richiesta di aiuto.

Poi, rapidamente come era venuta, quell'espressione se ne andò. Jonathan tornò a guardare Richard. Le loro teste furono di nuovo vicine, i loro bisbigli ricominciarono.

Nicholas continuò a osservarli. Sentiva un calore alla bocca dello stomaco. Poi rammentò il suo ultimo incontro con Richard.

Il calore svanì, sostituito dal disprezzo. Dunque, Jonathan era spaventato. Bene. Aveva buoni motivi per esserlo.

Come li aveva lui.

No! Non è stata colpa mia. È Jonathan il colpevole. Lui e Richard. Sono stati loro gli istigatori, non io.

Jonathan non meritava simpatia. Meritava tutto ciò che gli sarebbe capitato.

Nicholas tornò a occuparsi del proprio libro, ma non riusciva ancora a concentrarsi.

La cameriera aveva lasciato la posta del mattino su un vassoio nell'anticamera. Elizabeth Howard l'aprì nella stanza di soggiorno.

Era preoccupata per Marjorie Ackerley. Desiderava farle visita, ma non aveva avuto un momento libero. Mrs. Wheatley aveva telefonato di nuovo questa mattina. Sembrava trarre conforto dalle loro conversazioni. Elizabeth ne era contenta, anche se un po' perplessa. Tutto ciò che poteva fare era ascoltare ed esprimere partecipazione. Forse Mrs. Wheatley aveva bisogno solo di questo. Forse il resto della famiglia era troppo preso dalla propria sofferenza per ascoltare la sua.

Quindi lei era lusingata, ma anche afflitta. Quei discorsi le riportavano memorie dolorose del fratello morto; quando posava il ricevitore aveva sempre gli occhi pieni di lacrime. Era ancora sconvolta quando cominciò a esaminare la posta del mattino. Nulla fuori dall'ordinario. Un invito a cena, una circolare del Club del libro. La bolletta del telefono. Infine un unico foglio di elegante carta da lettere su cui erano scritte in stampatello tre frasi:

Tuo marito scopa con tua cugina. Qualunque imbecille se ne può accorgere. Perché non lo vedi anche tu?

Lei fissò quel messaggio. Le parole scritte si annebbiarono sotto i suoi occhi. All'improvviso tutto sembrò sfuocato. Prese la busta da cui aveva estratto il foglio. Non c'erano francobolli, solo il suo indirizzo scritto con gli stessi caratteri molto precisi:

Mrs. Howard - Personale.

Chi l'aveva mandato? Chi poteva fare una cosa del genere? O anche solo pensarla?

E quale fondamento aveva quell'accusa?

«Lizzie.»

Lei sussultò. Jennifer era ferma sulla soglia. «Spiacente, non volevo spaventarti. Com'è andata?»

«Andata cosa?»

«Con Mrs. Wheatley. Sei stata al telefono per una vita.»

«È molto scossa, povera donna.»

Jennifer la esaminò con attenzione. «Stai bene?»

«Sicuro. Perché non dovrei?»

«Perché ti vedo pallida, niente di più.»

«Sto bene. Ho solo un'emicrania.»

«Ciò che ti serve è un po' di whisky. Ne verserò uno per te e uno per me. Qualcosa di interessante nella posta?»

Elizabeth fu stupita. «Perché me lo chiedi?»

«È quello che stavi facendo, no? Aprivi la posta.»

«No, nulla. Assolutamente nulla.»

Jennifer andò all'armadietto dei liquori. Elizabeth rimase seduta a osservarla, tenendo il foglio ben stretto nella mano.

Il pranzo era finito. Le partite dovevano iniziare entro dieci minuti. Jonathan era diretto allo spogliatoio quando si sentì chiamare per nome. Era Adam Fisher, uno dei prefetti. «C'è una telefonata per te.»

«Chi è?»

Adam alzò le spalle. «Una donna.»

«Mia madre?»

«Non lo so. Ha solo chiesto di parlare con te.»

Il telefono era in una piccola cabina vicino agli studi dei prefetti. Jonathan prese il ricevitore. «Pronto.»

«Jonathan?»

«Sì.»

Non riconobbe la voce. Non era sua madre.

«Sono Mrs. Rokeby.»

«Mrs. Rokeby!» Chiuse la porta e sedette sullo sgabello malconcio. Nella cabina c'era odore di chewing gum. Dozzine di iniziali erano incise sulle pareti.

«Mi dispiace disturbarti.»

«Non mi disturba.» Cercò di non farsi prendere dal panico. Perché gli telefonava? «Sono veramente dispiaciuto per ciò che è successo.»

«È gentile da parte tua, Jonathan. Ti ringrazio.» La voce era tesa, ma affettuosa come sempre.

«Desidera parlare con Richard?»

«No, desidero parlare con te. Ho bisogno di vederti.»

«Di vedermi?» Fece uno sforzo per non far sentire l'allarme nella sua voce. «Perché?»

«Non posso dirtelo, Jonathan. Non per telefono. Ti prego, è importante!»

Lui cercò una scusa, ma non la trovò. «D'accordo.»

«Posso venire in macchina questo pomeriggio, ma non posso venire alla scuola. Non voglio che Richard sia informato di questo. Mi pare di ricordare che tu hai una bicicletta. C'è un villaggio lì vicino. Si chiama Bowerton. Lo conosci?»

«Sì.»

«Nel villaggio c'è un pub chiamato The Fleece. C'è anche un parcheggio per le auto. Potresti incontrarmi là alle quattro?»

«Oggi abbiamo attività sportiva. Forse a quell'ora non avremo finito.»

«Allora facciamo alle quattro e mezzo. So che oggi è mezza vacanza. Per favore, Jonathan.»

«Va bene.»
«Grazie. Ti aspetto.»
Jonathan posò il ricevitore. Aveva la gola secca. Udiva vociare in lontananza e il ticchettio delle scarpe da rugby sul pavimento di pietra.

Marjorie Ackerley si abbottonò il soprabito. Henry la guardò.
«Dove devi andare?»
«Abbiamo bisogno di alcune cose.»
«E se qualcuno ti vede così conciata?»
«Chi ci conosce, a Yarmouth?»
«Potrebbe esserci chiunque.»
«Se sei così preoccupato, perché non ci vai tu?»
«Sto male, te l'ho detto.»
«A me sembra che tu stia abbastanza bene.»
«Le apparenze ingannano.»
Lei indicò il proprio viso. «Forse, come il mio aspetto.»
Lui chinò la testa. «Va', se devi andare.» Udì la porta aprirsi e chiudersi, poi il rombo del motore dell'auto. Dietro di lui il telefono squillava. Lo lasciò squillare.

Dieci minuti dopo, il telefono squillò di nuovo. Questa volta lui rispose. Come prima, non udì nulla se non il suono fievole di un respiro.
«Chi parla?» mormorò.
La stessa voce soffocata. «Shooters Lane. Febbraio 1948.»
La sera prima si era detto che aveva udito male, per effetto della stanchezza e dell'eccesso di alcol, ma questa volta non c'era possibilità di equivoco.
«Chi parla? Cosa volete da me?»
Una risata sommessa. «L'armadio si sta aprendo. Presto tutti gli scheletri saranno in libertà.»
Poi il silenzio.

Jonathan sedeva nell'auto con Mrs. Rokeby.
Il motore girava per attivare il riscaldamento. L'atmosfera all'interno della vettura era opprimente. Jonathan avrebbe voluto aprire il finestrino, ma non osò chiedere il permesso.

«Mr. Howard mi ha telefonato ieri sera» esordì Mrs. Rokeby.

Jonathan, che era già al corrente della diatriba, la guardò con aria sospettosa. «Che cosa le ha detto?»

«Che aveva parlato con Richard e gli aveva riferito ciò che è successo.» Cominciò a far girare l'anello nuziale intorno al dito.

«E poi?» la incalzò Jonathan.

«Per telefono è stato un po' strano. Sembrava suggerire che forse Richard sarebbe stato più felice in un'altra scuola; che non era bene per lui essere così isolato; che aveva bisogno di mescolarsi di più con gli altri ragazzi e che probabilmente gli sarebbe stato più facile farlo in un'altra scuola. Io gli ho risposto che non è vero, che Richard comunica con gli altri. Che aveva fatto amicizia con te e che quell'amicizia era una buona cosa. Ed è una buona cosa. Io so che lo è.»

«Mr. Howard pensa anche lui che sia una buona cosa?» domandò il ragazzo incerto.

«Non l'ha detto. Ha lasciato cadere l'argomento. Forse ha capito che non ero disposta ad ascoltarlo. Mi ha chiesto del padre di Richard e ha detto quanto era dispiaciuto per ciò che era successo.»

«Anch'io sono molto dispiaciuto» disse Jonathan.

«So che lo sei, che Dio ti benedica. Tu sei un bravo ragazzo, Jonathan. Richard è fortunato ad avere un amico come te.» L'affetto negli occhi della signora gli fece provare vergogna. Abbassò la testa. Fuori stava cominciando a piovere. Avrebbe voluto essere altrove.

«Per questo sono venuta a chiederti aiuto.»

«Aiuto?»

Lei annuì, osservandolo con ansia.

«Se posso. Ma come?»

«Non te lo chiedo per me. Te lo chiedo per Richard. È lui che ne ha bisogno.»

«Richard? Richard non ha bisogno di nessuno!»

Mrs. Rokeby sorrise con tristezza. «Tu la pensi così, non è vero? Tutti ne sono convinti. Prendono Richard per quello che sembra. Vedono in lui la forza e la sicurezza e credono che ci sia solo questo. Però si sbagliano.»

Jonathan era ancora confuso. Mrs. Rokeby gli prese una

mano. «Ora ti dirò una cosa, ma prima tu mi devi promettere che non ne parlerai con nessuno. Me lo prometti?»

Si sentiva in trappola. Avrebbe voluto uscire dalla macchina e correre via. Però sapeva di non poterlo fare. Annuì debolmente.

«Che cosa ti ha detto Richard di sua madre?»

«Non molto. Non gli piace parlarne.»

«Ma ti ha detto qualcosa?»

«So che le voleva molto bene. So che è morta quando lui aveva nove anni.» Esitò per un attimo. «E so come è morta.»

«Che cosa esattamente ti ha detto a questo proposito?»

«Che aveva preso troppe pillole e che lui stava da voi quando il fatto è successo.»

«È questo che ti ha detto?»

«Non è vero?»

Mrs. Rokeby scosse il capo. «Vorrei che fosse così. Forse le cose sarebbero andate in modo diverso.»

Si mise a piangere silenziosamente. «La prego, non pianga» disse Jonathan imbarazzato. Lei gli strinse la mano, si asciugò gli occhi, inspirò profondamente e cominciò a parlare.

«Sua madre si chiamava Madelaine. Suo padre, Malcolm, l'aveva conosciuta a un ricevimento a Londra, pochi anni prima della guerra. Lei era attrice, ma non una di quelle famose. Faceva piccole parti nei film. Era molto bella, la donna più bella che ho visto in vita mia. Richard ha preso da lei. Ma questo lo sai già, hai visto le fotografie.

«Malcolm se ne innamorò a prima vista. La portò da noi per farcela conoscere. Lei era molto timida e molto dolce. Fummo tutti affascinati. Era anche molto giovane, solo diciannove anni. In realtà, poco più di una bambina. Viveva in casa con suo padre; la madre era morta qualche anno prima, ma lei non desiderava parlarne.

«Malcolm le offrì molto presto di sposarla. Lei accettò, ma a condizione che andassero ad abitare vicino al padre di lei, a Londra. Sembrava naturale che volesse stargli vicino. Era la sua unica figlia; lui era vedovo e non aveva altri parenti. Tre mesi dopo il loro primo incontro, Malcolm e Madelaine erano sposati.

«In seguito non li vedemmo molto. Loro abitavano a Londra, noi nel Norfolk. Ogni tanto venivano a trovarci. Il più delle volte Malcolm veniva da solo. Noi non ce ne preoccupammo più che tanto. A quel tempo Madelaine era incinta di Richard e noi pensavamo che non si sentisse di viaggiare. Proponemmo di andare noi da loro, ma Malcolm era contrario. Disse che Madelaine era troppo stanca per vedere gente. Che tutto sarebbe stato diverso appena fosse nato il bambino.

«Ma non fu così. La vedemmo sempre di meno. Intanto era cominciata la guerra, viaggiare era più difficile, e non ci pensammo più.

«Poi, una sera, Malcolm si presentò a casa nostra. Era in uno stato terribile. Disse che doveva raccontarci delle cose. Che sarebbe impazzito se non ne avesse parlato con qualcuno.»

Mrs. Rokeby esitò fissando Jonathan. «Hai promesso, te ne ricordi? Conserverai il segreto, vero?» Lui avrebbe voluto rifiutare, dire che non desiderava sentire nient'altro su quell'argomento. Invece annuì ancora una volta.

«Malcolm ci raccontò che, al loro ritorno dal viaggio di nozze, il suocero era andato a trovarlo. Aveva detto che c'era una cosa che Malcolm doveva sapere a proposito di Madelaine e anche della madre di lei.

«La madre di Madelaine, disse, era la donna più carismatica che lui avesse mai conosciuto. Aveva in sé un'energia particolare, una grande forza interiore. Era esplicita e aggressiva. Non aveva paura di nessuno ed era sempre pronta a sfidare l'autorità. Lui aveva amato proprio questa forza in sua moglie.

«Però, poco dopo la nascita di Madelaine, il comportamento di lei divenne pericoloso. Era come se avesse in corpo una rabbia che non riusciva a controllare. Cominciò a essere offensiva, poi addirittura violenta. Lui fece del suo meglio per nasconderlo a tutti. Diceva a se stesso che era in grado di affrontare quella situazione. Un giorno Madelaine ruppe un piatto. La madre fu presa da una collera folle. Trascinò la figlia al piano superiore e tentò di affogarla nel bagno. Ci sarebbe riuscita se il padre della bambina non fosse arrivato in tempo a fermarla. Dopo quell'episodio seppe che doveva fare rinchiudere la moglie. Difatti la donna passò gli ultimi dieci anni della sua vita in manicomio.

«Il suocero disse a Malcolm che Madelaine non era come sua madre. Che nulla della pazzia materna era passata in lei. Però aveva avuto qualche effetto. Da quando sua madre era stata rinchiusa, lei attraversava periodi di depressione durante i quali si ritirava nel suo piccolo mondo segreto. L'uomo aggiunse che non sarebbe stato un problema, che la ragazza aveva solo bisogno di tenerezza e di comprensione e lui gliele aveva sempre prodigate. Pensava di continuare a farlo, ma ultimamente aveva scoperto di essere malato e di avere poco tempo da vivere.

«Sapeva che avrebbe dovuto dirlo a Malcolm prima del matrimonio, ma aveva taciuto perché voleva essere sicuro che ci fosse qualcuno a proteggere Madelaine quando lui non ci fosse più stato.

«Come puoi immaginare, Malcolm fu sconvolto. Si disse che non aveva importanza. Adorava sua moglie. Giurò di proteggerla e di darle tutto l'amore di cui aveva bisogno.

«Ma non fu così facile. Malcolm era un uomo buono, ma non paziente. Non aveva mai sperimentato nulla del genere prima di allora e, per quanto si sforzasse, non fu all'altezza del compito. Per diversi mesi consecutivi Madelaine era la dolce fanciulla di cui si era innamorato; poi, di colpo, senza alcun sintomo che lo preannunciasse, si rinchiudeva in se stessa in un posto dove lui non poteva raggiungerla. Nessuno poteva raggiungerla, se non suo padre. E Richard.

«Adorava Richard. Lo adorava nel modo più assoluto. Quando era piccolo, lei lo teneva in braccio e cantava ore e ore per lui. A volte piangeva perché le tornava alla mente ciò che sua madre le aveva fatto. Era ossessionata dal pensiero della madre e dal terrore di finire come lei.

«E Richard adorava lei. Era un bambino così bello! Io ero continuamente preoccupata per lui. Nelle rare occasioni in cui lo vedevo, cercavo sempre di conquistare la sua fiducia, ma non ci riuscii mai. Aveva in sé una forza che non avevo visto in nessun altro bambino. Credo che sapesse che io volevo proteggerlo, e questo lo offendeva. Rifiutava la protezione, perché voleva essere lui il protettore. Per questo motivo amava tanto sua madre: perché sapeva che aveva bisogno di lui. Capiva la sua malattia più di quanto avrebbe mai potuto farlo Malcolm. Fin da quando aveva imparato a parlare, sembrava sapere che cosa doveva fare per raggiungerla, guidarla fuori dai luoghi bui in cui si nascondeva e farla sorridere di nuovo. Proprio come usava fare il padre di lei.

«Quando Richard aveva cinque anni, il nonno morì. Dopo il funerale tornammo tutti alla loro casa. Ricordo Madelaine che piangeva e Richard che sedeva accanto a lei come un ometto e le diceva che non doveva essere triste, che avrebbe pensato lui a proteggerla e che tutto sarebbe andato bene. Rammento anche un'altra cosa. Quando Malcolm tentava di consolarla, Richard lo guardava con ostilità. Ora che il nonno era morto, penso che lui vedesse la madre come una sua proprietà esclusiva che non voleva dividere con nessuno. Nemmeno con Malcolm.

«A quel punto Malcolm passava sempre meno tempo in casa. La malattia di Madelaine stava peggiorando, le sue depressioni erano sempre più distruttive e lui non sapeva che cosa fare. Si mise in casa una governante e si tenne a distanza dal problema. Lo zio di Richard e io gli dicemmo che così non andava bene. Che non era giusto verso Madelaine e verso Richard, ma non ci diede retta. Le cose andarono avanti in quel modo, e avrebbero continuato così per sempre se Malcolm non avesse incontrato Catherine.

«Tu l'hai vista, e sai com'era. Non bella come Madelaine né così affascinante, no, nemmeno un poco. Però era gentile e buona. Io credo che Malcolm vedesse in lei la possibilità di vivere il tipo di amore non complicato di cui aveva bisogno, e che non poteva avere da Madelaine. Perciò stabilì che voleva divorziare e...»

Mrs. Rokeby esitò. «Continui» disse Jonathan.

«E ottenere la custodia di Richard.

«Andò ad annunciarlo a Madelaine. Io lo pregai di non farlo. Gli dissi che Richard era tutto per lei. Che la cosa peggiore che poteva fare era minacciarla di portarle via il figlio. Malcolm non mi ascoltò. Disse che lo doveva a Richard, che lo aveva trascurato come padre e ora intendeva ricuperare il tempo perduto. Disse che voleva provvedere affinché Madelaine fosse seguita e ricevesse tutte le cure di cui aveva bisogno. Concluse che tutto questo era per il meglio e che lo avrebbe fatto capire a Madelaine.

«E così andò a dirglielo. Naturalmente lei non capì. Fu terrorizzata. Secondo me, credette che lui volesse farla rinchiudere, come era stata rinchiusa sua madre. Divenne isterica. Lo implorò di non toglierle Richard. Anche Richard dichiarò che non sarebbe andato con il padre. Disse a Malcolm che lo odiava, che loro non avevano bisogno di lui. Che doveva andarsene con la sua nuova donna e lasciarli soli. Malcolm si arrabbiò. Disse a Madelaine che quella era la soluzione migliore e che sarebbe stata attuata, le piacesse o no. Poi andò via.

«La mattina dopo Madelaine accompagnò Richard a scuola. Tornata a casa, disse alla governante che aveva l'emicrania, perciò si sarebbe messa a letto e non voleva essere disturbata.

«Quando Richard tornò a casa da scuola, la governante gli aveva preparato il tè. Lui rispose che prima voleva andare al piano di sopra a vedere sua madre. La governante cercò di dissuaderlo, spiegando che la mamma non si sentiva bene, ma lui insisté. Disse che sua madre voleva sicuramente vederlo, e lui si sarebbe fermato con lei solo per qualche minuto. Invece non scese più.

«Alla fine la governante cominciò a chiamarlo. Lo chiamò ripetutamente, ma non ebbe risposta. A quel punto salì anche lei.

«Il bambino era con la madre, nella sua stanza da bagno. Madelaine era morta da alcune ore; si era tagliata i polsi. Richard sedeva sul pavimento vicino a lei e le parlava come se fosse ancora viva, raccontandole ciò che aveva fatto a scuola quel giorno. Era sotto shock. Sembrava non rendersi conto della presenza della governante.

«Malcolm arrivò a casa. Vennero pure il dottore, l'ambulanza e la polizia. Erano tutti insieme in una stanza al pianterreno. La governante fece entrare Richard. Il bambino era ancora sotto shock. Rifiutò di parlare. Teneva le mani rigidamente intrecciate dietro la schiena. Malcolm stava piangendo. Disse a Richard che gli voleva bene e che si sarebbero aiutati l'un l'altro in quella disgrazia. Tese le braccia verso di lui, poi Richard allungò le sue.

«Impugnava un coltello e cercò di colpire Malcolm. Il padre alzò un braccio per difendersi, e Richard lo ferì alla mano. Malcolm ha ancora la cicatrice e ce l'avrà per sempre. Richard urlava che era tutta colpa del padre, che era un assassino e lui l'avrebbe ammazzato. Ci vollero tre poliziotti per tenerlo fermo affinché il dottore potesse somministrargli un sedativo.

«Da allora non ha permesso a nessuno di stabilire un rapporto con lui. Io ho tentato più volte, ma senza esito. Lui ha costruito una fortezza intorno a sé, e nessuno è autorizzato a entrarci. Per anni le sole emozioni possibili per lui sono state l'odio per suo padre e il disprezzo per chiunque altro. Sarebbe rimasto così per sempre, se non fossi arrivato tu.

«Tu sei la prima persona con cui si è permesso di fare amicizia dopo la morte di sua madre. Forse per te è solo un amico in più. Un ragazzo come te deve avere molti amici. Però lo zio di Richard e io abbiamo visto nel vostro rapporto qualcosa di molto simile a un miracolo. C'è stato tanto dolore nella sua vita; tanta rabbia e tanta infelicità. Ora che ha fatto amicizia con te, si direbbe che abbia cominciato a svoltare un angolo. Questo ci fa sperare che un giorno, forse abbastanza presto, possa fare la pace con suo padre e lasciarsi l'odio dietro le spalle.

«Per questo motivo la telefonata di Mr. Howard mi ha tanto turbata. L'ultima cosa di cui Richard ha bisogno in questo momento è di cambiare scuola. È la cosa peggiore che gli potrebbe capitare. Tu credi che lui sia forte, che non abbia bisogno di nessuno, ma non è vero! Ha bisogno di te, Jonathan, ha bisogno della tua amicizia. Se sa di potersi aprire con te, forse si sentirà capace di aprirsi anche con altri.

«Per questo ti chiedo di vegliare su di lui. Tu sai quanto può essere ostinato e impulsivo. Dio sa che ha già sofferto abbastanza in passato. Voglio che tu cerchi di impedirgli di fare qualunque cosa che possa dare a Mr. Howard un buon motivo per espellerlo. Io non so che cosa farebbe Richard, se voi due foste separati. Non so neppure che cosa farebbe a me.»

Stava ancora tenendo la mano di Jonathan, che avrebbe voluto tirarla via. Aveva la sensazione di essere caduto nelle sabbie mobili.

«Tu capisci, non è vero?»

Jonathan annuì.

Adesso capiva tutto.
La madre di Richard era stata tormentata dalla paura della propria madre. Aveva avuto il terrore di potere, un giorno, fare del male a suo figlio come sua madre aveva fatto a lei. Però le sue paure erano infondate. Lei non aveva ereditato la follia materna. La malattia aveva saltato una generazione, per riapparire nel bambino che lei aveva tenuto fra le braccia con tanto amore.
La madre di lei era stata una psicopatica, e così era Richard.
«Mi aiuterai, non è vero?»
Jonathan si sentiva sul punto di impazzire. Avrebbe voluto saltare giù dalla macchina e correre via, fuggire dalla disperazione di lei e dalla propria paura.
Ma non c'era nessun posto in cui andare. Non era un incubo da cui si sarebbe svegliato. Era un fatto reale, senza una via di fuga.
Annuì.
«Grazie!» mormorò lei e riprese a piangere. Così fece anche Jonathan.

Erano le sei del pomeriggio quando lui ritornò nello studio. Trovò un biglietto sullo scrittoio:

Jon, dove sei? Ti ho cercato dappertutto. Vieni a trovarmi dopo cena. R.

Jonathan appallottolò il biglietto e lo gettò sul pavimento. Sapeva che Richard sarebbe venuto a cercarlo. Tentò di pensare a un posto in cui nascondersi fino all'ora dello studio serale.

Elizabeth Howard cenò con suo marito e con sua cugina.
La poca conversazione a tavola fu fornita da Jennifer. Clive era preoccupato per la recente tragedia. Mangiucchiò senza entusiasmo, ed Elizabeth fece altrettanto. Anche lei aveva motivi di inquietudine.
Osservò suo marito e constatò che sembrava a disagio. Lo era sempre quando Jennifer veniva da loro. A lei risultava che Jennifer non gli piacesse. Lui lo aveva sempre dichiarato esplicitamente.
Troppo esplicitamente?

«Allora?» domandò Jennifer.

Elizabeth non aveva ascoltato. «Chiedo scusa.»

«Eri a molti chilometri da qui.»

«Stavo pensando a Mrs. Wheatley.»

«E io pensavo che domani potremmo andare a Norwich.»

D'istinto lei scosse la testa. Provò un'avversione improvvisa all'idea di trovarsi sola con Jennifer.

«Perché no? Ti farebbe bene stare lontana da casa per un poco.»

«Non lo so.»

«Sono sicura che a Clive non dispiacerebbe. Non hai niente in contrario, Clive, vero? Puoi sopravvivere senza tua moglie per qualche ora?»

Lui alzò gli occhi dal piatto. «Certamente. Dovresti andare, Lizzie. Jennifer ha ragione. Ti farebbe bene.»

«Allora è deciso» dichiarò Jennifer. «Andremo a Norwich domani pomeriggio.»

«Perché non tutta la giornata?» domandò Clive.

«Santo Dio, no!» esclamò Jennifer con aria sarcastica. «Non me lo sogno neppure. So che voi due non potete stare separati a lungo!»

Clive si strinse nelle spalle. «Come vi pare.» Lanciò un'occhiata a Elizabeth prima di riportare l'attenzione sul proprio piatto. Jennifer fece altrettanto. Elizabeth li osservò.

Certe volte si innervosiva a essere punzecchiata da Jennifer, ma era sempre stata attenta a non far vedere la propria irritazione. Sapeva che le battute della cugina erano dettate dall'invidia per la loro felicità. Lei aveva sempre desiderato che anche Jennifer finisse per trovare una sistemazione altrettanto felice.

Ma forse l'aveva già trovata.

No, non era possibile. Jennifer non le avrebbe mai fatto una cosa simile. Jennifer le voleva bene.

Però lei aveva tutto ciò che Jennifer desiderava.

Era un'idea folle! Anche se sua cugina provava qualcosa per Clive, era impossibile che fosse ricambiata. Clive adorava lei. Le diceva sempre quanto la amava. Che senza di lei la sua vita non avrebbe più avuto alcun senso.

Perché glielo diceva così spesso? Pensava che avesse bisogno di essere rassicurata?

O cercava di convincere se stesso?

Quel biglietto non voleva dire nulla. Era un semplice atto di cattiveria. Non aveva basi nella verità.

Jennifer le rivolse un sorriso che lei ricambiò. I muscoli del suo viso erano pesanti. Allungò una mano a prendere il bicchiere e si accorse che la mano tremava.

I compiti serali erano cominciati da mezz'ora. Brian Harrington era nell'atrio della Old School a esporre nella bacheca un avviso riguardante la prossima partita di rugby. Udì in lontananza dei passi. Pensò che fosse uno degli insegnanti che faceva un'ispezione agli studi.

Richard Rokeby spuntò dal corridoio che collegava la Old School alla Abbey House. Passò oltre Brian, diretto agli studi del quarto anno.

«Dove diavolo credi di andare?» ruggì Brian.

Richard lo ignorò.

«Ehi... Sto parlando con te!»

Richard si voltò e andò verso di lui. Brian lo guardò con aria severa. «Ti conviene avere un buon motivo per venire nella nostra Casa durante lo studio!»

Richard assestò una gomitata al naso di Brian. Ci fu uno scricchiolio quando il setto nasale si ruppe. Brian lanciò un grido e arretrò perdendo l'equilibrio. Richard gli diede un calcio all'inguine. Brian cadde a terra. Richard si avvicinò al corpo rannicchiato e gli sferrò un calcio in testa.

Brian rimase a gemere sul pavimento. Richard si chinò e lo afferrò per i capelli guardandolo fisso in viso.

«Quando ti chiederanno che cosa è successo, di' che sei caduto giù per le scale. Sarà meglio che ammettere di essere stato battuto da un ragazzo del quarto anno.»

Sbatté la testa di Brian sul pavimento, poi proseguì verso la propria destinazione.

Jonathan sedeva allo scrittoio. I suoi libri erano ancora chiusi. Era inutile sforzarsi di studiare. Non riusciva a concentrarsi e non sapeva se sarebbe mai più riuscito a farlo.

Non poteva andare avanti così. Doveva escogitare qualcosa. Ma cosa? Non poteva parlarne con nessuno, perché nessuno gli avrebbe creduto. Tutti avrebbero reagito come il reverendo Potter, dicendo che il suo comportamento era infantile. Se solo fosse stato vero! Avrebbe dato qualunque cosa perché lo fosse.

E se invece gli avessero creduto? Non poteva aspettarsi comprensione né perdono. Si sarebbero allontanati da lui con disgusto, l'avrebbero evitato come un essere mostruoso. Era il prezzo che doveva pagare per ciò che aveva fatto.

Almeno in questo mondo.

La porta si spalancò ed entrò Richard. La rabbia nei suoi occhi faceva impressione. Jonathan temette di perdere il controllo di sé.

«Ti ho aspettato. Non sei venuto. Dove diavolo eri?»

«In nessun posto.» Nella sua testa c'era l'immagine di una donna pazza che cercava di affogare la figlioletta nel bagno.

«Non mentirmi.»

«Sono uscito a fare un giro in bicicletta.»

«Dove?»

«Volevo pensare.»

«Bugiardo.»

«Non sto mentendo.»

Jonathan cominciava a sudare.

«Cercavi di sfuggirmi.»

«Non è vero! Giuro che non è vero! Avevo paura, tutto lì! Volevo restare un momento solo a pensare.»

«E perché avevi paura? Io mi prendo cura di te, lo sai bene.»

«Ma...»

«Ma che cosa? Stai dicendo che non posso proteggerti?»

«No, certamente no. Io...»

«Finora ho fatto un buon lavoro. Rammenti com'era la tua vita prima che arrivassi io? Che tipi come Wheatley e Ackerley te la facevano addosso? Io li ho fatti smettere.»

«So che l'hai fatto. Non sto dicendo...»

«Non puoi sopravvivere da solo. Hai bisogno di me: non dimenticarlo mai.» Richard gli accarezzò la guancia. Jonathan guardò la mano dell'amico. «C'è sangue sulle tue dita.»

Richard sorrise. «Una differenza di opinioni con Brian Harrington. Non preoccuparti. Dovresti vedere in che stato è lui.»

«Hai fatto a pugni con un prefetto?»

«Non dirà niente a nessuno. Ci ho pensato io.»

Un'altra immagine. Un bambino armato di coltello che cerca di colpire il padre, il viso contratto in una rabbia omicida. Jonathan sentì il bisogno di vomitare.

«Richard, io sono veramente spaventato. Ho bisogno di parlarne a qualcuno.»

«Assolutamente no.»

«Io non resisto più. Devo parlarne a qualcuno.»

«L'unica persona di cui hai bisogno sono io. A chi vuoi parlarne? A tuo padre?» Richard scoppiò a ridere. «Credi veramente che gli interesserebbe?»

Queste parole lo ferirono più di uno schiaffo. «Non...»

«Non gli importa niente di te. Perché non accetti semplicemente questo fatto?»

«Richard, ti prego...»

L'orologio di Jonathan era sullo scrittoio. Richard lo prese e se lo rigirò fra le dita leggendo l'iscrizione. «Tu vuoi bene a tuo padre, vero?»

«Sai che è così.»

«Sì» disse lentamente Richard. «Lo so.»

Palleggiò l'orologio lanciandoselo da una mano all'altra. Jonathan lo guardava come ipnotizzato.

«Lo ami più di quanto ami me?»

Jonathan aveva la gola arida. Non riuscì a parlare.

«Lo pensavo» disse Richard sottovoce. Lasciò cadere l'orologio sul pavimento e lo schiacciò sotto il piede. Poi si sporse avanti premendo il viso contro quello di Jonathan.

«Posso fare questo a tuo padre in qualunque momento. Tu sai che posso! Tu hai bisogno di me! Tu non puoi sopravvivere senza di me! Io sono la persona più importante della tua vita e, se cerchi di lasciarmi, giuro a Dio che farò ciò che ho detto!»

Si voltò e uscì dalla stanza sbattendo la porta. I frammenti dell'orologio furono sparpagliati dalla corrente d'aria.

18

La funzione del mattino nella cappella era appena cominciata. Abbey House era deserta. Alan Stewart sedeva nel suo studio, fissando il foglio che era stato infilato sotto la porta durante la notte.

È solo questione di tempo. La polizia ti sta cercando. Lo sai che cosa succede ai pervertiti in prigione? Scegli la soluzione più semplice. Il suicidio.

Non era possibile. Erano stati così prudenti. Nessuno poteva saperlo.

Ma qualcuno sapeva.

Aveva tentato di convincersi che il primo messaggio avesse un significato molto meno sinistro: che lo accusasse semplicemente di avere provocato il fallimento accademico di Paul Ellerson. Dopo tutto era stato il tutore di Paul, e la teoria popolare voleva che il suo suicidio fosse motivato dalla paura degli esami imminenti. Lui sapeva che stava mentendo a se stesso, ma si era aggrappato a questa illusione. Adesso non poteva più esserci alcun dubbio.

La polizia non sapeva nulla. Non ancora. Di questo era sicuro. In caso contrario sarebbero già venuti a trovarlo. Non avrebbero sprecato tempo per un caso di quel genere.

L'accusa poteva ottenere una condanna? Non c'erano prove materiali. Non c'erano stati scambi di lettere o di biglietti. Nulla di scritto: erano stati molto attenti. Quanto alla vacanza, avrebbe potuto giustificarla. Loro due erano amici, niente di più. Potevano credergli, ma potevano anche non credergli.

Non aveva importanza. Contava soltanto ciò che potevano dimostrare.

Però ci sarebbe stata un'indagine, il suo nome sarebbe comparso sui giornali e tutti avrebbero saputo. La sua famiglia. I suoi amici. Il suo nome sarebbe rimasto infangato. Non avrebbe mai più potuto insegnare, la sua carriera sarebbe stata distrutta. Chi avrebbe affidato l'istruzione del proprio figlio a un uomo accusato di quel crimine?

Una voce nella testa gli gridava di andarsene. Vattene adesso, finché puoi. Va' all'estero. Va' in qualunque posto, purché lontano di qui. Però la fuga sarebbe stata l'ammissione di una colpa che nessuno poteva dimostrare. Se fosse fuggito, non sarebbe più potuto ritornare. Avrebbe passato il resto della vita come un disertore, guardandosi sempre dietro le spalle, sempre in attesa che la legge lo colpisse.

E se fosse rimasto? Sarebbe stato esposto a un ricatto che poteva forse ritardare, ma non escludere definitivamente, una denuncia alla polizia. Sarebbe stato sempre all'erta. Sempre spaventato, in attesa che iniziasse la vergogna.

Era tutto finito, qualunque cosa facesse.

Però in cuor suo sapeva che era finito fin dalla prima sera del trimestre, quando aveva troncato la relazione con Paul, gettando via l'unica vera felicità che aveva conosciuto nella propria vita, per paura di ciò che altri potevano pensare.

Qualunque sorte gli fosse toccata, lui la meritava. Nessuno poteva disprezzarlo più di quanto si disprezzava da sé.

Udì un suono lontano di voci. La funzione religiosa era finita, le lezioni stavano per iniziare. Come in trance, si alzò in piedi e cominciò a raccogliere i suoi libri.

Marjorie Ackerley si alzò tardi. Era stata tormentata dall'emicrania e aveva preso delle pillole che l'aiutassero a dormire. Mentre scendeva al pianterreno, era convinta che Henry fosse già uscito.

Si sbagliava. Lui sedeva nel soggiorno. Indossava ancora la veste da camera. Aveva il viso grigiastro per la mancanza di sonno.

«Henry?»

Nessuna risposta. Lui guardava nel vuoto.

«Che cosa fai qui? Stai male?»

Ancora nulla. Lei cominciò ad avere paura. «Henry, per favore, che cosa c'è?»

«Qualcuno sa.»

«Sa che cosa?»

«Qualcuno sa.» La sua voce era sorda come quella di uno spettro. La comprensione arrivò di colpo, accompagnata da un accesso di nausea. «Nessuno può saperlo!»

«Invece sì!»

«Non è possibile!»

«Le telefonate mute. Ecco che cosa erano.»

Lei scosse la testa. «Nessuno può sapere.»

«Qualcuno lo sa, ti dico. Credi che me lo inventerei?»

Marjorie si sentiva insicura sulle gambe. Si sedette. «Chi è?»

«Non lo so.»

«Che cosa vogliono? Soldi?»

«Non ne hanno chiesti.»

«Lo faranno. Che altro potrebbero volere?»

«Giustizia.»

«Impossibile. Non possono dimostrare nulla.»

«E se potessero?»

«Impossibile. Lo sappiamo bene.»

«Ma se potessero?» Si passò le mani tra i capelli radi. «Che cosa succederebbe?»

Lei gli parlò con voce suadente. «Henry, ascolta, non possono saperlo con certezza. Se lo sapessero, si sarebbero fatti avanti già allora. Qualcuno sta tentando di spaventarci, tutto qui.»

«Spaventarci? Vogliono me, non te.»

Lei abbassò gli occhi. «Vorrebbero anche me» disse sottovoce. «Se sapessero tutto.»

Lui la fissò, con gli occhi spalancati dalla paura. «Ma non possono, vero?»

Lei fece segno di no.

«Io so che non possono. È escluso, assolutamente. Ma, se lo sapessero?» Si mise a dondolare sulla poltrona. «Se qualcuno l'avesse scoperto, che cosa potremmo fare?»

«Ce la caveremo.»

Lui non la stava ascoltando, prigioniero del panico. «Ma se

sanno? Oh Dio, che cosa mi succederà allora? Che cosa mi faranno?»

Lei allungò un braccio e mise una mano sulla sua. «Non succederà nulla, Henry. No, se stiamo uniti. L'abbiamo fatto altre volte, lo faremo anche adesso. Insieme, noi due siamo forti. Tu devi solo fidarti di me.»

Lui tirò via la mano come se lei avesse una malattia contagiosa.

«Stare uniti? Così descrivi ciò che abbiamo fatto?»

«Ma, Henry...»

«Non è questione di stare insieme! È questione di controllo!» Balzò in piedi. «È sempre stata una questione di controllo!»

«Non è vero!»

«Tu usi questo argomento per manipolarmi. Proprio come hai fatto l'altra volta!»

Anche lei si alzò in piedi. «Henry, non abbiamo tempo per questo. Chiamalo come vuoi, ma l'unica cosa che conta è che noi abbiamo bisogno l'uno dell'altra. Dobbiamo stare insieme. È l'unico modo di superare questa difficoltà.»

All'improvviso il panico svanì dal volto di Ackerley, sostituito da qualcosa che somigliava al rimpianto.

«E se ce la caviamo?» domandò. «Che cosa succederà allora?»

Lei non rispose. «Che cosa succederà?» domandò lui ancora una volta.

Marjorie scosse il capo. «Non parlarne, Henry. Non adesso.»

«Esco a fare due passi. Ho bisogno di aria fresca. Ritornerò presto e allora parleremo. Decideremo il da farsi.»

Uscì dalla stanza. Lei sedette lentamente. Come suo marito poco prima, cominciò a dondolare avanti e indietro sulla poltrona.

L'ultima lezione del mattino era finita. I ragazzi uscivano dalle rispettive aule e si sparpagliavano nel corridoio, diretti al refettorio.

Nicholas uscì con i Perriman. Michael stava parlando del test di geografia che aveva appena affrontato ed era sicuro di avere fallito. Stephen stava cercando di rassicurarlo. Nicholas continuò a guardare indietro, verso la porta dell'aula da cui erano appena usciti. Stava cercando Jonathan. Oggi era stato solo nel banco. Richard era assente, per presenziare ai funerali della matrigna.

Ormai tutti erano usciti, ma non c'era segno di Jonathan. «Ho dimenticato qualcosa» disse ai Perriman. «Andate avanti. Io vi raggiungo.»

Tornò nell'aula. Jonathan sedeva nel proprio banco, ordinando e riordinando i libri con un'espressione distante sul viso. Impiegò un momento a rendersi conto della presenza di Nicholas.

Si fissarono imbarazzati, come duellanti, entrambi restii a fare la prima mossa.

«Come te la sei cavata?» domandò infine Jonathan.

«Cavata?»

«Con il test.»

«Meglio di te. Tu hai passato tutto il tempo a guardare nel vuoto.»

«Non riuscivo a concentrarmi.»

«Prevedibile. Non può essere facile quando non c'è Richard a tenerti la mano.»

Sembrava che Jonathan si vergognasse, e Nicholas ne era contento. «La prossima volta che vedi Richard, digli che la mia famiglia gli manda i suoi saluti.»

Jonathan chinò la testa.

«Digli che mia nonna non si è ancora asfissiata con il gas, ma noi viviamo con quella speranza. Digli che, sì, tutti sarebbero stati più felici se fossi morto io invece di mio fratello, ma stiamo sopportando alla meno peggio questa disgrazia.»

«Mi dispiace.»

«Al diavolo le tue scuse! Non le voglio. Ti odio per ciò che hai fatto. Vorrei che fossi morto tu e non Wheatley!»

Si voltò per andarsene. Sapeva di avere ferito Jonathan e si disse che era contento. Desiderava tanto essere contento. Però nella sua mente c'era l'immagine di loro due seduti a cavallo di un antico cannone sulla collina che dominava la spiaggia di Southwold, mentre suo padre li fotografava. Erano stati bei giorni, con tanti momenti felici.

Lui voleva riaverli.

Chiuse la porta e si voltò. Aveva un nodo in gola.

«Perché l'hai fatto?»

«Non...» cominciò a dire Jonathan.

«Io mi fidavo di te. Eri il mio migliore amico. Come hai potuto raccontargli i fatti miei?» I suoi occhi si riempirono di lacrime. «Tu eri l'unica persona di cui mi fidavo abbastanza per parlare di certe cose. Come hai potuto farmi un'offesa simile?»

«Non l'ho fatto per ferirti, devi credermi.»

«Io voglio solo capire.»

Jonathan scosse la testa.

«Per favore.»

«Richard ti odiava. Ti odiava davvero.»

Nicholas lo fissò incredulo.

«Ed è per questo motivo che gliel'hai raccontato?»

«Tu non capisci!» Jonathan era sull'orlo delle lacrime. «Tu non sai che cos'è il suo odio. È così intenso che mi spaventa. Detestava vederti con me. Mi rimproverava sempre per causa tua. Io non volevo perderti. Gli ho riferito quelle cose perché credevo che avrebbe provato pena per te e di conseguenza non ti avrebbe più odiato tanto. Ero stupido. Lui non conosce la pietà. Digli qualcosa di penoso, e lui la usa per causare altro dolore.»

«Tu non hai riso di me? Non hai pensato che fosse tutto ridicolo?»

«Santo Dio, no! Come avrei potuto?» Jonathan singhiozzò. «Io so quanto ti ha fatto soffrire. Non potrei mai ridere di questo. Proprio come tu non hai mai riso per la storia di mio padre e della mia matrigna, né di Paul Ellerson né di tutte le cose che ti ho detto in privato. Ci fidavamo l'uno dell'altro e io ti ho tradito. Tu hai tutto il diritto di odiarmi, ma devi credermi: non l'ho fatto per farti soffrire. L'ho fatto perché volevo conservare la tua amicizia e pensavo che lui non me lo avrebbe permesso.»

Una lacrima scese sulla guancia di Nicholas che l'asciugò. C'era un senso di calore, proprio come c'era stato quando Jonathan aveva cercato di incrociare il suo sguardo il giorno prima. Però questa volta non era un'illusione. Era il calore del perdono e del ritrovamento di una cosa preziosa che temeva di avere perso per sempre.

«Io ti credo» disse con gentilezza. «E ti capisco.»

Sedette accanto a Jonathan, cercando di escludere il tremito dalla sua voce. «Non piangere, Jon. Andrà tutto bene.»

«Com'è possibile? Dopo tutto ciò che ho fatto?»

«Tu non hai fatto niente.»

«Ma James Wheatley? La matrigna di Richard?»

«Non è stata colpa tua.»

«Davvero?» Jonathan si voltò a guardare l'amico. «Tu non ci credi più di quanto ci creda io.»

Sedettero in silenzio per qualche minuto. «Ebbene, se lo è» disse infine Nicholas, «è anche colpa mia.»

«Tu non hai sempre partecipato. Anche quando eri presente, non hai fatto nulla.»

«Forse, ma non ho tentato di fermarvi.»

«E come? Non avresti potuto fermare Richard. Nessuno può farlo.»

Nicholas si accorse che Jonathan stava tremando. «Jon, cosa c'è?»

«Continuo a dirmi che non è colpa mia. Che è stato tutto un gioco stupido. Che non significava niente. Che tutto questo pasticcio finirà. Invece non finirà. Sta solo peggiorando.»

Nicholas inspirò profondamente. «Peggiorando? Quanto?»

«Mi sento diverso dentro, adesso. Come se ci fosse qualcosa di buio in me, qualcosa che prima non c'era. Un certo potere.» Jonathan deglutì. «Come se potessi ordinare alle cose di accadere anche senza bisogno della *ouija board*.»

«Ma tu non conti di farlo, vero? Tu sei buono. Tu non vuoi far male a nessuno. Non nel profondo del tuo cuore. Quella è la condizione di Richard, non la tua.»

Jonathan continuava a tremare. «C'è più di quanto ti ho raccontato. Ho paura, Nick. Ho veramente paura.»

«Dimmelo. Puoi confidarmi qualunque segreto, tu lo sai.»

Jonathan accennò un sorriso. «Certo che lo so. Tu sei il miglior amico che ho avuto e sono addolorato. Sono tanto addolorato...»

«Non esserlo» disse Nicholas. «Adesso appartiene tutto al passato. Dimmi solo che cosa è successo.»

Clive sedeva alla scrivania a preparare il discorso. Nel pomeriggio seguente ci sarebbe stata l'assemblea della scuola, da lui convocata per parlare di ciò che era successo a James Wheatley. Lesse e rilesse il testo che aveva scritto, e il suo cuore sprofondò. Non gli era mai piaciuto James Wheatley, e dal suo discorso traspariva vagamente quell'antipatia. Appallottolò il foglio e lo gettò nel cestino. Udì lo scricchiolio di un'assicella del pavimento. Alzò lo sguardo e vide Jennifer in piedi sulla soglia.

«Credevo che voleste fare una gita a Norwich.»

«Sì, finalmente. Però Lizzie è andata a trovare una sua amica, una certa Marjorie. Tornerà fra una mezz'oretta. Partiremo allora.»

«Capisco.» Allungò la mano per prendere un altro foglio. Lei entrò nella stanza e chiuse la porta dietro di sé. Clive la guardò con diffidenza. «Che altro c'è?»

«È necessario che ci sia?»

«Sto lavorando.»

«Lo vedo. Sempre così industrioso. Donna fortunata, mia cugina.»

Clive sentì la collera accendersi in lui, ma tentò di respingerla. «Non cominciare.»

«Io? Se ben ricordo, sei tu quello che ha cominciato.»

«Non è mai cominciato nulla. Non fra noi due.»

«Davvero?»

«Tu lo sai bene. Senti, sono molto occupato. Non ho tempo per questi discorsi.»

«Vuoi dire che non hai tempo per me.»

Clive sentì l'asprezza nella voce di lei. Tentò di ignorarla. «Prendila come ti pare.»

«Una volta avevi tempo per me.»

Lui inspirò profondamente. «Jennifer, credo che dovresti andartene.»

«Me ne andrò. Appena Lizzie sarà tornata.»

Lui posò la penna. «Non intendevo questo.»

«Che cosa, allora?»

«Che dovresti andartene di qui. Che devi smetterla di venire a trovarci. Non fa bene né a me né a te.»

«Parla per te. A me fa un sacco di bene.»

«Ti rende felice?» Si alzò in piedi. «La tua vita è veramente così vuota che l'unico piacere che hai è quello di tormentarmi?»

Lei arretrò. I suoi occhi si indurirono. «Che cosa sai della mia vita?»

«Che sembri decisa a sprecarla. Devi fermarti. Per amor tuo, se non mio. Sei ancora giovane, sei bella, intelligente. Non è troppo tardi per trovare la felicità con qualcuno.»

«Non lo è?»

All'improvviso l'asprezza svanì dalla sua voce, rivelando la pena nascosta sotto l'apparenza. «Guardami bene, Clive. Non sono bella né desiderabile. Non lo sono mai stata. Credi che non lo sappia? Io non ho nulla nella vita, solo il potere di fare del male.»

«Ma perché devi far soffrire Lizzie? Che vantaggio avrai a raccontarle tutto? Lei ti è affezionata. Ha una grande opinione di te. Fa' del male a me, se proprio devi, ma perché devi farlo a lei?»

«PERCHÉ LEI È TUTTO CIÒ CHE IO VORREI ESSERE!»

Adesso i suoi occhi mandavano lampi. Il suo autocontrollo stava crollando.

«Perché è bella! Perché è popolare! Perché la gente è attratta da lei come le falene dalla luce! Lei è tutto ciò che ho sempre desiderato essere, e io la odio per questo!»

«La odi a tal punto da voler rovinare tutto ciò che lei e io abbiamo insieme?»

«Tu pensi che ciò che hai sia prezioso?» Si mise a ridere. «Tanto prezioso che appena lei volta le spalle tu fai l'amore con me!»

«Fare l'amore? Così lo chiami?»

«E come lo chiameresti tu? Fare conversazione?»

«Ero solo. Lei non mi aveva permesso di toccarla per mesi.»

«Quindi è colpa sua, no? La colpa di essere frigida.»

«Lei era malata. Ha avuto un aborto doloroso! Per poco non è morta, poi ha dovuto venire a patti con la rivelazione che non potrà mai avere un figlio! Era sconvolta. Aveva bisogno di amore e di comprensione.»

«Invece tu l'hai tradita!»

Adesso erano gli occhi di lui a lampeggiare. Era quasi cieco per la rabbia. «Ma non ero l'unico, vero? Tu sei arrivata a casa nostra grondante di afflizione, dicendo quanto volevi aiutarla a rimettersi. Era solo una menzogna. Tu avevi saputo qual era la sua condizione e pensavi di cogliere l'opportunità per separarci! Avere qualcosa di ciò che era suo! Tu fai queste grandi dimostrazioni di tenerezza, ma ogni minuto ti strofini contro di me, mi rivolgi quei sorrisi e quegli sguardi, e la sera in cui sono così ubriaco da non sapere che cosa sto facendo, tu fai la tua mossa. Oh, Clive, ti desidero tanto! Ti desidero da quando ti ho visto la prima volta! Fa' l'amore con me, Clive! Lizzie non lo saprà mai!»

«E tu ci sei stato.»

«Sì, che Dio mi perdoni! Ero debole, ero solo e mi disprezzerò sempre per questo. Ma non nobilitarlo chiamandolo amore. Non c'era amore nel nostro rapporto. Abbiamo fatto sesso su un divano. Eravamo come animali che soddisfano un bisogno. Ogni volta che ti baciavo, pensavo a lei. Ogni secondo che ero dentro di te, sognavo lei! Tu eri solo un corpo che usavo per sfogarmi in qualche modo! Nulla di ciò che capitava riguardava te o me. Nulla!»

«BASTARDO!» Alzò il pugno e cercò di colpirlo. Lui l'afferrò per le braccia e la trattenne.

«E ALLORA CONTINUA, E RACCONTALE TUTTO!» ruggì Clive. «Spargi il tuo veleno, se devi farlo. Ma in quel caso non distruggerai solo la mia vita. Che mi dici della tua? Certo, lei mi odierà quando verrà a saperlo. Ma come pensi che si sentirà nei tuoi confronti? Credi che potrà ancora darti il benvenuto in questa casa, quando avrà scoperto che cosa hai fatto quando lei era debole e aveva bisogno di te? Non vorrà vederti mai più. Lei è l'unica persona in questo mondo che prova affetto per te. Tu credi che la tua vita sia vuota? Come sarà quando avrai perduto lei?»

«Davvero, che cosa sarà?» disse una voce dietro di loro.

Elizabeth era ferma sulla soglia e li stava osservando. Clive lasciò andare le braccia di Jennifer. La situazione da incubo che aveva temuto così a lungo, infine si era avverata. Si sentì come se qualcuno gli avesse dato un calcio tra le gambe.

«Io non volevo crederlo» disse con voce calma Elizabeth. «Le due persone che amo di più al mondo. Mi sono detta che non potevano farmi una cosa simile.»

«Ma non è stata colpa mia!» gridò Jennifer. «Lui mi ha costretta! Devi credermi!»

Elizabeth scosse la testa. «Oh, Jennifer...»

Jennifer si mise a piangere. «Era ubriaco. Hai sentito che l'ha detto! Mi ha stuprata!»

«Credo che dovresti andartene» disse Elizabeth.

«Lui è un animale!»

«Jennifer, smettila, per favore.»

«Ma è vero! Volevo dirtelo, ma lui minacciava di ammazzarmi se l'avessi fatto! È lui quello che devi odiare! Io non ti farei mai del male, Lizzie, lo sai!»

Elizabeth la guardò con ribrezzo. «Voglio che tu esca dalla mia casa, adesso.»

«Bene. Maledizione a te!» urlò Jennifer. «Maledizione a te, al tuo matrimonio felice e alla tua vita perfetta! Credi che sia successo una volta sola? È successo centinaia di volte! Centinaia. Da prima del vostro matrimonio fino a oggi. E quando non lo faceva con me, lo faceva con qualcun'altra! Non è mai stato tuo! Mai! Tutta la sua vita è una menzogna!» Corse fuori dalla stanza singhiozzando.

Elizabeth si rivolse a Clive. «E tu, che cosa mi dici? Lei ti ha legato? Ti ha obbligato a farlo?»

Lui chinò la testa.

«Che cosa, allora?»

«Nulla, solo che ti amo.»

Il viso di lei si corrugò per la sofferenza. «Non dirlo, ti prego.»

«Devo dirlo. Tu sei tutto per me. Tutta la gioia che ho viene da te. Darei la mia vita per te. Senza di te, la vita non esiste.»

Le lacrime salirono agli occhi di lei, che si coprì la bocca con una mano. Lui le tese le braccia, ma lei indietreggiò. Poi si fermò, scosse il capo e disse: «Non posso, mi dispiace». E uscì dalla stanza.

Il campanello squillò, segnalando la fine del pranzo e l'inizio dell'attività sportiva pomeridiana. Nicholas e Jonathan sedevano insieme nell'aula vuota. Discutevano da più di un'ora.

«Devi parlare con un sacerdote» suggerì Nicholas. «Qualcuno che si intenda di queste cose.»

«Non servirà a nulla» rispose Jonathan. «Il reverendo Potter non mi ha creduto.»
«Certo che non ti ha creduto. Il reverendo Potter mi è simpatico, ma l'unica cosa in cui crede è la vita comoda. Non crede veramente in Dio, nella religione, nel bene e nel male.» Nicholas rifletté per un momento. «Però conosco qualcuno che potrebbe capire.»
«Chi?»
«Mr. Perriman. Il padre dei gemelli.»
«Mr. Perriman? Non posso parlargli.»
«E perché?»
«I gemelli mi detestano. Non mi permetterebbero mai di rivolgermi a lui.»
«Loro non ce l'hanno con te. Sono solo spaventati a causa di ciò che hanno sentito dire dal padre, e questo è un bene, perché vuol dire che lui prende sul serio queste cose. Non ti scaricherà con noncuranza, come mi dici che ha fatto il reverendo Potter. Lui ti crederà e saprà dirti che cosa devi fare.»
Jonathan lo fissò. «Lo credi davvero?»
«Sì. Assolutamente. Allora, gli parlerai?»
Jonathan annuì.
«Lo dirò stasera ai gemelli. Dovrò usare un po' di forza di persuasione, ma alla fine accetteranno, ne sono sicuro.»
Di colpo gli occhi di Jonathan si spalancarono allarmati. «E Richard? Lui torna domani sera. Che cosa devo fare?»
«Devi comportarti come se non fosse cambiato nulla. Non parlare con me. Fingi che io ti detesti ancora. Io farò in modo che anche i gemelli si comportino nello stesso modo. Richard non deve scoprire questo accordo.»
«Ma se lo scopre?» Jonathan cominciò a tremare. «Oh, Dio, che cosa farà se lo scopre? E lo scoprirà. Io so che lo scoprirà. Mi guarderà e leggerà nei miei pensieri. Non posso nascondergli nulla.»
«Bene. Nascondigli questo. Non hai scelta.»
«Lo so.» Jonathan trasse un profondo sospiro. «Lo farò.»
«Certo che lo farai. Lui non scoprirà niente. Andrà tutto bene, Jon. Tu non sei più solo. Risolveremo insieme questa cosa, vedrai.»

Il taxi di Jennifer era partito da un quarto d'ora. Clive era nella camera da letto che divideva con la moglie e la guardava mentre si preparava la valigia.

«Ti prego, non farlo» disse.

«Devo farlo» rispose lei.

«No, non devi.»

«Sì. Non l'hai capito?»

«Io ti amo» disse lui. La sua voce tremava. «Ti prego, Lizzie. Possiamo superare questo fatto. So che possiamo.»

Lei chiuse la valigia e si voltò a guardarlo. «Vorrei che fosse vero. Lo vorrei proprio. Ma come possiamo? Sei stato a letto con Jennifer.»

Lui scosse la testa. «Non è andata così.»

«E come è andata, allora?»

«Non ha importanza.»

«Ti sbagli, Clive. È importante. È importante per me. Tu sei andato a letto con mia cugina. Tu mi hai tradita con lei. Io ero malata. Era il momento peggiore della mia vita e avevo bisogno di te. Avevo bisogno di te e di lei!»

«È stato un errore! Un momento di follia! Non ha significato niente!»

Lei lo guardò con gli occhi pieni di lacrime. «Significa tutto! Non capisci? Ogni volta che ti guardo, sono costretta a immaginare voi due insieme. Le due persone che mi sono più care!» Scoppiò in lacrime. «Mi dispiace ma non posso sopportarlo. Per questo devo andare via.»

Prese la valigia. Il cuore di Clive doleva come se qualcuno l'avesse pugnalato. Afferrò Elizabeth per un braccio e l'attirò a sé. Si lasciò andare sulle ginocchia, le mise le braccia intorno alla vita e nascose il viso nella sua gonna. «Lizzie, ti imploro, non lasciarmi, ti prego! Oh Dio, non lasciarmi! Tu sei la mia ragione di vita. Sei tutto il mio mondo. Io non posso vivere senza di te. Odiami, maledicimi, fa' tutto ciò che vuoi per punirmi, ma non abbandonarmi!»

Si mise a singhiozzare come un bambino che implora la mamma. Dagli occhi di lei scendevano lacrime silenziose. Gli accarezzò gentilmente i capelli. Rimasero così per qualche tempo.

Infine lei si staccò e lui la lasciò andare. Sapeva di non avere speranza. Rimase dov'era a fissare il pavimento. Gli sembrava di morire.

«Dove andrai?» le domandò.

«Non lo so ancora.»

«Resta qui. Questa è la tua casa. Sono io quello che se ne deve andare.»

«Qui c'è bisogno di te. Hai degli incarichi da svolgere.» Si asciugò le lacrime. «Mi dispiace che debba finire così. Io ti amo e non voglio farti del male, ma non posso assolutamente rimanere. Cerca di capirmi.»

Andò verso la porta. Lui la chiamò per nome e lei si voltò.

«C'è ancora una possibilità, per quanto esile, che un giorno tu mi possa perdonare?»

«Non chiedermelo. Non adesso.»

«Ti prego. Devo sapere. Quando uscirai da quella porta, porterai con te la mia vita. Ho bisogno di sperare in qualcosa.»

«Ti amo» ripeté lei. «Mi dispiace.»

«Quando c'è amore c'è sempre speranza, vero? Devo crederlo.»

«Allora credilo» rispose lei gentilmente.

«Ti aspetterò. Se necessario ti aspetterò per sempre. Io ti amo, Lizzie. Non smetterò mai di desiderare il tuo ritorno.»

Lei uscì dalla stanza. Lui si coprì il viso con le mani e pianse.

«Assolutamente no» dichiarò Stephen Perriman.

«Lui ha bisogno di noi» gridò Nicholas. «Dobbiamo aiutarlo!»

La cena era finita e stava per iniziare la preparazione serale. I due stavano faccia a faccia nel loro studio. Michael sedeva al proprio scrittoio e li guardava.

«Io non ho l'obbligo di aiutarlo» disse Stephen a Nicholas. «Proprio come Jonathan non aveva l'obbligo di mettersi a fare cose che non doveva fare. Ho tentato di fermarlo, ma lui non mi ha ascoltato. Ha voluto la bicicletta? Che pedali!»

«Ma, Stephen...» cominciò a dire Michael.

«Tu stanne fuori» esclamò Stephen prima di voltarsi di nuovo verso Nicholas. «Perché desideri tanto aiutarlo, comunque? Non è tuo amico. Non ricordi come ti ha scaricato? Come lui e Rokeby ridevano di te?»

«Non ridevano di me. Comunque, adesso non me ne importa. Jon ha bisogno del nostro aiuto.»
«Non merita aiuto. Ciò che ha fatto è male.»
«Può essere stato stupido, ma non è cattivo. Il guaio è che si fa influenzare facilmente. Il cattivo è Rokeby.»
«Povero piccolo Jonathan» lo derise Stephen, «condotto sulla strada sbagliata dal grande, malvagio Richard! Queste sono idiozie e lo sappiamo entrambi. Nessuno può farti fare qualcosa che tu non vuoi fare. Sono cattivi l'uno quanto l'altro e meritano tutto il male che riceveranno!»
«Come puoi dire questo?» gridò all'improvviso Michael. «Tu sei quello che mi ha portato fuori dallo studio di Richard, quella sera. Eri spaventato tanto quanto lo è Jonathan adesso.»
Stephen arrossì e si voltò verso il fratello. «Sempre idiozie!»
«No, è la verità.»
«Non avevo paura! Stavo solo vegliando su di te come faccio sempre, perché tu sei troppo ottuso per badare a te stesso. Se non fosse per me, tu adesso saresti seduto da solo nella cappella a piangere per ciò che hai fatto. Dovresti ringraziarmi, invece di farmi passare per stupido.»
Michael sembrava sconvolto. «Io non sono ottuso.»
«Allora chiudi il becco.»
«Non vedo perché non possiamo aiutarlo. Era anche nostro amico. Io sento la sua mancanza. Perché non possiamo perdonarlo e rimettere le cose com'erano prima?»
«Mike, sta' zitto. Tu non capisci niente.»
«Ma perché no?!» Michael si alzò in piedi. «Questa volta non puoi dirmi cosa devo fare! Noi dobbiamo aiutarlo! È ciò che vorrebbe il babbo. Parla sempre dell'importanza del perdono, e non è questo il nostro caso? Nicholas ha molti più motivi di noi per odiare Jon. Se lui può perdonare, perché non possiamo farlo anche noi?»
Stephen gli diede uno schiaffo.
Nicholas trattenne il fiato. Michael lanciò un grido e si portò una mano alla guancia. Stephen lo afferrò per i capelli e lo guardò in viso. «Non farmi mai più la predica! Ho passato tutta la mia fottuta vita a badare a te, e cosa ricevo per ringraziamento? Ricordati che sono io, non tu, quello che prende le

decisioni, perché io so che cosa è meglio. Ho deciso che noi non coinvolgeremo nostro padre in questa storia. Non è un nostro problema e non è nemmeno il suo.»

Il campanello annunciò l'inizio dello studio serale. Stephen lasciò andare Michael e si voltò verso Nicholas.

«Non parlerò a nostro padre di Jonathan e non lo farà nemmeno Michael. Se vuoi che restiamo amici, anche tu farai meglio a smettere di aiutarlo.»

I tre sedettero ai rispettivi scrittoi. Stephen immerse la testa in un libro. Michael stava per piangere e continuava a strofinarsi la guancia. Nicholas lo guardò. I loro occhi si incontrarono. Nel silenzio della stanza, fra loro due fu scambiato un tacito messaggio.

19

9 dicembre 1954. L'alba.

Marjorie Ackerley si accovacciò in cima alle scale.

La casa era buia. Henry sedeva da solo al pianterreno. Era stato là tutta la notte. Aveva bevuto prima che lei andasse a letto e certamente aveva continuato per molto tempo. Lei tese l'orecchio, convinta di sentirlo russare, ma udì soltanto il silenzio. Era spaventata. Poteva solo indovinare i sentieri oscuri in cui la sua mente avrebbe vagato, sotto l'influenza dell'alcol e della paura. Voleva chiamarlo, ma il terrore le paralizzava la lingua. Meglio aspettare senza dire nulla.

Nella casa faceva freddo. Lei ebbe un brivido. Si strinse addosso la veste da camera e continuò la sua veglia.

Henry Ackerley stava guardando la fotografia in cornice della figlioletta morta.

Una bambina bellissima, lo dicevano tutti. Arrivava saltellando in una stanza piena di estranei, irradiando luce e allegria, e li conquistava immediatamente. Osservare il modo in cui la gente reagiva a sua figlia era stata una delle grandi gioie della vita di Henry. La bambina si fermava in mezzo alla stanza sorridendo agli ospiti, poi i suoi occhi cercavano lui. I due si scambiavano un sorriso speciale. Per la bambina era una semplice espressione di fiducia nel padre; per Henry era il gesto d'amore di un uomo che, nel sognare uno splendido avvenire per la figlia, vede gratificate le ambizioni che un tempo aveva nutrito per sé.

Era sempre stato ambizioso e convinto di lasciare la propria impronta nel mondo. Sembrava facile, quando era ragazzo.

Veniva da una famiglia ricca, aveva ricevuto la migliore istruzione che il denaro poteva comperare, e aveva conquistato tutti i premi a lui accessibili. Mentre finiva gli studi a Oxford, gli era stato offerto un corso di perfezionamento per laureati a Harvard. Il costo era considerevole, ma suo padre era fiero di lui e propenso a finanziare l'avventura. A quel tempo l'avvenire di Henry appariva sfavillante. Era deciso a diventare uno dei più grandi esperti mondiali di cultura classica. Forse ce l'avrebbe fatta, se non ci fosse stato l'invito.

Il suo padrino e la sua madrina, vecchi amici di sua madre, gli avevano sempre voluto molto bene ed erano orgogliosi dei suoi successi. Volevano che passasse l'estate a casa loro. Rappresentavano la famiglia più eminente della regione, i leader riconosciuti della società locale. Henry aveva accettato prontamente, felice di crogiolarsi nella loro approvazione. Si era aggirato nella loro enorme casa, nello Yorkshire, sorridendo con grazia a tutti, godendosi l'ammirazione delle cameriere più giovani che ridacchiavano e sussurravano tra loro su questo splendido ospite che presto sarebbe partito per l'America, verso un futuro indubbiamente favoloso.

Mentre lui si beava dell'attenzione di quelle ragazze, ne notò una che spiccava su tutte le altre. Doveva avere diciott'anni, con i capelli d'oro e una bellezza che avrebbe suscitato l'invidia di molte delle fascinose ereditiere che la madrina faceva sfilare davanti a lui. Ogni volta che la incontrava, si accorgeva di non poter staccare lo sguardo da lei. Osservava il suo modo di abbassare gli occhi quando lui si avvicinava, di camminare facendo ondeggiare le anche, di voltarsi e rivolgergli un sorriso invitante prima di allontanarsi. Lui si fermava a guardarla, lusingato dell'infatuazione della ragazza e consapevole del proprio desiderio.

Una sera i padroni di casa avevano dato un cena; i loro ospiti, per lo più di mezza età, avevano plaudito alla conversazione brillante di Henry e brindato al suo futuro luminoso. Mentre andava nella stanza da letto, con la testa che girava per l'eccesso di vino e di ammirazione, trovò lei ad aspettarlo in cima alla scala. Si erano scambiati uno sguardo, poi lui l'aveva presa per mano e se l'era portata in camera.

Non si erano scambiati parole. Era stata la sua prima esperienza di amore fisico. L'aveva trovata rapida e facile, la soddisfazione di un desiderio non complicata dal sentimento. Quando finì, lei se ne andò silenziosamente. Nei giorni successivi i suoi occhi furono indifferenti al fascino della ragazza. Per lui quell'episodio non era stato nulla, e riteneva che così fosse anche per lei. Lo escluse dai propri pensieri.

Due giorni prima della partenza fu convocato dal padrino. Un altro uomo era presente, un operaio rozzo che puzzava di alcol. Quell'uomo lo coprì di maledizioni perché aveva rovinato la vita della sua Marjorie. Henry aveva impiegato un po' di tempo a capire: non si era nemmeno preso la pena di chiederle come si chiamava.

Il padrino e la madrina furono comprensivi. Era stata un'imprudenza giovanile, nulla di più. La collera del padre non era così estrema da non poter essere placata con il denaro. Sarebbe stata la soluzione migliore, e ci avrebbero pensato loro. Erano sicuri che il padre di Henry sarebbe stato d'accordo.

Invece lo avevano giudicato male. Il padre ne fu inorridito. Era un uomo dall'alto senso morale; voleva che i membri della sua famiglia vivessero all'altezza dei suoi princìpi e non simpatizzava con chi derogava. Disse al figlio che aveva disonorato una ragazza, e ora avrebbe dovuto pagarne il prezzo. Lui revocava il proprio appoggio finanziario. Il matrimonio doveva essere celebrato subito, e i sogni di Harvard andavano relegati nel dimenticatoio. Nel giro di poche settimane, Henry si trovò sposato, con una moglie incinta da mantenere.

Aveva accettato un posto di insegnante a Londra. La coppia si era sistemata in un piccolo appartamento. Due persone che non si erano quasi scambiate due parole, adesso erano costrette a vivere una relazione alla quale né l'uno né l'altra erano preparati. Lui concentrò le proprie energie nel lavoro. Lei dedicò i propri sforzi a farlo felice. Fino ad allora la sua vita era stata dura: sua madre l'aveva abbandonata quando era piccola, lasciandola alla mercé di un padre violento e alcolizzato. Per lei il matrimonio era stato una liberazione; si sentiva riconoscente e desiderosa di accontentare il marito. Provava vergogna delle proprie origini umili e cercava di nasconderle sotto una patina di sofisticazione. Seguì dei corsi di dizione per raffinare il proprio accento, ebbe cura del proprio aspetto e imparò a vestirsi bene con poca spesa. Non aveva molta istruzione, ma si era messa a leggere libri per educasi e arricchire la propria conversazione. Lentamente, con determinazione, fece di sé una moglie di cui ogni uomo sarebbe stato orgoglioso.

La nascita della bambina creò un legame fra loro due. L'intensità dell'amore di Henry per la figlia lo aiutò a nutrire una qualche forma di affetto per la madre. La piccola Sophie rappresentava il meglio di entrambi: i capelli d'oro e la bellezza della madre combinati con la mente brillante del padre. Lui sedeva con lei per ore a insegnarle a leggere, a scrivere e a contare; era felice della sua sete di conoscenza e della velocità con cui assorbiva nuove idee. Il fascino di Marjorie gli aveva procurato molti amici, e lui amava esibire davanti a loro l'intelligenza di Sophie. La prendeva sulle ginocchia e le assegnava dei problemi di matematica; la piccola si concentrava corrugando la fronte, poi si illuminava d'orgoglio nel dare la risposta giusta. Tutti l'applaudivano; lui la teneva fra le braccia e la copriva di baci. Vedeva Marjorie sorridere a loro due e le ricambiava il sorriso, dicendosi che non poteva imprecare contro un destino che gli aveva dato quella bambina adorata.

La morte era venuta senza preavviso. Un raffreddore, come sempre ne prendono i bambini in inverno, si era trasformato in polmonite. Né Henry né Marjorie si erano resi conto della gravità delle sue condizioni. Prima di uscire per andare al lavoro, lui si era fermato a baciarla sulla guancia e le aveva promesso di portarle un regalo; lei lo aveva guardato con gli occhi color nocciola e gli aveva detto che, appena fosse stata meglio, avrebbe imparato a cucinare per aiutare la mamma a preparare i piatti che lui preferiva. Henry era uscito di casa con il sorriso sul volto. Nel primo pomeriggio aveva ricevuto il messaggio. Era tornato a casa correndo e si era precipitato nella camera della bambina. Lì aveva trovato Marjorie confortata dagli amici, mentre il medico gli diceva che sua figlia non aveva sofferto e adesso era in un posto migliore.

In quei primi giorni era stato troppo istupidito per capire in pieno la portata della sua perdita. La vera comprensione venne il giorno dei funerali, quando si trovò con Marjorie accanto alla piccola tomba a ricevere le condoglianze di amici e conoscenti. Uno di loro, tentando vanamente di consolarlo, disse che almeno loro potevano contare l'uno sull'altra per darsi conforto e sostegno nei giorni tristi.

In quel momento lui vide tutto con chiarezza; riconobbe la rovina definitiva delle sue ambizioni giovanili. Capì che l'amore della figlia era stato l'unica cosa che aveva reso sopportabile una vita così squallida. Con la morte di lei, aveva perso la capacità di sperare. Ora poteva soltanto esistere.

Si trasferirono altrove. Lui accettò un nuovo incarico in una scuola del Berkshire. Il tentativo di rifarsi una vita era condannato al fallimento prima ancora di cominciare. Ora che Sophie se n'era andata, la necessaria cortesia che aveva governato i loro rapporti cominciò a sgretolarsi. Lui detestava la propria esistenza e dava la colpa a Marjorie. Si chiuse in se stesso seppellendosi nel lavoro e nei ricordi, tenendo a distanza la moglie. Lei si arrese ai propri demoni. Sapeva che non ci sarebbero stati altri figli. Suo padre era morto. Non le restava nessun parente ed era tormentata dalla paura di invecchiare da sola. Più il marito si staccava da lei, più lei tentava di aggrapparsi a lui, in una strana danza di repulsione e di bisogno che serviva solo ad aumentare l'infelicità dell'uno e dell'altra.

Alla fine lui si rese conto che non potevano continuare così. Per amore di entrambi si dovevano separare. Disse a Marjorie che, spartito il denaro che avevano, ciascuno avrebbe preso la propria strada. Lei aveva pianto, aveva detto che lui era tutto ciò che possedeva al mondo, che non sopportava l'idea di perderlo. Cominciarono a litigare. Lei divenne isterica. Lui, che si sentiva soffocare, era fuggito in automobile guidando per chilometri e chilometri; si era fermato in un pub di paese dove nessuno lo conosceva e aveva affogato l'infelicità nell'alcol.

Era tarda sera quando era risalito in macchina per tornare a casa, sotto un violento temporale. Il vento e la pioggia sferzavano la vettura, che peraltro lui non era in grado di guidare. Andò verso casa lungo strade di campagna. I suoi riflessi erano appannati, le palpebre grevi come piombo. Non vide la ragazza finché non le fu addosso: ebbe appena il tempo di distinguere due occhi terrorizzati prima del rumore dell'urto.

Fermò automaticamente la macchina. Nello specchietto retrovisore vide che la ragazza giaceva immobile sulla strada. Sapeva che avrebbe dovuto tornare indietro e cercare aiuto. Però con lo shock venne la lucidità, e con essa la consapevolezza che non si sarebbe mai presentato alla polizia. Con tutto l'alcol che aveva in corpo non poteva denunciare un incidente: l'unico esito sarebbe stato la condanna a un lungo periodo di detenzione. Era ripartito con il cuore in tumulto, il respiro breve e affannoso, pregando qualunque Dio disposto ad ascoltarlo affinché la ragazza morisse e non potesse identificarlo.

Nel segreto del suo garage controllò la vettura. C'erano delle piccole tacche sul paraurti, invisibili a chi non facesse uno sforzo motivato per cercarle. Quando entrò in casa, trovò Marjorie che lo attendeva. Le disse che era pentito di ciò che le aveva detto, che gli dispiaceva di averla ferita, che lei andasse a dormire e che lui l'avrebbe seguita tra breve. Invece passò il resto della notte seduto al pianterreno, a guardare le lancette dell'orologio che si muovevano nella notte, e così via fino al mattino.

Si costrinse ad andare al lavoro e comportarsi come se tutto fosse normale. Tendendo l'orecchio ai discorsi, apprese che in un sentiero remoto, a molti chilometri di distanza, era stato scoperto il cadavere di una ragazza, vittima di un guidatore senza scrupoli. «Che disgrazia» disse qualcuno. «Una ragazza di soli diciassette anni. Aveva appena cominciato a vivere! Quell'automobilista dovrebbe essere impiccato.» In quel momento seppe che tutto sarebbe andato bene, e si permise di respirare liberamente. Nel weekend avrebbe portato la macchina in un'officina lontana diversi chilometri per fare riparare le ammaccature. Così avrebbe coperto definitivamente le tracce.

Tre giorni dopo, verso sera, arrivò la polizia. Marjorie fece entrare i due agenti nel soggiorno. Uno era sui quarant'anni, l'altro un po' più giovane. Henry si alzò in piedi sforzandosi di sorridere, mentre lottava contro il bisogno di vomitare.

I due agenti si scusarono per l'intrusione, e spiegarono che c'era stato un testimone dell'incidente: un bracconiere che avrebbe voluto mantenere il silenzio, ma che ora si sentiva obbligato dal senso dell'onore a farsi avanti. La sua deposizione era molto povera. Aveva visto l'incidente da lontano, perciò non aveva potuto leggere il numero di targa né distinguere il viso dell'automobilista. Poteva soltanto dire qual era la marca dell'automobile e precisare che il guidatore era un uomo.

Adesso la polizia stava interrogando tutti i proprietari noti di quel tipo di automobile. I due agenti, imbarazzati, si scusarono di nuovo per il disturbo, ma volevano sapere se Henry poteva raccontare loro che cosa aveva fatto la sera dell'incidente.

Lui aprì la bocca cercando di formulare una risposta, ma Marjorie lo precedette. Con la sua voce flautata disse agli agenti che ricordava benissimo quella sera. Henry aveva passato le prime ore a leggere i compiti, mentre lei preparava per cena uno spezzatino di manzo in salsa al pepe. Spiegò che era uno dei piatti favoriti di Henry, mentre lei trovava troppo piccante quella salsa. Entrambi i poliziotti annuirono, dichiarando che anche loro preferivano una cucina meno speziata.

Dopo cena, continuò Marjorie, avevano passato il resto della sera seduti insieme nel soggiorno ad ascoltare una commedia alla radio. Rise, e il suono fu come uno scampanio festoso. Confessò che la commedia era una storia romantica molto noiosa, tanto che Henry si era addormentato dopo dieci minuti. Anche i poliziotti risero, sedotti dal suo fascino. Il più anziano disse che anche a lui capitavano situazioni del genere, ma sua moglie era molto meno tollerante.

Marjorie si scusò del fatto che non ricordava il titolo della commedia, però l'aveva annotato sul diario che teneva al piano di sopra. Si offrì di andare a prenderlo. Il poliziotto più anziano rispose che non era necessario. Ripeté che Henry era fortunato ad avere una moglie così comprensiva. Poi, con qualche esitazione, il giovane chiese se, per puro dovere professionale, potevano vedere la macchina.

In quel momento lui comprese che tutto era andato male. Decise di confessare e di farla finita. Però Marjorie era troppo rapida per lui. Continuando a sorridere, chiese agli agenti di seguirla e li condusse in garage, davanti alla vettura. Henry rimase in piedi tra i due poliziotti a guardare incredulo. Le tacche non c'erano più; la macchina era in condizioni impeccabili, esattamente come prima dell'incidente.

«Chiediamo scusa» disse il poliziotto anziano. «Però dovevamo chiederlo. Una formalità.»

Marjorie sorrise. «Certamente. Noi comprendiamo, non è vero, Henry?» Lui annuì, troppo intontito per dire qualcosa.

«Avete altri indizi?» domandò Marjorie agli agenti.

I due scossero il capo. «Abbiamo telefonato ad altre stazioni di polizia in questa zona» rispose il più giovane. «Abbiamo chiesto di origliare in giro. L'unica cosa che hanno scoperto è un garage a Hornchurch dove una donna ha portato ieri una vettura per farla riparare. Nulla di serio. Lo fecero mentre lei aspettava.»

Marjorie sembrava interessata. «Hanno annotato il numero di targa?»

«Non c'era motivo» spiegò il più anziano. «Come ha detto il sergente Wicks, gli operai hanno fatto il lavoro sotto gli occhi della cliente.»

«E cosa sapete della donna? Qual è il suo nome?»

«Cooper. Quanto meno, è ciò che pensa il meccanico. Non lo ricorda perfettamente e lei ha pagato in contanti, perciò non ci sono ricevute né altri appunti. Mi disse che la donna era molto truccata e aveva un'aria provocante e volgare. Secondo il meccanico, parlava con un accento molto forte, del Lancashire o dello Yorkshire. Tutto qui. Probabilmente non serve a nulla. Ma noi faremo bene ad andarcene, Mrs. Ackerley. Non vogliamo disturbarla più di così.»

Marjorie li commiserò per il fatto che dovessero lavorare in una sera così fredda. Propose loro di prendere una tazza di tè prima di andarsene. Rifiutarono, non senza riluttanza. Il più anziano, guardando Henry con innegabile espressione di invidia, disse che era stato un piacere fare la loro conoscenza.

Marjorie e Henry rimasero sulla soglia insieme a osservare i poliziotti che se ne andavano. Poi rientrarono in casa e chiusero la porta. Lei lo fissò. Il sorriso era sparito dal suo volto. La sua espressione era una triste combinazione di trionfo e di disgusto di sé.

«È pericoloso per noi restare in questa zona» disse. «Dobbiamo trasferirci il più presto possibile.» Si voltò e cominciò a salire le scale.

«Non esiste un "noi"» le gridò dietro il marito. «Non lo capisci?»

Lei si voltò. «C'è, invece, Henry. Ci sarà sempre. Ora tu non puoi più lasciarmi. Non dopo ciò che ho fatto. Dopo ciò che so.»

Era successo sei anni prima. Sei anni durante i quali lei lo aveva tenuto legato a sé con la paura del male che poteva fargli se avesse tentato di abbandonarla. Lui era sfuggito al carcere, ma non era libero. Era prigioniero di lei; Marjorie era il suo guardiano, la loro casa era la prigione in cui entrambi si aggiravano, uno intorno all'altra, con circospezione, tentando di presentare al mondo una facciata di normalità.

Ma adesso qualcuno sapeva.

Impossibile. Se qualcuno sapeva, perché non lo aveva denunciato allora? Se lo faceva per ricatto, e così doveva essere, perché aspettare sei anni prima di farsi vivo? Non aveva senso.

A meno che lo avessero scoperto soltanto adesso.

Ma come? Chi poteva averglielo detto? L'unico testimone non era stato capace di identificarlo. Le sole persone informate della verità erano Marjorie e lui. Lui non ne aveva parlato a nessuno, e nemmeno Marjorie lo avrebbe fatto.

A meno che, parlandone, lei avesse avuto qualche cosa da guadagnare.

Ma era possibile? Il suo silenzio era la sua forza. Non avrebbe compromesso quella condizione denunciandolo.

Ma se lei avesse sentito che il suo potere era in declino? Se avesse sospettato che lui poteva arrischiarsi a rompere il rapporto, come lei aveva sempre temuto?

No, non era possibile!

Però avrebbe funzionato! Se lui avesse avuto paura, Marjorie era l'unica persona a cui si poteva rivolgere. L'unica che sapeva. L'unica che l'aveva aiutato prima e che l'avrebbe aiutato di nuovo.

Era vulnerabile. Dipendeva da qualcuno. Lei aveva il potere.

Il sangue gli pulsava nelle tempie. La pressione era così forte che gli sembrava che la testa stesse per esplodere.

PUTTANA!

Era sempre stata una questione di controllo! Sempre solo di controllo.

PUTTANA! PERFIDA PUTTANA INTRIGANTE!

Strinse i pugni così forte che le unghie penetrarono nella carne. Il sangue uscì tra le dita. Nella propria mente lui stava urlando.

La prima lezione era appena finita. Nel corridoio affollato Jonathan sentì che qualcuno gli infilava qualcosa nella tasca della giacca. Nicholas passò oltre chiacchierando con i gemelli, ignorandolo completamente.

Lui mise la mano in tasca e trovò un foglietto piegato. Lo lisciò e lesse:

Mike ha accettato di aiutarti. Stephen non lo sa e non deve saperlo. Non cercare di parlare con noi. Verremo da te subito dopo pranzo. Andrà tutto bene. N.

Nicholas si voltò un attimo e colse il suo sguardo. Lui fece finta di non vederlo e continuò a camminare come se nulla fosse.

Le dieci e mezzo. Marjorie Ackerley cominciò a scendere la scala. La casa era ancora silenziosa.

«Henry?»

Nessuna risposta.

Lo chiamò di nuovo. Ancora niente. Entrò nel soggiorno e si chiuse la porta dietro. Si aspettava di trovarlo, ma la stanza era vuota. Udì dei passi che si avvicinavano e cominciò a tremare.

«Henry?»

I passi si fermarono fuori dalla porta. Lei arretrò verso la finestra. «Henry, dobbiamo parlare.»

I passi si allontanarono. Lei udì la porta d'ingresso che si chiudeva. Andò a sedersi su una poltrona accanto al camino. Vide delle macchie di sangue sul tappeto.

Nella stanza faceva freddo. Lei accese il fuoco. Poi, stringendosi le braccia intorno al corpo, rimase seduta ad aspettare.

Ora di pranzo. Alan Stewart sedeva allo scrittoio nel suo studio. La riunione commemorativa per James Wheatley era prevista fra un'ora.

Guardò quanto aveva scritto, poi stropicciò il foglio e lo gettò nel fuoco. Un altro tentativo fallito. Non riusciva a trovare le parole giuste e si chiedeva se ci sarebbe mai riuscito. Esistevano parole appropriate per una situazione come quella?

Pensò a James Wheatley, poi a Palmer e Rokeby. Avevano avuto parte nella morte di James? Si disse che era impossibile, ma un qualche istinto in lui affermava il contrario.

Ormai non avrebbe più scoperto la verità. Forse nessuno l'avrebbe scoperta. Qualunque cosa fosse successa, era stata occultata bene. Meglio di quanto lo fosse stato il suo segreto.

Ricominciò a scrivere. Le parole uscivano, un fiume di inchiostro nero che non diceva nulla di ciò che lui voleva dire. Un'altra pallottola di carta finì nel fuoco. Lui rimase a guardare le fiamme, con il viso rigato di lacrime.

«Vado in infermeria» disse Nicholas mentre uscivano dal refettorio.

«Il mal di testa è ancora forte?» domandò Stephen.

Nicholas annuì. «Se non prendo un'aspirina, non potrò affrontare l'assemblea di questo pomeriggio.»

Vacillò un poco sulle gambe strofinandosi le tempie. Stephen e Michael si scambiarono uno sguardo. «Sei sicuro di stare bene?» domandò Stephen.

«Solo un po' confuso.»

«Forse uno di noi dovrebbe accompagnarti» suggerì Michael.

«Non ce n'è bisogno.»

«Invece sì» insisté Michael. «Vengo io.» Si voltò verso Stephen. «Ci vediamo nel salone.»

Stephen annuì. «Vi tengo il posto.» Partì in una direzione, Nicholas e Michael in un'altra, accelerando il passo man mano che la distanza aumentava.

Jonathan sedeva allo scrittoio. Era in attesa da mezz'ora. Aveva saltato il pranzo. La sola idea del cibo gli dava la nausea.

Udì dei passi nel corridoio. La porta si aprì. Lui sorrise per dare il benvenuto.

Richard entrò.

Il sorriso si spense sul volto di Jonathan. Si sentiva come se avesse ricevuto un calcio nello stomaco. Non riusciva a respirare. Richard lo guardò preoccupato. «Oh, Dio!» disse. «Stai male?»

Lui riuscì ad annuire.

«Hai un aspetto terribile. Sei malato?»

«Non mi aspettavo che tornassi a quest'ora.»

«Ho cambiato programma. Qual è il problema? Non sei contento di vedermi?»

«Certo che lo sono.» Tentò un sorriso che però non salì fino agli occhi. «Com'è andata?»

«Mio padre è un rottame. Continua a blaterare che è tutta colpa sua.» Richard scoppiò a ridere. «Tutti gli dicono che non dovrebbe sentirsi in colpa, ma non serve a niente. Prima o poi crollerà, lo si vede dai suoi occhi. Allora dovranno rinchiuderlo, come lui ha tentato di fare con mia madre.»

Jonathan lottava contro il bisogno di urlare. Nicholas e Michael sarebbero arrivati da un minuto all'altro. Appena li avesse visti, Richard avrebbe saputo ciò che lui aveva fatto. Allora, che Dio li aiutasse tutti. Richard stava ancora ridendo. Se gli altri avessero udito il suono della sua risata, avrebbero saputo che qualcosa andava male e sarebbero andati via. Lui rise con Richard, ma il suono era forzato. «Che cosa ti succede?» domandò Richard.

«Nulla.»

«Tu mi nascondi qualcosa.»

Jonathan fece segno di no, come un bambino che cerca di far credere ai genitori una bugia.

«Che cosa hai fatto?»

Il suo cuore batteva forte. «Nulla, Richard, lo giuro.»

Gli occhi di Richard lo trafiggevano. Nelle loro pupille Jonathan vide l'immagine di una donna pazza che cerca di affogare la figlia.

Riuscì a distogliere lo sguardo, concentrandolo su un pezzo di carta piegato su una pila di libri. Il biglietto di Nicholas.

Si accorse di impallidire.

«Che cos'è questo?» domandò Richard prendendo il biglietto.

Lui non rispose. Rimase seduto a guardare Richard che leggeva. La sua paura era così grande che non si accorse nemmeno dell'umidità che si allargava tra le sue gambe.

Lo studio di Jonathan era vuoto.

«Forse è al gabinetto» suggerì Michael.

Udirono dei passi alle loro spalle. William Abbot stava andando verso il suo studio. «Hai visto Palmer?» domandò Nicholas.

«È uscito con Rokeby.»

«Rokeby!» Nicholas e Michael si guardarono. «Ma non dovrebbe tornare fino a stasera.»
«Era sicuramente lui.»
«Dove sono andati?» domandò Michael.
William si strinse nelle spalle.
Nicholas inspirò profondamente. «Io so dove sono andati» disse. «Vieni.»

Clive Howard stava alla finestra del suo studio a guardare la folla dei ragazzi che si avviavano alla sala delle riunioni. Presto ci sarebbe dovuto andare anche lui.
Si voltò verso lo specchio ed esaminò la propria immagine; vide un uomo alto e massiccio, che sembrava invecchiato dalla sera al mattino. Aveva un aspetto disastroso, con il vestito spiegazzato, la cravatta storta, i capelli in disordine. Lizzie non gli avrebbe mai permesso di uscire così trasandato, ma adesso a lei non importava più.
Se n'era andata da meno di ventiquattr'ore, ma sembrava un'eternità. Per lui il senso della perdita era un dolore fisico, come se un parassita gli stesse rodendo il cuore. La prospettiva di una vita senza Lizzie era troppo terribile per immaginarla. Voleva morire, ma sapeva che con la morte avrebbe perso definitivamente la speranza di vederla tornare, un giorno.
Meccanicamente, come in trance, si passò un pettine nei capelli.

Marjorie si svegliò di colpo. Il fuoco era spento, la stanza era fredda. Non sapeva per quanto tempo aveva dormito.
Henry stava in piedi davanti a lei. Puzzava di alcol e aveva i vestiti in disordine. L'espressione dei suoi occhi la raggelò.
«Sei stata tu» mormorò Henry.
Marjorie, terrorizzata, cercò di alzarsi. Lui avanzò di un passo, e lei s'immobilizzò.
«Sei stata tu.»
«Cosa vai dicendo?»
«Sei stata tu. Sei tu che gliel'hai detto. Mi hai tradito.»
Lei scosse la testa e cominciò a tremare.
«SEI STATA TU!»

Lei si rannicchiò sulla sedia. «Tu sei ubriaco. Non sai quello che dici.»

«NON MENTIRMI!»

«Non sono stata io! Lo giuro!»

«BUGIARDA!»

«Henry, sulla mia vita, giuro che non ne ho parlato con nessuno!»

«TU NON PUOI CONTROLLARMI! IO NON TI PERMETTERÒ DI FARLO!»

«Henry, questa è follia! Non puoi pensarlo sul serio.»

Ma lo sguardo nei suoi occhi le disse che lo pensava davvero.

La sua paura diventò terrore. Sapeva di dover fuggire. Balzò in piedi e tentò di passare oltre il marito. Lui l'afferrò e la sbatté di nuovo sulla poltrona. Torreggiava sopra di lei. Il suo corpo era rigido.

«Ebbene, NON PIÙ! NON PIÙ! Che loro mi facciano ciò che vogliono. Io mi sarò liberato di te per sempre!»

Lei gemette. «Henry, ti prego, non farlo. Per amore di Sophie!»

«Sta' zitta!»

«Tu volevi bene a Sophie! Non ricordi quanto la amavi?»

«STA' ZITTA!»

«Tu mi hai chiesto di liberarti di lei! Mi hai implorata! Ma io non l'ho fatto! L'ho tenuta per te e tu sei stato contento! Mi hai detto che amavi la bambina più di quanto avessi mai amato qualcuno! Guarda la sua fotografia! Ricorda quanto lei ti adorava! Per amore di lei, ti prego, non farlo!»

«STA' ZITTA!!! STA' ZITTA!!!»

Lui la colpì ripetutamente sulle tempie con il pugno. Un gemito tremendo uscì dalle labbra di lei. Henry si lasciò cadere sulle ginocchia.

«Io voglio riaverla! Oh Dio, voglio riaverla! Perché ha dovuto morire? Era solo una bambina, non aveva avuto una vita, ancora! Avrebbe potuto fare tutto ciò che voleva! Aveva delle possibilità enormi! Cento volte più di me!» Cominciò a singhiozzare. «Avrei dato la mia vita per salvare la sua. Però non mi è stato possibile! Non ho nemmeno potuto dirle addio!»

Chinò la testa mugolando come un animale ferito. Lei si

alzò a sedere e lo guardò. L'istinto le diceva di fuggire, finché poteva farlo. Di uscire da quella casa e non tornarci mai più.

Però non c'era nulla per lei, fuori da quella casa. Era tutto ciò che aveva.

Timidamente allungò una mano e gli toccò la spalla. «Io ti amo, Henry» sussurrò. «Possiamo superare questa situazione.»

Henry alzò lentamente la testa. Marjorie si accorse di guardare la faccia di un pazzo. Cominciò a urlare.

Lui si alzò di scatto e andò a prendere l'attizzatoio posato accanto al camino. Stava urlando anche lui. Le loro grida si fusero insieme, quelle di rabbia e quelle di paura, per produrre un inno di distruzione.

Nicholas corse ad Abbey House e per poco non si scontrò con un gruppo di ragazzi che si affrettavano verso la sala delle riunioni. Michael lo seguiva.

Salirono la scala che portava agli studi del quarto anno. Man mano che si avvicinavano, udivano il suono di due voci esasperate. L'una era aspra e accusatrice, l'altra difensiva e timorosa.

Giunsero al corridoio dell'ultimo piano. L'aria era greve e stantia. La terza porta sulla sinistra era chiusa. Adesso le voci erano più chiare. I due ragazzi si fermarono ad ascoltare. Richard urlava qualcosa a proposito della lealtà. Le sue parole erano sconnesse, incoerenti. Jonathan singhiozzava ripetendo più e più volte che non l'aveva fatto di proposito, che aveva avuto paura. Ci fu il suono secco di una percossa seguito da un grido di dolore. Nicholas vide Michael indietreggiare. Sentiva il bisogno impellente di voltarsi e fuggire. Quella storia non lo riguardava. Era fra Jonathan e Richard. Lui aveva paura di Richard. Aveva paura di tutto questo.

Però Jonathan aveva bisogno di lui, e Jonathan era il suo amico. Non lo avrebbe abbandonato.

Aprì la bocca. Si sentiva la gola secca.

«Jon?»

Le urla cessarono, sostituite da mormorii soffocati.

«Jon, sono Nick. Sono qui con Michael.»

Dapprima ci fu il silenzio, poi la porta si aprì. Richard e Jonathan uscirono nel corridoio.

«Spostati» disse Henry Dalton.

«Non posso» rispose Stephen. «Sto tenendo questi posti per degli amici.»

«Allora va' a farti fottere» replicò Henry, e si infilò nella fila dietro. Stephen lo ignorò. La sua attenzione era concentrata sulla porta, in attesa di vedere arrivare Michael e Nicholas.

«Che diavolo volete?» domandò Richard.

Le sue parole erano rivolte a tutti e due, ma i suoi occhi erano fissi su Nicholas. Jonathan stava di fianco a lui. Aveva un labbro che sanguinava, gli occhi spalancati e pieni di paura. Anche Nicholas era spaventato, ma decise di tenere duro. «Vogliamo parlare a Jonathan» annunciò.

«Non potete.»

«Tocca a lui dirlo, non a te.»

«Lui fa ciò che io gli dico.»

«Non è una tua proprietà. Non puoi dirgli che cosa deve fare.» Nicholas fece un passo avanti. «Jon, vieni, andiamo via.»

Richard afferrò Jonathan per il collo e lo tirò contro di sé. «Lui appartiene a me. Tu sta' alla larga.» Il suo sguardo era folle. «Nick» gridò Jonathan, «fai come ti dice!»

Nicholas fece un altro passo avanti. «Io non ho paura.»

«Dovresti aver paura! Vattene! Ti prego!»

«Lo vedi?» gridò Richard. «Non ha bisogno di te! L'unica persona di cui ha bisogno sono io.»

Nicholas lo ignorò. «Jon, vieni. Noi possiamo aiutarti.»

Jonathan chinò la testa. «Non potete. Nessuno può aiutarmi. Non dopo ciò che ho fatto!»

«Hai commesso un errore, tutto qui. Era un gioco. Non si pensava che fosse vero. Gli altri capiranno.»

Richard scoppiò a ridere. «Non è mai stato un gioco! Noi sapevamo esattamente ciò che stavamo facendo!»

«È una bugia!» gridò Nicholas. «Tutto ciò che dici è falso. Jon, vieni! Non è troppo tardi.» Avanzò di un altro passo.

«MUOVITI ANCORA DI UN CENTIMETRO E TI FARÒ VEDERE CHE RAZZA DI DANNATO GIOCO È QUESTO!»

Richard tremava di rabbia. Aveva il respiro affannoso.

«Nessuno viene a fare il furbo con me! Se lo fa, riceve ciò che gli compete. Wheatley ha avuto ciò che meritava! E così Turner, Ackerley, Stewart, Howard, il mio padre assassino e quella troia della mia matrigna. TUTTI HANNO AVUTO CIÒ CHE MERITAVANO, E SE TU TENTI DI METTERTI FRA JON E ME, ANCHE TU RICEVERAI CIÒ CHE MERITI!»

«CHE DIO POSSA PERDONARTI!» gridò Michael.

Venne a mettersi di fianco a Nicholas. Aveva il viso congestionato. Tremava anche lui.

«La tua matrigna aspettava un bambino! Che cosa ti ha fatto di male quella piccola creatura? Come puoi chiamare assassino tuo padre? Sei tu l'assassino, non lui! Sei un milione di volte peggiore di lui!»

Richard lasciò la presa su Jonathan.

Fece un passo avanti. Il suo viso era molto pallido. «Che cosa hai detto?» domandò con calma.

«L'hai sentito» gridò Michael.

«Lo so» disse Richard, «ma voglio sentirlo di nuovo.»

Adesso Nicholas era veramente spaventato. Si mise più vicino a Michael. «Non dire nulla!» bisbigliò.

Michael non gli diede retta. Anche lui sembrava calmo in modo innaturale. «Ho detto che tu sei peggiore di tuo padre. Non m'importa di cosa lui ha fatto o non ha fatto. Anche se fosse un assassino, non sarebbe malvagio come te. Tu mi disgusti. Sei tu quello che dovrebbe essere morto.»

Richard fece un altro passo avanti. Jonathan lo afferrò per un braccio. «Non diceva sul serio, Richard! Lui non sa di cosa parla!» Richard si divincolò per liberarsi. I suoi occhi erano fissi su Michael. «Te ne pentirai» disse con voce calma.

«Richard!» gridò Jonathan. «Non farlo! Ti prego!»

Richard continuò ad avanzare verso Michael. Nicholas si mise fra loro due. «Lascialo stare!» Richard lo spinse da parte come se fosse un pupazzo e continuò ad avanzare contro Michael.

«Mike, scappa!» urlò Nicholas. Michael lo ignorò. I suoi occhi erano fissi su Richard. «Non ho paura di te!» gridò in tono di sfida.

Però, vedendo che Richard continuava a venire avanti, cominciò ad arretrare.

Ormai la sala delle riunioni era praticamente al completo. L'aria risuonava del suono di molte voci.

Non c'era ancora segno di Michael e di Nicholas. Doveva esserci gente in coda all'infermeria, si disse Stephen. Però, per qualche motivo, si sentiva sempre più ansioso.

«Che ti prende?» domandò Henry Dalton in tono sarcastico. «Pensi che Mikey-Wikey si sia perduto?»

«Vaffanculo!» sbottò Stephen.

«Scommetto che lui l'ha già fatto. È così debole! Non sa fare nulla senza di te.»

«Non è debole! Se vuoi saperlo, ha accompagnato Scott in infermeria. Scott è nostro amico. Che cosa sai tu dell'amicizia?»

«In infermeria? Ne sei sicuro?»

La domanda veniva da Peter Craig, un altro ragazzo del quarto anno che arrivava in quel momento.

«Cosa vuoi dire?»

«Quando li ho visti, stavano correndo verso Abbey House.»

Improvvisamente l'inquietudine di Stephen ebbe una motivazione. Scattò in piedi e andò in fondo alla fila. Uno dei prefetti lo afferrò per un braccio. «Sta per cominciare. Dove diavolo vai?» Stephen lo spinse da parte e corse lungo la corsia, verso la porta.

Michael si era ritirato quanto più lontano poteva. Adesso aveva la schiena premuta contro la balaustra. Tre metri lo separavano da Richard. I loro occhi erano avvinghiati come in un abbraccio. Nicholas e Jonathan stavano insieme a guardare, troppo spaventati per avvicinarsi.

«Non intendeva quello che ha detto!» urlò Jonathan. «Non devi fargli del male!»

«Non gliene farò» disse lentamente Richard.

«Io non ho paura di te» ripeté Michael. Questa volta le sue parole non suonavano convinte. Sembrava terrorizzato.

«Richard, ti prego, lascialo perdere! Non c'è bisogno di fargli del male!»

«Te l'ho detto» ripeté lentamente Richard. «Io non gliene farò.»

Improvvisamente il suo corpo si irrigidì. Abbassò la testa come per pregare. A Nicholas sembrò che l'aria divenisse più fredda. Nella sua mente udì nuovamente l'ultima frase di Richard. Questa volta capì che l'enfasi era sulla prima parola.

Stephen uscì dall'edificio principale della scuola e corse attraverso i chiostri. Passò oltre la Old School e corse verso la Abbey House. Nella sua testa certe parole continuavano a ripetersi all'infinito, come un mantra.

Fa' che lui stia bene fa' che lui stia bene oh Dio fa' che lui stia bene, ti prego...

La balaustra cedette.

Era solida, aveva resistito per cinquant'anni. Ora si aprì come un castello di carte.

Michael arretrò vacillando, con i piedi insicuri sul bordo del pianerottolo. Agitò le braccia in un tentativo disperato di riprendere l'equilibrio. Guardò in basso e poi dietro di sé, con gli occhi spalancati per il terrore. Lanciò un urlo e tese la mano. Nicholas corse verso di lui, ma di nuovo Richard gli impedì di passare. Non poté fare altro che guardare Michael che spariva alla loro vista, precipitando nella tromba delle scale. Il suo urlo echeggiò fino alle tegole del tetto finché, dopo un raccapricciante rumore sordo, si spense.

In basso una porta si aprì. Udirono un rumore di passi, un grido di angoscia, infine il suono convulso dei singhiozzi.

Clive Howard stava sul palcoscenico a fissare i ragazzi che sedevano in fila davanti a lui, in attesa del suo discorso.

La testa gli doleva. Si sentiva un nodo nel petto. Era stanco e malato. Non avrebbe voluto essere lì. Non voleva nulla di tutto questo. Voleva soltanto sua moglie. Ma lei non c'era. Non aveva scelta, doveva proseguire.

«Per favore, alzatevi in piedi per cantare l'inno della scuola.»

Nicholas stava urlando. «Bastardo! Maledetto bastardo!» Corse verso Richard con il pugno alzato per colpirlo. Richard lo afferrò per le braccia e lo spinse da parte. Nicholas batté la testa contro la parete e si afflosciò sul pavimento. Jonathan corse ad aiutarlo. Anche lui era in lacrime. I due ragazzi si abbracciarono.

«Lascialo!» ordinò Richard.

«No!»

«Tu farai ciò che io ti dico. Lascialo subito!»

«Non posso farlo!» gridò Jonathan. «Questa storia deve finire! Non lo capisci?»

Nicholas premette la testa contro il petto di Jonathan. Udiva ancora dei singhiozzi e, in lontananza, le note di un canto.

«Io posso fare tutto ciò che voglio! QUALUNQUE COSA! Tu parli di smetterla? Se non ho neppure cominciato! Io li odio tutti! Ognuno di quei maledetti! E OGNUNO DI LORO DOVRÀ PAGARE!»

Abbassò di nuovo la testa, il suo corpo si irrigidì.

A quel punto Nicholas seppe che era finita. Chiuse gli occhi e cominciò a mormorare le parole del Padre Nostro.

Il canto lontano si arrestò di colpo. Dapprima ci fu silenzio. Poi si alzarono grida allarmate.

L'inno era quasi finito. Clive Howard sussurrava le parole. Quella sala sembrava così stretta. L'atmosfera era densa, gli sembrava di soffocare.

Di colpo fu come se il suo petto fosse compresso in una morsa. Non riusciva a respirare. Spalancò la bocca cercando aria, ma non ne trovò. Il dolore era incredibile. Il sangue stava abbandonando il suo viso. Era convinto di morire. I ragazzi della prima fila tacquero, come se vedessero già un fantasma.

Clive lanciò un grido e cadde. Rotolò giù dal palcoscenico e finì sul pavimento.

Nicholas seppe che il pericolo era passato. Jonathan lo stava ancora stringendo a sé. L'aria intorno a loro era fetida. Lui se l'era fatta sotto. Si mise a singhiozzare, con un misto di vergogna e di sollievo.

«Adesso lascialo!» ordinò Richard.

Jonathan si staccò da Nicholas e si rialzò. Nicholas lo afferrò per un braccio. Richard venne verso di loro. Nicholas rabbrividì. Richard rise. «Sei così patetico! Non sei nulla. Non meriti nemmeno di essere odiato.» Si voltò e andò verso il suo studio.

Nicholas continuava ad aggrapparsi al braccio di Jonathan. «Jon, per favore, non andare!»

«Devo farlo» rispose Jonathan. «Non ho scelta.»

«Ma io ho paura!»

«Non devi temere nulla, se te ne vai subito.»

Le lacrime gli scorrevano sul viso. «E tu? Io non posso lasciarti.»

Jonathan si accovacciò vicino a lui piangendo. «Sì, tu puoi. Devi andartene. Non importa ciò che mi succede. Adesso so che cosa devo fare. È un problema mio, non tuo. Mi dispiace di averti coinvolto. Tu sei il migliore amico che io abbia mai avuto. Qualunque cosa dicano di me, ricorda sempre questo e cerca di non odiarmi.»

All'improvviso gettò le braccia intorno al collo di Nicholas e lo strinse a sé. Poi si staccò e seguì Richard nel suo studio.

Nicholas si alzò lentamente in piedi. Udiva Richard che parlava ad alta voce con rabbia. Cercò di capire che cosa stava dicendo, ma aveva mal di testa e si sentiva confuso. Si appoggiò alla parete e tentò di riprendersi.

Mentre stava lì, ebbe l'impressione di sentire l'aria muoversi intorno a lui. Sembrava che le ombre sul pavimento prendessero vita propria per passare oltre e riunirsi davanti alla porta dello studio. Là si contorsero e vorticarono come se pulsassero di una luce cupa.

Nicholas, sopraffatto dalla paura, si voltò e fuggì.

Jonathan tirò il chiavistello e si voltò a guardare Richard. Il suo respiro era lento. Il battito del cuore regolare. Finalmente aveva chiuso la partita con la paura. Adesso si sentiva calmo.

«Quando vorrai guardare in faccia la verità?»

Richard lo fissò. «Che cosa vuoi dire?»

«Sei così pieno di odio. Tutta la tua vita è odio. Tu lo indossi come una cotta di maglia perché speri che ti protegga.»

Richard lo guardò come se avesse ricevuto uno schiaffo. «Cosa stai dicendo?»

«Però è tutta una menzogna. Tu non odi veramente né tuo

padre né qualcun altro. È la storia che racconti a te stesso perché è la soluzione più facile.»

Richard stava cominciando a tremare. «Faresti meglio a smetterla!»

«Tu dici a te stesso che odi tutti, ma la verità è che l'unica persona che odi veramente è tua madre perché tu l'amavi, avevi bisogno di lei, e invece lei se ne è andata e ti ha abbandonato. Adesso tu cerchi di odiare chiunque altro perché è l'unico modo per non avere mai più bisogno di qualcuno!»

«Ti ho detto di piantarla!»

«Perché? È la verità! Tu devi odiarla. Credi che lei ti amasse? A lei non importava nulla di te! Non ti ha nemmeno amato abbastanza per restare in vita.»

«STA' ZITTO! STA' ZITTO!»

«Ma l'odio non ti ha salvato, vero? Tu hai bisogno di me, proprio come un tempo hai avuto bisogno di lei! E ciò che ti fa impazzire è il fatto che io non ho bisogno di te! Non più! Posso averne avuto in passato, ma solo perché ero troppo debole e troppo stupido per vederti come veramente sei! E adesso ti odio! Non posso sopportare di starti vicino! Farei qualunque cosa per staccarmi da te! Sono pronto persino a uccidermi!»

Richard scattò.

Si scagliò contro Jonathan facendolo cadere a terra, poi sedette sul suo petto inchiodandogli le braccia con le gambe. Gli mise le mani intorno alla gola. Cominciò a premere, a stringere sempre di più, con le nocche bianche per lo sforzo.

Jonathan si dibatté per spingerlo via, ma non era abbastanza forte. Mentre la pressione nella sua testa diveniva insostenibile, guardò Richard negli occhi e rivide l'immagine della donna pazza che tentava di affogare la figlia.

La vista gli si stava offuscando. Negli ultimi istanti prima di perdere coscienza, le sue labbra si mossero silenziose. L'ombra di un sorriso si diffuse sul suo volto, simile a quello di un bambino che esprime un desiderio per il proprio compleanno.

Richard staccò le mani dalla gola di Jonathan.

Guardò il corpo, ma non lo vide. Nella sua mente aveva di nuovo nove anni e sedeva accanto al cadavere della mamma. Emise un gemito. Strinse i pugni e cominciò a colpire il petto di Jonathan. Le lacrime gli scorrevano sul viso. Il suo corpo era scosso dai singhiozzi. «Perché hai dovuto lasciarmi? Avrei fatto qualunque cosa per te! Come hai potuto farmi questo, quando io avevo bisogno di te?»

Poi, all'improvviso la sua schiena si irrigidì. I capelli sulla nuca si drizzarono. Cominciò lentamente a girarsi...

Nicholas era giunto al fondo della scala quando udì l'urlo. Il terrore inesprimibile che esso conteneva gli fece gelare il sangue. Non poté capire se veniva da Richard o da Jonathan. Si disse che doveva tornare lassù, ma aveva troppa paura.

Stava fermo nell'atrio. Davanti a lui, circondato dai resti della balaustra, Stephen cullava il corpo di Michael tra le braccia. Li guardò con un senso d'impotenza. Si asciugò le lacrime dagli occhi. Non sapeva che cosa fare.

Si rese conto che stava sentendo una musica. Musica classica, suonata a breve distanza da lui. Cominciò a seguire il suono, che lo guidò lungo un corridoio, verso una porta. Lo studio di Mr. Stewart. Bussò, ma non ebbe risposta. «Mr. Stewart, deve aiutarmi. La prego, io non so che cosa fare.»

Ancora nessuna risposta. Aprì la porta e guardò sbalordito il corpo che dondolava nell'aria come una bambola di pezza appesa allo spago.

Lo shock gli schiarì la mente. I suoi occhi misero a fuoco il telefono posato sulla scrivania. Alzò il ricevitore.

L'agente John Blake stava davanti all'abitazione degli Ackerley. Mrs. Fleming, loro vicina di casa, era accanto a lui.

«... un rumore tremendo» stava spiegando. «Badi, hanno avuto altri litigi in passato, ma nessuno come questo. Urlavano tutti e due contemporaneamente. Sembravano due bestie feroci. Non sono riuscita a finire la colazione.»

«Poi non ha più sentito nulla?»

«No. Come ho detto, c'è stato di colpo il silenzio. Tutto sembrava tranquillo. Troppo, se vuole la mia opinione. È successo qualcosa, ne sono sicura.»

Mrs. Fleming sembrava a Blake il tipo di persona che ha troppo tempo a disposizione. Doveva averne sentiti di litigi fra i vicini! Ma adesso lui era lì e avrebbe fatto bene a dimostrarsi volenteroso. «Andiamo a vedere che cosa è successo» disse in tono allegro, e bussò alla porta.

Non ci fu risposta. Bussò di nuovo. Ancora niente. «È sicura che non siano usciti?» domandò a Mrs. Fleming.

«No. Non ho sentito nulla dopo quegli urli.» La Fleming cominciò a stropicciarsi le mani. «Le dico che è successo qualcosa di brutto.»

Il poliziotto bussò per la terza volta. Silenzio. Provò a girare la maniglia della porta, che non era bloccata. Entrò nell'atrio. «Mr. Ackerley! Mrs. Ackerley! Polizia!»

Ancora nulla. Poi udì un suono. Il lieve suono di un dondolio. Veniva dalla seconda porta a destra. Andò in quella direzione, con Mrs. Fleming alle calcagna come un segugio.

Bussò alla porta. «Mr. Ackerley. Mi dispiace, ma abbiamo avuto delle lamentele per disturbo della quiete pubblica. Posso entrare, signore?»

Silenzio. Il poliziotto aprì la porta ed entrò.

Una donna giaceva scomposta sul pavimento, il cranio pestato fino a essere ridotto in poltiglia. Il sangue inondava il tappeto, formando una specie di alone intorno a ciò che rimaneva della testa. Accanto al cadavere c'era un attizzatoio.

Un uomo sedeva su una sedia di legno vicino alla finestra, dondolando avanti e indietro. Aveva le mani e i vestiti intrisi di sangue. Teneva le braccia strettamente appoggiate sul petto, a proteggere la fotografia incorniciata di una bella bambina sull'altalena.

L'uomo si rese conto della presenza dell'agente, e alzò adagio la testa per guardarlo. Istintivamente, Blake fece un passo indietro. Però lo sguardo dell'uomo era vacuo. Tutta la vita se n'era andata dai suoi occhi, lumi infranti di una mente crollata su se stessa.

«È a causa del controllo» sussurrò l'uomo, più a se stesso che agli spettatori inorriditi. «È sempre stata la questione del controllo.»

Mrs. Fleming cominciò a urlare. Blake passò oltre la donna per cercare un telefono.

Venti minuti dopo, tre auto della polizia erano ferme davanti alla casa degli Ackerley. Blake era sulla soglia e parlava con l'ispettore capo Edwards che era appena arrivato.

«Che razza di storia!» disse l'ispettore capo. «Provi a immaginare quanto risentimento doveva avere accumulato per fare una cosa del genere!» Udirono dietro di loro lo squillo del telefono. «Sheppard, rispondi tu, per favore.»

«Sono riusciti a cavare qualcosa da lui?»

«Nulla, finora. Per essere sinceri, non credo che ci riusciremo. Qualcosa si è spezzato nella sua testa. L'ambulanza arriverà fra un minuto. Saranno i medici a occuparsi di lui.»

Blake annuì. L'ispettore lo guardò fisso. «Lei mi sembra molto pallido. È sicuro di stare bene?»

«Soltanto un po' scosso. Uno viene qui credendo di correre per uno dei soliti litigi tra marito e moglie, e si trova davanti a questo spettacolo.»

L'agente Peter Sheppard si avvicinò a bisbigliare qualcosa all'orecchio dell'ispettore. «Veramente?» disse l'ispettore. «Allora farà bene ad andare a vedere che cosa è successo.» Si voltò verso Blake. «Un messaggio dal comando. Hanno appena ricevuto una telefonata da un ragazzo della scuola che farfugliava parole incomprensibili e chiedeva il nostro intervento. Può darsi che sia uno scherzo. Sheppard sta andando a vedere. Perché non va con lui?»

Lieto di avere una scusa per uscire da quella casa, Blake si diresse verso la vettura.

Cinque minuti dopo passarono con la macchina oltre il cancello dell'istituto. Videro in lontananza la cappella e l'edificio della scuola. Blake guardò la costruzione vittoriana. «Piuttosto severa, non ti pare?»

«Tetra, sì» confermò Peter Sheppard. «Pensa, spendere una fortuna per mandare i figli in un posto come questo!»

«Può valerne la pena, per avere un po' di pace in casa.»

Risero insieme. Blake avanzò lungo il viale, poi svoltò a destra per avvicinarsi al complesso scolastico. Notò più avanti un'ambulanza, e delle persone che si agitavano intorno al veicolo. «Che ci fanno laggiù? Sono venuti al posto sbagliato.»

«Guarda» disse Sheppard additando un ragazzino occhialuto di circa quattordici anni che, in piedi sui gradini davanti a una porta, agitava le braccia verso di loro. Blake fermò la vettura e abbassò il finestrino. «Sei tu che hai telefonato?»

Il ragazzo annuì. Blake vide che aveva gli occhi arrossati. Gli sorrise con gentilezza e scese dalla macchina. «Dimmi, che cosa è successo?»

Lui non disse nulla. Si limitò a voltarsi ed entrare nell'edificio. Blake guardò Sheppard, che alzò le spalle. Insieme lo seguirono nella scuola.

Passarono nell'atrio. L'unico suono era la musica proveniente da una radio in lontananza. Ai piedi della scala, circondato da quelli che sembravano i rottami di una balaustra, stava inginocchiato un ragazzo che teneva fra le braccia il cadavere di un altro.

«Gesù» mormorò Sheppard. «Chiamalo scherzo!»

«Non sapevo che cosa fare» disse lo studente con gli occhiali. Aveva la voce spenta. Era visibilmente sotto shock.

«Hai fatto bene» rispose Blake con gentilezza. «Noi sappiamo che cosa fare.» Andò verso il ragazzo in fondo alla scala e si accovacciò accanto a lui. Solo allora si rese conto che quello che teneva fra le braccia era il cadavere del suo gemello.

Quella scoperta lo sconvolse completamente. Trasse un lungo respiro e cercò di ricomporsi. «Perché non lasci che lo prenda io?» disse parlando con tutta la dolcezza possibile.

Il ragazzo lo ignorò. L'agente allungò una mano.

«TOGLI LE MANI DA LUI!»

«Senti...» cominciò a dire Blake.

«Andate via! Lasciateci soli! Non abbiamo bisogno di voi! Noi resteremo qui e lui starà bene!» Baciò ripetutamente il volto del fratello morto. «Starai bene, Mikey. Aspetta e vedrai.»

Blake si alzò e si voltò verso Sheppard. «Conviene far venire qui quell'ambulanza.»

«Io non sapevo che cosa fare» ripeté il ragazzino occhialuto.

«Certo che non lo sapevi» gli disse Blake. «Nessuno poteva pretenderlo da te.»

Sembrava che l'interlocutore non lo udisse. «Io credevo che Mr. Stewart potesse aiutarmi» riprese. «Sono andato a chiederglielo, però anche lui non poteva far niente.»

«Chi? Di chi stai parlando?»

«È nel suo studio.» Il ragazzo indicò il corridoio. «Quella che sente è la sua radio.»

I due agenti si scambiarono un'occhiata. «Vado io.» disse Sheppard. «Tu rimani qui.»

«Perché non mi dici che cosa è successo?» domandò Blake al ragazzo.

«È tutta colpa mia. Michael non sarebbe dovuto venire. Non avrei dovuto coinvolgerlo. Jonathan era amico mio. Il problema era mio, non suo.»

Blake ci capiva sempre meno. «Aspetta un attimo. Chi è Jonathan?» Indicò con un gesto il ragazzo sui gradini. «È lui?»

«No.»

«Allora dov'è?»

«Con Richard. Su, all'ultimo piano.»

«Richard? Senti, abbi pazienza, ma ho bisogno che tu riparta dal principio.»

Sheppard comparve nel corridoio e fece segno al collega di raggiungerlo. Era pallido in viso. «Allora?» domandò Blake.

«C'è un maledetto suicidio laggiù! Un tale si è impiccato. Che diavolo è successo qua dentro?»

Blake si sentì stordito, come se fosse entrato nell'incubo di qualcun altro. «Lo sa Dio. Questa storia diventa sempre più strana. A quanto pare ci sono altri due ragazzi di sopra.»

«Credi che abbiano spinto giù quell'altro?»

«È possibile. Forse si stanno nascondendo lassù.» Si rivolse al ragazzo con gli occhiali. «Dove sono esattamente quegli altri due?»

«Nello studio di Richard.»

«E dov'è?»

«All'ultimo piano. Terza porta a sinistra.»

«Che cosa stanno facendo lassù? Si nascondono?»

Il ragazzo scosse la testa.

«Allora che cosa fanno?»

«Sono morti.»

«Morti?» L'agente rimase a bocca spalancata. «Ma come?»

«Non lo so.»

«Non lo sai?»

«Non li ho visti.»

«Allora come fai a sapere che sono morti?»

Sembrò che la mente del ragazzo si smarrisse. «È tutta colpa mia» ripeté. «Tutta.»

«Io non vado più avanti di così, con questa storia» dichiarò Sheppard. «Dico che dobbiamo telefonare alla centrale e chiedere rinforzi.»

«Fallo, se vuoi» rispose Blake. «Io vado all'ultimo piano.»

«Credi che sia una buona idea?»

Blake rispose con una risata cupa. «Dopo quello che ho visto questo pomeriggio, non c'è più molto che possa ancora sconvolgermi, credo.»

Si avviò su per le scale. Dopo una breve esitazione, Sheppard lo seguì.

Salirono una rampa dopo l'altra e infine giunsero all'ultimo piano. Il soffitto era così basso che la testa di Blake quasi lo toccava. Bussarono alla terza porta a sinistra. Non ebbero risposta. Blake tentò la maniglia. Era bloccata. Batté più forte. «Polizia. Aprite subito.»

«Forse non sono lì dentro» suggerì Sheppard.

«Certo che ci sono. La porta è chiusa dall'interno.» Alzò la voce. «Ehi, voi! Aprite la porta, o la sfondiamo. Avete capito?»

Ancora silenzio. Sheppard cominciò a tremare. «Fa freddo quassù, non senti?»

Blake lo ignorò. «Conto fino a dieci.»

La porta rimase chiusa. Blake spinse con la spalla per saggiarne la resistenza. «Sta' indietro.» Arretrò un piede e sferrò un calcio al battente.

Aveva ragione. I due ragazzi erano là, morti entrambi.

Uno giaceva sulla schiena, gli occhi fuori della testa e la lingua che sporgeva tra le labbra. Sul suo collo si vedevano i lividi dello strangolamento, simili a una sciarpa variegata.

L'altro ragazzo era compresso nell'angolo opposto della stanza, con la testa rovesciata e gli occhi aperti che fissavano il soffitto. Il viso era congelato in un'espressione di puro terrore.

C'era un odore in quella stanza. Un odore che Blake non riuscì a identificare, ma che non avrebbe mai dimenticato. L'odore di qualcosa di molto buio e di molto freddo. L'odore del male.

«Dio onnipotente!» mormorò Sheppard.

Blake andò nel corridoio. Cercò di aprire una finestra, ma era bloccata. Spezzò il vetro con un pugno, mise fuori la testa e aspirò una boccata dopo l'altra della fredda aria invernale.

Parte quarta

IL SEGUITO

20

Articolo del "Daily Mail", 13 dicembre 1954:

LA POLIZIA MANTIENE IL RISERBO SUI DECESSI DEL NORFOLK

La polizia del Norfolk non ha fatto altre dichiarazioni in merito alla morte di tre studenti e di un insegnante avvenuta il 9 dicembre alla Kirkston Abbey School.

A quanto risulta, i ragazzi in questione sono Jonathan Palmer e Michael Perriman (entrambi quattordicenni) e Richard Rokeby (quindicenne). L'insegnante era Alan Stewart (29 anni), capo del dipartimento di storia nel predetto istituto. Mr. Stewart si è impiccato nel proprio studio. Michael Perriman è morto cadendo dal pianerottolo dell'ultimo piano. Rimane invece un mistero il modo in cui hanno trovato la morte Jonathan Palmer e Richard Rokeby. Interrogato dal redattore di questo articolo, il sergente Hugh Collins, del Dipartimento di Polizia di Norwich, ha ammesso che la morte dei tre ragazzi è considerata sospetta, senza aggiungere altri commenti.

Una serie di sventure

Negli ultimi mesi, la Kirkston Abbey ha avuto un po' più della giusta dose di sventure. In settembre l'ambiente è stato scosso dal suicidio dello studente Paul Ellerson (18 anni). Due settimane fa un altro allievo, James Wheatley (14 anni), è morto investito da un'automobile, mentre camminava in stato di sonnambulismo.

Il 9 dicembre sono avvenute altre due tragedie. Henry Ackerley, capo del dipartimento studi classici dell'istituto, ha picchiato a morte sua moglie Marjorie, nella loro casa di Bowerton. Si ritiene che Mr. Ackerley fosse affetto da una grave forma di esaurimento nervoso, e che questo abbia provocato l'aggressione a sua moglie. Attualmente è ricoverato in un ospedale psichiatrico. Il direttore dell'istituto, Clive Howard, ha avuto un attacco di cuore quasi fatale durante una riunione scolastica. In questo momento è ricoverato in ospedale, e le sue condizioni danno segno di miglioramento.

Una catena di ricatti

La polizia continua a sostenere che non esiste alcun collegamento fra la morte dei tre ragazzi e le altre tragedie. Tuttavia una fonte vicina alla polizia che ha chiesto l'anonimato, afferma che esistevano le prove di una catena di ricatti di cui i ragazzi deceduti facevano parte.

Le indagini hanno rivelato ulteriori legami fra i protagonisti di questo dramma funesto. James Wheatley, che risultava essere in uno stato di estrema depressione mentale nei giorni che hanno preceduto la sua morte, era compagno di classe dei ragazzi deceduti. Risulta pure che Jonathan Palmer e Richard Rokeby nutrissero una profonda antipatia per Mr. Henry Ackerley.

I due studenti (entrambi quattordicenni) trovati sulla scena continuano a essere interrogati dalla polizia. Tutti gli sviluppi di questo caso inquietante saranno riferiti man mano che si avranno altre notizie.

In una stanza riservata agli interrogatori, presso la Centrale di polizia di Norwich, l'ispettore Bradley guardò attraverso il tavolo Nicholas Scott.

«Ripartiamo da capo. Tu dici che Jonathan e Richard erano entrambi vivi quando li hai lasciati?»

«Gliel'ho già detto dieci volte!»

«E stavano litigando.»

«Sì.»

«E tu non sei rimasto? Non hai cercato di farli smettere?»

«Come avrei potuto? Si erano chiusi nello studio di Richard. Comunque, ero spaventato. Sentivo che stava per accadere qualcosa di terribile.»

«Qualcosa di terribile era già accaduto. Oppure consideri insignificante la morte di Michael Perriman?»

«Certamente no! Come può dire una cosa simile?!»

«Non credo che sia una domanda pertinente» sbottò Mr. Clegg, avvocato di Nicholas.

L'ispettore Bradley si strofinò gli occhi. La stanza non aveva finestre e la luce proveniente dall'alto gli dava l'emicrania. Tirò una lunga boccata dalla sigaretta. «Allora sbrighiamoci. Tu hai detto all'agente Blake che Jonathan e Richard erano morti, ma non avevi visto i loro cadaveri. Come facevi a saperlo?»

«Gliel'ho già detto! Lo sapevo e basta! Se lei fosse stato là, anche lei l'avrebbe saputo! Perché è così stupido?»

L'ispettore Bradley posò la sigaretta e si sporse attraverso il tavolo. «Giovanotto, permettimi di ricordarti che ti trovi in guai *molto* seri. Abbiamo tre decessi, uno dei quali è chiaramente un assassinio, e tutto ciò che otteniamo da te è una sfilza di idiozie su certi poteri diabolici.»

«Non sono idiozie. Perché non mi vuole credere?»

«Perché è assurdo!»

«Richard ha fatto capitare tutte queste cose! Io l'ho visto! Lui, con la forza di volontà, ha fatto crollare la balaustra!»

«Le balaustre erano marce e arrugginite. Avrebbero potuto rompersi in qualunque momento. Bastava una buona spinta. Richard ha spinto Michael?»

«No! Non aveva bisogno di farlo!»

«Questa intervista deve cessare» dichiarò l'avvocato Clegg. «Il mio cliente è sotto pressione eccessiva.»

«Ci fermeremo fra un minuto» rispose l'ispettore Bradley. «Ho ancora una domanda. Che cosa sai della morte di Mr. Stewart?»

«Niente.»

L'ispettore Bradley mise la mano in un cassetto, tirò fuori due fogli di carta e li presentò a Nicholas.

«Li riconosci?»

Nicholas impallidì.

«Sono stati trovati nella scrivania di Mr. Stewart. Sai come ci sono arrivati?»

Nicholas fece segno di no.

«Io credo che tu lo sappia.»

«Il mio cliente ha risposto alla sua domanda, ispettore.»

«Tu lo sai, non è vero, Nicholas?»

Nicholas annuì lentamente.

«Dimmelo.»

«Deve averli mandati Richard.»

«Perché l'avrebbe fatto?»

Nicholas guardò il pavimento. «Allora?» insisté l'ispettore Bradley.

«Mr. Stewart e Paul Ellerson erano amanti.»
«E che prove hai di questa circostanza?»
«Un'immagine.»
«Quale immagine?»
«Jon vide un disegno nello studio di Mr. Stewart. Era un dono di Paul. Lui e Richard arrivarono a quella conclusione guardando il disegno.»
«Com'era questo disegno? Una fotografia oscena?»
«No!» Nicholas si passò le mani nei capelli. «Lei non capisce! Jon conosceva molto bene Paul. Era stato al suo servizio l'anno scorso. Ha messo insieme i vari elementi.»
L'ispettore Bradley inspirò profondamente. «Ma allora, chi ha mandato i biglietti?»
«Richard.»
«E non Jonathan?»
«No! Jonathan voleva bene a Mr. Stewart. Non avrebbe mai fatto una cosa del genere!»
«Io credo che l'avrebbe fatta. Dopo ciò che mi hai detto delle cose che lui e Richard avrebbero architettato insieme, posso immaginarlo capace di qualunque cosa!»
«È falso! Richard l'ha fatto. Richard odiava Mr. Stewart perché aveva tentato di rompere la loro amicizia. Odiava chiunque cercasse di separarlo da Jon!»
«E come hai fatto a sapere di Mr. Stewart e di Paul Ellerson?»
«Me lo ha detto Jon.»
«Sembra che Jon ti abbia detto un mucchio enorme di cose. Sai cosa penso, Nicholas? Io penso che tu e i tuoi amici abbiate deciso di fare un po' di soldi ricattando Mr. Stewart, ed elaborato una piccola, sporca macchinazione per spremerlo.»
«Non è vero!»
«Basta!» gridò l'avvocato Clegg. «Esigo che questo interrogatorio cessi immediatamente.»
«Molto bene» ribatté l'ispettore Bradley. «Però non abbiamo ancora finito con te, Nicholas. Assolutamente no.»

Mentre Nicholas veniva portato via dalla stanza degli interrogatori, comparve l'ispettore capo Edwards.
«Continua a sostenere la sua versione?»

L'ispettore Bradley annuì. L'ispettore capo Edwards sedette nella sedia lasciata libera dal legale di Nicholas. «Cosa sappiamo dei messaggi?»

«È come sospettavamo. Il ragazzo sostiene che Stewart e il giovane Ellerson avessero una relazione particolare.»

«Ci sono prove?»

«Ha detto qualcosa a proposito di una foto o disegno che sia, ma non sono riuscito a capirci molto. Dice che era stato Rokeby a mandare i messaggi. Insiste che né lui né altri hanno avuto a che fare con quella cosa. Vuole che indaghiamo su questo punto?»

L'ispettore capo Edwards scosse la testa. «Il giovane Ellerson aveva solo diciotto anni. La sua famiglia ha relazioni importanti. Hanno già dovuto soffrire per il suicidio. Come pensa che reagirebbero se gli infliggessimo anche il marchio del pervertito? Ci farebbero causa per diffamazione. Se non troviamo qualcosa di concreto, faremo meglio a lasciar cadere la cosa.»

«E come la mettiamo con la storia che racconta su Ackerley?»

«C'è stato un caso di incidente automobilistico, con la fuga immediata del responsabile. Ackerley è stato interrogato, ma non ci sono stati addebiti contro di lui. Non c'era nessuna prova.»

«Come sta Ackerley?»

«Ho parlato con i suoi medici stamattina. È in stato catatonico, completamente fuori di testa. Dubito che possa mai ritornare in sé.»

«E Howard?»

«Le sue condizioni sono stazionarie. Uno dei nostri uomini sta andando a vederlo.»

«Io ho mandato Hopkins e Meadows a parlare con qualche compagno di classe di Palmer. Voglio che scoprano qualcosa su James Wheatley. Anche la sua morte è collegata a questa vicenda. So che lo è.»

L'ispettore capo Edwards sospirò «Però non risolve il nostro problema, vero?»

«Avete sempre la stampa alle calcagna?»

«Il maledetto telefono non smette mai di squillare. Ha visto i giornali di oggi? Hanno già captato l'ipotesi del ricatto. Che Dio ci aiuti se afferrano anche il resto!»

I due ufficiali tacquero. L'ispettore capo Edwards si appoggiò allo schienale della sedia e guardò il soffitto. Si massaggiò la nuca con una mano, cercando di allentare la tensione. L'ispettore Bradley, seduto di fronte a lui, lo osservava. «Ha mai considerato l'ipotesi che il ragazzo dica la verità?» domandò con un certo imbarazzo.

«Certamente no» rispose un po' troppo in fretta l'ispettore capo Edwards.

«Nemmeno dopo aver visto l'espressione rimasta sul viso di Rokeby?»

«Era lo shock, nient'altro. Per ciò che aveva fatto.»

«Il suo collo era spezzato come si può spezzare in due una matita. Ci vuole molta forza per farlo. Però non c'erano segni o lividi su di lui.»

«Li troveremo.»

«Finora non li abbiamo trovati.» Gli occhi dell'ispettore Bradley restarono fissi sul suo superiore. «E ciò che ha detto Blake? L'odore nella stanza? La presenza del male?»

«Era confuso, stremato. Aveva già dovuto affrontare la scena tremenda di casa Ackerley.» L'ispettore capo Edwards parlava in tono convinto, ma evitò di incontrare lo sguardo del collega.

«Blake è un uomo valido, così dicono i suoi superiori. Molto equilibrato. Non è il tipo che perde la testa. Sempre che non ci sia un motivo maledettamente buono per farlo.»

L'ispettore capo Edwards batté un pugno sul tavolo. «Non voglio più sentire discorsi del genere! Il racconto di Scott è pura fantasia. Un tentativo di esonerare se stesso. Be', non funzionerà. Io non mi rivolgerò al pubblico parlando di poteri demoniaci, perché queste cose non esistono. Terremo il coperchio chiuso su questa vicenda finché non avremo una spiegazione razionale di ciò che è successo in quella stanza.»

«E se non la trovassimo mai?» domandò l'ispettore Bradley.

«Allora chiederemo a Dio di aiutarci tutti quanti» dichiarò l'ispettore capo Edwards.

Più tardi in quel pomeriggio l'ispettore Bradley interrogò Stephen Perriman.

Detestava questo incarico. Aveva parlato dettagliatamente con Blake, aveva saputo la storia del ragazzo che singhiozzava sopra il corpo del gemello morto. Non poteva togliersi quell'immagine dalla mente.

Stephen Perriman fissava il vuoto. Nei suoi occhi non c'era alcuna emozione. Il suo avvocato, Mr. Crowley, sedeva di fianco a lui. Una agente di polizia dall'aria materna portò a Stephen una tazza di tè e rimase sulla soglia, tenendolo ansiosamente d'occhio.

«Sei pronto, Stephen?» domandò l'ispettore Bradley.

Stephen guardò il tè con gli occhi spenti, osservando il fumo che saliva dalla tazza. Annuì meccanicamente.

«Conoscevi bene Richard Rokeby?»

«Abbastanza per odiarlo.»

«Perché lo odiavi?»

«Perché lui era il male.»

«Perché dici questo?»

«Perché è vero.»

«Nicholas ci ha parlato delle sedute. Tu hai partecipato?»

Stephen fece segno di no.

«Nicholas dice che tu hai assistito a una.»

«Non è successo niente. Sono tutte palle. Ha funzionato sugli altri, ma non su di me.»

«Perché ha funzionato sugli altri?»

«Perché erano deboli.»

«Quindi Richard Rokeby non aveva nessun potere soprannaturale?»

«Certamente no. L'unico suo potere era quello di una mente forte su menti deboli.»

L'ispettore Bradley inspirò profondamente. «È per questo motivo che ha funzionato su tuo fratello?»

Finalmente gli occhi di Stephen si animarono. «Non ha funzionato su mio fratello. Io non l'ho permesso!»

L'ispettore Bradley decise di tentare un approccio diverso. «Che cosa sai della morte di Mrs. Ackerley?»

«Nulla.»

«Ne sei sicuro?»

«Suo marito le ha sfondato il cervello. E allora?»
L'ispettore Bradley fu colto alla sprovvista. «E allora?»
«Sì, e con questo? Che diavolo vuole da me? Mio fratello è morto! Questa è l'unica cosa che conta. Lui è morto e la colpa è di Richard, Jonathan e Nicholas! È colpa loro. Tutto questo è colpa loro! Sono contento che Jonathan e Richard siano morti! Se lo sono meritato! Perché interrogate me? Prendetevela con Nicholas. È lui l'assassino! VORREI CHE FOSSE MORTO ANCHE LUI!»
Fece un gesto violento con la mano sbattendo via la tazza di tè, che finì contro il muro; il liquido bollente si sparse sul pavimento. Stephen si prese la testa fra le mani. La poliziotta venne subito a consolarlo. L'ispettore Bradley uscì dalla stanza.

Clive Howard era seduto sul suo letto d'ospedale, con il viso cinereo per lo sfinimento. Stava rispondendo alle domande che gli rivolgeva il sergente Green.
«Conosceva bene Richard Rokeby?»
«Abbastanza bene per averne paura.»
«Perché ne aveva paura?»
«Perché era pericoloso. Totalmente divorato dall'odio. Era il ragazzo più distruttivo che io abbia mai conosciuto.»
«In questo ha ragione. Ha strangolato il ragazzo Palmer con le mani nude.»
«Lo so, povero Jonathan. Se solo io fossi intervenuto prima...» Clive scosse tristemente la testa.
«Perché l'avrebbe fatto? Era preoccupato per quell'amicizia?»
«Io no, ma lo era Alan Stewart. Era affezionato a Jonathan. Venne a parlarmi e mi disse che considerava Richard una cattiva influenza.»
Il sergente Green fece una risata priva di allegria. «Aveva ben ragione! La pazzia serpeggia nella sua famiglia. Lo sapeva?»
«Sì. Verso la fine ho cominciato a pensare che lo stesso Richard fosse pazzo.»
Il sergente Green prendeva appunti. «Cosa mi dice di Jonathan Palmer?» domandò. «Che tipo di ragazzo era?»
«Lavorava sodo, tranquillo e silenzioso. Praticamente mi-

metizzato nella folla. Ciò che gli è successo è una vera tragedia.»

«Non pensa che se lo sia voluto?»

«No, non lo credo. Era un ragazzo a posto, ma vulnerabile e facile da influenzare. Richard aveva una personalità molto forte. Non deve aver avuto difficoltà a dominare Jonathan. Bisogna capire che qualunque cosa Jonathan abbia fatta, l'ha fatta a causa di Richard. Era lui che prendeva le decisioni. Lui ordinava e Jonathan eseguiva.»

«Nicholas Scott sostiene che facevano delle sedute spiritiche. Dice che evocavano una qualche forma di energia psichica e la usavano contro le persone.»

Clive annuì.

«Non pensa che sia un mucchio di sciocchezze?»

Clive sorrise stancamente. «Vi sono più cose in cielo e in terra, Orazio...»

Il sergente Green alzò gli occhi dal taccuino. «Come dice?»

«Una citazione dall'*Amleto*.»

«Quindi lei gli crede?»

«Che abbiano attivato una qualche forma di energia negativa? No, non lo credo. Che loro credessero di averlo fatto? Sì, penso che ne fossero assolutamente convinti.»

L'infermiera fece capolino. «Basta per oggi. Mr. Howard ha bisogno di riposo.»

Il sergente Green si alzò. «Grazie della collaborazione. Forse dovrò parlare ancora con lei.»

«Naturalmente.» Clive indicò con un gesto la sua stanza. «Di qui io non mi muovo.»

Si lasciò andare sul letto e chiuse gli occhi. Si addormentò immediatamente. Nei suoi sogni veniva affrontato da Jonathan Palmer con il collo pieno di lividi, gli occhi enormi e accusatori. «Lei avrebbe dovuto espellerlo quando ne ha avuto l'opportunità. Se l'avesse fatto, io sarei ancora vivo.»

Quando si svegliò vide che non era solo. Elizabeth sedeva su una sedia accanto al letto. Lui la fissò sbalordito, temendo che fosse solo un'altra parte del sogno.

«Mi hanno detto che potevo entrare e stare seduta qui mentre tu dormivi.»

Clive allungò una mano verso di lei, che la prese e se l'accostò alla guancia. Lui si accorse che Elizabeth stava piangendo.
«Non piangere» disse con dolcezza.
«Quando ho avuto la notizia, ho pensato che tu fossi morto.»
Lui abbozzò un sorriso. «Un po' malconcio, ma ancora vivo.»
«Quando ho creduto che fossi morto, ho desiderato di morire anch'io. Una volta mi hai detto che non potevi concepire una vita senza di me. Ora anch'io so che non posso vivere senza di te.»
Gli occhi di Clive si riempirono di lacrime. «Io non volevo farlo, ma sono stato debole. Non significava niente...»
«Non ha importanza. Più nulla conta di quella storia. Io ti perdono e spero che tu possa perdonare me.»
Clive le baciò la mano. Gli sembrava di essere nato una seconda volta. «Tu non hai bisogno di chiedermi perdono» disse a Elizabeth. «Mai.»
Lei sorrise attraverso le lacrime. Lui la sentì tremare. «Che cosa c'è?»
«Il giorno in cui è successo ho avuto una sensazione. Non so spiegarla. Sentivo solo che tu eri in pericolo. Ora non lo sento più.»
«Come potrei essere in pericolo, adesso che tu sei qui?»
Fuori il sole stava tramontando. Nella stanza si faceva buio. Non si preoccuparono di accendere la luce; sedettero in silenzio, tenendosi per mano.
«Ho chiuso con la scuola» disse infine Clive. «Non posso restare come direttore dopo ciò che è successo. Non so nemmeno se la scuola stessa sopravviverà.»
«Ma noi sopravviveremo. Io ho te e tu hai me. Che altro ci serve?»
Si baciarono nelle ombre morenti del giorno.

L'ispettore Rothwell venuto da Scotland Yard posò la fotografia e rabbrividì. «Dio, che espressione! Che diavolo gli è successo?»
«Non lo so» rispose l'ispettore capo Edwards. «Non riusciamo proprio a spiegarcelo.»

«Lei dovrà fare quanto prima una dichiarazione. La stampa sta impazzendo. Due ragazzi morti e nessun particolare su come è successo.»

«Non me lo dica! Cristo! Non posso mettere piede fuori senza che qualche maledetto cronista mi salti addosso!»

«E quell'altro, quello Scott, non cambia la sua versione?»

«È irremovibile.»

«E il giovane Perriman?»

«Non ci serve. È troppo addolorato. Dopo il suo scatto di ieri è stato messo in terapia sotto sedativi.»

«Dov'è adesso Scott?»

«Con i suoi genitori. Stanno in una casa privata qui vicino. Noi ci sforziamo di tenere segreta la sua identità, ma la stampa ha già fiutato qualcosa. Non possiamo rischiare che sentano ciò che lui può dire. Dio, che casino infernale!»

«Non necessariamente» disse all'improvviso l'ispettore Rothwell. «Mi è venuta un'idea.»

Alle dieci di quella sera Nicholas ritornò alla centrale di polizia con i suoi genitori.

Furono fatti entrare dall'ingresso posteriore e portati nella stessa stanza degli interrogatori dove il ragazzo aveva risposto alle domande dell'ispettore Bradley. Questa volta Bradley non c'era. Nicholas fu accolto dall'ispettore capo Edwards e da due uomini di mezza età che non riconobbe. Uno era basso e massiccio, con grossi baffi. L'altro era alto e magro, con occhi gentili. Li guardò con diffidenza. «Chi siete?»

«Questo» disse l'ispettore capo Edwards indicando l'uomo con i baffi, «è l'ispettore Rothwell di Scotland Yard. E questo è Mr. Blakiston, vescovo di Norwich.»

Mrs. Scott mise un braccio intorno alle spalle del figlio.

«Nicholas ha risposto a tutte le vostre domande. Non ha fatto nulla di male. Perché non lo lasciate in pace?»

«Sono spiacente, Mrs. Scott» rispose l'ispettore Rothwell, «ma questa è un'indagine molto seria e Nicholas è il testimone chiave.»

«Ma io ho già detto tutto!» gridò Nicholas. «Un sacco di volte!» I suoi occhi erano pieni di lacrime di frustrazione. Negli ultimi giorni non aveva quasi dormito, ed era esausto.

«Lo so che hai già risposto, Nicholas» continuò l'ispettore Rothwell, «ma c'è qui qualcuno a cui desideriamo che tu parli.»

«A chi? A lui?» Additò il vescovo. «A che scopo? Siete tutti convinti che io sia un bugiardo!»

«Non pensiamo questo» rispose l'ispettore capo Edwards. «Però pensiamo che tu possa avere le idee un po' confuse su ciò che è accaduto.» Rivolse un sorriso rassicurante a Mr. e Mrs. Scott. «È comprensibile, date le circostanze.»

«Ora mi ascolti lei» disse Mr. Scott. «Io ne ho veramente abbastanza. O lei mette sotto accusa mio figlio, oppure ci autorizza a riportarlo a casa. Questa è un'autentica vessazione!»

Il volto dell'ispettore capo Edwards si incupì. «Posso ricordarle, Mr. Scott, che suo figlio è gravemente implicato in tre decessi per i quali non abbiamo ancora una spiegazione soddisfacente? Io raccomanderei la collaborazione.»

«Mi sta minacciando?»

«Niente affatto. Le sto solo consigliando di pensare bene a ciò che dice.»

Mentre la discussione continuava, Nicholas fissava il vescovo. E si rese conto che il suo volto esprimeva simpatia, non condanna. Lui era stufo di essere sospettato e desiderava comprensione. Di colpo sentì che forse l'aveva trovata. «Va bene, gli parlerò, ma da solo.» Guardò con aria risentita i due ispettori. «Voglio che nessuno di voi sia presente.»

«Nicholas» disse sua madre, «non sei obbligato. Non farlo, se non vuoi.»

«Va bene così, mamma. Voglio parlargli. Sinceramente.»

La stanza si vuotò. Nicholas sedette. Il vescovo avvicinò la propria sedia, così i due interlocutori furono l'uno di fianco all'altro, anziché su due lati opposti del tavolo. Sorrise con dolcezza. «Ti dispiace se ti chiamo Nicholas?» La sua voce era gentile e molto suadente.

«No. E io come devo chiamarla?»

«Perché non Jeremy? È il mio nome.»

Nicholas arrossì. «Ma non posso chiamarla per nome!»

«Allora chiamami Mr. Blakiston, se ti fa sentire più a tuo agio. A me non importa.»

«D'accordo, Mr. Blakiston.»

«I ragazzi morti erano amici tuoi, vero?»
Nicholas annuì.
«Mi dispiace. Dev'essere molto traumatico per te. Vorresti parlarmene? Possiamo aspettare un poco, se preferisci.»
Nicholas fece segno di no. Un poliziotto entrò portando un vassoio con due tazze di tè e un piatto di biscotti al cioccolato. Mr. Blakiston spinse i biscotti verso Nicholas. «Perché non ne prendi qualcuno?»
Nicholas ne prese uno e gli diede un morso. Il sapore dolce gli riempì la bocca. Scoppiò in lacrime.
Il vescovo gli passò un braccio intorno alle spalle. «Tranquillo adesso» disse gentilmente. «Va tutto bene.»
Nicholas si asciugò gli occhi. «È solo che sono tanto stanco. Continuo a dire ciò che è successo e loro non mi credono. Mi guardano come se fossi pazzo. Continuano ad accusarmi di cose terribili, ma non è vero. Nessuno mi crede. Forse nemmeno i miei genitori mi credono. Dicono di sì, ma a volte mi accorgo che mi stanno guardando...»
Il vescovo gli porse un fazzoletto. «Io ti crederò.»
Nicholas scosse la testa. Il vescovo gli sorrise con aria incoraggiante. «Perché non dovrei?»
«Come può credermi? Dopo che le hanno detto che sono un gran bugiardo?»
«A me non hanno detto nulla, Nicholas, davvero. Salvo che sei turbato e che potrebbe esserti utile parlare con me.»
«Non sono un bugiardo. Io sto dicendo la verità, lo giuro!»
«Allora io giuro che ti crederò, a patto che tu faccia una cosa per me.»
«Qualunque cosa.»
«Tu credi in Dio?»
Nicholas annuì.
«E sai che è peccato mentire, specialmente su cose serie come queste.»
«Sì.»
«Allora io voglio che tu mi prometta solennemente che ciò che mi dirai è la verità completa. Farai questo per me?»
«Sì.»
Il vescovo sorrise. «Allora io ti prometto che crederò a tutto

ciò che mi dirai. Non sono qui per giudicarti, Nicholas. Voglio solo aiutarti. Mi credi?»

«Sì.»

«Bene. Allora perché non cominci a parlarmene?»

«Da dove comincio?»

«Perché non mi parli subito di Jonathan? Ti dispiace parlare di lui?»

«No.»

«Raccontami come avete fatto a diventare amici. Eravate grandi amici, vero?»

Nicholas abbozzò un sorriso. «Fin dal primo giorno di scuola.»

«Parlami di quel giorno. Com'è andata?»

Nicholas bevve un sorso di tè e allungò una mano per prendere un altro biscotto, poi cominciò a parlare.

Quattro ore più tardi Nicholas se n'era andato con padre e madre dall'ingresso posteriore dal quale erano entrati.

Il vescovo sedeva con i due ispettori.

«Il ragazzo dice la verità» ripeté per la terza volta.

«Ma è impossibile!» esclamò l'ispettore capo Edwards. «Per forza sta mentendo!»

«Non sta mentendo» ripeté il vescovo. Si passò una mano nei capelli. I suoi occhi erano fissi su una fotografia posata su un tavolo davanti a lui. «Vorrei tanto che mentisse!»

«Allora ha le allucinazioni. Il fatto che lui creda a quelle storie non vuol dire che siano vere!»

«Non è un mitomane. Se avessi solo la sua parola, forse potrei credere che lo è. Ma abbiamo la conferma dell'agente Blake. La sensazione che ha provato in quella stanza. Se il povero ragazzo è un mitomane, allora non è il solo.»

«Non è possibile!» gridò di nuovo l'ispettore capo Edwards.

«E come la mettiamo con questo?» Il vescovo additò la fotografia. «Un corpo senza segno di lesioni. Un collo spezzato. Un viso...» Ebbe un brivido. «Vorrei che non me l'aveste fatta vedere.»

Con gesto improvviso spinse via la foto come se fosse contaminata. Si rivolse all'ispettore capo Edwards. «Come può spiegarlo altrimenti?»

«Non lo so!» gemette l'ispettore capo. Si rivolse all'ispettore Rothwell. «Questo non ci doveva capitare! Il nostro scopo era di convincere il ragazzo a cambiare la sua versione. A dirci qualche cosa che noi potessimo usare!»

«È ciò che speravo» confermò l'ispettore Rothwell.

«Invece, maledizione, non è successo! Siamo veramente nella cacca! Che cavolo possiamo dire alla stampa?»

«Nulla» rispose l'ispettore Rothwell.

«Nulla? E come la prenderanno? Ci sono già abbastanza voci in circolazione!»

L'ispettore Rothwell si alzò in piedi. «Io vado a telefonare al quartier generale. *Non possiamo* divulgare questa storia. Immaginate la reazione del pubblico. Dobbiamo aggirare l'ostacolo. Vado immediatamente al telefono.» Uscì dalla stanza.

L'ispettore capo accese una sigaretta. «Sarà contento!» disse con aria arcigna al vescovo.

«Contento?» Il vescovo lo fissò incredulo.

«Perché no? Quelli della sua professione dicono sempre che le nostre anime sono in pericolo. La maggior parte di noi pensa che sia una sciocchezza.» Tirò una lunga boccata dalla sigaretta e sbuffò una nube di fumo nell'aria. «E adesso ci arriva la prova che voi avete ragione e noi torto.»

«Sono io quello che ha torto» mormorò il vescovo.

L'ispettore capo Edwards spalancò gli occhi. «Cosa vuol dire? Lei crede che il ragazzo abbia mentito?»

Fino a quel momento era stato troppo preoccupato del suo problema per fare molto caso all'interlocutore. Adesso lo osservò con maggior attenzione.

L'uomo che aveva davanti a sé sembrava invecchiato di dieci anni, dalla sera al mattino. Pareva esausto; aveva le spalle cadenti e le borse sotto gli occhi. La sua pelle sembrava sottile come carta. L'ispettore capo era preoccupato. «Lei è sotto shock. Vado a prenderle qualcosa da bere. Ne ha bisogno.»

Il vescovo fece segno di no.

«Lei ne ha bisogno, mi creda.» Il funzionario si alzò in piedi. «Non se ne deve vergognare. Io so esattamente ciò che prova.»

«No, lei non lo sa.»

«Non è stato facile nemmeno per me. Mi creda, io ho visto...»

Il vescovo rise. Un suono spento e senza allegria. «Mi creda, lei non può sapere come mi sento io. Ringrazi Dio per questo.»

L'ispettore capo tornò a sedersi. «Allora mi dica: che cosa prova?»

«Faccio parte della chiesa da trent'anni. Ho seguito questa vocazione perché volevo aiutare la gente. Sono bravo a farlo. Capisco che abbiamo tutti le nostre debolezze, che tutti commettiamo degli errori. So ascoltare ma non giudico. Questo è ciò che la maggior parte delle persone si aspetta veramente da un cosiddetto uomo di Dio. Non l'inferno o il paradiso, i fulmini e le saette. Solo un orecchio comprensivo e la possibilità di tentare di emendarsi.

«Io non ho mai creduto nelle forze del bene e del male. Naturalmente le includevo nel testo dei sermoni, ma non ci ho mai creduto sul serio. Quando ero in compagnia di amici usavo riderne, respingerle come frutto di superstizione. Alla gente che veniva da me per chiedermi aiuto dicevo sempre che Dio e il Diavolo non esistono come esseri separati. Tutti noi abbiamo la capacità del bene e del male; di conseguenza, Dio e il Diavolo non sono nulla più che parti separate di noi stessi. Io lo credevo sinceramente, e so che molte persone hanno tratto conforto da questa idea.

«E adesso scopro che tutto ciò che ho negato, e di cui mi sono fatto beffe, è vero. In questi ultimi trent'anni la gente è venuta da me a chiedere guida, e io le ho propinato delle menzogne. Se le nostre anime sono sulla bilancia, che cosa significa questo per la mia?»

L'ispettore capo Edwards non rispose. Si sentiva male.

Nicholas sedeva al tavolo degli interrogatori insieme a suo padre e a sua madre. L'ispettore Rothwell e l'ispettore capo Edwards lo fissarono con freddezza.

«Abbiamo concluso le indagini» disse l'ispettore capo Edwards. «Non abbiamo più bisogno di te. Sei libero di andartene.»

Mrs. Scott emise un sospiro di sollievo. «Le avevamo detto che Nicholas non ha fatto nulla di male. Non abbiamo sempre sostenuto che...»

«Il fatto che noi rimettiamo in libertà suo figlio, non significa che siamo convinti della sua innocenza» dichiarò seccamente l'ispettore capo Edwards. «C'è ancora un gran numero di domande per cui le sue risposte non si sono rivelate affatto soddisfacenti.»

«Ma io ho detto la verità!» gridò Nicholas. «L'ho ripetuto anche al vescovo! Lui ha risposto che mi credeva. Perché non mi credete anche voi?»

«Ciò che il vescovo ha detto e ciò che lui crede effettivamente, sono due questioni molto distinte» replicò con durezza l'ispettore Rothwell. «Farai bene a ricordartelo.»

«Ma lui ha detto che mi credeva. Me l'ha assicurato!»

«Basta con questa storia» tagliò corto l'ispettore capo Edwards. «Sei libero di andartene, ma a una condizione.»

Mr. e Mrs. Scott si scambiarono un'occhiata. «Quale condizione?» domandò il padre.

«Che suo figlio non parli mai più con NESSUNO, adesso e in futuro, di quelle sedute. Non sono mai esistite. È chiaro?»

«Ma ci sono state! Lo domandi al vescovo. Lui mi ha creduto. Io so che mi ha creduto!»

L'ispettore Rothwell si rivolse ai genitori di Nicholas. «Fra un'ora noi rilasceremo un comunicato in cui si dichiara quanto segue: Richard Rokeby ha spinto Michael Perriman giù per la scala. Poi ha strangolato Jonathan Palmer. Fatto questo, ha perso l'equilibrio ed è caduto fracassandosi il cranio contro il muro. Era un angolo sporgente, e il collo si è spezzato. È così che Rokeby è morto!»

«Ma non è vero!»

«BASTA!» ruggì l'ispettore capo Edwards. «È andata così. Questi sono i fatti che noi comunicheremo alla stampa. Sono i fatti che saranno dichiarati all'inchiesta, e sono anche i fatti a cui tutte le persone presenti in questa stanza si devono uniformare. Siamo intesi?»

«Ma non è questo che è successo! Quel poliziotto l'ha visto e parlerà.»

«L'agente Blake non farà nulla di simile» dichiarò l'ispettore. «Lui sa qual è il suo dovere, e dovresti saperlo anche tu.»

«Nicholas» disse Mrs. Scott, «loro ti mettono in libertà. È l'unica cosa che conta, in questo momento.»

«Ben detto, Mrs. Scott» confermò l'ispettore Rothwell. «Tu devi ascoltare tua madre, Nicholas. A lei sta a cuore soltanto il tuo interesse, e sta a cuore anche a noi.»

«Siete voi i bugiardi! Tutti voi!»

«Nicholas!» sibilò il padre.

L'ispettore Rothwell si chinò attraverso il tavolo fissando il ragazzo.

«Può anche essere vero» disse lentamente, «ma sarebbe saggio rammentare, Nicholas, che tu hai già parlato di vessazioni e di ricatti che, a quanto pare, hanno provocato la morte di almeno tre persone. Se mai ti venisse l'idea di dire qualcosa sulle sedute, o sul loro insabbiamento da parte della polizia, noi non esiteremo a tirare fuori quelle prove e a usarle contro di te.»

«Ma io non ho partecipato a nessuno di quei fatti! Non è così che sono andati!»

«Non hai partecipato? Abbiamo solo la tua parola per conferma. Non c'è nessuno che possa convalidare la tua versione. Credimi, noi potremmo far apparire molto convincente qualunque accusa contro di te.»

L'ispettore capo Edwards volle dire la sua. «E come pensi che andrebbe se tu ti mettessi a divulgare le tue storie sui poteri diabolici? La maggior parte delle persone penserà che sei pazzo. Noi lo penseremo di certo. Sai dov'è Mr. Ackerley, non è vero? Sono sicuro che non hai voglia di andare a finire nello stesso posto!»

Mrs. Scott rimase a bocca aperta. «Lei non può minacciare mio figlio in questo modo. Come ha il coraggio...»

«Sì che possiamo, Mrs. Scott!» la interruppe l'ispettore Rothwell. «Ho parlato con Scotland Yard e con il ministero dell'Interno. Ho la piena autorizzazione a usare qualunque minaccia, se necessario, per garantire che la storia raccontata da suo figlio rimanga segreta. Sono stato chiaro?»

Nicholas ebbe l'impressione che la stanza girasse davanti ai suoi occhi. «Non è giusto! Non potete fare questo!»

«Sono stato chiaro?»

Nicholas sentì lo sguardo dei genitori su di sé. Sapeva di non avere scelta. Riuscì ad abbozzare un cenno di assenso.

«Allora puoi andare, ma ricorda ciò che ti abbiamo detto

oggi. Non sono minacce vuote. Se sarà necessario, le metteremo in atto.»

Mentre usciva dalla stanza degli interrogatori, Nicholas vide Stephen che si avvicinava, accompagnato dai genitori.

Camminava lentamente, e i suoi occhi erano vuoti. I genitori lo tenevano ciascuno per un braccio, come se non potesse stare in piedi da solo. Nicholas non lo aveva più visto da quando la polizia era arrivata alla scuola. Aveva sentito dire che Stephen era in terapia sotto sedativi. Sembrava uno zombie, un essere morto che continuava a muoversi come se fosse vivo.

Mrs. Perriman lo riconobbe e disse qualche cosa al marito. Entrambi sembrarono improvvisamente tesi. Nicholas sentì che lo stesso stava capitando ai suoi genitori.

Le due famiglie si incontrarono. «Sono addolorata per la vostra perdita» disse Mrs. Scott. Tese la mano, che rimase sospesa nell'aria come il ramo di un albero. «Noi non vogliamo la vostra simpatia» rispose con durezza Mrs. Perriman. «Stephen ci ha detto tutto. Se non fosse per vostro figlio, oggi Michael sarebbe vivo.»

«Penso che non siate corretti» disse educatamente Mrs. Scott.

Suo marito intervenne. «Lascia perdere. Questo non è il luogo né il momento.»

Sembrò che Stephen prendesse consapevolezza di dove si trovava. Guardò Nicholas. Nella propria testa Nicholas sentiva l'urlo di Michael mentre precipitava. I suoi occhi si riempirono di lacrime. «Mi dispiace tanto» disse con voce tremula, «davvero. Non sapevo che sarebbe andata così. Io...»

Stephen gli sputò in faccia.

Sentì sua madre ansimare. Mr. Perriman cercò di tirare via suo figlio, che si dibatté per liberarsi. I suoi occhi restavano fissi su Nicholas. «Mikey sarebbe ancora vivo se non fosse stato per te. Perché non sei morto tu? Perché sei ancora vivo? Perché è toccato a lui? Ti odio! Sei un assassino. Tu e i tuoi amici! SPERO CHE BRUCERETE TUTTI PER SEMPRE ALL'INFERNO!»

I Perriman trascinarono via il figlio. Nicholas rimase a guardarli. Sua madre tentò di asciugare lo sputo dalla sua faccia. Lui glielo impedì. Se lo meritava.

Uscirono dall'ingresso principale. Ora che il ragazzo sapeva a quali condizioni era stato rilasciato, la segretezza non era più necessaria. Poco distante, una vettura era in attesa per portarlo a casa.

Mentre si avvicinavano alla porta, Nicholas udì le voci di persone che si spingevano gridando. Ebbe paura. Avrebbe voluto voltarsi e fuggire, ma non c'era un posto dove andare.

Passarono oltre la porta. Nicholas fu immediatamente circondato. Una macchina fotografica fu spinta davanti alla sua faccia. Ci fu il lampo del flash, e lui fu momentaneamente accecato. Sentì intorno a sé le braccia dei genitori che lo guidavano verso l'automobile, lontano dalle mani che lo toccavano e dalle voci che urlavano domande alle quali non poteva rispondere.

«È vero che avete ricattato Henry Ackerley?»

«Quanti soldi gli avete spremuto?»

«Che cosa ne è stato di Richard e di Jonathan? Li hai uccisi?»

«L'hai fatto tu? Avevate stabilito un patto?»

«Dovrebbero tenerti rinchiuso, piccolo bastardo!»

I genitori lo spinsero in macchina. Suo padre avviò il motore e cominciò a manovrare in mezzo alla folla. Facce che premevano contro i finestrini, mani che bussavano sui vetri. Occhi che lo trafiggevano. Parlaci, Nicholas! urlavano. Racconta ciò che è successo, ciò che hai fatto! Facci sapere come ci si sente a cavarsela pulita in questo modo.

Si coprì il viso con le mani e scoppiò in lacrime.

EPILOGO

Londra, gennaio 1999

Il nastro stava girando da ore. Il suo leggero sibilo aveva fatto da sfondo alle domande e alle risposte, che si erano incrociate nella stanza come altrettanti smash in un'interminabile partita di tennis. Infine, si fermò.

Tim Webber staccò la mano dai pulsanti e fissò Nicholas Scott.

«L'hanno veramente minacciata in quel modo?»

Nicholas annuì.

«Gesù!»

«Deve capire che erano spaventati. Non si erano mai imbattuti in un caso del genere prima di allora. Qualcosa che non si poteva spiegare razionalmente.»

«Avrebbero sempre potuto renderla pubblica» disse Tim.

«No, non potevano. Sarebbe scoppiato il panico. Io non lo compresi allora, ma lo capisco adesso. Ragazzi giovani che giocano con forze che non sono in grado di capire. Alla cui esistenza la maggior parte delle persone non crede.»

Gli occhi di Tim scintillavano. «Allora la gente dovrebbe sapere.»

Nicholas scosse il capo. «Lei si sbaglia. Lei è come tutti i giornalisti. Siete ossessionati dalla voglia di scoprire la verità. Non vi preoccupate del danno che una simile rivelazione potrebbe causare.»

«Ma la gente dovrebbe sapere!»

«Perché? Che bene le farebbe? Ho letto una volta che una

spedizione della NASA ha individuato delle rovine sulla faccia in ombra della Luna, che potevano solo essere state prodotte da una vita intelligente. La Casa Bianca fu scossa dal panico. Si decise di sopprimere la verità. L'idea era che, se si fosse rivelata una prova concreta di un'intelligenza extraterrestre, tutto ciò che l'umanità considera sacro – la religione, la nozione di sé – sarebbe stato compromesso, se non addirittura distrutto. Meglio mantenere il silenzio che correre quel rischio.»

Tim meditava su ciò che era stato detto. Il fuoco si stava spegnendo. Mise un altro ceppo nel camino. Il calore si avvolse intorno al suo viso come una sciarpa.

«Così è stato lei il capro espiatorio» disse lentamente.

«Non proprio. Hanno fatto del loro meglio. Hanno rilasciato la loro dichiarazione e ci si sono attenuti. Volevano solo seppellire questa storia una volta per tutte.

«Ma non funzionò. La gente non era convinta. Sospettava una mistificazione. Si parlava già di ricatti, e fecero presto a mettere insieme due più due. Molti dei nostri cosiddetti compagni di classe si unirono alla folla e si godettero la loro ora sotto i riflettori. Raccontarono come Richard e Jonathan avevano perseguitato James. Il povero James. Un ragazzo così buono, spinto alla morte da due bulli sadici. Poi ci fu la padrona di casa di Whitby. Lesse gli articoli e le tornarono alla mente due ospiti che coincidevano con la descrizione di Alan Stewart e di Paul Ellerson. Due uomini che, per dirla con il suo tatto discreto, le erano parsi eccessivamente affezionati l'uno all'altro. In qualche modo la stampa venne a sapere degli appunti nella scrivania di Alan. Attribuì a noi la colpa del suo suicidio, e ci imputò pure la morte di Paul. Disse che li avevamo spinti entrambi alla morte. Dio!» Si appoggiò allo schienale della sedia e guardò il soffitto. «Incolparono Jonathan per la fine di Paul. Ma Jonathan adorava Paul! Fu distrutto, quando morì. Non avrebbe potuto fare del male a Paul, nello stesso modo in cui non sarebbe stato capace di volare.

«La cosa terribile fu che, fra tutte le lettere di odio che io ricevetti, ce ne furono anche alcune di solidarietà. Dicevano che Alan e Paul erano dei pervertiti e meritavano di morire. Che noi avremmo dovuto ricevere medaglie, non condanne.

«Alla fine di questo carosello, ci trasformarono in mostri.

Mostri dal cuore gelido, completamente privi di sentimenti. Nessuno provava interesse per noi come persone. Eravamo diventati i simboli dell'ignoranza e della paura di ognuno.»

«Ha mai rivisto Stephen Perriman?»

«No.» Nicholas sospirò. «Povero Stephen. La mia vita finì quando la polizia venne a Kirkston Abbey, ma la vita di Stephen finì con quella di Michael. Non l'avrei mai creduto. Stephen era sempre stato il più forte. Michael dipendeva completamente da lui. Non mi venne mai in mente che, sotto la superficie, Stephen era altrettanto dipendente da lui.»

«Che cosa ha provato, quando ha saputo della sua morte?»

«Nulla. Sembra una cosa terribile da dire, ma non lo è. Un giovane di diciott'anni si spara e io non provo nulla. Ma è la verità. Io l'avevo previsto. Sua madre mi scrisse che ero responsabile della sua morte come lo ero di quella di Michael.» Sospirò di nuovo. «In un certo modo aveva ragione. Ne ero responsabile.»

Il silenzio cadde su di loro. Nicholas fissò le fiamme, con gli occhi scuri per gli spettri di un passato che si teneva dentro da più di quarant'anni.

Tim stava seduto a osservarlo. «Lei non mi ha mai raccontato» disse lentamente «che cosa avvenne la prima volta che si fermò nella stanza di Richard. Quando i due gemelli se ne andarono e lei rimase solo con Richard e Jonathan. E con la *ouija board*.»

Nicholas non rispose.

«Non me lo vuol dire?»

«Continuammo il gioco. Un gioco in cui esprimevamo dei desideri. Era tutto lì. Almeno, era ciò che dissi a me stesso. Anche quando divenne davvero terrificante, continuai a dirmi la stessa cosa. A recitarla nella mia mente come una specie di preghiera. È solo un gioco, è solo un gioco, è solo un gioco...»

«Perché era così terrificante? Perché aveva tanta paura? Che cosa avvenne...»

«Basta così» dichiarò all'improvviso Nicholas. «Le ho detto tutto ciò che intendo dirle. Ci sono parti che non voglio ricordare. Nemmeno adesso.»

Seguì di nuovo il silenzio. Gli occhi di Nicholas rimasero fissi sulle fiamme. Tim studiò il suo viso cercando le tracce del ragazzo quattordicenne, leale e coraggioso, che aveva pagato un prezzo terribile per essere stato fedele al migliore amico che aveva avuto nella sua giovane vita. Ma non ce n'era nessuna. Quel ragazzo era perduto per sempre, sepolto sotto il peso della condanna pubblica e di tutta una vita di attesa e di rimpianti.

«Sono spiacente» disse sottovoce.

«Per cosa?»

«Per lei. Per ciò che lei ha passato. Ha detto di essere stato trasformato in un mostro. È vero. Io avevo paura, prima del suo arrivo. Paura di incontrarla. Suppongo che, nella mia mente, lei fosse il mostro inventato dalla stampa. Poi faccio conoscenza con lei e scopro che è soltanto una persona.»

«Eravamo tutti soltanto persone» commentò Nicholas.

«Cosa prova adesso per gli altri?»

«Cosa dovrei provare? Dovrei odiarli?»

Tim rifletté per un attimo, poi annuì.

«Non è così semplice. Jonathan mi manca. Ogni tanto lo sogno. Rivivo i momenti felici, prima che Richard arrivasse a distruggere tutto. Jonathan era buono. La sua unica pecca era di sentirsi impotente. Richard lo fece sentire forte.»

«E gli altri?»

«Ho un cattivo ricordo dei gemelli. Stephen aveva ragione a odiarmi. Io ero responsabile della morte di Michael. Non l'avevo progettata, naturalmente, ma ne ero responsabile. L'avevo persuaso a sfidare Stephen e lui è morto per colpa mia.»

«E Richard? Che mi dice di lui?»

«Allora lo odiavo. Ora non più. Ho avuto il tempo di prendere le distanze per guardare alla sua vita e ai demoni che lo hanno incalzato. I demoni nella sua testa. Oggi come oggi, il suo stato mentale non si sarebbe potuto evolvere in quella direzione; non glielo avrebbero consentito. Dopo la morte di sua madre e la sua reazione a quella perdita, i parenti avrebbero fatto qualcosa, lo avrebbero aiutato in qualche modo. Cinquant'anni fa era diverso. Tutto ciò che c'era di brutto veniva spinto sotto il tavolo e ignorato, sperando che se ne andasse da sé. Nel caso di Richard, il male prosperò e si trasformò in qualcosa di molto peggiore.

«Nessuno di noi era un mostro. È questo che sconvolse tanto la polizia. Credette alla versione che io le diedi, ma non volle accettarla. Le implicazioni erano troppo orribili: il fatto che sarebbe potuto accadere dovunque. Si dà il caso che sia capitato a noi. Era più facile crederci stravaganti o mostri. Più facile che ammettere la verità.»

«Che io adesso conosco» disse lentamente Tim.

«Non ne ho mai più parlato a nessuno. Non dopo le conclusioni della polizia. In un primo tempo avevo paura. Dopo...» Fece una pausa, massaggiandosi la nuca.

Tim prese il mucchio di cassette e le palleggiò tra le mani. «Non sembra granché, vero?» disse. «Però ci farà guadagnare una fortuna.»

Nicholas scosse il capo.

«Certo che lo farà. Questa cosa è stupefacente! Forze demoniache. Una morte che non è mai stata spiegata. Una mistificazione da parte della polizia. Un vescovo colpito dall'esaurimento nervoso. Infine, l'opportunità di capire le motivazioni dei ragazzi che lo fecero. È un'autentica miniera d'oro!»

«Io le ho detto fin dall'inizio che non ci sarebbe stato da guadagnarci.»

Tim lo guardò come si guarda un pazzo. «Non crede che alla gente interesserà? Non crede che vorrà sapere queste cose?»

«Anzi, credo che sarebbe molto interessata.»

«Allora, qual è il problema?»

«Le ho detto ciò che è successo veramente, come le ho promesso di fare. Ma non lo dirò a nessun altro, e non lo farà nemmeno lei.»

«La polizia non può più farle del male, dopo tutto il tempo che è passato. Sarà la polizia a soffrire, non lei. Lei uscirà bene da questa storia, glielo prometto. Non ha fatto nulla di male. Ha solo tentato di proteggere un amico.»

Nicholas sospirò. «Lei non mi ha ascoltato. Questa storia non può essere raccontata. La polizia aveva ragione, è troppo pericolosa. Come pensa che reagirebbe il pubblico se conoscesse la verità? Ci sono dei Richard Rokeby e dei Jonathan Palmer nelle scuole di tutto il paese. E se qualcuno di loro tentasse di impossessarsi del medesimo potere, sapendo che esiste e che può essere imbrigliato?»

«Ma non lo farebbero! Ciò che è successo sarebbe un monito sufficiente.»

«Lei non sarà tanto ingenuo da crederlo. Guidare spericolatamente è rischioso: molte persone muoiono o restano menomate. Ma questo non impedisce ai giovani di continuare a farlo. Lo stesso vale per la droga: tanto maggiore è il rischio, tanto più forte è l'eccitazione.»

Tim si strinse nelle spalle. «Non è un problema mio.»

«Giusto. L'unica cosa che le sta a cuore è svelare la verità e, per soprammercato, diventare famoso.»

«E se fosse così?» gridò Tim indignato. «Come ho detto, non è un problema mio.»

«Questa storia non può essere raccontata.»

«Crede che mi importi un accidente delle conseguenze? Questa è la mia grande occasione e io non ci rinuncio. Se lei cerca di impedirmelo, se ne pentirà.»

«Davvero?»

La voce era sommessa, ma qualcosa nel suo tono bloccò di colpo Tim.

Nicholas si chinò verso di lui. «E come farebbe?» domandò.

I suoi occhi stanchi avevano cominciato a scintillare. Tim ne fu catturato. Cercò una risposta, ma non ne trovò nessuna. La sua fiducia iniziale era evaporata. All'improvviso si sentì esposto e vulnerabile.

«Lei non mi sta minacciando, vero, Mr. Webber?»

Tim fece una scadente imitazione di un atteggiamento sprezzante. «Perché no?»

«Conosce già la risposta.»

Tim riuscì a fare una smorfia. «Davvero?»

«Deve conoscerla, se ha fatto attenzione.»

«Cosa vuol dire?»

«Ha creduto alla mia storia? Crede che io le abbia detto la verità?»

«Sì.»

«Allora lei sa che cosa posso fare.»

Il fuoco era ancora acceso, ma Tim cominciò ad avere i brividi.

«Io ero là. Con Jonathan e Richard. Non ho partecipato, non

come l'hanno fatto loro, però c'ero. E ciò che è entrato in loro è entrato anche in me.»

«Non le credo!» esclamò Tim.

«Allora, perché sta tremando?»

«Non è vero!»

«Lei sa che cosa potrei farle.»

«Non oserebbe farmi un bel niente!»

«Senza lasciare un segno.»

Tim si sentì gelare dalla testa ai piedi.

«Mi ero impegnato a dirle la verità e ho mantenuto la promessa. Ma l'ho fatto a mio beneficio. Un'opportunità di sgravarmi dopo tutti questi anni. Ora lei mi deve promettere che resterà un segreto fra noi due.»

«Ma non posso!» L'esclamazione uscì come un lamento.

«Sì che può.»

«E se rifiuto?»

«In tal caso dovrà affrontare le conseguenze.»

Il giornalista inspirò profondamente. «Non ce ne saranno!»

«Se la pensa così...» Nicholas si alzò in piedi. Tim fu preso dal panico. «Che cosa fa?»

«La ringrazio per la sua ospitalità, Mr. Webber. Ora devo andare.»

«Ma non può andarsene. Non ancora!»

«Perché no?»

«Non può farmi questo!»

«Lei voleva la fama. Io le ho dato la possibilità di conquistarla, però questa concessione ha un prezzo. La domanda è: lei è disposto a pagarlo?»

«Non ci sarà nessun prezzo!»

«Se è questo che crede.»

«Lei è malato. Lei è un vecchio perverso. Nel mio articolo io la crocifiggerò. Crede che la sua vita sia brutta adesso? Aspetti solo che il mio servizio arrivi ai giornali!»

«Come vuole. Ora lei deve prendere una decisione. Rifletta attentamente, Mr. Webber. Nel suo interesse, cerchi di prendere quella giusta.»

Nicholas Scott uscì dalla stanza. Tim rimase dov'era, con il cuore che galoppava.

Due ore più tardi, Tim sedeva ancora accanto al camino.

Erano solo le vane minacce di un uomo vecchio e triste. Non significavano nulla. Quello era il suo biglietto vincente e lui voleva usarlo.

E poi, cosa?

Nulla, tranne il successo che aveva sempre sognato. Le chiavi del regno erano sue. Doveva soltanto girarle nella serratura.

E poi?

Tim Webber, il giornalista dell'anno. Tim Webber, la celebrità dei media. Tim Webber, star del giornalismo.

Ma per quanto tempo?

Pubblicare ed essere dannato.

Scagliò le cassette nella fiamma. Il nastro marrone cominciò a contorcersi e crepitare. L'odore riempì la stanza. Tim rimase seduto a guardare le sue ambizioni accartocciarsi e morire.

RINGRAZIAMENTI

Ringrazio innanzitutto mia madre Mary Redmond, che è stata per me una cassa di risonanza e una fonte costante di incoraggiamento durante tutta la stesura del testo. I suoi consigli sulla caratterizzazione e sul ritmo sono stati preziosi. Non è esagerato dire che, senza il suo appoggio, questo libro non sarebbe mai stato portato a termine.

In secondo luogo, i ringraziamenti vanno a mio cugino Anthony Webb e ai miei amici Paul Bolger, Gerard Hopkins, Iandra MacCallum, Susan McGowan, Rebecca Owen, Lesley Sims e Gillian Sproul. Hanno letto questo libro in corso di lavorazione e hanno espresso i propri commenti con la grande amabilità che tanto apprezzo in loro.

In terzo luogo, ringrazio il mio agente Patrick Walsh per l'ottimo lavoro che ha svolto nel mio interesse, e la direttrice editoriale Kate Lyall della Hodder & Stoughton per avere avuto il coraggio di investire in questo libro.

Infine voglio esprimere il mio apprezzamento a Jonathan Gathorne-Hardy, la cui splendida opera *The Public School Phenomenon* si è rivelata preziosa mentre svolgevo le ricerche per questo romanzo.

QUESTO VOLUME È STATO IMPRESSO NEL MESE DI MAGGIO 1999
PRESSO ARNOLDO MONDADORI EDITORE S.P.A.
STABILIMENTO NUOVA STAMPA MONDADORI – CLES (TN)

STAMPATO IN ITALIA – PRINTED IN ITALY